W0472888

SV

Ioanna Karystiani

# Die Frauen von Andros

Roman

*Aus dem Neugriechischen übersetzt von Norbert Hauser*

Suhrkamp

Die Originalausgabe erschien 1997 unter dem Titel
*Mikra Anglia* bei Kastaniotis, Athen

© Ioanna Karystiani / Thanassis Kastaniotis
1997

Übersetzt mit Unterstützung
des Griechischen Ministeriums für Kultur

© der deutschen Ausgabe Suhrkamp Verlag
Frankfurt am Main
Alle Rechte vorbehalten,
insbesondere das des öffentlichen Vortrags
sowie der Übertragung durch Rundfunk und Fernsehen,
auch einzelner Teile.
Kein Teil des Werkes darf in irgendeiner Form
(durch Fotografie, Mikrofilm oder andere Verfahren)
ohne schriftliche Genehmigung des Verlages
reproduziert oder unter Verwendung elektronischer Systeme
verarbeitet, vervielfältigt oder verbreitet werden.
Satz: TypoForum GmbH, Nassau
Druck: Freiburger Graphische Betriebe, Freiburg
Printed in Germany
Erste Auflage 2001

2 3 4 5 6 – 06 05 04 03 02 01

# Das Auge Gottes

Vielleicht lag es an den giftigen Ausdünstungen – in der Feuchte verdirbt das Getreide, beim Einlagern der Last kommt es manchmal zu Nachlässigkeiten –, vielleicht war auch das Pökelfleisch schuld ... Es wurde Sávvas Saltaféros speiübel, doch niemals hätte er Nikifóros im Kielraum alleingelassen. Er forderte seinen Patenjungen und Stélios, beide hatten einen breiten Rücken und kräftige Muskeln, auf, Nikifóros zum Bug zu bringen und dort niederzulegen, eine Sache von zehn Minuten.

Die Zigarette in der Hand, in die Persenning gehüllt wegen des morgendlichen Rauhreifs, hielt er Wache neben der Totenbahre.

Sie durchschnitten das Wasser, lautlos der Atlantik.

Er warf die Zigarettenkippen ins Meer – nimm auch einen Zug, du bodenloser Schlund, wir wollen endlich einen Hafen sehen, von Carapiso bis Paramaribo drei Tage und drei Nächte unterwegs, und Nikifóros hat sein Ende gefunden, irgendwas auf der Lunge.

Bleiweiß der Mund von den Zigaretten, peruanischem Müll, zwei Päckchen rauchte Saltaféros. In der Morgendämmerung legte er die Schachtel neben die Füße des Toten, vier Zigaretten waren übriggeblieben. Er ging in die Kabine, das letzte Mal sollte der Funker den Sonnenaufgang genießen, allein, mutterseelenallein ist jeder in diesem Leben, dachte der Kapitän, Nikifóros tot, die übrigen lebendig, in Paramaribo, mit einem Haufen Geld in der Tasche. Aber was diesen Sauertopf von Frau betraf, fünfzehn Jahre nichts als eine griesgrämige Visage, ein jeder ist allein in seinem Leben, sie würde die Rente durchbringen und ihren fetten Hintern noch weiter mästen, während Nikifóros mit einundvierzig abgetreten war, der Unermüdliche, der Gutherzige, der beste Seemann, der gefragteste Funker der Schiffahrtsgesellschaft, den die Weiber in

den Häfen, obwohl er ein Knoblauchfresser gewesen war, gratis verwöhnt hatten.
Drei Jahre früher, 1926, hatte Saltaféros einen in Andros aufgegebenen Umschlag mit einem Foto bekommen, Mína mit den Töchtern, Órsa und Móska, auf der breiten Treppe der Gnadenreichen Jungfrau in Tínos, und hinten drauf ein paar öde Worte: Ertrage all die Unbill, damit Orsalía und Móska wohl versorgt sind, die Muttergottes klagt nicht über deine Abwesenheit.
Aden–Bombay fuhren sie damals, hatten Salpeter geladen; plötzlich begann der Indische Ozean zu wüten, die THEOMITOR schlingerte wild, vier Tage und vier Nächte ein Kampf mit dem Tod, die Menschen schon abgeschrieben, einundzwanzig Männer abgeschrieben, und als sich dann die Wut legte und sie das Schiff wieder unter Kontrolle brachten, brannte der Kapitän darauf, sich des Geheimnisses zu entledigen. Die Mannschaft bestand zu mehr als der Hälfte aus Landsleuten, und Saltaféros wahrte während der Fahrt Abstand, um die Disziplin nicht zu gefährden. Doch er fand den richtigen Weg nicht, auch nicht den Mut, das Geheimnis jemandem zu verraten, es schwarz auf weiß niederzulegen, damit für alle Fälle jemand davon erführe, und wäre es Christákis, dieser gottlose und weichherzige Schuft, der sich in Chile ein ähnliches Leben wie er selber aufgebaut hatte und seine Chileninnen, Mutter und Töchter, um sich die Mühe zu ersparen, genau so nannte wie seine Frau und seine Töchter auf seiner Heimatinsel in der fernen Ägäis: Frósso, Tassoúla und Vangelió. Zu ihm hätte er sagen können, he, Christákis, hau mir zwei Spiegeleier in die Pfanne, und dann hätte er das Brot ins Eigelb getunkt und alles erzählt ...
Eine andere Liebe konnte er nur Nikifóros eingestehen, dessen Augen etwas Mütterliches hatten, kastanienbraun und an vieles gewöhnt, sie sahen sofort, wen ein Geheimnis drückte – sprich dich aus bei mir, schienen sie zu flü-

stern, du kannst beruhigt sein. Sie aßen einen Bissen harten Käse. – Also, ich muß dir sagen, setzte der Kapetánios an, doch im letzten Augenblick erzählte er etwas anderes, es war, als würde seine Zunge taub: Weißt du, mein Lieber, wenn wir in den Taifun geraten, da liegt mir das Wohl meines Patenjungen viel mehr am Herzen als mein eigenes, ein Kind ganz allein auf der Welt, seit er zwölf war, schleppe ich ihn mit mir über die Meere, und seine Mama liebt ihn abgöttisch ... Jedenfalls erzählte er keine Lüge.
Nikifóros, Gott hab' ihn selig, nahm es ihm nicht ab, er erfaßte die Strahlenzeichen der Seelen, *las seniales del alma,* er schaute ihm direkt in die Augen, bis Saltaféros den Blick auf den Teller mit dem Käse sinken ließ. Nikifóros betrachtete ruhig den still gewordenen Horizont und begann leise zu singen, *wehe, meine sanfte Brise, bring mir meinen kleinen Vogel zurück,* die starke Zigarette zwischen den Fingern.

Am 9. Juli, einem Mittwoch, berührte Spíros Maltabés ihre Hand, am 17. Juli, dem Donnerstag der folgenden Woche also, drückte er sie bereits, nicht die rechte diesmal, die andere, er streichelte sie langsam, drückte sie wieder, rieb in den Verzweigungen der Finger. Sie zog sich zusammen wie eine kleine Schnecke, spürte überall ein Brennen und, gleich darauf, daß ihr Herz zersprang, lautlos, wie ein Granatapfel, und die kleinen rubinroten Kerne beschrieben Bogen, purzelten über ihre Schultern und zu ihm hinüber, hüpften dann auf die Steinplatten neben der Kirche, wie Glühwürmchen. Ich glaube, ich bin gestorben, fuhr es ihr durch den Kopf, doch sie ängstigte sich nicht und empfand keine Reue.
Am einundzwanzigsten desselben Monats, einem Montag, strich er ihr die Haarfransen zur Seite. – Ich will

deine Augen sehen, Órsa, bevor es ganz dunkel wird, aber seine Hand blieb lange in ihren Haaren, er bohrte den Finger in den dicht geschlungenen Zopf, nestelte an ihm und wog ihn. Mit den ledrig gewordenen Fingerspitzen berührte er die Schläfen, den Nacken, gleich neben dem Hals, er fuhr über die Halbmonde der Ohren, die Halbmonde der Brauen, die Gerade der Nase, das Oval des Kinns.

Die Finger der Männer sind schwer. Sie berühren dich, und du wirst zu Marmor.

Ihr erstes Rendezvous hatten sie unten bei der kleinen Brücke, hinter den Platanen und den wilden Feigen, es war Nachmittag, und Órsa gab vor, Gurken- und Melonenschalen zum Hühnerhof des Totengräbers zu bringen, der ihr dafür die überzähligen Eier gab. Obwohl sie sich sehr vor Wasserschlangen, Würmern, Egeln, Vipern fürchtete, einmal war sie sogar beim Anblick einer Blindschleiche in Ohnmacht gefallen, ging sie zu diesem ersten Rendezvous ohne ihren Stab, den sie sonst dabei hatte, um Lärm zu machen und die Kriechtiere zu verscheuchen. Die Sonne brannte auf Dächer, Treppen, Treibhäuser, Gehege herab, machte die Blätterwerke zu einem Sieb. Aber sie hatte keine Kopfschmerzen, schweißgebadet rannte sie, überglücklich, hinab zum Bach, vergaß den Totengräber. Sie hielt mit beiden Händen das große Blech mit Essensresten, Schalen, Samenkörnern und trockenen Brotstücken in altem Olivenöl.

Das zweite Rendezvous anderswo: Hinter der Kirche des Heiligen Dimítrios, die Sonne sank, und sie war auf dem Weg zu ihrer Patin, um mit ihr den Abend zu verbringen, die Einsamkeit in dieser Ödnis machte der armen Frau zu schaffen, sie hatte keine Nachbarinnen, nur einen Hund ohne Namen, der niemals bellte. Die Mastixsträucher riesig groß, die Mauer noch heiß, der Heilige Dimítrios in Betäubung – er ist ein Oktoberheiliger, am Ende des

Herbstes. In den Zeiten der Hitze eilten alle, die Sommerheiligen anzurufen, zuallererst Pétros und Pávlos, die Besten, die Selbstlosen Ärzte Kosmás und Damianós, den Propheten Elías, die Heilige Paraskeví, den Heiligen Panteleímon. In den abgelegenen Feldern war keine Menschenseele, die zweitausend Bewohner der Kleinstadt wußten nichts von der Romanze. Die einzigen Zeugen waren ein paar Schwalben, die flatterten, wenn sie sich in ihren Nestern unter dem Zinkblech verbargen, das die Pforte schützte.

Als Órsa später zu ihrer Patin hinaufstieg, waren ihre Gedanken anderswo, sie ging, um ihr Gesellschaft zu leisten, sie atmete ganz leise und starrte die Sterne an. Die alte Frau langweilte sich, vielleicht war sie auch entrüstet darüber, daß das Mädchen sie eines Geheimnisses nicht für würdig hielt. Sie füllte ihre Schürze mit feinen Bohnen, eine Stunde lang fädelte sie die Bohnen ab in der Dunkelheit, ließ die Taufpatin in ihrer Welt, bis die alte Frau unter der Weinrebe einschlief.

Das dritte Rendezvous, es war fast Nacht, der Mond leuchtete schon … Spíros Maltabés stieg als erster hinunter zum Strand und wartete in der kleinen Höhle auf sie, wo die Kapernsträucher von den Felsen hingen wie Fransen und ihre Stirn verbargen.

Sie zogen die Schuhe aus, netzten sich bis zum Knöchel im lauen Wasser, er wollte sie am Knie berühren, ihr entfloh ein erstickter Satz, nicht, Spíros. In seinen Augen war eine überirdische Kraft, die sie lähmte, und in seinen Händen eine andere, die sie versengte, glühende Kohle im Weihrauchfaß. Sie strengte sich an, wieder ruhig zu atmen, und legte ihr Ohr auf seine Brust, eine Schiffssirene mit den Tönen weit entfernter Ozeane, obwohl er noch nie so weit gefahren war, er zog es vor, auf schrottreifen Kähnen anzuheuern, und seine große Liebe waren gottverlassene Häfen ohne Namen. Das Mädchen trug ein korallenrotes

Seidenkleid. Bei einem nächtlichen Rendezvous war die Farbe belanglos, nicht aber die Berührung.
Rendezvous Nummer vier, Sonntag, 27. Juli, alle waren bei der Familie Pandelís eingeladen, ein Kommen und Gehen, das perfekte Alibi für einen kleinen Ausflug zum Hof eines weiteren Heiligen, wessen auch immer, sie hatten beste Beziehungen zu allen.
Für den ersten Kuß zog Órsa das ziegelrote Seidenkleid an, ballenweise hatte der Vater ihr früher die Stoffe geschickt, als er Kalkutta–Bombay gefahren war, sie zog Jasminblüten auf einen Faden, heftete das kleine Bukett an das Trägerchen, benetzte Arme, Décolleté, Ohren mit Kölnisch Wasser, befeuchtete auch die Haare – an diesem Tag würde ihre Aufmachung keinen Verdacht erregen, und sie würde sich nicht, bevor sie nach Hause zurückkehrte, heimlich an Quellen und Wasserfässern waschen müssen.
Spíros Maltabés lobte das ziegelrote Seidenkleid geziemend, dann zerknitterte er es; er preßte sein Mädchen an sich und küßte es, zog ihm fast die Haut ab mit seinen ledrigen, harten Handflächen, Órsa wollte das, sie liebte ihn nun sieben Jahre, seit ihrem dreizehnten Lebensjahr, seit einem November, als es in Sturzbächen geregnet hatte, er, neunzehn damals, hatte sich ausgezogen und mit ein paar anderen einen Wettkampf im Tauchen veranstaltet. Seine Küsse hatte sie sich genau so erträumt, ein wenig wild, sehr sicher, wie unauslöschliche Abdrücke auf ihren Lippen.
– Komm, sag schon, wer es ist, drängte Naná Bouradá-Karapipéri sie am nächsten Tag, von Beruf war sie Sprachlehrerin, von der Veranlagung her aber noch ein Schulmädchen. Doch Órsa schwieg, sie wollte ihr Geheimnis vorläufig mit niemandem teilen. Alles war eingetroffen, wie sie es sich gewünscht hatte: heimliche Rendezvous, einsame, abgelegene Orte, verbotene Worte, kunstvolle Ausflüchte, Entzücken und leise Panik. Keine Liebe, am wenigsten aber die erste, will Mitwisser haben.

Das in hellem Grün gestrichene zweistöckige Haus der Lehrerin hatte als »eingetragenes Warenzeichen« den berühmten weißen Rosenstrauch, eine japanische Art, er bekränzte Veranden und Fenster, und das Haus sah mitten im Hochsommer aus wie eingeschneit. Sie tranken zusammen Kaffee; seit sie ihren Mann verloren hatte, unterhielt Frau Naná mädchenhafte Beziehungen zu früheren Schülerinnen.
Órsa ging ab und zu hin, hauptsächlich nach einem Rendezvous, wenn sie sich beruhigen und wieder in ihre gewohnte unerschütterliche Gestalt hineinschlüpfen wollte, damit ihre Mutter keinen Verdacht schöpfte.
Sie betrachtete Naná mit mehr Toleranz als sonst, schön gekämmte Haare, schön gefärbte Lippen, zwei gelb gewordene Finger, so saß sie im Schneidersitz auf ihrem neuen Rock, *pointillé,* mit den ewigen Falten – und sie hatte stets ein offenes Ohr; das war das Wichtigste, sie stand jederzeit zur Verfügung. Das Vertrauen der Mädchen schmeichelte ihr, niemals hätte sie ihnen das Spiel verdorben, Kollegen, Eltern und Vormünder erfuhren nichts von ihr, selbst wenn es nötig gewesen wäre.
– Vorgestern habe ich mir Gedanken gemacht über die Paare in unserer Stadt, die nicht zueinander passen, ich habe eine neue Ordnung hergestellt und die Hälfte von ihnen nochmals verheiratet. Der Rektor des Gymnasiums ist geschaffen für die Glinoú, und seine Frau paßt wie ein Handschuh zum Drucker. Pápa-Fílippas, der Pfarrer, würde besser mit Francesca zusammen leben.
– Und die Papadiá, seine Frau, mit dem Heiligen Fanoúrios. Órsa hörte zwei-, dreimal am Tag, wie sie in fremden Häusern nach ihrem Mann suchte.
– Der Fotograf paßt zu Nóta, der Frau des Zuckerbäckers, fuhr Naná fort.
– Und der Zuckerbäcker zu seinem Schokoladentörtchen, sagte Órsa wieder. Die Lehrerin war begeistert, es war nur

natürlich, daß ihre zwanzigjährige ehemalige Schülerin das Ganze als Scherz ansah, ein Spiel für die Veranda, um die Zeit totzuschlagen, die in ihrer Stadt langsamer als anderswo verrann. Die Lebenserfahrung jedoch, zusammen mit den ungezählten Nachmittagen, an denen sie sich tiefgründigen Gedanken und Betrachtungen hingab, ließ keine Zweifel aufkommen.

– Ja, mein Liebes, der Hochmut der Jugend ist der schönste Fehler im Leben, oft, sehr oft fügt sich das, was paßt, unpassend zusammen, und es wäre tausendmal gescheiter gewesen, der Zuckerbäcker hätte einen Honigkuchen geheiratet und Nóta in Ruhe gelassen. Auch diese war vor Jahren ihre Schülerin gewesen, brachte ihr auf einem kleinen Tablett in Zellophan gehüllte Süßigkeiten mit Schleifchen drum und in anderer, jedoch ebenso durchsichtiger Umhüllung die Leere ihres Ehelebens. Naná war geschickt, unter der Oberfläche der stereotypen Muster und der Äußerungen ruhiger Normalität hielt sie Ausschau nach den kleinen Enttäuschungen.

– Ich habe vor, nach Athen zu fahren, sagte Mína. Kourmoúlis, ihr Grundstücksmakler, hatte ihr eine Nachricht geschickt, ein kleines Grundstück in Kifissiá, nicht übel, vierhundertfünfzig Ellen, neben dem anderen, das sie vor zwei Jahren erworben hatte, am Namenstag von Pétros und Pávlos; sie wollte die beiden winzigen Grundstücke zusammenlegen, sie zu einem großen vereinen. Komm, beeil dich, die Verträge sind bereit, hatte er sie ermahnt.

Mína Saltaféros hatte ihre Leute, verschaffte sich ihre Informationen, stellte ihre Berechnungen an, und das Geld vermehrte sich. Dann beauftragte sie Móska – die große Tochter war dazu nicht bereit –, und die schrieb die Verträge mit sauberen, schönen Buchstaben ab; noch am sel-

ben Tag schickte sie dem Anderen, wie sie ihren Mann nannte, die Papiere: Mag sein, daß du auf dem Meer verrottest, ich aber bleibe nicht auf meinem Hintern hocken; nur ein kurzer Zusatz, sie und ihr Mann pflegten einander keine Aufsätze zu schreiben.
Im Juli 1927 stand das Zentrum von Piräus in Flammen, im Februar 1928 brannten fünfzig Läden in Monastiráki nieder, die einen verloren alles, die Saltaférena verlor nichts, wenn sie auch ihre Investitionen gegen alle Regeln in Attika tätigte, sie faßte einen Frisiersalon, eine Schneiderei, ein Stück Nutzland ins Auge und wertete alles aus, völlig unabhängig von Erinnerungen an die Jugendzeit, ans Gib und Nimm der Vorväter und an unerwünschte Nachbarschaften, auf ihrer Insel wollte sie nichts kaufen, und außerdem hatte sie vor dem Jahrhundertwechsel als kleines Mädchen in Smyrna gelebt.
Die Töchter wußten um ihre Treue den Grundstücksmaklern gegenüber. Kourmoúlis konnte gar nicht anders, er verschaffte der Saltaférena die fettesten Stücke, die Abfälle bekamen die anderen.
Sie war also ganze zwei Jahre nicht mehr nach Athen gereist. Damals hatte sie ihren Mann bis nach Piräus begleitet und war drei Tage länger im Hotel Iónion geblieben, wegen der Bestellungen, Schuhe bei Plitás, Stoá Arsakíou 5, kostbare Bilderrahmen und so weiter, Taxifahrer und Buseigner streikten aus Opposition gegen die englischen Elektrizitätswerke *Power,* Unruhe in ganz Griechenland, ein Chaos, und sie hatte es nur mit Mühe und Not geschafft, ihre Pflichten zu erledigen. Diesmal aber lief der Verkehr wie am Schnürchen, und vom Hafen schnurstracks zum Spezialarzt für Geschlechtskrankheiten, einem gewissen Nikolaídis im Zentrum von Piräus.
– Es ist so und so, sagte sie zu ihm, der Vater hat sich die Syphilis geholt, vor Jahren schon, der Schaden ist ihm geblieben, er ist blind geworden, ist übergeschnappt, er

glaubt, er sei ich weiß nicht wer, mir aber geht es um den Sohn.

– Neurosyphilis? fragte der Arzt.

– Woher soll ich das wissen?

Die Saltaférena nannte ihm Zeiten und Daten, an Mariä Himmelfahrt 1911 erschien Kapetán Vatokoúsis, nachdem er ausgeschifft hatte, der Stifter der Marmorplatten im Kirchhof, nicht an der Kirchweih, seine Seiten waren voller roter Flecken – wie die Blüten des Pfirsichbaums, hatte seine Frau ihr mißmutig ins Ohr geflüstert, sie schleppte ihren Sohn mit sich, er mochte etwa sieben sein. Ihr Töchterchen gebar Mersína Vatokoúsis, Gott hab sie selig, im Jahr 1914. Das unglückliche Wesen starb, bevor es vierzig Stunden alt war. Der Pathologe im Krankenhaus schnitt es in Scheiben.

Ganz früher, als die ANTONIOS P. sank, bei den Scilly Islands, es war 1905, im tiefen Winter, hatten sie Mários, Mínas Bruder, die Schuld daran gegeben. Drei Ertrunkene und das neue Schiff mit einem nicht mehr zu reparierenden Riß. Mersína Vatokoúsis' Familie väterlicherseits, die Schiffahrts- und Steinkohlegesellschaft N. Daniólos & Sohn, hatte damals auch in Síra ein Büro, sie ließ das Schiff verschrotten und bekam die mickrige Summe von zweieinhalbtausend englischen Pfund dafür. Mários begann zu trinken. Gott hab' sie selig, es war Mersína, die ihrem Vater keine Ruhe ließ, und er gab Mários wieder Arbeit, dank ihrer Hilfe fand er den Weg zurück ins Leben, er schuftete wie verrückt, übernahm all die gefährlichen Transporte: Ammoniak, Salpeter, Naphthalin, Lack und Teer. 1922, als Nuredin Pascha Smyrna verheerte, fuhr er hin und her, sammelte in Kleinasien griechische Soldaten auf, die er heimbrachte, und 1923 fand auch er im Ärmelkanal seinen Tod, als Seemann und nicht als Säufer, sein Sohn brauchte sich seiner nicht zu schämen; er ist nach Johannesburg verschwunden, in die englischen Diamantengruben.

Tausende halten Afrika stand, oder Afrika hält Tausende aus, beides ist richtig, dachte die Saltaférena, die vergeblich auf einen Brief ihres Neffen wartete, mochte er auch nur über den Abbau von Diamanten berichten.
– Welche Medikamente nimmt der Kranke ein? holte der Arzt sie in die Wirklichkeit zurück. Wismut, Salvarsan oder Quecksilber- und Jodpräparate?
Welche von den Frauen auf Andros kannte die Medikamente nicht, sie waren ihr Schicksal, bei der Moúrena redeten sie darüber. Der Arzt fragte auch nach der Gesundheit des Sohns. Ich will es nicht beschwören, Frau Farakoúki – Mína hatte ihm einen falschen Namen genannt –, ich will es nicht beschwören, aber wahrscheinlich ist der Sohn empfangen worden, bevor der Vater sich mit der Syphilis angesteckt hat.
Und ich werde ihn doch zu meinem Schwiegersohn machen, aber ich muß mich beeilen, das stand fest für die Saltaférena, denn in der letzten Zeit war ihr die Große sehr abwesend und mit anderem beschäftigt vorgekommen. Tónis, der Erste Buchhalter der Familien Vatokoúsis und Chadoúlis, kam zu Mína, um die Lage zu peilen, geschickt warf er etwas übers Vermögen ein, fünf runde Zahlen, sie fühlte ein Hämmern in ihrem Herzen, ihre erste Tochter war laut allgemeiner Überzeugung trotz ihrer kleinen Statur eine wahre Aphrodite, aber auch Níkos erwies sich als kräftig und tüchtig, ein vornehmer Herr, das Geld der Köder, die Tochter verschwenderisch, eine solche Ehe wäre die allerbeste Bezahlung des Wechsels an Mersínas Seele, sie hatte ihrer Familie beigestanden, man war ihr Dank schuldig.
Sie brachte auch die Angelegenheit mit dem Grundstück in Ordnung, fünfundzwanzig englische Goldpfund, kehrte nach Andros zurück und schickte ihrem Mann Sávvas die Abschrift des Vertrags. Die Unterschrift ist am 6. August gegeben worden, am Tag der Verklärung des Herrn, schrieb

sie ihm und erwähnte noch die kleine Summe, die sie für die Erdbebenopfer in Italien gespendet hatte, nichts Besonderes, die Erdbeben vor zwei Jahren in Japan, Jugoslawien, Palästina, Pakistan und schon einmal in Italien hatten ein großes Loch in ihren Geldbeutel gerissen.
Sie beschloß, ihn über die Ehestiftung später zu informieren, sobald die Sache gelaufen war, und wandte sich wieder ihrer ewigen Putzerei zu.

Sie pilgerten jeden Nachmittag zum Haus der Moúrena, höllisches Geschnatter, sie thronten im Wohnzimmer, verschlangen Mürbeteighörnchen, ohne zu kauen, und die Moúrena, betrunken von Rakí, Mástix und Likörchen, gab Bosheiten und Anzüglichkeiten von sich, und das Hahaha und das Psst, die den gelungensten folgten, trugen die Sünde weiter. Die Kinder aus der Nachbarschaft krochen auf allen Vieren heran, verbargen sich hinter dem Mäuerchen, lauschten heimlich und lernten die Glanzlichter auswendig, schon in der Volksschule beherrschten sie diesen Stoff fehlerfrei. Der Lehrer, angeblich um der Moúrena eins auszuwischen, ließ die Kinder nicht in Ruhe, bis sie es auch ihm verrieten, ein ruhiger Mann, der Herr Stratákis, dachte Móska, das war wohl sein einziger Fehler.
– Aus demselben Loch sind sie gekrochen, der eine Sohn im Bett wie ein koreanischer Taifun, der andere wie der Schirokko, das hab ich alles von den Bräuten erfahren.
Neulich hatte Móska ihre Mutter gesucht und es mit eigenen Ohren gehört, die Moúrena aber war so in Fahrt gewesen, daß es ihr nicht mehr gelungen war, den Satz abzubrechen oder ihm eine andere Wendung zu geben.
Nicht das, was sie da hörte, machte ihr Eindruck, sondern das, was sie sah: die Wallfahrerinnen mit ihren roten Wangen, die keine Notiz nahmen von dem Mädchen, sondern der Melodie lauschten, an den Lippen der dicken Moú-

rena hingen, die damit angab, ihr Kerl könne sie nicht verlassen, denn sein Anker hinge in ihren Haaren fest.
Als Móska elf, zwölf, dreizehn war, fraß die Neugier sie auf, wenn ihre Mutter von Zeit zu Zeit ihren kleinen Korb mit irgendwas zum Nähen ergriff und Kurs aufs Haus der Moúrena nahm, oder wo sie sich sonst versammelten, sie selber mit ihrem Mundwerk die unbändigste und beste von allen. Móska fand mit List stets einen Anlaß, plötzlich aufzubrechen. Was sie aufgeschnappt hatte, schrieb sie auf winzige Zettelchen, nachher spielte sie die Hauptrolle bei den Treffen mit Katína, Kikí, Marí: Sein Schwanz wie ein Mastbaum, sechzig Hoden auf einem Schiff gleich dreißig Mann Besatzung, Schmerfotzen, weil sie da unten Fett ansetzten, ohne Mann über Monate und Jahre, Argentinien produziert die besten Bettdecken, denn es ist ein Hurenhaus, und sie denken nur ans Bett, und die vielen Zitronen der Insel machen den Kuß sauer, manchmal sogar das Ding zwischen den Beinen.
All dies bis dreizehn, vielleicht dreizehneinhalb, es war ein verborgener Schatz, eine ersehnte kleine Qual, was bedeutet das, was jenes, fragten sich die Mädchen, *jeden Sommer wächst üppig der Liebe Geheimnis, denn im Winter sind alle allein* und so weiter.
Móska fand einfach keine gute Möglichkeit, Órsa dazu zu bringen, sie ernst zu nehmen, diese war drei Jahre älter als sie, das würde sich niemals ändern, immer wäre sie drei Jahre älter, Papas verzärtelter Liebling, der sich, ohne hochnäsig zu sein, stundenlang in der Kammer einschloß, kein Laut war von drinnen zu hören, oder sich auf der Dachterrasse hinlegte und auf das Auge Gottes starrte, dort, wo zwei Berge zusammenstoßen und es die Wolken immer eilig haben.
Órsa, ich hasse dich, dachte Móska, aber verlieb dich in keinen Seemann, denn nebst deiner Furcht vor seinem Untergang wirst auch du an den Lippen der Moúrena hän-

gen, die in Wirklichkeit schon uralt ist, achtunddreißig, dieser Walfisch, gierig keuchend auf der ewigen Suche nach etwas Originellem, denn besonders die Witwen hockten nicht bei ihr, um die immer gleichen abgenützten Sprüche zu hören, sie forderten Neues. Bevor sie also zum Kaffeekännchen griffen, zerbrach sie sich den Kopf, die Frauen zu erquicken, die, Witwen oder nicht, jeden Abend allein zu Bett gingen.

Vor ein paar Monaten hatte Móska dem Spezialisten aus Athen zugesehen, wie er die Bettgestelle mit den Sprungfedern und die Matratzen auffrischte. Im Doppelbett ihrer Eltern gab es nur auf einer Seite eine Kuhle; er murmelte etwas vor sich hin und grinste anzüglich, und die Mutter schickte sie in die Küche zurück, sie solle Kaffee kochen. Es würde das Ende kommen, und das Ehepaar Saltaféros hätte nicht ein einziges Paar Leintücher gemeinsam abgenutzt.

Schon regnete es, Tropfen wie Messerstiche, allüberall Schlamm – wir drei Frauen dampfen in unserer Engnis, begann Móska von Zeit zu Zeit zu poltern, nur in den Englischstunden im Gymnasium fand sie ihre gute Laune wieder. Haut wie Milch, gertenschlank, lockige kastanienbraune Haare, das war David, und bei ihm machte sie größere Fortschritte als bei allen anderen. Er hatte ihr am Dienstag *The Tower of London* gegeben, 631 Seiten, und sie brachte das Buch am Freitag zurück, es war zerfleddert und ausgelesen, mit dieser Heldentat wollte sie ihn überzeugen, daß der Unterschied der Sprache nicht als Hürde zwischen ihnen stünde, und der Brite, mißtrauisch, stellte ihr ein paar Fragen, doch sie wußte auf alle eine Antwort. Als es läutete, sagte er zu ihr, vielleicht wollte er sich bei ihr entschuldigen, *stay for a while*, und er zeigte ihr völlig zusammenhanglos eine Karte – das Mädchen vergaß den Namen des Malers wieder, ein Amerikaner jedenfalls, eine Weihnachtsnacht, die Themse gefroren, Ruder- und Segel-

boote waren ans Ufer gezogen worden. Ihr Puls raste, und sie brachte die Einzelheiten durcheinander.
Andere Mädchen klebten daran fest: »Unmöglich, dem Schicksal zu entrinnen«, und es war eine Art Schicksal – diese Verdammnis, unablässig die Augen anzustrengen, über den Stickrahmen gebeugt, die lang sich hinziehenden Nachmittage mit Zentimetern und Nadelstichen zu messen und wieder zu messen, auch die kalten Winterabende; die Worte, die im Haus fielen, waren abgezählt, zwei in der Küche, zwei in der Vorratskammer, jeden Tag die gleichen ... Móska haßte die Stickerei, vielleicht weil ein ungeschriebenes Gesetz sie alle zwang, dieses traurige Muster zu sticken und es an prominentester Stelle im Wohnzimmer aufzuhängen, damit es sie ein Leben lang bespitzeln und bedrohen konnte, ja, merk es dir: Unmöglich, dem Schicksal zu entrinnen. Hätte die verrückte Órsa ihr ein Geheimnis zugeflüstert, so hätte Móska ihr auch die ihren anvertraut, hätte sie geschüttelt: Es *ist* möglich, dem Schicksal zu entrinnen, ich jedenfalls werde nie einen Seemann heiraten, auf keinen Fall, sie zitterte davor, daß auch sie eine von den Wallfahrerinnen der Moúrena würde.
*Katerína, du mußt lauschen, hörst du das Meer von Kavodóros rauschen...* Immer wenn die See hoch ging, hänselten ein paar Spitzbuben Katerína Bassadís. Ihr Mann, Koch auf den Schiffen, war vor zwölf Jahren zusammen mit all seinen Kameraden am anderen Ende der Welt ertrunken, seitdem ertrug seine Frau das Blau des Meeres nicht mehr, sie war umgezogen, hinter einen kleinen, langweiligen Hügel, und in Begleitung ihrer Beschützerin Móska machte sie die größten und aufwendigsten Umwege, nur um die Gassen zu meiden, an deren Ende ein winziges Stück Ägäis zu sehen war, manchmal hielt sie sogar die Hände an die Wangen, um ihre Augen vor der kleinsten Ahnung des Meeres zu bewahren.
Sie war nicht verrückt, sie war ungewöhnlich.

Auch Móska wollte das Meer nicht; es war ein Wink des Schicksals, daß sie den Engländer liebte. Wenn sie allein und wie ausgebleicht hinter dem Tüll des Mückennetzes auf ihrem eisernen Bett lag, träumte sie von Flucht aus dem Kleinen England, so nämlich war Andros getauft worden von Großreedern mit Büros und Interessen in London und von kleinen Schiffseignern mit ähnlichem Ehrgeiz. Sie träumte vom richtigen, großen England, dem echten, mit Tea, Cake und ausgedehnten Ehegesprächen in Englisch über feinsinnige, fortschrittliche und europäische Themen.

*Geld aber ist nötig, und ohne solches kann nichts von dem geschehen, was Not ist* – Demosthenes hatte Saltaféros vorgegriffen, sonst hätte der Kapetánios es als erster gesagt an jenem Morgen gegen halb elf, als er das Telegramm in Empfang nahm. Das Meer ist niederträchtig an all seinen Enden: Konstanza, Cardiff, Diego-Suarez und Maracaibo, alles Huren, längs der Küsten umzingeln sie die Ozeane, und die Erzhure ist das Meer selber, es macht dich entweder zum reichen Mann oder zum ärmsten Schlucker, Sávvas kochte vor Wut und Kummer.

Schweren, ja schmerzenden Herzens teile ich mit, daß der unvergeßliche Iáson Telemés, von schwerer Influenza und Gesichtsrose befallen, am 17. Juli 1929 in New York verschieden ist. Der Sohn des Polypenfängers war ein Bürohocker, hatte das Salz des Meeres noch nie auf den Lippen gespürt, als Reeder vom Unglück verfolgt, seine Schiffe liefen auf Grund, zwei insgesamt: Die MAROUSSIO, Baujahr 1907, erworben 1916 für 11 000 Pfund, versank 1917 vor den Küsten Uruguays; die KIMATIANI, Baujahr 1908, erworben 1925 für 27 000 Pfund, sank auf ihrer Fahrt nach den Philippinen. Verschwunden war auch die Gattin,

Telemés blieb übrig, mittellos, mit Schulden und Wechseln am Hals, in dieser elenden Gesellschaft, die ihn zugrunde richtete.

Ein Freund von früher, dieser Iáson, mein Gott, wie viele sterben in letzter Zeit, dachte Saltaféros und war hin und her gerissen, er liebte das Meer, doch er fürchtete sich vor dem, was kommen konnte. Da bleibt einer in der Ferne, weit weg vom Ort seiner Kindheit, Gestalten, Schattenbilder, Worte, andere Töne, Reisen, Farben, wie verschiedenartig sind die Blautönungen des Meeres, in der Biscaya nach dem Fest der Darstellung der Jungfrau im Tempel grau und oliv, bis der Südost zu wehen beginnt und sie mit Bleifarbe bemalt, in Afrika wiederum sind sie orange, besonders am Nachmittag, die Wasser der Korallenriffe sind nochmals anders, dort leuchten die Wasser auf und verlöschen wieder und phosphoreszieren wie weihnachtliche Lampiongirlanden, auch wie die Mandarinen im kleinen Garten, mit dem Morgentau auf der Schale, drüben bei Kavodóros erstrahlt der Osten, die Früchte blinken wie elektrische Lichter, welche die Spatzen verwirren und verstummen lassen. Klein ist der Ort, doch seine Schönheiten sind unendlich und die Wogen des Meeres von göttlichem Blau, wo Windstille ist, wie erfrischende Limonaden, dort schwellen die Wasser an und ziehen alles in ihren Schlund, genau wie den Polypenfänger, den Kaiser des Kartenspiels, Paschális Telemés, *así es la vida.*

Saltaféros war in den Fünfzigern, kein naiver Draufgänger mehr. Er schleppte die schwere Last der Erfahrung und des Alters mit sich und eine wachsende Sentimentalität, etwas süßlich, sagten die Jüngeren, vielleicht eine Reaktion auf seine spröde Frau, welche derzeit alle hinter sich ließ, die Familien Telemés, Marís, Valmás, Zanís, die Sepia-, Oktopus-, Thunfisch-, Langusten- und Hummerfänger. Sie berechnete, entschied und plante heimlich Ehen. Mína überrumpelte alle wie der Finanzminister persönlich, der eine Geldentwertung vornimmt, und der Kapetánios, Tausende von Meilen entfernt, wartete auf die Abwässer ihrer Manöver. Er hatte sich nie für die Gefühle und die Motive seiner Frau interessiert, diese Gelegenheiten hatten sie nicht wahrgenommen. Nun waren beide nicht mehr für so etwas zu haben, der gute Wille fehlte, abgesehen davon, machten sie es wie die vielen anderen verheirateten Seeleute der Insel: Der Mann kümmerte sich um das, was den Mann anging, Unterhalt des Schiffs, Fahrten, Laden und Entladen, Einkünfte, das Leben auf dem Schiff, und die Frau kümmerte sich um das, was die Frau anging, Unterhalt des Hauses, Kleidung, Nahrung, Versorgung und Aufzucht der Kinder. Einzig für die schwierigen Angelegenheiten hatte Mína eine löchrige Rettungsweste ausgewählt: den Geldbeutel. Sie war eine kluge Frau und wußte Bescheid über das Risiko und wann sie etwas besser bleiben ließ. Doch ihren Töchtern hätte sie ein wenig mehr Herzenswärme zeigen dürfen, das hätte Saltaféros sich gewünscht. Er fuhr in den Häfen Südamerikas ein und aus, *general cargo*, und bevor er die Briefe aus Andros öffnete, schlug er vorsichtshalber das Kreuz.

Du sagst, ich gehe hin und stecke meine Nase in alle Angelegenheiten der Nachbarn, ich aber sage, du gehst hin und steckst dein Ding in alle Häfen der Welt, hätte sie ihm am liebsten geschrieben, das wäre ein Schlag ins Gesicht gewesen, doch sie ließ es bleiben – der Zeitpunkt wird kommen, nichts geht verloren, dachte sie. Móska hatte die Gratulationen in der *Stimme der Ägäis* kopiert, achtzig Drachmen kostete die Veröffentlichung: Die Familie von Sávvas P. Saltaféros, Schiffskapitän, gratuliert aufrichtig Dimosthénis G. Glinós, dem Sohn unseres Mitbürgers, des Obersten Feldapothekers des Heeres, Geórgios K. Glinós, zu seinem Eintritt in die Marineakademie. Ein Nichtsnutz der Vater, ein Nichtsnutz auch das verzogene Söhnchen, doch die Saltaferéna konnte nicht voraussagen, wen man eines düsteren Tages hier an diesem kleinen Ort nötig haben würde; im Interesse der Familie vertrug sie sich mit allen bestens, die Hälfte aber, kaum hatten sie ihr den Rücken zugedreht, verachtete sie. Es war unmöglich, das Kommando für den Haushalt dem Abwesenden anzuvertrauen, auf See hatte er alles im Griff, an Land war er die Hilflosigkeit selber.

Das Blau des Meeres hat Deine schönen Augen benetzt, meine Órsa, schrieb er der Erstgeborenen, und die andere beklagte sich, und während die Große ihm höchstens eine Seite schrieb, verriet ihm die Kleine sämtliche Neuigkeiten von Andros, besonders über die ganze Familie und die Freunde auf der Insel.

– Schreib auf Zigarettenpapier, sagte Mína zu ihr, dann wiegen deine Gefühle nicht so schwer.

Der Drucker hatte die Zettel für die sonntäglichen Gedächtnisfeiern gedruckt: Die Witwe von L. Íssaris, wobei L. für Leonárdos steht, und die Witwe von S. Arjirópedos, wobei S. für Sokrátis steht, Stérjos hatte eine andere Witwe, und ab ging's in eins der beiden Kafeníons. Die Besitzer waren übereingekommen, sich die Gedächtnis- und Trauertage zu teilen. Die Platía würde wieder einmal erstarren in der Trauer – nicht einen Sonntag gab es ohne Kólliva, die Weizenspeise zum Gedenken der Toten... Man legte die schwarzen Kleider ab, man legte sie an, Dunkel drang in die Menschen, ihr Blut wurde dunkel, und immer wieder zogen sie zu den Seelenmessen für Bekannte und Unbekannte, die ganze Woche schuften und am Sonntag in der Früh das schwarze Kostüm und Schlangestehen für die Kondolenzbezeugungen.

Mína beschloß, die beiden Töchter vor Tagesanbruch zu

wecken und mit ihnen zum Haus der Schwiegermutter nach Apatoúria hinaufzusteigen; dort oben würde sie umgehend den Verkauf der Feigen regeln und so den beiden auch den Anblick des schwarzen Trauerzugs ersparen. Das Haus lag direkt neben der Mitrópolis-Kirche. Ihr Leben war ein unaufhörliches Requiem für Seeleute, vor allem im Sommer, wenn die in alle Welt Verstreuten einfielen und die Insel wie eine Sturzflut überschwemmten.

Vor einiger Zeit, es war Christi Himmelfahrt, hatte sie Órsa beobachtet – sie hatte im Graben und hinter den öden Dornenhecken bei den Drei Kirchen Mohnblumen gepflückt –, wie sie über die Balkonbrüstung lehnte, die Blütenblätter, die so oder so rasch verdorrt wären, abschüttelte und wegblies; die Gasse war voller roter Flokken, die sanfte Brise führte sie in die kleine weiße Stadt, die in ihrer mittäglichen Siesta einsam dalag. Mína hielt sich im Erdgeschoß auf, saß im Schatten der Weinpergola, aß ein paar Trauben und beobachtete verstohlen ihre Tochter: Schön, wie abwesend, die Farbe von Honig, Anmut in Zephyrs Armen. Der Andere hatte recht, das Blau des Meeres hatte ihre Augen benetzt. Wollen sehen, ob sie auch blaue Tränen vergießt, sobald sie von ihrem Bräutigam hört. Heul nicht, es gibt kein Wenn und Aber, das würde Mína ihr klarmachen.

Der 5. September, etwa zur fünften Stunde am Nachmittag. Der Sand hatte die Hitze des Tages gespeichert, ein flimmerndes Licht breitete sich aus und lag wie Goldstaub auf allem, was kaffeebraun war, Felsen und Erde; das durchsichtige Wasser ließ den Meeresboden zum Vorschein kommen, hier hellgelb, da dunkelgrün, die Wasserpflanzen neigten sich, erlahmt von der Sonne, die sie bis in die Tiefe verfolgte. In der Mitte der Bucht stand auf einer

Erhebung die Kapelle einer schlafenden Heiligen, sie schien Órsa nicht mehr zu lieben, die Heilige Thalassiní; schneeweiß war die Kapelle, genau wie die andere, die wie eine Ziege auf Spiros' und Orsas Felsen hockte, sie hatte an manchen Abenden über die beiden gewacht, wenn sie sich in ihrem kleinen Kirchhof für zwei verstohlene Küsse geduckt hatten.

Die gestreckten Züge einer Schwimmerin zerrissen die Meeresoberfläche und verstreuten das Spiegelbild der Kapelle wie weiße Papierstückchen von einem Brief, den der Empfänger vor Enttäuschung zerfetzt hat. All dies kurze Bilder vom Nachmittag des 5. September 1929, einem Nachmittag, den Órsa Saltaféros allein verbringen wollte; sie hatte keine engen Freundinnen, ihre Stimmung war auf dem Tiefpunkt, die winzigste Bewegung störte sie, selbst die Schwimmerin in der Ferne oder die Kühe von Bosákis, die verdorrte Wolfsmilch und Haftdolden kauten, und das zimtfarbene Rind, das schläfrig im Schatten des Feldahorns lag.

Órsa preßte in ihrer Faust die drei vom Meerwasser zerfressenen Löffel, die der wütende Meltémi am Tag zuvor ans Land geworfen hatte, sie hatte sie aus dem Sand gegraben, sie trugen auf sich das Grün des Vergessens – ich werde sie für immer in meiner Tasche behalten, dachte sie. Am Nachmittag hatte sie es eilig, ihr Badekleid trocknete nur langsam; die Schwimmerin war zum Strand gegangen, lag auf dem Rücken und ruhte sich aus. Die ganze Welt bestand aus drei waagerechten parallelen Streifen, einem weißblauen zuoberst, einem blauen in der Mitte, einem gelben zuunterst, und an dessen Rand die Schwimmerin mit dem kirschroten Badekleid. Sie wollte nicht mit ihr sprechen, alles andere als das, besser so, aus der Ferne, auch wenn es letztes oder vorletztes Jahr gewesen wäre, würde Órsa vielleicht diesen Eindruck als ihr Bild für den Sommer 1929 auswählen. So bewahrte Órsa die Vergangenheit auf: Im Sommer 1928 zum Beispiel war es der rote Hut einer Neuvermählten, den der Wind dem Ufer entlang trieb, im Sommer 1927 Spíros Maltabés zu äußerst auf der Mole, ohne Hemd, einen Oktopus auf den Boden klatschend und beschimpfend, und im Sommer 1926 war es Naná Bouradá-Karapipéri in Schwarz mit ihrem schwarzen Fächer, die bei offener Tür allein in der schattigen Diele ihres Hauses saß.

Es waren nicht mehr viele Menschen an den Stränden, einer da, einer dort, die Marktgassen öd und einsam, die Stadt mit den Überresten des fränkischen Kastells hoch oben auf ihrem Haupt, mit den langen Treppen, den vielen Kirchen, den Brunnen aus Marmor, die zweistöckigen Herrenhäuser mit den venezianischen oder in einheimischem Stil gehaltenen Wappenschildern, den Loggien, die klassizistischen Gebäude, alles Gebäude mit starker Wehr, um der Zeit zu trotzen, auf dem dreieckigen Steinabschluß eingeritzt das Baujahr, damit niemand es vergaß. Schritt um Schritt wurde die Stadt wieder von den Frauen eingenommen. Die Seeleute banden den Seesack zu, verschnürten ihre Truhe und gingen weg; Sávvas Saltaféros, irgendwo unterwegs, hatte versprochen, an den nächsten Ostern zu kommen und drei Monate zu bleiben.

Órsa wäre es nie in den Sinn gekommen, Mama zu sagen, meine liebe Mama, gute Mama, soll sie doch der Teufel holen und ihr einen Mühlstein um den Hals hängen, wollte sie aufschreien, besonders wenn die Saltaférena wieder einmal an der Richtigkeit ihrer Entscheidungen zweifelte, ein Kistchen Havannas aus dem Schrank nahm und zur Beichte ging. Die Schwächen von Pápa-Fílippas waren bekannt, die Zigarren, die sie stets vorrätig hatte, sollten ihr die Vergebung jeglicher Sünde oder Schuld erleichtern, ein Trick der Saltaférena. Der Priester war es müde, sich immer wieder das Gleiche anzuhören, nach dreißig Jahren in der Pfarrgemeinde waren für ihn die Verfehlungen der Seeleute und ihrer Frauen weder unerhört noch von besonderem Interesse, er hörte zerstreut zu und erteilte schließlich allen für alles die Absolution, verließ den Kirchhof und lauerte den wenigen männlichen Wesen der Insel auf – er suchte einen Partner fürs Távli-Spiel. Er schien viel niedergeschlagener zu sein, wenn ihm niemand in die Falle ging, als wenn er erfuhr, was alles die Seelen seiner Schäfchen belastete.

Wenn Mama nicht völlig gefühllos ist, dann wird sie in diesen Tagen ihr Gewissen mit einer Kiste Havannas wieder ins Lot bringen, dachte das Mädchen.

Tags zuvor war Spíros' Onkel aufgetaucht, Emílios Bálas, um bei ihnen Kaffee zu trinken. Geschickt war er auf das Thema zu sprechen gekommen.

– Ich habe beschlossen, sie einem anderen zu geben, sagte die Saltaférena. Es gibt so vieles, so Heiliges, das mir die Hände bindet, sag deinem Neffen, es tue mir leid, ich hätte mein Versprechen schon gegeben. Aber jedenfalls, mein lieber Emílios, dieser Spíros scheint mir nicht geeignet für eine Familie zu sein, er ist ein Frauenheld. Der Onkel, ein schwächlicher Mann, biß sich auf die Zunge, sagte nicht ein Wort über Gefühle; die Saltaférena wiederum umschiffte diese Klippe und führte ihre Inquisition, wie sie es sonst zu tun pflegte, denn sie war mißtrauisch bis aufs äußerste, nicht durch. Órsa in ihrem Versteck hörte alles. Sie fühlte, wie ihre Adern, *tsaf*, rissen und sich leerten, sah das Blut, das dahinrann, ein Rinnsal, das langsam, aber unablässig, Meter für Meter, zu dem so geliebten »Rundgang Maltabés« – Heiliger Dimítrios, kleine Brücke, alter Gottesacker und Felsenhöhle – floß und dort seine rote Farbe hergab und nicht mehr existierte, zu lauterem Wasser wurde, eins mit dem Meer.

Ihre Mutter war nun außer Rand und Band und stürzte sich rücksichtslos auf Bálas. Sie brauchte keinen Revolver und hatte den armen Mann dennoch so fest im Griff, daß der sich nicht mehr rührte. Obendrein verlangte sie von ihm noch den Mist aus dem Taubenschlag für ihre prächtigen Nelken.

– Damit ihn dir deine Nachbarinnen nicht wieder klauen.

Unbeweglich stand Órsa hinter der zweiflügligen Eichentür des Wohnzimmers und hielt den Atem an. Sie hörte alles und konnte nicht weinen.

Schreib mir, mein Schatz, das Rezept für die feinen Sesamkuchen, vielleicht macht uns der Koch ein paar. Das Rezept kam in schönster Schrift von Móska, so und so viel Honig, so und so viele Walnüsse, so und so viel Sesam, und er übersetzte es holprig für Anjelita, Anjelita Rodriguez San Pedro. Die Frau war klein, der Betrug aber groß. Beginn der ehebrecherischen Beziehung 1916, Ort Argentinien, Ehebrecher Sávvas Saltaféros. Er war kein wollüstiger Kerl, sondern ein ganz gewöhnlicher Mann, dem seine Frau mit ihrer ewig griesgrämigen Miene das Leben verleidete, deine Pest und meine Pest, so nannten er und Nikifóros, Gott hab' ihn selig, ihre Frauen. Liebesstifter war der Schiffshund Achelóos, der sich im Sturm fürchtete, aber alle auf dem Schiff hatten ihn liebgewonnen, den Köter mit seinen schläfrigen Augen und dem schmutzigen kaffeebraunen Fell, der zwei Tage und zwei Nächte kotzte und alles zerbiß. Kaum hatten sie in Buenos Aires angelegt, nahm Saltaféros Achelóos auf einen Spaziergang mit, damit er sich erholte. Sie gingen auch zu den Mädchen. Anjelita war neu in jenem Haus, bring ihn mit aufs Zimmer, nicht daß er wieder Angst kriegt und einen Schaden anrichtet, sie hätschelte ihn, ließ den Tierarzt kommen, der irgendwelche Beruhigungsmittel verschrieb.

Ein Tolpatsch von einem Hund hatte ihn in diese Geschichte verwickelt, *como vos querràs mi amor* und *si mi*

*amor* folgten schicksalhaft, und als er zum fünften Mal in Argentinien anlegte, erwartete sie ihn mit griechischem Tomatenpilaw und Chalvá, und er adoptierte ihren Sohn. Vater unbekannt, dreijährig, er nannte ihn bereits Odysséas, mit dem einzigen griechischen Namen, an den er sich aus den drei, vier Jahren, in denen er die Schule hatte über sich ergehen lassen, erinnerte. Die wickelt mich doch ein, dieses elende Weibsbild, dachte Saltaféros. Am selben Nachmittag brachte er sie zum Notar und ließ sie unterschreiben, daß sie niemals bei seiner legitimen Familie auftauchen würde, und am nächsten Morgen ordnete er die Angelegenheiten auf dem Zivilstandesamt, dann gingen die drei Eis essen.
Ein ruhiger Morgen, September in Argentinien, es duftete schon nach Frühling, Anjelita, ansonsten ein heiteres Gemüt, anmutig, jeden Augenblick bereit zum Tangotanzen, zum Küssen, hatte ihre gute Laune bei so viel unerwartetem Glück verloren und hörte nicht auf, sich weinerlich zu bedanken.
Sávvas betrachtete den kleinen Burschen: der gehörte wahrhaftig nicht auf den Abfall, er hatte eine Würde in seinem Blick, er billigte die Haltung seiner Mama nicht, ein kleiner Mann von drei Jahren mit dichtem, lockigem Haar, das aussah wie ein Engelskränzchen aus Gräsern und Kräutern.
Anjelita und Odysséas, zwei Madonnen, und Saltaféros entspannte sich zumindest in Buenos Aires. Ich bin jetzt fünfzig, sagte er zu den beiden Chadoúlis, den Schiffseignern, nie wieder China, Japan, Indien, Mandschurei, dort herrscht Rebellion, ein schreckliches Verderben. Argentinien behagte ihm, er hatte die Meere des Südatlantiks, *Atlantico Sur,* gründlich kennengelernt, seit ein paar Jährchen organisierte er in eigener Regie Frachten und Schiffsvermietungen nach Kingstown, Georgetown, Curaçao, Paramaribo, Necochea, Valparaiso und zurück.

Die anderen ging das alles nichts an, einzig Nikifóros, der wäre eines solchen Geheimnisses würdig gewesen, aber er hatte zu früh das Zeitliche gesegnet, und so war ihm Sávvas Sohn, bereits ein strammer Kerl von fünfzehn Jahren, einsachtzig groß, unbekannt geblieben. Und dann seine richtigen Töchter.

Vor kurzem bekam Sávvas in Lissabon drei Briefe von Órsa, Móska und Mína. Sie schienen nicht von Personen geschrieben worden zu sein, die im selben Haus lebten, sondern von Menschen, die einander nicht kannten, aus verschiedenen Nationen und Rassen: Seine Frau schrieb achteinhalb Kolonnen mit Ausgaben und ein paar kümmerlichen Worten über zukünftige Ehestiftung, Móska einen elfseitigen Rapport darüber, was hinter den fremden Türen geschehen war, nachdem sie selber die Schwelle des weißen zweistöckigen Hauses in Ríva überschritten hatte, und Órsa zwei Seiten mit weiten Zeilenabständen, auf ihre Weise sagte sie genug. Um Gottes willen, lieber Papa, versteck mich auf deinem Schiff, das Kleine England ist zu klein, so sagte auch die Patin, als daß die großen Gefühle Platz fänden.

Sávvas Saltaféros' Herz verfinsterte sich zum hundertsten Mal; er floh aus seinem Haus wegen seiner Frau und mußte deshalb die Zärtlichkeiten mit seinen Mädchen entbehren. Wenn er alle zwei, drei Jahre zur Insel zurückkehrte, hatte er Mühe, zwei spröde Kinder zu küssen und zu streicheln, die in der Zwischenzeit junge Frauen geworden waren. Das Alter hatte eine weitere Wand zwischen ihnen aufgerichtet.

Es ging so weit, daß er auf Andros den Heimwehkranken und den Bekümmerten spielte, während er in seinem Innersten nichts anderes wollte, als den Bettel hinzuwerfen und wieder in seine Wasser zu gleiten, sechsunddreißig Jahre Seemann, alle Gewässer waren ihm bekannt. Er fürchtete sich sogar vor seinem Bett, seinen Zitrusbäumen

und seinem kleinen Garten, seiner alten Mutter und seinen Freunden wie Grigóris.
Órsa hatte ihm geschrieben: Lieber Papa! Ausgestreckt in der Luft liegend, auf den Händen von vier Seeleuten, das Auge Gottes anschauend, den milchigen Himmel, den Mittagsmond, flog Grigóris zum letzten Mal über die Hauptstraße, vorbei an den Stümpfen und den verdorrten Stengeln der Nachtblumen, die der pedantische Friseur wieder beiseite geräumt hatte, er flog an den Zwillingsplatanen auf der Platía vorbei, an den Häusern, in denen er an den Abenden zu Gast gewesen war in der Zeit zwischen zwei Heuern, und kam bei der Muttergottes herunter. Er hörte, lieber Papa, von elf Uhr am Vormittag bis um vier Uhr am Nachmittag die Glocke, er hörte das stille Weinen seiner Frau und versuchte, sie an den Zustand zu gewöhnen.
Sein Herz zog sich zusammen wegen Grigóris, auch wegen Órsa zog es sich zusammen, ein Mädchen, dessen Verstand elende Ideen durchbohrten. Er drückte die Zigarette aus, legte die Briefe weg und rieb sich die Schläfen; seine Mutter litt unter Kopfschmerzen, er hatte sie geerbt. Als er aus seiner Kabine trat, stürzte er sich auf den Koch, der ihm gerade etwas Wurst brachte, und ließ seinen Zorn an ihm aus.
– Geh zur Hölle! Es kommt noch so weit, daß ich sage, ich hab' Sehnsucht nach Andros, und mein' damit nur, ich hab' Sehnsucht nach Arístos, dem Krämer, oder so, der es gut hat, immer sauber rasiert, mit einem Schnauz – die wahre Geometrie, und er wägt Schafbutter ab oder Stockfisch und erklärt dir die Träume.
– Und er macht die pikantesten Würste, ergänzte der erschrockene Christákis.

Seite 146, Empfehlungen des englischen Admirals Sir Frederick Bedford zur Vermeidung von Kollisionen, im Buch seines Vaters, *Elementare Theoretische und Praktische Navigation mit sämtlichen Tafeln und astronomischen Ephimeriden,* erschienen bei Pelopídas Tsoukalás, Buchhandlung »Estía«, 1912, alt, aber immer noch gültig. Spíros Maltabés hatte es auswendig gelernt, und es war nicht das einzige, seit seinem zwölften Lebensjahr blätterte er in solchen Ausgaben.

Was sollte er auch anderes tun mitten im Indischen Ozean, wo es nichts gab außer einem Schiff, das in einem weißen Universum dahin fuhr? Diese Monotonie bewirkte, daß seine Gedanken immer wieder um ein und dasselbe kreisten; es war zum Verrücktwerden.

Am siebzehnten Zehnten in Surabaya auf Java, sie luden Reis, erfuhr er, daß die Saltaférena ihn ohne ein Wort der Begründung abgelehnt hatte, ihn, der siebenundzwanzig und schon Kapitän war mit traumhaften Offerten von vielen Reedern aus Andros, Chíos, Egnousía, Kásos und Kefalloniá, sie hatte nicht einmal gefragt, ob da ein tieferes Gefühl oder wenigstens Sympathie für ihre Tochter war. Sie, die alles immer bestens zu ihrem Vorteil organisierte, sie verstand es nicht, einen Bräutigam für ihre Tochter zu besorgen, Gott allein wußte, auf was für einen verdammten Schnösel sie ihr Auge geworfen hatte, getreu ihrer Maxime: Hast du kein Geld, bist du kein Held. Ein Körper für lange Nächte, aus und vorbei, ich habe ihn verloren. Maltabés erinnerte sich an eine schlanke Taille, feine Handgelenke und Knöchel, fleischige Arme und Beine. Als er sie zum erstenmal küßte, wurde Órsa in seiner Umarmung vor Scham ohnmächtig, doch kaum war sie wieder bei sich, blieb sie für ein paar wenige Minuten schweigsam und erwiderte dann mit unerwarteter Kühnheit seinen ersten Kuß mit tausend anderen, er konnte sich kaum rühren vor Überraschung. Bei ihrem letzten Rendezvous, bevor er auf See ging, waren die vierzig Tauben seines Onkels auf den Holzbohlen und in den fischgrätenartigen Öffnungen im Taubenhaus Zeugen, sie gurrten und begleiteten die heftigen Atemzüge und die halb ausgesprochenen Wörter.

Ein merkwürdiges Mädchen, unterwürfig und widerspenstig zugleich, dann wieder fröhlich und heiter und schließlich unnahbar und melancholisch. Das Licht stört mich sehr, sagte sie immer, oder das, was ich träume.

Selten nur redete sie von ihrer Familie. Ich werde dir ein Gedicht vorlesen, sagte sie plötzlich und quälte ihn dann mit der Frage, von wem es stamme; sie verwirrte ihn mit den Initialen der Dichter oder mit der Geburtsstadt, er verlor immer, und sie hatte ihre helle Freude daran, daß ihr Liebster nichts von Poesie verstand. Sie hatte herrenlose Verse von da und dort in ihr mit Leder eingefaßtes Heft abgeschrieben, es war dick wie ein Buch in der Kirche oder wie jene, in die man auf den Schiffen Löhne sowie Einnahmen und Ausgaben notierte, *papeterie Hautin, fondéee en 1856*, sie hatte ihr Französisch von Ansichtskarten gelernt, aber ihre Aussprache war gut. Maltabés blätterte auf gut Glück in seinem eigenen Buch, es war in schwarzes Leder gebunden, auf dem aufgeklebten weißen Schildchen stand in braunem Schmuckrahmen OSTRIA, Lohnabrechnungen der Mannschaft seit dem 1. März 1928 – letztes Jahr: Der Telegrafist Nikolós Sannís schuldet 250 Scudo, der Heizer Jánnis Polísos hat erhalten 37 Pfund; auf einer anderen Seite: Der Mechaniker Athanássios Maístros hat in Kalkutta um einen Vorschuß von 50 Pfund gebeten, und so weiter. Maltabés hatte zehnmal die Welt umrundet. Im vergangenen Jahr jedenfalls war er beeindruckt gewesen von der Weite und den vielen Schlupfwinkeln der kleinen Insel, welche die Romanze tarnten, alle Leute waren untereinander bekannt und alle neugierig, doch niemand hatte sie entdeckt.

Órsa traf stets alle möglichen Vorkehrungen, aber jedesmal trug sie ein Seidenkleid, Spíros kannte sich aus in Frauenkleidern, aber das war eine lange Geschichte. Sie kam also, hatte ihren honigfarbenen Zopf mit einigen Jasminblüten geschmückt, ein Band im gleichen Blau wie ihre Augen, er starrte in diese Augen und sah in ihnen ewige und kühle Wellen. Auf diesem Meer werde ich immer segeln, sagte er und drückte sie an sich, erregt, glücklicher Maltabés, sagte er zu sich, das Mädchen ist eine Meerjungfrau, dein Glücksbringer, wie die, welche er auf seinem linken Arm eintätowiert trug, mit üppigem Haar, gekrümmtem Schwanz und schön gezeichneten Schuppen.
Die Arbeiten auf dem Schiff waren mühsam, die Männer funktionierten wie ein Uhrwerk, der eine fünf, der andere fünfzehn, der dritte fünfundzwanzig Jahre auf dem Meer, nur die Neulinge ergriffen nicht selber die Initiative, sondern fragten. Wenn das Wetter nicht umschlug, war alles immer gleich.
Spíros hatte ein Auge auf die Alten, ein jeder kannte die Regeln, in den Häfen wie auf See, sogar die Spaßvögel, die Griesgrame und all die störrischen Raufbolde beruhigten sich auf den weiten Fahrten, das Meer warf sie nieder am dritten Tag, zwang allen seinen eigenen Rhythmus und sein Schweigen auf, ganz gleich, welche Tätigkeit im Seemannsbuch auch aufgeführt war, Schmierer, Schiffsjunge, Steward, wie Tákis, der Neffe der Moúrena, der gute Junge der Insel, der gerade vor zwei Monaten angeheuert hatte, er war gierig auf die schlimmsten Höllenfahrten, und ohne daß er in einen Taifun geraten wäre und er inbrünstig seine Gebete hätte gen Himmel schicken müssen, schmolz sein Drang nach Abenteuern dahin, und er glitt in eine Depression.
In Spíros' Kopf hatte sich vieles angesammelt. Er wartete aber auf die gute Nachricht.
– Zweimal hast du mir letztes Jahr mein Schiff gerettet,

zwei ganze Vermögen hab' ich dank dir nicht verloren. Chadoúlis junior, ein sehr eigenwilliger Typ, Aristokrat, Büchernarr, hatte ihm soeben in einem Telegramm Prozente an ihrem neuen Schiff, der LEONIDAS II, versprochen, das auf den Namen ihres Onkels eingetragen war. Der war durch Seehandel und Schmuggel hoch hinaufgekommen und schließlich in hohem Alter, als er gerade den Popen im Távli bezwungen hatte, gestorben.
Dank dieser fünfzehn Prozent würde ihn die Saltaférena eher als Herrn ansehen, und Maltabés würde einen Weg finden, ihr das Mädchen abzuluchsen.

Ein Maultier neben dem Fenster, zehn Säcke Ziegenmist am Stamm des Mirabellenbaums, das Opalglas, das nicht mehr wackelte, der Elektriker stieg endlich von der Leiter, nachdem er das Erdgeschoß mit fein geschnittenen roten und schwarzen Kabeln und Kupferdrähten übersät hatte.
Mína Saltaféros schnauzte ihn an, weil er erst nach der Hochzeit kam, um die neuen Lampen aufzuhängen. Was war Evtíchis schuld, wenn er sich erkältet und Fieber bekommen hatte und seinen Verpflichtungen gegenüber den Kunden nicht nachkommen konnte?
Die Saltaférena hatte die Hochzeit von Órsa organisiert wie eine Kriegsattacke. Sie hatte Verwandten, Nachbarn und Unbeteiligten genaue Anweisungen erteilt, damit Sávvas' Abwesenheit unbemerkt bleiben und niemand die Mängel dieser Verehelichung bemerken sollte. Die Erstgeborene sollte bei all dem am besten gar nicht bemerken, was da vor sich ging, und gar nichts sagen.
Móska sah aus der Ferne, wie man die neuen Wiener Stühle von den Schleppkähnen auf die Mole brachte und die Tiere mit ihnen belud. Die vier Esel kamen langsam voran, sie brauchten eine gute halbe Stunde, um die Trep-

pen hinaufzuklettern, dann kamen sie im Hof an, und man lud die auserlesenen Sitzgelegenheiten und einen Kleiderständer ab, Geschenke vom Reeder Chadoúlis – alle an der Verschwörung Beteiligten hatten tief in die Tasche gegriffen.
Sie saß untätig in der Konditorei, unter der Fotografie ihres Gründers mit dem mächtigen Schnurrbart, die, obwohl sie im Schatten des Raumes hing, von der Sommersonne gebleicht worden war. Er, in ewiger Ruhe, über seinen *fruits glacés*, und seine einzige Beschäftigung war es, mit starrem Blick die Fliegen anzublitzen, die auf den Zukker scharf waren.
Würde sie je einen Konditor nehmen? Vorausgesetzt, sie nähme keinen Seemann, nähme sie auch den Gesellen, der die Mandelplätzchen und den Auflauf aus dem Ofen zog; sogar den Burschen, der im Sommer auf den Feldern das Getreide drosch und Bittermandeln für die Mandelmilch besorgte, würde sie nehmen, falls sie nicht einen anderen liebte.
David saß in der Konditorei. Er hatte ein Stück Torte gegessen, wahrscheinlich Schokolade, denn es war ein wenig *truffe* auf dem Tellerchen liegen geblieben. Über den Tisch gebeugt, schrieb er nun Karten, Weihnachtskarten, die aber erst nach dem Fest ankommen würden. Sie wollte ihn tadeln, schon der 20. Dezember. Er aber fühlte sich gestört von den Leuten, die ein und aus gingen, um Bestellungen aufzugeben oder einzukaufen, und hatte sie nur förmlich gegrüßt. So sah sie die ganze Zeit unbeweglich den vier Eseln in der Ferne zu, denen die Zunge aus dem Maul hing. Es wehte ein eisiger Wind. Dann hörte sie: Fräulein Saltaféros, die Wiener Mandeln sind fertig, und mögen Sie bald auch Ihre Hochzeit feiern.
Órsa ähnelte einem Püppchen in ihrem luftigen Brautkleid aus einem Athener Atelier, das Haar bestreut mit Zitronenblüten, um sie ein Schwarm von Brautjungfern, Kinder

von Kapitänen und Reedern. Ganz Andros hatte diese Hochzeit zum ersten Gesprächsthema gemacht und Geschenke geschickt; die untere Wohnung des zweistöckigen Hauses, in der die Familie gewöhnlich lebte, füllte sich mit Leuten, die ihre Aufwartung mit Sandtorten machten; die obere hatten die Saltaféros als Mitgift für die Erstgeborene vorgesehen und mit Stücken von allerbester Qualität ausgestattet und bislang nur für Feiern und Bankette aufgeschlossen. Órsa wollte auf keinen Fall in der oberen Wohnung wohnen, die eine bessere Sicht auf die ganze Ägäis bot, auf die Reede von Parapórti und in der anderen Richtung bis zum Auge Gottes. Sie erzählte irgendwas von Nachtblumen in den Beeten, die sie im Sommer in ihrer Nähe haben wolle; ihre Mutter brachte sie dazu, Kämpfe für die Blumen auszutragen und auch zu gewinnen. Vatokoúsis mischte sich nicht ein, Órsa war der Hauptgewinn seines Lebens und nicht umgekehrt. Als die Saltaférena den alten Spruch, der Segen der Eltern stütze die Fundamente der Häuser, in alle Richtungen wiederholte, sah Órsa sie an wie ein Lamm auf der Schlachtbank, aber natürlich vergeblich. Die Saltaférena strahlte noch mehr, weil Athanássios, der Bischof von Síros, Tínos und Andros, höchstselbst angereist war, um die Vereinigung zu segnen und als höherer Hierarch die Syphilis wirkungsvoller auszutreiben.
Die Hochzeit fand am Montag, den 27. Dezember 1929 statt. *Und du, Braut, genieße ein langes Leben wie Sara, sei heiter wie Rebekka und fruchtbar wie Rahel, dich erfreuend an deinem Manne, die Bestimmungen des Gesetzes einhaltend, zur Freude Gottes.* In der Mitte des Wohnzimmers unter dem schlecht befestigten Lüster, den Evtíchis nicht rechtzeitig abgehängt hatte, sprach Athanássios laut diese Worte, und leise murmelte sie Pápa-Fílippas, der abseits stand.
Das Fest dauerte bis in den Morgen. Móska beobachtete

die ernsten Neuvermählten, ein Walzer, ein heimatlicher Bálos, und stellte sich ihre Schwester ohne Kleider vor, wie sie sich zum erstenmal einem Mann hingab in der Ungewißheit, ob er die Krankheit in seinem Blut trug, während sie im Innersten fühlte, daß Órsa einen anderen wollte. Das Schlimmste aber war, daß dieser blonde Vatokoúsis, dürr wie ein Storch, mit seinen halb geschlossenen kastanienbraunen Augen, kein Dummkopf oder böser Mensch zu sein schien. Was für ein Hohn nun für die beiden das duftende Schlafzimmer, die gestärkten Leintücher, die gesteppte Satindecke, die Müschelchen, die Rosenblätter und die Hochzeitsmandeln verstreut auf dem Bett ihrer ersten gemeinsamen Nacht, der Nacht des Martyriums!
*Des Martyriums Nacht, o welche Hochzeitsnacht, es leuchtet der Kerze Pracht, erhellt den Ort der Schlacht.* Katína, Kikí, Marí, Móska, die vier unzertrennlichen Schulfreundinnen, machten sich ein weiteres Mal bewußt, daß sie Mädchen waren, und mit eins, zwei, drei stürzten sie einen Rakí hinunter.
David bat Móska lässig um einen Tanz, und sie fiel über ihn her mit neu erwachten Hoffnungen, drängte sich an seine Brust, der Ausländer erschrak, er brachte sie auf eine Distanz von zwanzig Zentimetern zu seinem Körper, die den Anstandsregeln der Insel entsprach. Er mußte ihre Enttäuschung gespürt haben, doch sie seufzte auf, um sie noch deutlicher zu machen, und ihre Augen wurden noch dunkler. Nach vier oder fünf Drehungen bat er sie mit einer Stimme noch englischer als gewöhnlich, zeige mir nachher auch die Schritte des Bálos. Aber es gab kein Nachher, er schien es vergessen zu haben, schlich wieder in seine Ecke. Der dünne, schmächtige David verschwand zwischen zwei Riesen, dem Physik- und Mathematiklehrer Papadópoulos und Frau Chasápis, der Gattin des Geschichtslehrers; nicht einmal die Speisen vom Hochzeitstisch sagten ihm zu, nur von den Honigkuchen und den

Schokoladentorten naschte er, und Frau Naná hielt ihm immer wieder die Glasplatte hin.
Mína Saltaféros, die ihre Augen überall hatte, bekam den Walzer mit, aber sie behielt sich die Bemerkungen für den Morgen vor, wenn sich die letzten, mehr oder weniger betrunken und ihre Bonbonnière vergessend, verabschiedet hätten.
– Die Musikanten sind bezahlt, ein Goldpfund für den Lautenspieler und eins für den Mann mit dem Santoúri, Ende der Vorstellung. Gehen wir und legen wir uns für zwei Stündchen aufs Ohr.
Die Tochter war viel größer, die kleine und schwere Mína stand auf, fuhr ihr über das kohlrabenschwarze, lockige Haar, während sie eingehend nicht nur Móska, sondern auch den Fußboden musterte, das heißt, sie meinte Órsa, die sich mit Níkos schon früh in die untere Wohnung zurückgezogen hatte. Sanft führte sie ihre kleine Tochter genau über das Schlafzimmer der Neuvermählten, dann gab sie die Quintessenz eines ganzen Lebens preis und flüsterte ihr zu: Eines will ich euch sagen – es ist tausendmal besser, ein Mädchen heiratet nicht den Mann, den es liebt, denn wenn der schnurstracks zu den liederlichen Weibsbildern rennt, ist der Kummer groß.
Mína Saltaféros war in ihren Zwanzigern eine begehrenswerte Frau gewesen, die Haut wie Milch, das Haar rabenschwarz, der Mund pflaumenrot – zu ihrer Zeit stellte auch sie etwas dar, und in Smyrna, wo sie herangewachsen, ließ man die Frauen nicht einfach in der Ecke stehen. Wahrscheinlich hatte sie schon vor langer Zeit aufgehört, an ihre Ehe zu glauben, ein Leben lang Warten, erster Preis für Treue, aber der Siegespreis war keinen Fünfer wert.

Was soll ich sagen, mein Liebling, damit Du mir verzeihst? Du wolltest keine Geschenke, sondern ich selber sollte am Tag Deiner Hochzeit bei Dir sein. Die Deutschen haben deutlich gemacht, daß ich persönlich die Reparaturen in Antwerpen zu beaufsichtigen hätte. An diesem Deinem Hochzeitstag, an dem ich eigentlich vorhatte, Bálos zu tanzen bis in den Morgen hinein und zusammen mit den Musikanten zu singen, *komm, Christus, und du, Muttergottes mit deinem eingeborenen Sohn, zu den Brautleuten, die nun ein Paar sind, und segne sie* – das alles hatte ich telegrafisch Vangelákis mitgeteilt –, aber am Schluß war ich sturzbetrunken in Gesellschaft von diesen Ausländern mit ihrem Hollari.
Es ist besser, daß Du nicht da warst, Papa, Schnee hatte die Insel bedeckt, sie sah aristokratisch und einzigartig aus, wie die Landschaften mit den Eisbergen, die Du uns aus Archangelsk geschickt hast.
Gut dreißig Wörter und Schluß, das war Órsas Antwort für Sávvas Saltaféros. Sie war einverstanden mit der Hochzeitsreise, damit sie ihre Mutter nicht mehr sehen mußte, wie diese stumm ärztliche Testate mit Stempeln und Siegeln herumwirbelte. Sie war eine Braut von einundzwanzig Jahren, zu jung, um zu vermuten, daß vielleicht die Saltaférena sich davor fürchtete, am Ende oder, noch schlimmer, vor dem Ende ihr eigenes Leben anders zu sehen und sich in Tränen aufzulösen.
Wären wir doch alle miteinander lieb und zärtlich, würden wir uns nur viel häufiger umarmen und küssen, würden wir doch wie die Kinder ein jeder in den Armen des anderen heulen und kichern und versuchen herauszufinden, wessen Herzschlag wir spüren, den von uns oder den dessen, der zu uns gehört. Órsa hatte oft solche Gedanken, sie hatte den unwiderruflichen Entschluß gefaßt, daß in ihrem Leben nur noch die Liebe zählen sollte – vor zwölf Jahren war es gewesen, in einer Nacht, in der sie ganz

plötzlich die böse Einsamkeit gespürt hatte, die Freuden der guten Einsamkeit lehnte sie nicht ab.
Vor der Hochzeit ging sie eine Stunde nach Apatoúria, zu ihrer Großmutter, um sich ihr anzuvertrauen. Es war winterlicher Sonnenschein, als sie im Dorf ankam; das Dorf dort schaut nach Osten. Nachdem die beiden Órsas die Fischsuppe gegessen und die Fischköpfe abgenagt hatten, ein Gericht für alte Leute, nahm die Alte das Kaffeepfännchen, und die Junge stand auf, um das Geschirr im Waschtrog zu spülen. Durch das kleine Küchenfenster sah sie, daß die Sonne bereits hinter dem Berg verschwunden war, es wurde jäh dunkel, ebenso ihre Stimmung. An Orten, die, anders als dieses Dorf, nach Westen schauten, gefiel ihr die Abenddämmerung: Der Tag schien zu dösen, die Landschaft wurde allmählich dunkel, und der Augenblick, wenn die Menschen das elektrische Licht oder die Petroleumlampe anzündeten, erschien ihr, als tauschten Licht und Dunkel einen Kuß. An einem Ort aber, wo alles plötzlich geschah, fürchtete sie den Verstand zu verlieren.
Sie drehte die Suppenschüssel und die beiden tiefen Teller um, damit sie abtropfen konnten, und sah wieder nach draußen: ein Luftangriff von Hunderten von Staren, die herunterstürzten und wie Kugeln auf die zwei mächtigen Feigenbäume mit ihren nackten Ästen wie gekrümmte Speere losschossen, die Feigenbäume aschenfarbig, der Windfang aus Zypressen weiter drüben schon ganz schwarz, eine Stimmung wie auf der Ikone eines strengen Heiligen.
– Nun, ich höre. Die Alte reichte ihr das Kaffeetäßchen, stellte einen Korb mit Mandarinen auf den Tisch und atmete tief, sie war bereit, etwas Ernstes zu erfahren, der Zweck des Besuchs war ihr gleich klar geworden, sie war immer gierig darauf, ihrer Schwiegertochter Kontra zu bieten und ihre Pläne zu untergraben.

Órsa gab keinen Ton von sich, als hätte sie keine Zunge mehr; sie fühlte sich kraftlos.
Die Großmutter gab sich Mühe, warf Reizwörter in den Raum, Syphilis, Schwiegervater, Angst, Liebe; gezwungenermaßen suchte sie dann ein anderes Thema.
– Wie viele Jahre hast du dein Haar nicht mehr geschnitten? fragte sie ihre Enkelin, als diese den Mantel anzog und die Mütze aufsetzte.
– Seit der zweiten Klasse, antwortete Órsa, küßte sie und ging.

Die wenigen Nachbarinnen erschienen als matte Schemen hinter ihren Fensterscheiben, eine da, eine dort, unbeweglich ruhte ihr Blick auf dem verlassenen Sträßchen, sie erwarteten nicht, daß ein Passant auftauchte, sie hatten den Besuch der Verlobten bemerkt und beobachteten sie nun, wie sie ihre Schritte beschleunigte, damit sie auf den unbefestigten Straßen nicht von der Nacht überrascht würde. Zwei, drei öffneten rasch die Fenster, zogen die Vorhänge zur Seite und riefen: Viel Glück.
– Rühr mich heute abend nicht an, sagte sie zu Níkos Vatokoúsis. Die geladenen Gäste hatten sie unter den bekannten Anspielungen bald ins Schlafzimmer gedrängt. Er hatte es gar nicht eilig, suchte seine Zigaretten. Macht nichts, Órsa, sagte er und rauchte bis zum Morgen, während er die Laute und das Trampeln in der oberen Wohnung hörte. Da war etwas los! Das zweistöckige Haus hatte von Anfang an einen Mangel: Die dünne Zwischendecke dämpfte die Geräusche überhaupt nicht.
Nach kurzer Zeit konnte die Braut Marís spitze Absätze von Nanás Absätzchen unterscheiden, die bei ihren winzigen Schritten zuerst mit der Fußspitze, dann mit der Ferse auftrat, wie die Hufe eines Fohlens; der Bräutigam lokalisierte rasch die schweren Sohlen von Chadoúlis beim

einen und einzigen Tanz, den der Alte tanzte; er unterschied das harte Auftreten des Metropoliten, der sich ziemlich früh verabschiedete, vom unsicheren von Pápa-Fílippas, der blieb, doch wie mit gebrochenen Flügeln lustlos dastand; eine kleine Weile überließen sich die beiden einem erstickten Mädchenweinen, der Tüll der Bonbonnière einer kleinen Brautjungfer war aufgegangen, und die Hochzeitsmandeln kullerten wie Kiesel auf den Boden.

Am anderen Mittag fuhren sie mit der AFROESSA nach Piräus, dort wohnten sie vier Tage im Hotel Protévoussa, und er rannte umher, um alles für die Reise zu erledigen, von den Schiffsausrüstern zu den Hafenkapitänen, zu den Schiffahrtsagenten, zu den Proviantfirmen und zum Hafen, um das Beladen zu überwachen.

Die beiden Chadoúlis, Partner von Vatokoúsis und die Chefs von Saltaféros, hatten hundert weiße Rosen ins Protévoussa geschickt. Órsa hockte im Zimmer und sah dem Verkehr auf der Straße und im Hafen zu, Regen, Fuhrwerke, Autos, gehetzte Menschen und zahllose Schiffe. Wenn es Nacht wurde, saß sie im Dunkeln und zählte die Lichter draußen, ungewohnt viele für sie, gelblich und matt, während die Wellen des Sprühregens heranfuhren und wie Staubwolken die ganze Stadt einhüllten.

Wäre es anders gewesen, so wäre sie den Schaufenstern entlang spaziert, wäre in den Geschäften ein und aus gegangen, hätte sich die Nägel und die Haare pflegen lassen und Leute besucht. Aber es war nicht anders, es war so.

Maltabés kreuzte irgendwo im Indischen Ozean. In der Mannschaft der OSTRIA waren viele Männer aus Andros, und die Briefe, die hin und her gingen, waren stets die gleichen: Der ist gestorben, jene hat ein Kind geboren, der hat

die geheiratet, er wußte also, oder er würde es in wenigen Wochen erfahren, daß Órsa Saltaféros nun die Frau von Níkos Vatokoúsis war.
Es geschah in ihrer Kabine, während die ARCHIPELAGOS durchs Meer von Sardinien fuhr, das Lämpchen neben der Koje brannte wie immer. Níkos Vatokoúsis hatte die Augen ständig geschlossen, und auch Órsa machte sie zu, einzig der Heilige Nikólaos auf der kleinen Ikone hatte sie weit offen, nichts konnte ihm entgehen.
Als es vorüber war, wurde sich Órsa bewußt, daß der Ausdruck »ich bin dein geworden« falsch ist – es war das erste Mal, daß sie sich ihres Körpers bewußt geworden war, daß sie ihn als ihren eigenen wahrgenommen hatte, eigen wie ihre Gedanken. Es war Nacht. Sie drehte sich leicht zur Seite, und er löste ihr wortlos den langen Zopf und kämmte ihr behutsam die Haare, breitete sie über das ganze Bett aus, als hätte er lange auf diese Tat und diesen Anblick gewartet. Er drehte sich eine Zigarette und ging hinaus zum Schornstein, um sich zu vergewissern, daß das Schiff gute Fahrt machte.
Órsas Brautkleid, schneeweiß, über und über bestickt, ein rauschender Fall aus Seide am Bügel neben der Luke, blieb die vierzig Tage der Reise dort hängen.

Das Meer war unruhig. Sie fuhren am Leuchtturm von Finisterre vorbei, und Níkos suchte mit dem Fernglas die Felsen von Vigo, dort waren viele Segler, Zweimaster und Dampfschiffe, die in Spaniens offenen Gewässern auf Grund gelaufen waren.
– Versalzener Fraß, sagte Mansólas, der 2. Kapitän. Er verabscheute Karistinákis' Kochkunst, ununterbrochen mußte er Wasser trinken. Níkos und der Funker zogen Kaffee vor. Die Eisenstreben knarrten, und die drei plauderten, rauchten und warteten, bis sie an die Stelle kamen, an der vor zwei Jahren die AIGAION II gesunken war.

Órsa lehnte die alten Traditionen nicht ab, diesen Dünkel hatte sie nicht. Das Meer übte eine unwiderstehliche Macht über sie aus, schon immer hatten die eigenartigen Wörter der Seeleute sie magnetisch angezogen; sie vergaß keines mehr. Auch hatte sie sich Orte von Schiffbrüchen aufgeschrieben und wollte Kólliva ins Wasser werfen, zum Gedächtnis an die Verstorbenen. Sie hatte vier, fünf Säckchen dabei, die vor Jahren schon im Kloster des Heiligen Nikólaos geweiht worden waren.
– So etwas ist doch traurig, auf einer Hochzeitsreise, sagte Níkos sanft, der sie überzeugen wollte, diese Pflicht zu vergessen.
– Ich bin nicht abergläubisch, antwortete sie leise, es war keine Ironie in ihrer Stimme, auch gab sie sich nicht arrogant, sie verhielt sich ihm gegenüber sehr korrekt.
Eine Ehe war gestiftet worden, und diese beiden, die einander nur vom Sehen gekannt hatten, mußten ihr Leben zusammen verbringen. In der ersten Nacht eiskalt am ganzen Körper, und er war in Panik. Die Nacht verging, bis sie irgendwie zueinander kamen. Níkos berührte sanft und verlegen ihren Rücken, entfernte sich immer wieder von ihr auf die andere Seite der Koje, zog ihre Hand zu sich und küßte sie insgeheim, ohne sie mit den Lippen zu berühren; ihr feines Handgelenk und die weißen Finger waren wie ein unschätzbares Kunstwerk aus Marmor, das seinem Atem, seinen Lippen überlassen war.
– Wir sind da, der 2. Kapitän brachte ihn in die Wirklichkeit zurück, und Stamátis, der Steward, benachrichtigte Órsa, die, schon lange bereit, aus der Kabine trat, eine Persenning über ihrem grünen Rock, ein Kopftuch umgebunden und das Säckchen in der Hand.
Das Meer war bewegt. Sie schlugen das Kreuz, Órsa beugte sich über die Reling und streute die Kólliva ins schäumende Wasser. Der Herr gebe ihrer Seele Frieden, sagte Níkos; mit der AIGAION II war auch Sofoklís Rodoka-

nákis untergegangen, ein Mitschüler aus dem Rovértio und der einzige von allen Altersgenossen, der ein echter Freund gewesen war, Feiern, Umarmungen und unermeßliche Tränen.

Auf der Insel hatten die Trauer wegen der Mutter und die Scham über den Vater Níkos gezwungen, sich zurückzuziehen, allein streifte er in Ríva und auf der Mole umher, »Gespenst der Mole« nannte ihn seine Amme Annesió, der sommerliche Meltémi-Wind und der Südost sprühten ihm Wasser ins Gesicht, und seit seinem elften Lebensjahr hatte er als einzigen Trost die Zigarette, die immer in der Innentasche seines Mantels steckte.

Mit sechs – er besuchte gerade die erste Klasse der Volksschule –, erwachte er eines Nachts von Getrampel auf den Holzbohlen und den Treppen des Hauses. Sein Vater war wohl angetrunken. Es muß sein, Mersína, rief er und jagte seiner Frau nach, um sie zurück ins Bett zu holen, und sie stürmte voller Angst in ihrem Nachthemd hinaus und hinunter zum Fluß. Am Fenster zitterte das Kind und sah, wie das weiße Nachthemd in der Dunkelheit und im feinen Regen zur Schlucht hin verschwand. Annesió barg den Jungen in ihren Armen, und sie wußten, daß sie beide das gleiche dachten, er sechs und sie sechsunddreißig Jahre alt: Wenn die Arme nur nicht in den Fluß fällt und ertrinkt.

Der Vater brannte nicht darauf, das Schiff zu verlassen, nur darauf, wieder aufs Schiff zu kommen, und der Junge spielte nie mit den sündhaft teuren Geschenken, die er mitbrachte. Sein Vater kam alle zwei Jahre wieder mit noch ausgefalleneren Dingen nach Hause und sah, daß alles von früher unberührt in den Schachteln lag.

Der Junge hatte damit einen Weg gefunden, ihn zu bestrafen, obwohl es ihm selber weh tat: in den Schachteln lockten aufziehbare Fahrräder mit Fahrer, deutsche Eisenbahnen und farbige Blechflugzeuge.

Er war vierzehn, als er seine Mutter verlor, hypoglykämischer Schock oder etwas Ähnliches, Resvánis, der Arzt, antwortete sehr unbestimmt und blickte mit seinen winzigen Augen zum großen Auge Gottes und zum Himmel, der seiner Meinung nach die ganze Verantwortung trug.
Níkos behielt sich eine noch schlimmere Strafe für seinen Vater vor, der gerade in der Nordsee unterwegs war. Der Kapitän kehrte zurück und sah sich einer Verschwörung gegenüber, sein Sohn und seine Schwägerin hatten alles abgekartet, damit der junge Vatokoúsis seine Ausbildung in Konstantinopel in einem guten Gymnasium, dem Rovértio, weiterführen konnte, in Gesellschaft seines Vetters, obwohl die beiden kein großes Interesse aneinander zeigten.
Die Syphilis des Vaters machte die Zukunftspläne des Sohnes zunichte: Er wollte aufs Meer und fand sich schließlich an der mathematischen Fakultät der Universität Athen wieder. Er konnte sich kaum erinnern, wie viele Ärzte er als Student aufgesucht, wie viele Male er den Wassermann-Test gemacht hatte. Schon im zweiten Studienjahr hatte er viel gelernt, nicht Mathematik, anderes. Er wollte niemanden mehr bestrafen.
Doch er beschloß, eine Laufbahn in der Schiffahrt einzuschlagen, das war die stillschweigende Versöhnung mit seinem Vater. Die für die Ausstellung des Seemannsbüchleins notwendigen Papiere hatte er auf dem Marmorsims im Entrée liegen lassen, und der Vater musterte sie eingehend, er wollte ihn in die Arme schließen, ein Seemann bis auf die Knochen, der Alte, und doch hatte er den Sohn von dessen ersten Jahren an gefürchtet.
– Auch mein Vater ist auf der AIGAION II gewesen, zweieinhalb Jahre *time charter* in den Gewässern von Nordchina, sagte Órsa und verstreute noch ein Säckchen für die ASIMAKOS, auf der ihr Onkel Thémis umgekommen war.

Tief in der Nacht kamen sie in den Golf von Biscaya, der sie mit sintflutartigem Regen, Sicht null begrüßte – alle waren auf den Beinen und mit Tauen festgebunden, damit die Wellen sie nicht fortspülten; Órsa leerte das Säckchen für die KONSTANTINOS VOULGARIS, es blieb ihr noch eins für die NAVTILOS, die vor sechs Jahren im Ärmelkanal die gesamte Besatzung mit sich auf den Grund gerissen hatte, darunter auch Mamas zweiten Bruder, Mários. – Benachrichtigt mich, hatte sie die Mannschaft gebeten; er war ihr Lieblingsonkel gewesen und hatte ihr den Tango beigebracht.

– Wenn es Gräber auf dem Meeresgrund gäbe, so wäre der Friedhof von Biscaya endlos, ja unüberschaubar, sagte Níkos. Er wollte Órsa berühren, sich um sie kümmern, naß, wie sie war, doch da sie von Anfang an stets über Nähe und Distanz bestimmte und mit ihren Gedanken anderswo herumschweifte, war dies nicht der richtige Augenblick, abgesehen davon, mußte er aufpassen und sich um das Schiff kümmern, mindestens bis das Wetter sich beruhigte.

Er durfte nichts überstürzen, auf einer Seefahrerinsel, auf der viele Kinder mit Syphilis zur Welt kamen und die typische, ausgeprägte olympische Stirn oder die schrundige Haut der Greise hatten, dazu die Erinnerung an sein Schwesterchen, das nicht einmal vierzig Stunden alt geworden war, hatten ihn Unwissenheit und Vorurteile jahrelang in stolze Einsamkeit getrieben, er hatte nur für die Arbeit gelebt, bei den Frauen hatte er Schuldgefühle, und dieses Geschöpf, das der Himmel ihm gesandt hatte, wollte er nicht verlieren.

Órsa schaute stundenlang aufs Meer hinaus, sicher nicht, weil das Blau sie beruhigte, sie schien etwas auf der unendlichen Fläche zu lesen. Níkos fiel auf, wie ihre Augen sich kaum wahrnehmbar von links nach rechts bewegten, eine ununterbrochene Anstrengung, manchmal über den ganzen Vormittag. Sie sah ins Blau geschriebene Geschichten, die von den großen Wellen durcheinandergewirbelt wurden, aber auch die kleinen Wellen, das wußte er aus eigener Erfahrung, ließen die Geschichten ohne Schlusszeichen und die Helden ohne Rast.

Herrenlose Ziegen grasten in den Gärten der Stadt, und herrenlose Töchter waren ihren Müttern eine Qual.
– Weh dir, unverschämtes Weibswesen, sagte Mína und warf ihrer kleineren Tochter den Korb mit den Walnüssen an den Kopf. – Nicht, Mama, bitte nicht, schrie diese, und der Fußboden war voller Walnußschalen und Walnußkerne, sie wurden zertrampelt und beschmutzten mit ihrem Fett die Dielen.
Die Saltaférena hatte eben erst ihre schon lange vermißte Hutschachtel ausfindig gemacht, mit all den gut versteckten Briefchen von Mitschülerinnen und von Móskas Vater, diesem Drückeberger, Zettelchen mit Worten von Liedern, Gedichtchen, verschiedenen klugen Gedanken, alles zusammengebunden mit farbigen Schleifchen. Nun gut, aber was hatte das Foto des Fremden in ihrem Haus zu suchen, unter den Sachen ihres Mädchens?
Zwei Monate waren seit dem Ausflug zum Kloster in Jerakónes vergangen – ein Troß von vierzig Maultieren. Mína hatte den Engländer bewundert, wie er die Hand der Chadoúlena, der Raíssena, der Loukíssena küßte, wie konzentriert und wißbegierig er dem Abt zuhörte, als hätte dieser Schnösel genügend Griechisch beherrscht, um zu erfassen, wann das Kloster erbaut und wann es restauriert, wann die Ikonenwand aufgestellt wurde, wann mit den Flüchtlingen aus Kleinasien die Fliesen aus Kioutáchia kamen und Ruhe fanden an der Schönen Pforte gegenüber dem Altar.
Sie konnte es sich nicht verzeihen, daß sie vor lauter Stolz

auf Móskas Gelehrsamkeit, auf ihren großen Lerneifer, den sie für die fremde Sprache zeigte, nichts bemerkt hatte. Mína Saltaféros hatte ein unerschütterliches Credo und unabänderliche Prinzipien, und einen Mann, der sich an eine Ausländerin heranmacht, hielt sie für abnormal, fremde Welten können niemals zusammenfinden.

Bevor sie das Foto in kleine Stückchen zerriß, der lächerliche Kerl vor seinem englischen Haus, sah sie es sich genau an, das war überhaupt kein Palast. Dieser Hungerleider mit seiner bleichen Visage und den schwindsüchtigen Rippchen, die unter dem Hemd durchschienen! Schließlich war er ja hierher gekommen, um ein Vermögen zu machen. Sein mickriger Körperbau war ihr bekannt, denn die Kleine hatte sie vor einem Monat, es war am zweiten Donnerstag in der Karnevalszeit gewesen, in den Klub mitgeschleppt; die Töchter von Exadáktilos, die Fortschritte machten auf dem Klavier, während ihre eigenen es seit dem dritten Jahr satt hatten, spielten monotone Stücke. Móska und der Fremde unterhielten sich schon wieder auf englisch. Kann sein, daß die Töchter Exadáktilos ein Faible fürs Klavier haben, meine hat eins für die Sprachen, dachte sie, das erleichterte ihr Gewissen.

Der Bürgermeister hielt eine Dankesrede für Moraítis, welcher dem Orchester Blechblasinstrumente gespendet hatte, und als die Reihe an die Erstgeborene der Familie Exadáktilos mit ihrem veilchenblauen Gesicht kam, wurde es Mína sterbenslangweilig beim ewigen *dapa-dupa* des Flügels; dieses Instrument ging ihr auf die Nerven, es versperrte so viel Platz und war schwarz wie Teer. Sie verließ in Gedanken den Klub, schweifte zu dem, was während der vergangenen Woche passiert war: Sammlung für die Tuberkuloseliga in Athen, fünfhundert Drachmen weniger in ihrer Tasche, Geburt von Fünflingsschafen in Messariá und Blitzschlag, es hatte Leónis' Ziegenhirten in der Nähe von Katakaléi getroffen, ein Aufflackern und weg

war er, aber seine Kleider waren nicht verbrannt, sie waren an den Nähten gerissen und über die stachligen Büsche des Berges verstreut worden, ein paar Stiche, und man kann sie wieder wunderbar tragen, hatte die Moúrena kommentiert, gefühllos wie immer.
Klavier also, Klavier, das nicht aufhören wollte, und neben ihr Móska, die sich, ohne sich um die anderen zu kümmern, zum Herrn Professor hinüberbeugte und mit ihm flüsterte.
Sieh dich vor, mein Lieber! Am nächsten Morgen würde Mína es den Schiffsherren stecken, die ihn hergebracht hatten als eine Art von Wohltätigkeit für die Kinder der Seeleute – schickt ihn zurück ins Pfefferland. Sie würde auch mit ein paar Zigarren zu Pápa-Fílippas gehen und ihn bitten, daß ihr die mangelnde Sorge vergeben würde. Allerdings, dachte sie, müßte sie das Beichten ein wenig einschränken, die Zigarren waren zu teuer.
Nachher würde sie dem Anderen persönlich schreiben: Ich muß einen finden, mit dem ich sie verheiraten kann, sonst werden wir sie verlieren. Sie würde ihm auch die Fotos von London schicken, Vatokoúsis hatte die Große im Goldschmuck erstickt, Colliers, Armbänder, Ohrringe, ihr erfahrenes Auge hatte die Summe bereits überschlagen.
Früher, es war lange her, hatte Saltaféros auch ihr versprochen, sie auf eine dreimonatige Reise mitzunehmen, bis zur Ostsee, und ein anderes andriotisches Schiff würde sie wieder heimbringen. Mína hatte sich auch schon ein Seemannsbüchlein besorgt, doch zwei grobe Worte ihrerseits hatten alles zerstört. Andere Kapitänsfrauen, die Raíssena, die Loukíssena und die Chadoúlena waren mit ihren Männern sechs, neun Monate unterwegs, die Saltaférena hockte für immer auf dem Trockenen.
Müde und selbstvergessen lehnte sie auf dem Sims und sah aus dem Fenster. Es war Nachmittag, die Tage waren länger, die Ägäis lag ruhig, gegenüber die Insel Tínos.

Hoffentlich fällt dem Schwiegersohn mit Gottes Hilfe etwas ein, damit er sie besser in den Griff bekommt, dachte sie. Auch die Schwalben vollbringen dank ihr unerklärliche Wunder, zum Beispiel fliegen sie alle zusammen, stundenlang.
Das vergangene Jahr war schwierig für Mína, und schwierig war auch dieses. Sie spürte eine Last auf ihrer Brust; sie plagte ihre Töchter ungern, doch das Leben selber regelt es so, daß eine Liebe kurz dauert und ein Schmerz lang.

Der Kerl glaubte, er sei ein Spaßmacher, doch er war nur ein Barbar, der Herr Dínos, das Hätschelkind jener Deutschen, um die vierzig, ein verzogener Kerl, einen Tag arbeitete er und fünf ruhte er sich aus, er hatte sieben Monate in Amerika verbracht, hatte Mais- und Baumwollplantagen angestaunt, sich gelangweilt, war zurückgekommen, hatte einen Pächter für seinen Garten gefunden und sagte nachher: meine Lattichplantagen.
Es war noch früh am Nachmittag, es herrschte starker Wind, und dicke Tropfen fielen, die Überreste des Frühlingsgewitters, das den ganzen Tag und die ganze Nacht gewütet hatte. Wie Schnecken krochen sie aus ihren Häusern, um die Schäden in den Gärten und auf den Barken zu inspizieren oder für die Familie einzukaufen.
Als Katerína Bassadís an der Ouzerie vorbeiging, packte Herr Dínos sie am Arm, zog sie ins Lokal, stieß sie in die Mitte der Gruppe und steckte ihr ein Stück Tintenfisch aus der Dose in den Mund. Die Frau wurde ärgerlich, und er kicherte und warf sich in die Brust. Er genoß es ungeheuer und war stolz darauf, »Napoleon war ein Mädchen« auf die Bühne gebracht zu haben, für ein Dutzend Mimen und Urlauber, die wegen des Wetters die Insel nicht verlassen

konnten, und ein paar Schmarotzer, die glotzend darauf warteten, ob die Witwe des Kochs den Tintenfisch hinunterschlucken würde.
Móska war auf dem Weg zu Thália, um die Knöpfe und den Gürtel abzuholen, die sie für ihr Osterkleid hatte mit Stoff einfassen lassen, als sie diese Szene beobachtete. Sie rannte zur Ouzerie und zwang Katerína, den Tintenfisch auszuspucken.
– Weder Fische noch Meeresfrüchte will sie essen, das ist ihr gutes Recht und ihre Angelegenheit, ich frage mich, wer hier eigentlich verrückt ist, rief die kleine Saltaféros, während sie dem Junggesellen direkt in die Augen blickte. Sie nahm die Frau an der Hand, zog sie hinaus, und mit schnellen Schritten liefen sie in Katerínas abgelegene Wohngegend, eine halbe Stunde zu Fuß, und Katerína, wie immer, hielt diskret ihre Hand an die Wange, damit sie das Blau nicht sah, der Anblick des Meers machte sie krank. Sie war nicht die einzige, die sich weigerte, Fische oder Meeresfrüchte zu essen oder schwimmen zu gehen, auch andere, besonders die, welche ihren Mann in nahen Gewässern verloren hatten, nahmen kein Stück Fisch in den Mund, vielleicht hat er vom Fleisch meines Mannes gefressen, dachten sie. Bis sie endlich den Riegel an Katerínas Haustür zurückstießen, waren ihre Waden steif geworden, verrücktes Frühlingswetter.
– Zwölf Jahre ist es jetzt her, daß ich alle Kontakte abgebrochen habe, sagte die Frau und zündete die Petroleumlampe an. Noch nicht einmal elektrisches Licht haben wir hier drüben. Als wir klein waren, saßen wir am Abend auf den Felsen, oben auf dem Berg und schauten, wie die hell beleuchteten Schiffe vorbeifuhren.
Sie steckte zwei, drei kleine Scheiter in den Ofen, schloß eine mit Leder bezogene Seemannstruhe auf, winkte Móska, sie möge sich alles anschauen, und wandte sich ab. Sie stand an dem schmalen Fenster und betrachtete

unbeweglich ihren Berg, der ihr die Nacht eine Stunde früher brachte.
Móska hob den Deckel der Truhe, Evángelos Bassadís stand auf der Innenseite geschrieben. Sie war vor Katerínas Hochzeit aus Europa geschickt worden, voll mit Seidenroben, Nachthemden und Schallplatten, Musikstücke ohne Worte und fremde Lieder. *Dunkle Augen spiegeln sich im Glas, blaue Augen schauen dich im Fenster an.* Sie hatte noch Katerínas prachtvolle Stimme in den Ohren – es war bei deren Verlobung mit dem Koch, Móska damals ein Kind von fünf Jahren, und der Gedanke war ihr gekommen, daß alle, die sich verloben, eine schöne Stimme erhalten und all die Lieder lernen.
Die Truhe war bis zum Rand voll mit zusammengepreßten, dicht bestickten Tischtüchern, Kissenbezügen, Gardinen; Móska breitete sie aus, ein Stück nach dem anderen, und sie spürte, wie ihr ein Schauder die Wirbelsäule hoch kroch und sich die Zunge nicht mehr recht bewegen wollte. Was hätte sie auch sagen sollen, sie ließ den Tränen freien Lauf.
MAROUSSIO, Besitz von Iáson Telemés, auf Grund gelaufen mit Mann und Maus an der Küste Uruguays, 22. 4. 1917, verstorbene Seeleute: Jerássimos Fakís, Kapitän; Adamándios Fakís, Kapitänleutnant; Nikólaos Mandarákas, 1. Maschinist; Nikolós Chassápis, 2. Maschinist; Mários Pertéssis, Funker; Leonídas Sannís, Steward; Evángelos Bassadís, Koch; Asimákis Chiotéllis, Matrose; Pandelís Vakaréllis, Heizer; Dimítrios Mandarákas, Schmierer; Matthéos Papadákis, Schiffsjunge.
Kreuzstich und Plattstich, Schwarz, Grau und tausendfach verwünschtes Blau. Während all der Jahre hatte Katerína von den unberührten Leintüchern ihrer Aussteuer all die Entchen, Delphinchen, Blümchen abgetrennt und die Seefahrtstragödien der Insel darauf gestickt, eine um die andere, das Ringen mit den Wellen des Todes, geken-

terte Rettungsboote, leere Schwimmwesten, halb versunkene Schiffe unter trauererfüllten unbekannten Himmeln; ein Leuchtturm, der »Leuchtturm der Wale«, zeugte davon, daß tückische Klippen das Schiff in die Falle gelockt hatten, und an anderer Stelle stand der Name eines Orkans für das Böse, und wieder an anderer Stelle, da die Ursachen unbekannt waren, stand das Schicksal, eine schwarz gekleidete böse Frau, am Bug oder am Heck, das wenige Meter aus dem Wasser ragte, bevor auch es ins Bodenlose stürzte.

Móska hatte mehr als fünfzehn Stücke über Stühlen, Truhen, auf dem Tisch, auf dem Kanapee, auf dem Kelim und auf den Fliesen ausgebreitet; sie hatte in Aufruhr geratene und todbringende Ozeane vor sich, die genaue Liste der umgekommenen Seeleute, die Daten. Oft, allzu oft stieß die schwere Hand des Todes die Insel bis auf den Grund, und sie erhob sich langsam und besinnungslos wieder, in Schwarz gehüllt und unter Weinen.

– Vangélis' Patin, die in Kastéla in Piräus lebt, schickt mir die Stickgarne, sagte Katerína, die sich mit der Familie überworfen hatte. Schwägerin – Verräterin, und anverwandt ist verbrannt, wie man sagt. Sie stand immer noch am Fenster, draußen dunkelte es rasch.

Móska zog die Schuhe aus, trat auf die Stickereien; sie streckte sich zu ihr hin und küßte sie herzlich auf die Wangen, junge Wangen noch. Achtundzwanzig war Katerína und, wie ihre jüngere Freundin in jenem Augenblick feststellte, unvermindert schön, sehr schön, mit ihren sanften kastanienbraunen Farben, den dichten Augenbrauen und den vielen kleinen Muttermalen am Hals.

Móskas Brust hatte sich aufgebläht vor Wut über das Schicksal der Insel, mein Gott, was sollte das – *Little England,* wie gewisse Schiffsherren sie nannten, nicht aber David –, und aus Solidarität mit der geplagten Katerína, aus Furcht vielleicht auch, auf den Stickereien könnten ihr

Vater und ihr Schwager Vatokoúsis erscheinen. Ach, Órsa, rutschte es ihr heraus, kann man wirklich seinem Schicksal entrinnen? Dieses Spiel mit dem Schicksalssatz spielte sie immer wieder, offen, um ihren Hohn auszugießen, im geheimen, um bei sich selber die Angst zu schüren.
Die Uhr an der Wand zeigte sieben vorbei, Móska hatte keine Lust wegzugehen, sie rollte sich auf dem Kanapee zusammen und zog eine halbe Zigarette aus der Innentasche ihres Mantels. Das Grammophon spielte, ein Russe begann zu singen, tiefe, eindrucksvolle Stimme, was mochte er singen, etwas Nostalgisches und Trauriges, wie gewöhnlich, Katerína hatte es auswendig gelernt und sang die zweite Stimme.

– Kübelweise verspritzte er seinen Saft, ich mußte jeden Tag die Leintücher und das Nachthemd waschen, die Frauen von Kórthi aber breiteten Küchentücher und Schürzen zum Trocknen aus und welkten dahin, auch diese Geschichte hatte Órsa wiederholt gehört. Die Moúrena war in Fahrt gekommen, sie hatte auch genügend Publikum, drinnen klapperten die Kaffeetäßchen, die kleinen Teller und die Wassergläser – hier werde ich nicht nach Mama suchen, sagte sie sich und machte sich auf zum grünen Haus der Philologin. Sie ging vorbei an dem gelben zweistöckigen Haus; in der Stadt gab es viele zweistöckige Häuser, alle Leute hatten einen kleinen Balkon mit Blick aufs Meer, aber sie setzten sich dennoch auf den anderen, der auf ein Haus oder eine Wand schaute, dafür windgeschützt war. Die Menschen, ob sie wollten oder nicht, sahen das Meer jeden Tag, und Órsa glaubte, daß der gespannte Horizont, der Horizont ohne Ende, wie sie als Schülerin der dritten Gymnasiumsklasse in einem Aufsatz geschrieben hatte, das Meer, dessen Wasser anderswohin fließen, irgendwohin, Gedanken, Orte, Stimmen mit sich nehmen und machen, daß die Seeleute und die Inselbewohner sich nie wie in der Falle gefangen fühlen.

– Das Blau fließt und jeder von uns mit ihm.

– Ihr Leute von Andros seid einerseits Reisende, anderseits bewegt ihr euch nicht.

Frau Naná hatte ihre Zigarette in den Aschenbecher gelegt und pflegte ihre Hände mit einer Lotion, sie hatte rötliche Male an den Fingern und auf den Handflächen, doch kannte sie die Ursache nicht. Vielleicht sollte sie sich vom Abwaschtrog fernhalten. Der geruchlose Kaffee wurde im Salon serviert, der allen Salons der Insel zum Verwechseln ähnlich sah, mit dem kleinen Bücherschrank, dem unerläßlichen Möbelstück in den Häusern auch der Kapitänsfrauen, halb verborgen hinter der großen, zweiflügligen Tür.

Es war Mai, und durch die offenen Fenster strömte der Duft des weißen Rosenstocks herein. Órsa fühlte sich unbehaglich, aber in Sicherheit. Frau Naná hatte ihr einmal ihre eigene Geschichte erzählt, weitschweifig, später noch einmal, etwas kürzer, und wie die Jahre vergingen, kam der Schlußpunkt immer früher, nach sieben, sechs, fünf Sätzen.

– Und als meine erste Liebe starb, nicht bei einem Schiffbruch, sondern an Land, irgendwo in Indien, an der Ruhr, gab ich dem Flirten meines Studienkollegen nach, einzig und allein deswegen, weil auch er aus Andros stammte, und stell dir vor, mein Liebes, ich hatte die Insel noch nie besucht.

Sie brachte es nicht über sich, in ihre Gegend zurückzukehren, nach Prámanda im Departement Árta auf dem Festland, ins abgelegene, wunderschöne Dsoumérka; es war morbid, aber sie wollte eine Ecke finden in der Umgebung des Verstorbenen, und so lebte sie nun, von keinerlei Sorgen geplagt, ihr monotones Leben inmitten der Le-

ben der anderen, bis in alle Einzelheiten informiert über fremde Liebschaften, fremde Leidenschaften und Plagen.
– Es ist also so: Im Leben ist das, was du verlierst, von größerer Bedeutung als das, was du findest. Órsa kam zu einer hastigen Schlußfolgerung, etwas nagte in ihr, eine fixe Idee, ein Zweifel, irgendwas.
– Das, was du findest, geht wieder verloren, was du aber verloren hast, existiert für immer. Naná betonte jedes einzelne Wort.
So zumindest hatte sie in den ersten Jahre ihrer Ehe mit Mikés gedacht, mit der Zeit aber erteilte ihr das Leben eine kleine Lektion. Wertvoller ist das, was du hast, und sei's nur eines, nur etwas Kleines, als das, was fehlt.
– Es gilt immer beides, du wählst aus und nimmst, Sprüche, Sentenzen und dergleichen gelten auch umgekehrt.
Órsa hatte keine Lust auf Rätsel, so ließen sie die Vergangenheit und die handgestrickte Philosophie sein, die Lehrerin war versessen darauf, doch ihre ehemalige Schülerin hatte kein Verlangen nach dem Schulzimmer und mittelmäßigen Zensuren. Frau Naná strich die feinen Falten ihres Rocks glatt und stellte ihr tausend Fragen über London, das zu besuchen ihr nicht vergönnt gewesen war, denn ihre Seekrankheit war noch qualvoller als ein Herzleiden, sie war vor fünfzehn Jahren in einem fürchterlichen Unwetter auf die Insel gekommen und seit dem niemals mehr über die Meerenge von Kavodóros vor Euböa gefahren.
Sie stellte andere als die gewöhnlichen Fragen: Ob die Engländer Pelz- oder Stoffmäntel trügen; ob die Anwesenheit von Hunden auf den Straßen spürbar sei; ob es so herrliche Rosenstöcke wie den ihren gebe; ob die Mädchen mit der blaßrosa Haut allein unterwegs seien oder mit einem Begleiter. Über den Rest, Parks, Museen, Paläste, wußte sie gut Bescheid. Naná Bouradá-Karapipéri lud alle neu Angekommenen zum Tee oder zum Kaffee ein und

verhörte sie höchst kunstvoll mit störrischer Geduld und in poetischer Stimmung.
Órsa überreichte ihr die Ansichtskarten, die sie in London gekauft hatte, obwohl sie nicht London zeigten – *Jamaica Bridge* in Glasgow, das *Commodore Hotel* in New York, das *Hotel Majestic* in Bombay, das Naná bereits doppelt hatte. Die Lehrerin sammelte Postkarten mit Brücken und Luxushotels, ihre Kollektion umfaßte dreiundfünfzig Brücken und zweiundachtzig Hotels. Sie gab ihr auch ein Foto des Hauses von Charles Dickens, Spezialauftrag, Nanás Leidenschaft für diesen Schriftsteller war bekannt, sie hatte sogar den Engländer am Gymnasium, David Bradley, David Copperfield genannt, und ihren Kanarienvogel rief sie Oliver, obwohl die Moúrena ihr klar gemacht hatte, der Vogel sei entweder weiblich oder stumm. Der Nachmittag verging tatsächlich rasch, und Oliver in seinem Käfig gab keinen Ton von sich und rührte sich auch nicht, eine gelbe Statuette.
Mikés Karapipéris war vor drei Jahren gestorben, und es war wieder einmal an der Zeit, das Album mit den Fotografien durchzublättern: Der Verstorbene, Gott hab ihn selig, Philologe, klein und rund und würdevoll, mit einer Lebenslust in den Augen, die durch die Brillengläser blitzte, im Hof des Gymnasiums inmitten seiner Schüler und Schülerinnen, mal in der Schultracht, mal in den Kostümen der Schulsketches oder der Turnvorführungen vom Schuljahr 1917 bis zum Schuljahr 1925, als er an der Malaria starb und mit ihm all seine Späße verstummten. Beim Betrachten der Fotografien wurde es Órsa bewußt, daß außer den Lehrern auch die Schüler starben; die Zwillinge waren bei der Typhusepidemie gestorben, Mathió, das Kind des Kaffeehausbesitzers, war vor lauter Entkräftung durchsichtig geworden, Bákis bereits auf seiner ersten Fahrt umgekommen. Schnell ging sie über Maltabés als Schüler hinweg, hielt beim Schüler Vatokoúsis inne – er

hatte die Augen fest zugedrückt, vierzehnjährig, groß und schlaksig, es war kurz bevor er zu dieser Tante nach Konstantinopel ging. Was war letzten Endes von größerer Bedeutung in ihrem Leben, der, den sie verloren, oder der, den sie gefunden hatte? Sie zog das Telegramm ihres Mannes aus der Tasche, las es laut und sah im Gesicht der Lehrerin Neugierde, Interesse und Panik, in genau dieser Reihenfolge.

Frau Naná machte eine heftige Handbewegung und brachte ihre Falten in Unordnung, sie blickte zu Oliver und winkte ihm mit drei Fingern zu, stieß den Rauch ihrer Zigarette aus, führte das Täßchen von neuem an die Lippen, obwohl sie es bereits bis auf den Kaffeesatz ausgetrunken hatte.

Der alte Vatokoúsis hatte die Neuigkeiten ohne Kommentar aufgenommen, während Níkos' Amme, die nun den Alten vom Kot säuberte und wusch und der Familie seit ihrem zwölften Lebensjahr treu ergeben war, Órsa die Haare gestreichelt und das Kreuz über ihr geschlagen hatte. Sie war zur Wand mit den Heiligenbildern gegangen und hatte sich niedergekniet, der Klang ihrer Stimme und die halben Wörter machten deutlich, daß sie mit der Muttergottes haderte.

– Níkos kommt in zehn Tagen, damit wir miteinander nach Konstantinopel fahren können.

Das Telegramm war in den Büros in Piräus aufgegeben, ihr Mann, der gewöhnlich nur in Europa vom Baltikum bis zum Schwarzen Meer fuhr, würde Sonderurlaub nehmen, so daß das Paar zum Patriarchen gehen und ihn um seinen Segen bitten konnte, damit das Kind gesund geboren würde. Órsa sagte es gelassen, brachte die Täßchen in die Küche und bewegte ebenfalls zwei, drei Finger, um Oliver eine gute Nacht zu wünschen.

– Er tut es für mich, ich glaube nicht, daß er krank ist, sagte sie und ließ die Lehrerin, die sich in ihrem Schaukel-

stuhl gerade eine weitere Zigarette anzündete, im Halbdunkel zurück.
– Bei Anfällen von Übelkeit mußt du an einer bitteren, unreifen Olive saugen, habe ich gehört, empfahl sie ihr nach zwei Zügen an der Zigarette und ein paar Minuten des Schweigens.
Órsa ging, brach eine Knospe vom weißen Rosenstrauch und marschierte hinab, durch die am wenigsten begangenen Straßen, doch mindestens zehnmal mußte sie einer der Seemannsfrauen guten Abend sagen, die in der Dämmerung mutterseelenallein und unbeweglich auf den Steinsimsen saßen, bis sie sich an die Kühle der hereinbrechenden Dunkelheit gewöhnt hatten und sich zu Gruppen zusammenschlossen, für den Klatsch im Freien, zu dritt oder zu fünft.
Vor Jahren, als gerade die Elektrizität im weit drüben liegenden Viertel ihrer Patentante Einzug gehalten hatte, Órsa war zehn damals, ging sie vor den offenen Türen auf und ab und wunderte sich über die Frauen, die wie zu Marmor erstarrt über Stunden auf einem Stuhl unter der Glühbirne, wie ein Hase in der Falle, an ihren Haustüren saßen. Sie spazierte bis zur Mole, die Brise vom Meer und die Einsamkeit beruhigten sie. Sie setzte sich auf einen Felsen, den Rücken den Lichtern der Stadt zugewandt, betrachtete den Leuchtturm vor sich, das gläserne Meer, den spärlichen Mondschein, der in der Mitte des Himmels dünn zu glänzen begonnen hatte. Die weiße Rosenknospe roch nach Schweiß von ihren Händen, während des ganzen Spaziergangs hatte Órsa sie geknetet wie einen Teigklumpen. Sie warf die Knospe ins Meer. Sie streichelte ihre Brüste, die keine Mädchenbrüste mehr waren, und ihren Bauch, der anschwoll und die Seitennähte spannen ließ. Das letzte Mal, daß ich mein Korallenkleid angezogen habe, es paßt mir nicht mehr, dachte sie und begann heftig zu weinen.

Die Sonne löste sich vom Meer und schob sich in die Höhe. Sogar das Auge Gottes, in der Regel dunkelblau, als hätte es einen Faustschlag bekommen, überzog sich mit Rosenröte. Einen schöneren Berg hättest du nicht finden können, mein Freund, sagte Saltaféros zum lieben Gott, um dich an deinen Werken satt zu sehen – diese Werke, die zu sehen der Kapetánios nach drei Jahren in fremden Landschaften wieder genoß.
Wind vom Festland fuhr in die Pappeln und die Walnußbäume, ein Flüstern wirbelte durchs Dickicht, er riß mit festem Griff das obere Viertel der Stadt mit sich und setzte es weiter unten ab: Saltaféros sah Wunder und ähnliche unerklärliche Dinge, er hatte wieder Lust auf Romantik und Poesie.
Als er wieder zu sich kam, mußte er sehen, daß die Insel von Malaria und Typhus verseucht war, daß an seiner Familie ein heimlicher Streit nagte und daß eine unübersehbare Kälte sie erstarren ließ, im Monat Mai. Er hatte schon etwas geahnt, aufgrund undeutlicher Worte in den Briefen – Mína hatte sie, als sie sich in Piräus trafen, nicht dementiert. Sie hatten am 3. Mai angelegt, am Dock warteten Familien von Piräoten, Papajánnis und Voujouklís, die Markélla von Filippákis und die Máro von Pitaoúlis aus Chíos, drei Ehefrauen und zwei Töchter aus Andros. Sie blieben für zwei Tage im Hotel Ermís, er mußte die Chadoúlis ins Bild setzen, dann wollten sie beim Optiker eine Brille für den stockblinden Schwager abholen, etwas Goldenes für das erste Enkelkind kaufen und mit dem Taxi zu den Grundstücken fahren.
Am zweiten Abend kamen sie in einer volkstümlichen Taverne für Genießer in Maroússi zusammen, Arjirópedos hatte ein Auge für solche Lokale, sie schlugen sich mit gebratenen Eingeweiden und herrlichen Fleischgerichten vom Festland den Bauch voll; die Trinksprüche auf die schwangere Orsoúla hörten nicht auf, Mína war den gan-

zen Abend wie ein Eisblock, die Visage dieser Frau zeigte nie Begeisterung, *ein Leben ohne Feier ist ein langer Weg ohne Herberge,* leider; Demokrit.

– Meeraale und *Saraváni,* hast du Lust auf Frühlingsfische, dann beehre meinen Tisch, ich warte auf Loúis, der sie mir bringt, um elf sind sie fertig. Schau dir gemütlich deinen Besitz an, du hast genug Zeit.

Er hatte die Nacht bei seiner Mutter verbracht; von März bis November lebte die Alte in ihrem kleinen Haus in Apatoúria. Im Dezember, Januar und Februar wohnte sie im alten Haus der Familie Saltaféros in Plakoúra und hatte mehr als genug Unterhaltung zusammen mit der Familie, in den anderen Monaten wollte sie ihre Ruhe, und ihr genügte ein Guten Tag der Nachbarin.

Im Morgengrauen hatte sie Kaffee gekocht, der rote Emailbecher, den der Kapetánios stets mit sich herumtrug, stand auf der Mauer der Terrasse, und sie hatte ihren Stuhl genau in den Türrahmen gestellt und saß halb drinnen, halb draußen.

Vor einigen Jahren war der Friedhof der Stadt an einen anderen Ort verlegt worden, und seine Mutter hatte alles, was in ihrer Macht gestanden hatte, unternommen, sich an den Abgeordneten der Kykladen und an Reeder gewandt, um vom Gemeindepräsidenten die schriftliche Erlaubnis zu erhalten, wenn die Stunde da wäre, auf dem alten Friedhof neben ihren Eltern beerdigt zu werden. Ihr Mann war auf der Donau umgekommen, sein Schleppkahn war kopfüber gesunken, der Schlick des Flusses hatte die Knochen überzogen. Er ist gestorben und überall hin verstreut worden, mein Toter, hatte sie früher immer gesagt, nicht einmal in meiner Erinnerung ist er vollständig. Nun aber, wenn sie sich ans Essen machte, kaute sie langsam den ersten Bissen, schluckte und drehte sich zur vergilbten Fotografie von ihm, etwas fad, sagte sie zu ihm und vergaß ihn wieder.

Sávvas schlürfte Schluck um Schluck den Kaffee, das Schweigen seiner Mutter, mit Sicherheit vorgeplant, führte ihn zu schweren Gedanken. Als würde sie zu ihm sagen: Sieh dir an, was hier vor sich geht, und trag es wie ein Mann.

Órsa, die ihr in vielem glich, war vorgestern, Montag, um ihn herumgestrichen wie eine Katze, er hatte geredet und geredet. Hör auf, Papa, mit deinen großen Worten und deinem Männertum, hatte sie ihm ins Ohr geflüstert, damit die anderen nichts mitbekamen. Wenn es daran ist, daß wichtige Entscheidungen getroffen werden, meldest du dich immer vom äußersten Ende der Welt, und sag mir ja nicht, *achte den Älteren,* Chilon, das gilt für einen anderen Typ von Vätern.

Am selben Abend spazierten Schwiegersohn und Schwiegervater nach Plakoúra und zur Hafenstraße.

Weit hinter den Landgütern links und rechts vom Fluß war das Brüllen der Rinder zu hören, etwas anderes als der Widerhall des Ozeans, und die Dunkelheit verteilte leise ihr monotones gute Nacht. Sie gingen bis zur Mole, tranken Rakí aus derselben Flasche und unterhielten sich, Stapelläufe von Schiffen und Ereignisse in Südamerika.

Vatokoúsis hatte einen wachen Verstand fürs Finanzielle, schon damals an der Universität, er rechnete sich klar aus, wo er seine Pfunde anlegen sollte und wie er seine Anteile an der NEREUS, die er zusammen mit den Chadoúlis besaß, vermehren könnte. Der Reihe nach erzählte er von verschiedenen Gelegenheiten, von denen auf dem Markt die Rede war, die KIMATIANI II, die NISSOS SKIROS und die PANAJITSA II, der Schwiegervater war einverstanden, Kontakte zu den Schiffswerften in Antwerpen, Sávvas war wieder einverstanden, Vermittlung des Abgeordneten für ein Bankdarlehen, neue Genehmigung, seine Absicht, sehr rasch, mit einem Partner oder allein, noch ein Schiff zu

kaufen, wenn auch nur einen Lastkahn. Vom Schwiegervater Segenswünsche und ja zu allem.
Saltaféros fühlte sich beruhigt, Níkos würde für Órsa sein Möglichstes tun, und im übrigen *así es la vida,* sagte er sich, etwas pikiert, daß sein Mädchen zu einem anderen Mann gegangen war, so ist das Leben.
– Nun, wo du bald auch noch ein Kind hast, bist du mit Händen und Füßen an deine Verpflichtungen gebunden.
– Wenn es nur gesund ist, seufzte Vatokoúsis und warf die leere Flasche ins Meer. Konstantinopel, die einzigartige Stadt, ihr goldener Schimmer, ihr byzantinisches Flair, die tausend Farben – Níkos verband unausgesprochene Hoffnungen mit dieser Stadt, die vor einigen Jahren ihn selber, einen nicht gerade begeisterungsfähigen Schüler, dazu gebracht hatte, das Leben wieder zu lieben.
Jedenfalls war sich Sávvas bei all dem, was er hörte, hundertprozentig sicher, daß die Ehe der Älteren nicht glücklich war. Was die Jüngere anbetraf, die hatte er mit geschwollenen Augen erwischt. Was sollte er denn sagen zu diesem Engländer? Es war keine leichte Entscheidung. Eine Woche erst war er auf festem Boden, und die Probleme hatten ihn schon im Griff, wo er sich doch vorgenommen hatte, tief durchzuatmen, seinen Wein zu trinken, zu Freunden und Verwandten zu bummeln – ständig stürzte sich die eine auf ihn und heulte Rotz und Wasser, und die andere stach ihm das Messer ins Herz.
Mína aber verfolgte ihn nach drei Jahren der Abwesenheit in den ersten Tagen wie immer mit ihrem dicken Buch, Einnahmen/Ausgaben, und während Sávvas' Auge sich wieder an die Gestalten, die Nase sich an die Gerüche hier gewöhnte, während er den Anblick der Kirschen genoß, wie sie rot wurden, der Aprikosen, die sich dunkelgelb färbten, der jungen Setzlinge im Garten, oder im Unterhemd auf der Schwelle saß und die Fenster der Nachbarn betrachtete, reihte die Stimme hinter ihm finanzielle De-

tails aneinander; sie hatte die Schulden für die Singer-Nähmaschine bezahlt, dreitausendsiebenhundert Drachmen, die zwanzig Pfund für das Geschäft an der Küste Dselépi, hatte Weißwaren, Teller und Elektrogeräte gekauft; hinzu kamen allgemeine Ausgaben für die Hochzeit.

– Du hast es mir ja schriftlich geschickt, sagte er immer wieder, bis ihm der Kragen platzte, er kehrte sich jäh um, packte sie hart am Arm, fahr zum Teufel, verdammt, sagte er bei sich und sah zum erstenmal, daß der Zopf, den sie zweifach um den Kopf gelegt hatte, schneeweiß war.

– Ich gehe mit dem Kirchensänger aufs Gut, wir wollen die Reben schwefeln, sagte er schließlich und haute ab.

– Schon wieder, murmelte Mína, warf ihr Kontenbuch in die Schublade des Buffets und stieß sie mit aller Kraft zu.

Der Kapetánios war wütend, er war drauf und dran, wieder zurück ins Haus zu gehen und sie wirklich anzuschreien, fahr zum Teufel, hauptsächlich, weil er wußte, wie sehr auch er Schuld trug am Schicksal seiner Kinder, doch Pápa-Fílippas tauchte auf, *Papás ex machina,* die Lösung des Problems, er hatte hinter der Ecke gelauert, jetzt streckte er die rechte Faust in die Höhe und schien bereits die Spielwürfel zu schütteln, Menschenskinder, wir haben dem Mann mit den vielen Zigarren den Hals verdorben, ein manischer Raucher, unser Pápa-Fílippas, seine Atemwege völlig im Eimer, Saltaféros suchte hastig nach weniger schmerzlichen Gedanken.

– Ich habe geträumt, wie ich Jesus im Távli besiegt habe, sagte der Pope heiser, aber gut gelaunt, und die Papadiá hat mir das Olivenöl verboten.

Maltabés erwartete nichts Gutes von einem Haus, dessen Bewohner einander die Meinung nicht ins Gesicht sagten. Andónis, der kleine Scheißer, die Waise von Annesió, be-

wahrte die Bonbonnière auf dem Deck auf, und alle, die vorbeigingen, bekamen eine Hochzeitsmandel. Das Schiff fuhr in die Nacht, auch Spíros steckte sich die Süßigkeit in den Mund, lutschte, das Gespräch ging um den Konkurs der Mamáis, den Börsenkrach von vergangenem Oktober mit der Weltwirtschaft in ihrer tiefsten Baisse, die eine Lawine von Bankrotten brachte. Am Morgen war ein Telegramm vom Chef aus London gekommen, mit den Glückwünschen zu Spíros' Beteiligung von 15 Prozent an der gerade fertiggestellten LEONIDAS II, 115 000 Tonnen und 388 000 Pfund, und ein paar Stunden später kam aus Piräus die Nachricht vom Desaster der anderen Reedereien, *Lloyd's* hatte die Versicherungsverträge aufgelöst, die europäischen Banken forderten Konventionalstrafen, die Mamáis sind wohl reif für die Irrenanstalt – Maltabés dachte zum erstenmal als Schiffseigner.
Viele Leute verloren ihre Arbeit, viele Söhne und Väter würden wie Bettler nach einem neuen Brotgeber suchen.
Weder sein Onkel Emílios Bálas noch Spíros Maltabés hatten je auf Schiffen der Mamáis angeheuert, merkwürdige Sache jedenfalls, als wäre Hexerei im Spiel, ein Verlust folgte dem anderen. Die Mamáis hatten eigene Routen: Von Chesapeake Bay nach Batavia, von Split nach Danzig, von Diego Suarez nach Djibouti, von Marseille zur Klippe des Leuchtturms von Gilkrenan, von Le Havre zu den Klippen der Kanarischen Inseln und wer weiß, von wo sonst, geradewegs an der heimtückischen Klippe von Torento vorbei.
Zwanzig Jahre lang hatte der Vater, Nikolós Mamáis, die Kohlenkähne durchs Schwarze Meer, durchs Mittelmeer und nach England bewegt, ohne daß sich das Methangas je entzündet hätte. 1925, es war das Jahr, in dem viele Reeder begannen, änderte sein Sohn Epaminóndas, der gerade seine Studien in Hýdra und an der Ingenieurschule in London beendet hatte, den Namen der Firma: Interkonti-

nentale Fahrten N. Mamáis und Sohn, *general cargo,* drei Schiffe von bester Qualität standen zu seiner Verfügung. Maltabés war eifersüchtig gewesen auf die glücklichen Erwerbungen, wie ein Verrückter war er auf die SAMOTHRAKI, die LESVOS und auf ihr Prachtschiff, die AJIA THALASSINI, aus.
Viereinhalb Jahre hielt die Takelung der Mamáis stand.
– Die Lästerei hat sie umgebracht, sagte der alte Polémis, der Koch; andere hatten ähnliche Gedanken, bei ihnen hat der Hintern gedacht, in Plakoúra hatten sie ihre Weiber nicht unter Kontrolle, das Kleid am Morgen, jenes am Abend, Dauerwellen bei Jossíf und Stöckelschuhe nach Maß im Dutzend.
Nun waren die beiden Söhne ohne Arbeit und mußten an anderen Türen anklopfen, hundert andere in der gleichen Lage, die wie die Wilden kämpften für ihren Monatslohn. Wer würde als erster unterkommen? Mir ist ganz traurig zumut, sagte Polémis, he, Andonákis, gib mir noch ein Bonbon, mögen meine Gebete erhört werden, gebe Gott, daß in diesen finsteren Zeiten Vatokoúsis und die erstgeborene Tochter von Sávvas durchkommen; sein kleiner Sohn war mit ihr in der Volksschule gewesen.
Maltabés spuckte das halb aufgelöste Bonbon, er wußte nicht, von welcher Hochzeit es stammte, aufs Deck, trink Wasser, riefen sie ihm zu, und sie reichten ihm ein Glas; Stathákis klopfte ihm väterlich auf den Rücken, mein Lieber, paß auf mit den Hochzeitsbonbons, die können tödlich sein.
Sobald der Anfall vorbei war, rief Andonákis: Na dann, auf zu unserer Hochzeit! Er war ein Spaßvogel, dessen Schönheit ihm Selbstbewußtsein verlieh, sieben Ledige auf der OSTRIA, wenn sie das nächste Mal nach Andros kamen, gedachten sechs von ihnen sich zu verloben oder die Braut gleich für immer zu pflücken.
– Du solltest dich auch an die Bonbons gewöhnen und bei

deiner übernächsten Heimkehr ans Heiraten denken, du bist der siebte, beendete Andonákis seine heitere Ansprache.
Spíros' Onkel, Emílios Bálas, war seit vergangenem Jahr auf Rente. Er hatte seinem Neffen nichts über die Hochzeit mitgeteilt, doch der hatte es vor einiger Zeit anderswo erfahren.
Am Abend, als sein Onkel völlig zerknirscht von der Saltaférena heimgekehrt war, hatte Spíros ihn, die Nerven blank, böse beschimpft, und der Alte hatte es sehr schwer genommen. Er schickte einmal jährlich am 7. Dezember zu seinem Namenstag ein kurzes Telegramm, er möge hoch leben, und ebenso wenn er erfuhr, daß sie um Haaresbreite einem Taifun entkommen waren oder einer anderen Plage des Pazifischen, des Indischen Ozeans oder des Meers der Philippinen: Möge der Herrgott dich immer behüten.
– Es sind die Kapitäne der Mamáis, die Mühe haben werden, wieder eine Anstellung zu finden, einer aus Andros, der andere aus Kefalloniá und der dritte aus Kásos. Maltabés kam wieder auf die Schiffahrt zu sprechen, das andere Thema war für ihn beendet, er war außer sich vor Wut über das Verhalten der Saltaféros. Für ihn war der Vater schuld, der keine Stellung hatte beziehen wollen, und schuld war auch diese Geldanbeterin, die Mutter, aber am meisten schuld war die frisch Verheiratete. Sie hatte ihm einen Sommer gestohlen mit ihren Küssen und ihn heiß gemacht mit Gedichten, mit Kneifen und mit ihren schmachtenden Blicken aus blauen Augen, aber mit dem ersten kleinen Herbstregen war ihre Glut verlöscht, und sie hatte sich auf den Geldschrank der Vatokoúsis gestürzt, eine wahre Saltaférena auch sie. Ich schicke ihr als Geschenk ein tausendseitiges Kontenbuch, dachte er, dann kann sie ihre Stunden mit Additionen und Subtraktionen totschlagen, denn es wird sie nicht aus den allseits

bekannten Gründen nach dem Körper ihres Mannes gelüsten.
Maltabés hatte sich nicht an die Französinnen mit ihren Kamelhaarmänteln gewöhnt, nicht an die Engländerinnen in ihren *Tweed Tailleurs* und nicht an die Russinnen mit ihren Pelzmützen, nur im Unterrock kannte er all diese Frauen, und er war ihnen dankbar, nie quälten sie ihn mit exquisiten Morgenröcken und zweideutigen Versen, im Gegenteil, wenn er es verlangte, machten sie ihm geduldig eine Rückenmassage, damit er sich entspannte.
Andonákis faltete den Tüll der Bonbonnière zweimal, viermal, achtmal, steckte ihn in die Tasche und fing kunstvoll das letzte weiße Bonbon, das er in die Höhe geworfen und das weiße Kreise im Dunkel gezeichnet hatte, mit dem Mund auf. Der Himmel war leer, wo zum Teufel hatten sich die blöden Sterne versteckt – Maltabés war zornig und ging die Route überprüfen.
– Wann, um Gottes willen, kommen wir endlich nach Tokapila, damit wir uns ein wenig die Füße vertreten können, die Feuchte und die Windstille fressen uns auf, sagte Boússoulas, der erste Maschinist, matt, doch als er merkte, daß Maltabés kurz vor dem Explodieren war, setzte er sich hin und schwieg und rührte sich nicht mehr. Alle wußten, wenn der Kapitän in übler Stimmung war, wollte er absolute Ruhe, kein Blättchen durfte sich bewegen.
Spíros griff nach einer Zigarette und nach seinem Feuerzeug, nahm einen tiefen Zug, packte das Steuerrad und lenkte das Schiff durch die schwarze Finsternis.

Als Student des Rovértio und nachher auf den Schiffen, die Frachten von Zerealien und Kohle von Odessa nach Konstanza brachten, hatte Níkos das Panorama von Konstan-

tinopel, aber auch die Ausstrahlung dieser Stadt nie entbehren müssen.
Das milde Leuchten der Morgenröte und des Sonnenuntergangs verblüffte die Griechen im ersten Augenblick, es wird ein griechischer Tag anbrechen, und in der Nacht werden wir uns in einem griechischen Schlaf erholen, so glaubten sie, bis der Dunst sich auflöste und sie sich damit abfinden mußten, daß die Gegend sich ins Türkische verändert hatte, doch der Gedanke, daß Konstantinopel ein Gedicht in tausend Strophen war, blieb, und Níkos wollte dieses Gedicht seiner Frau Wort für Wort vortragen.
Es war auf seiner ersten Fahrt nach Cartagena, auf dem Frachtschiff THEOTOKOS, der Kapitän hieß Lionákis, als sie von der Katastrophe in Smyrna erfuhren. Er hatte dort drei Wochen in Saus und Braus gelebt zusammen mit Rodokanákis, einem aufgeweckten Kerl, anderen Studenten und, es war nicht zu vermeiden, seinem langweiligen und unbeteiligten Cousin. Smyrna war eine lebensfrohe Stadt mit illustren Herren, welche die Arbeit und das Vergnügen gleichermaßen liebten, so auch Amoudianós und Samiótis, Mitarbeiter seines Vaters, die dort mit Öl und Süßgetränken handelten.
Ihm brach das Herz bei dieser Nachricht über die verbrannte Stadt. Stell dir vor, wenn sie auch Konstantinopel dem Feuer überlassen, sagten sie in der Mannschaft. Auch dort hatte es Zwischenfälle mit fünfzig Toten gegeben, und die englische Mittelmeerflotte war unterwegs gewesen, um die Meerenge zu verteidigen.
– Gott schütze uns vor den Engländern und den Franzosen. Der Kapitän, der keinen Glauben an Gott hatte, schlug das Kreuz, ein eingeschworener Feind der westlichen Politik, der westlichen Diplomatie, der westlichen Küche und des westlichen weiblichen Fleisches.
Níkos und Órsa gingen um die Ajía Sofía herum, der Eintritt war verboten, so kaufte sie Dutzende von Ansichts-

karten und verschickte täglich welche. Sie schaute sich die Sehenswürdigkeiten viel länger auf den Karten an als in der Wirklichkeit. Níkos kannte das von zu Hause und von der Hochzeitsreise nach London, sie hatte ihre eigene Weise, einen Ort, den sie besucht hatte oder den sie nie besuchen würde, zusammenzusetzen und zu spüren, sie legte die Karten in eine Reihe, änderte wieder, kehrte sie sogar um, vermischte Vorder- und Rückseiten von unendlich vielen geschriebenen Karten, die sie in Schachteln und Schubladen aufbewahrte oder in Umschlägen und Täschchen mit sich herumtrug.

*Le pont d'Adana*, er fand auch eine französische Serie, die Brücke von Adana, *Peran, Constantinople Palace,* für Frau Naná, erklärte sie ihm.

Der Patriarch hatte sich erkältet, und wegen des Fiebers wurde die Audienz um zwei Tage verschoben. Sie nahmen den Raddampfer, fuhren zu den Inseln Próti, Antigóni, Chálki, Príngipo, sie fotografierten und wurden fotografiert, mit Taxi und Tram kehrten sie zurück nach Baluklí und zu den Palästen von Dolma Bahçe. Órsa war bekümmert, weil sie die Blütezeit der Tulpen verpaßt hatte, noch nie hatte sie eine wirkliche Tulpe gesehen.

Am selben Nachmittag betrachtete Órsa im Zimmer im Hotel Royal den hölzernen Leuchter an der Decke und streichelte mit Kreisbewegungen ihren Bauch, der rund geworden war, einmal nahm sie sogar seine Hand, führte sie sanft über die Adern und legte sie auf ihren Körper, sie sagte nichts, ihre Augen waren feucht geworden und leuchteten in der Abenddämmerung.

Níkos beugte sich zu ihr hinunter und küßte viele Male ihren Bauch, hundertmal, zwei, drei Küsse in die Luft und den vierten auf das Kleid, rosa Leinen, wieder zwei, drei in die Luft und danach ein zögerndes Berühren ihres Körpers mit seinen Lippen, die versiegelt und wieder weit weg sein würden, wenn sie zu ihm sagte: Níkos, halt.

Am nächsten Morgen spazierten sie wieder ins Phanar, sie nahmen in der Kirche des Heiligen Geórgios an der Liturgie und am Abendmahl teil, und gegen elf empfing sie Fótios der Zweite, der sich noch nicht völlig von seiner Unpäßlichkeit erholt hatte, aber durchaus freundlich war. Schöne Griechin nannte er Órsa, er segnete sie und schenkte ihr ein Buch, *Lobgesänge Byzantinischer Hymniker,* das, wie es schien, auch er sehr liebte.
Während der Patriarch und Órsa ein kurzes Gespräch über die Schenkung für das Hospital in Baluklí begannen, spürte Níkos, wie sein Herz unregelmäßig schlug, es schmerzte fast vor Beklemmung, vielleicht weil seine Frau so entspannt war, ihre Schönheit war etwas Unglaubliches, es überstieg seine Kräfte. Außerdem hätte er sich gewünscht, der Patriarch wäre distanzierter und imposanter, er sollte etwas Ungewohntes an sich haben, etwas Allmächtiges und Göttliches. Ein Gespräch mit dem noch unpäßlichen Fótios reichte ihm nicht, er brauchte ein *tête à tête* mit Gott selber – Oleg Onegin, er erinnerte sich an den berühmten Offizier des Zarenheeres, als Student war er zufällig über ihn gestolpert, eines Sonntagmorgens, in einer Waldlichtung auf einer der Prinzen-Inseln, der Göttliche flocht Ruten für sein täglich Brot.
Sie hatten bei Pandelís für ein Uhr einen Tisch reserviert. Sie waren verabredet mit Madianós von der Ottomanischen Bank, Frangópoulos Sohn, Import/Export und Mitschüler aus Rovértio, mit ihren Frauen Korínna und Sofía, drei Ehepaare. Seine Tante war mit ihrer ganzen Familie nach Ägypten gezogen, wo der misanthropische Vetter sein Geld als Ingenieur verdiente.
In den vergangenen Tagen hatte Órsa nur ein paar Maulbeeren und Herzkirschen zu sich genommen, und das nicht nur, weil sie fastete. Erleichtert dank der Geschehnisse des Vormittags, aß sie bei Pandelís mit Appetit etwas Kebap, probierte von den Süßigkeiten, die alle leicht

waren, mit Reismehl und Blütenessenzen zubereitet. Sie fragte sogar nach dem Rezept für *kazan dıbbi*. Sie wühlte in ihrer Tasche, bis sie inmitten all der Souvenirs, Ansichtskarten und Umschläge ihr Notizbuch fand. Die drei vom Meerwasser zerfressenen Löffel fielen auf den Boden, neben ihre Füße.

– Die hat eine Welle letztes Jahr Ende Sommer in Jália angespült. Sie errötete leicht und küßte sie.

Ihr Vater, erklärte sie der Gesellschaft, sage Cartagena, Odessa, Marseille, Archangelsk, Biscaya, doch ihr Schwiegervater und ihr Mann bevorzugten für diese Städte die griechischen Namen, sie liebe ebenfalls die Tradition der griechischen Namengebung mehr, eine solche nautische Tradition, so viele Seefahrer, eigentlich müßten alle Häfen der Erde zu Griechenland gehören, sie beendete ihren Gedankengang, drehte den Kopf nach links und begann mit dem Ohrhänger zu spielen, der die Haut am Hals und an der Schulter zwickte.

Zuerst zwinkerte Frangópoulos Vatokoúsis vielsagend zu, dann Madianós. Sie waren bedingungslos Órsas Charme erlegen, *erobert ward die Polis*, erobert wurden auch die Herzen der männlichen Tischgenossen.

An den folgenden drei Tagen, bis die OROPOS wieder kommen würde und sie sich für die Heimfahrt einschiffen müßten, besichtigten sie, wozu sie noch nicht gekommen waren: Von Eptálofo, der Stadt mit den sieben Hügeln, an die sie sich aus ihrer Schullektüre erinnerten, spazierten sie nach Peran und nach Tataila, das im vergangenen Januar in der großen Feuersbrunst abgebrannt war. Órsa, die eigentlich nicht religiös war, ließ in Konstantinopel keine Kirche aus, sie zündete die obligatorischen Kerzen in der Muttergotteskirche in Galatá an und in der Dreifaltigkeitskirche in Taksími, ging bis zur Evangelístria in Geni Sehir. Ihr gefiel das kühle Innere der Kirchen mit den dunkelfarbenen Heiligendarstellungen. Sie wählte ein Bild aus, holte einen Stuhl und setzte sich davor, damit sich ihr Rücken erholen konnte, sie öffnete die Beine und schlug die Falten ihres Kleids dazwischen, schließlich zog sie ihren schwarzen Fächer hervor und kühlte langsam den Hals und die schweißüberzogenen Arme.

Vatokoúsis hätte sie stundenlang betrachten können. Die Härchen in den Achselhöhlen waren wie Maisbüschel, die honigfarbenen Strähnen, die aus den Haarnadeln gerutscht waren und nach hinten fielen, ihre blauen Augen, mal halb offen, mal geschlossen, als beklagte sie sich beim Heiligen, oje, mein Mann läßt mich nicht eine Minute ausruhen, unentwegt müssen wir uns etwas ansehen. Ja, Vatokoúsis hätte sie stundenlang ansehen können. Beinahe hätte er Annesiós Auftrag vergessen, einen Talisman für ihren Andónis zu besorgen, der mit Maltabés auf der OSTRIA unterwegs war.

– Eigentlich hat er das gar nicht nötig, Spíros Maltabés ist der beste Kapitän von uns allen, sagte Níkos. Die Herren würden auf seinen Namen schwören und ihm jeden Gefallen tun. Man hatte gehört, er werde ihren ersten Ozeandampfer als Kapitän übernehmen, auf der Linie Southampton–New York, die MINERVA, ein Wunderwerk der Schiffsbaukunst und des Luxus.

– Tausendmal besser für Andónis, er bleibt mit ihm zusammen auf dem Passagierschiff, da sieht er Leute. Sechs Jahre hatte der einzige Sohn der Amme, kaum zwanzigjährig, schon auf Tankschiffen und Frachtkähnen verbracht.

Níkos mußte für die folgenden zwei, drei Jahre auf den Frachtkähnen bleiben, er war ehrgeizig und hatte gewisse Pläne, kurzum, Níkos Vatokoúsis war es dem Unternehmer Níkos Vatokoúsis schuldig, dessen Angestellter zu sein.

Órsa lachte. Schön, sagte sie, die Heiligen sind meine Sache, ich werden den Glücksbringer aussuchen. Und während am anderen Morgen ihr Mann am Quai Kaffee trank, der in der heißen Asche gekocht wurde und ihm besonders schmeckte, und auf die OROPOS wartete, nahm sie allein den Raddampfer nach Príngipo. In ihrem weißen Rock und mit dem schwarz übermalten Muttermal an der rechten Schläfe erinnerte sie an die Frauen aus Weißrußland, die in jenen Jahren die Amüsierlokale überschwemmten. Sie brachte vom Heiligen Geórgios mit der Glocke, dem Heiligen der Knaben, ein rotes beinernes Kreuzchen und ein paar Glöckchen.

– Hast du nur für Andónis etwas gekauft? fragte Níkos und fühlte sich wie ein Tölpel, nicht weil er sich verraten hatte, im Gegenteil, ihn interessierte nicht ein Sohn, sondern ganz etwas anderes. Aber er war einfach manchmal linkisch in der Wahl seiner Worte und seiner Gebärden, vor Órsa geriet er ganz aus der Fassung. Sie war auf dem besten Weg, sich daran zu gewöhnen, und erteilte ihm die Absolution, hie und da rührte es sie sogar, wenn ihr Mann alles durcheinander brachte.

– Ich werde eine Tochter zur Welt bringen, stellte sie klar und sicher fest, während sie den Finger mit Speichel benetzte und damit über das Muttermal rieb, bis es verschwand.

Am späten Nachmittag, nachdem sie sich gewaschen und erfrischt hatte – ihre Wangen und Schultern waren von der heißen Julisonne leicht gerötet –, setzte sie sich im Bug der OROPOS auf eine Chaiselongue, die ihr Orjínos, der alte galante Kapitän, bereitstellte, und verabschiedete sich, einen Sesamkringel kauend, von Konstantinopel.

Liebe ist … ihr, *love is* … ich, was ist der Mann ihr, *what a man is* ich, »Ehe ist ewige Treue und Harmonie der Seelen«, *a wedding means faith to eternity and soul's harmony* ich und recht geschieht mir.

Zum Teufel mit den fremden Sprachen, zum Teufel mit den fremden Ländern. Vergeblich mühte sich Móska mit diesem englischen Geschwätz ab, die Bestnoten, die ihr der Mister mit seiner gewundenen Unterschrift einkreiste, konnten ihr gestohlen bleiben.
Vollmond im August. Der Mond war noch kaum zu sehen, auch er schien fuchsteufelswild über das zu sein, was da geschah. Sie saßen auf den Kieseln, Kikí, Katína, Marí, Móska, und verfolgten, wie er aufstieg und immer weißer leuchtete, die kleine Saltaféros weinte und beschimpfte ihre Mutter als verbohrtes, herzloses, geiziges, gemeines Weibsbild, und die drei treuen Freundinnen genossen zum erstenmal das Gefühl weiblicher Verzweiflung über eine in Brüche gegangene Liebe.
David Bradley war weggezogen, hatte seine Truhen mitgenommen, er war gegangen oder geflohen, ohne eine Adresse zu hinterlassen, ohne ein *good bye,* nicht einmal von seinen Kollegen und seinen Bridgepartnern im Club, Marís, Resvánis, Herrn Dínos, hatte er sich verabschiedet.
– Wie schön ist doch manchmal die Traurigkeit, sagte Marí, wenn die Natur, wie in dieser Stunde zum Beispiel, zu ihr so paßt.
Schwarzrote Trübe, der riesige Gespensterfelsen, das Meer unbeweglich, als wäre es trocken, und dort drüben ein langes Schiff mit all den Lichtern an, wie Ohrringe und Colliers.
Sie hatten Zigaretten mitgebracht, Matsángou, Kerános, Xánthis, Papastrátos, Santé, Zündhölzer und Lunten und pafften eine nach der anderen in ihrem getarnten Rauchsalon hinter den Felsen. Würde einmal jemand den kleinen Steinhaufen aufheben, fände er einen Kübel voller Zigarettenkippen, die Hinterlassenschaft zweier Jahre; in ihrer Stadt waren Frauen und Tabak nicht vereinbar. Was sollten sie denn tun? Dort begruben sie ihren Schmerz über die

Auflösung von Katínas Verlobung, der Kleine hatte eine Holländerin vorgezogen, und ihren Kummer über das Verschwinden fast all ihrer Mitschüler, die auf die Schiffe gegangen waren oder zuerst in eine Schule, nautische Studien natürlich, am Dreizack der Panhellenischen Vereinigung der Kapitäne der Handelsmarine, in Síros, Hýdra, England.

– Achtzehn ist ein Markstein, wir verloben uns mit unserm Liebsten, oder *wir haben ihn für immer verloren, er fährt zu den Mohren, die schlangengeboren, wir spüren im Herzen ein Bohren, sogar Gott hat sich gegen uns verschworen,* hauptsächlich Marí und Móska, aber auch die anderen improvisierten passende Reime, um sich selber über die Furcht vor dem Leben hinwegzutäuschen, das plötzlich, wenn man achtzehn war, keine Scherze mehr ertrug.

Juni, Juli und August, nach der sechsten Klasse, dem Ende der Schulzeit, hat es sechs Verlobungen und zwei Hochzeiten gegeben, die Hälfte davon hastig vermittelt. Jedes Wochenende steckte der ganze Schwarm der Mitschülerinnen zusammen. Morgens tuschelten sie miteinander nach der Messe und irgendeiner Gedächtnisfeier, abends trafen sie sich in ihren modischen Glockenröcken auf einem Fest wieder. Auch die vierköpfige *Gesellschaft der verwandten Seelen,* Kikí, Katína, Marí, Móska, K.K.M.M., besiegelte jede Vereinigung, aber auch jede Trennung, schau mal Katína–Michális, Ángela–Jánnis, Mantó–Leonídas und Móska–David, mit tiefen Zügen in ihrem Rauchsalon und weiteren zwanzig Kippen im illegalen Aschenkübel.

Móska blies den Rauch auf ihre Arme, in ihr Dekolleté – blast alle in meine Haare, kommt schon, wenn ich nach Hause komme, will ich richtig stinken nach Zigarettenqualm, sagte sie voller Wut und Ungeduld.

Zwei Tage vorher hatte sie ihre ältere Schwester auf dem Spaziergang begleitet, sie würde in den neunten Monat

kommen, und jedesmal, bevor die Sonne unterging, machte sie einen großen Rundgang, kleine Brücke, Felsenhöhle, Heiliger Dimítrios, immer denselben Weg, unabdingbar, wohl eine Frage der Disziplin.
– Ich habe gelauscht und dabei gehört, was Órsa unserer Mutter an den Kopf geworfen hat, London ist ja nicht das Ende der Welt, und dich kümmert das Wohl deiner Töchter nicht im geringsten. Órsa, die selten redete, sagte zu ihrer Mutter nur das absolut Notwendige.
Die Ägäis strahlte in all ihrer Schönheit, es wehte ein sanfter Meltémi. Sie spazierten gemächlich, im gleichen Schritt, der Wind blies ihre weiten gelben Röcke auf, deren Taschen voller Sonnenblumenkerne waren. Wenige Worte, das Knacken der Kerne. Móska erzählte ihr ein bißchen von dem Engländer, so war's, nur ein paar spärliche Worte.
– Du liebst Níkos? fragte sie.
– Er ist ein guter Gefährte.
– Du liebst ihn aber?
– Ich werde in Frieden mit ihm leben, Móska.
– Seine Arme …
Die beiden Schwestern hatten schon ein paar Mal über die eindrucksvollen Arme des groß gewachsenen, ungelenken und linkischen Vatokoúsis gesprochen: Sie waren lang und knochig, mit vielen blauen Adern und Äderchen an den Ellbogen und den Handgelenken – Arme wie eine geophysikalische Karte mit Flüssen und Nebenflüssen, der Rio de la Plata.
Sie gingen schweigend weiter; es wurde bereits dunkel. Worte waren nicht nötig, eine jede für sich und bei sich, wie Frau Naná zu sagen pflegte. Móska betrachtete verstohlen den großen Bauch ihrer Schwester, und wäre sie in jenem Augenblick auf ihre Mutter gestoßen, sie hätte sie an den Schultern gepackt, hau bloß ab, *fette Fotzen protzen, strotzen;* es machte ihr schwer zu schaffen, daß auch

Mína bedenkenlos die Schwelle der Moúrena überschritt, aber auch die Schwelle von Nikifóros' Witwe, deren Haus für die Frauen der Insel seit ein paar Wochen ebenfalls begehrt war.

Sie hat einen Sohn geboren, und das schon beim ersten Mal, dachte ihre Mutter. Bis die Hebamme aus Livádia kam, hatte Órsa ihre Arbeit zu Ende gebracht, ohne ein Wort. Annesió, mit ihren von der Arthritis ruinierten Beinen, kam und ging wie ein junges Mädchen, sie wollte die Geburt nicht verpassen, aber auch den Alten nicht ganz allein lassen.
– Er sitzt im Sessel, die Wolldecke über den Knien, sein Verstand ist getrübt von seinen Sünden, sagte sie zur Wöchnerin. Er hat nicht gefragt, von mir aus habe ich es gesagt, ein Sohn, er hat nicht einmal mit der Wimper gezuckt, aber seine mickrige Hand, die wie eine Zange die Sessellehne umklammerte, ist weich geworden, und er hat die Faust aufgemacht, die Innenseite ein einziger Bluterguß von all der Gewalt.
– Der Schwiegersohn, sagte Mína, ist weg und wird weg bleiben, Saltaféros ebenfalls, aber wir haben schon einen Mann im Haus. Ihr war ein Enkel geschenkt worden, und sie dankte der Muttergottes und Ihrer Gnade mit wohlriechendem Harz wilder Rosen vom Heiligen Berg Athos.
Ein schwerer Geruch strömte beim Abbrennen aus dem Rauchfaß, füllte das Haus, verteilte sich in der Nachbarschaft und löste sich am Himmel auf; der Abend dämmerte, die Zeit, in der die Neuigkeiten sich rascher in den Kafenía und den Häusern verbreiteten, alle saßen bei Tisch und wußten, daß Órsa in nur einer Wehe einen lebhaften, schweren Burschen zur Welt gebracht hatte, mit

schwarzem Flaum, von der Gestalt und der Haarfarbe die Saltaférena.

– Gib ihm den Namen des verstorbenen Königs, schlug sie ihrer Tochter vor; Konstantínos hatte, als Kronprinz wie auch als König, die Insel mit seinen Besuchen geehrt, Mína taten in letzter Zeit die Monarchen leid, Besagter hatte sein Leben in Sardinien beendet und sie, die Königin Ólga, in Rom. Ihr ging es aber vielmehr darum, den unheilbringenden Ioánnis zu vermeiden, den Namen des unglücklichen Vaters ihres Schwiegersohnes.

Órsa sah dem Säugling in die Augen, stopfte ihm die Brustwarze in den Mund, ihre Brüste tropften wie Brunnen, und Mutter und Amme verbrachten ihre Zeit damit, Tücher und Wäsche auszukochen.

– Ich habe Arbeit, was gibt's Besseres, sagte sich Mína, die in jenen Tagen keine ruhige Minute fand. Sie räumte Babysachen auf, erfüllte Gelübde bei so und so vielen Heiligen, kümmerte sich um die Diät der eigensinnigen Wöchnerin, die nicht recht essen wollte, und kämpfte mit einem kleinen Berg Quitten aus Apatoúria, aus denen sie Kompott machte, Quittenpaste und ganz dickes »Löffelsüß«, einen großen Topf hatte sie für Maríka Chadoúlis vorgesehen, welche die Sache mit dem Ausländer in die Hand genommen hatte.

Zwei Jahre vorher hatte Mína Tássa von gegenüber verhöhnt, die den Mönch von Kávkara geholt hatte. Er las eine Beschwörung wegen Paris, neun Jahre war ihr Zweitgeborener wegen seinen Jurastudien dort, er hatte sich den Kopf verdrehen lassen und fand den Heimweg nicht.

*Erbebe, erzittere, ängstige dich, hebe dich hinweg, der Tod fahre in dich, werde verbannt, der du vom Himmel gefallen bist, und mit dir alle die hinterlistigen Geister von Paris, Geist der Wollust, Geist der Nacht und des Tages, des Mittags und des Abends, Geist der Mitternacht,* und so weiter, Móska hatte es auswendig gelernt, und zusammen mit ihrer Clique gab sie die Antwort, *Tássa treibt den Teufel aus, doch ihr Sohn kommt nicht nach Haus, geht nicht zur Sorbonne, erfreut sich an der Frauenwonn'*. Die Kirche akzeptierte derlei; und wenn Maríka Chadoúlis sich auch taub stellte, Mína würde beim Mönch einen Exorzismus auf das gesamte Commonwealth bestellen. Die Selbstironie war ein Gefühl und eine Haltung, die sie erleichterten, besonders wenn sie sich nicht entscheiden konnte, ob die Umstände zum Lachen oder zum Weinen waren.

Glücklicherweise betete die Chadoúlena die Macht an, und es gefiel ihr, sie so oft wie möglich und auf jegliche Art und Weise zu zeigen: den Anker, der mit Goldgarn auf das rechte Revers sämtlicher Mäntel und auf die Brust sämtlicher Kleider gestickt war. Es hieß, sie hätte ihn sogar in Gold auf ihrem Schlüpfer; dieses Gerücht war die Rache einer ungerecht behandelten Wäscherin oder Stickerin.

Ihren Salon beherrschte ein riesenhafter Jesus, der vom Boden bis zur Decke reichte, er erlaubte es der Chadoúlena, ihn als einzigen Beistand, Zeugen, Mitarbeiter und Begleiter zu präsentieren, und er erlaubte es ihrem Mann nicht, sich im eigenen Haus als Herr zu fühlen. Das alte Ekelstück freute sich, daß es dem Engländer den Meister gezeigt hatte, und Mína freute sich doppelt, daß dieser Satan das Weite gesucht und sie ihre Tochter wieder gefunden hatte, um sie, wenn irgend möglich, noch dieses Jahr bereit zu machen für einen von den fünf brauchbaren Bräutigamen, Marjétis, Lávdas, den Sohn von Fránka, Lávdas, den Sohn von Ánna, Rállias und Porfirátos, in der Reihenfolge der Qualität und Tauglichkeit.

Sávvas war Anfang August wieder abgefahren, er hatte die Geburt verpaßt, besser so, sie wollte ihn nicht um sich haben, auch wenn er ihr nicht offen und unmißverständlich widersprach, sondern schlicht schwieg oder die Nase rümpfte und sämtliche Verantwortung von sich wies.

Solange Móska zornig war und immer wieder zu dieser oder jener Freundin flüchtete, blieb ihre Mutter geduldig, abgesehen davon kam die Zeit, in der sich Mína mit dem Schlachten der Schweine befassen mußte. Aposperítis in Vourkotí zog ihre Schweine gemeinsam mit seinen eigenen auf, die der Feuersbrunst im Sommer entkommen waren, welche sich rasch den Berg hinauf verbreitet und den ganzen Hang niedergebrannt hatte, vor allem Thymian und Oregano, aber auch einige junge Olivenbäume, Birnbäume und Zwiebelfelder.
– Mir erscheinen im Traum die neunundzwanzig, wie sie da liegen auf dem Rücken, aufgedunsen, ich wache auf und weine, aus, vorbei mit dem Schlaf. Aposperítis trauerte um seine Schweine, überflüssige Trauer, im November endeten die Tiere als Würste und als Schmalz in Dosen und wurden dann auf die Meere verfrachtet als Leckerbissen für die Männer.
Mína schimpfte mit Aposperítis, aber sie war ihm auch dankbar, wie überhaupt allen, die ihren Verstand und ihr Herz vom ganzen Familienkram ablenkten, der sich ihrer Kontrolle entzog.
30. Oktober, Tag von Zenobios und Zenobia: Ich habe drei Goldpfund ausgegeben und von Íssaris in Messariá eine bienenfarbene Kuh gekauft, als Geschenk von den Eltern, sie wird gebraucht, wenn die Große mit Stillen aufhört, schrieb sie ihrem Mann.
Saravános, ein Kinderarzt, der einmal im Monat aus Athen kam, hatte am späten Nachmittag den Säugling untersucht, er hatte sich auch mit Resvánis unterhalten, dem Hausarzt der Saltaféros. Die göttliche Schönheit der Mama tötete alle Mikroben und Bazillen des Säuglings. Der Kinderarzt war bestens aufgelegt und flirtete mit der Tochter und hielt gleichzeitig die Mutter zum Besten, die vor Beklemmung schwach und blaß geworden war.
Als er ging, von Órsa bezahlt, wehte der Wind durch die

halb offene Tür, und die Fliesen unten im Salon wurden übersät von vertrockneten Blättern und Blüten des Jasmins und der Nachtblumen. Mína nahm den Besen und die Müllschaufel. – Laß doch, Mama, es ist so schön, sagte die Große, wiegte ihr Kleines im Arm, auf und ab, auf und ab und wirbelte die Blüten mit dem Pantoffel in die Höhe.

– Alpen?
– Ausrufungszeichen.
– Patagonien?
– Gedankenstrich.
– Sahara?
– Fragezeichen.
– Anden?
– Semikolon.
– Niagara?
– Doppelpunkt.

Naná Bouradá-Karapipéri hatte Órsa besucht, mit einem rot-gelben Ballon aus Satin für das Kleine und Ideen für neue Frage-und-Antwort-Spiele, wie etwa Örtlichkeiten und passende Satzzeichen.

Mína saß eine Weile mit ihnen zusammen und nähte Knöpfe an. Sie hatte die Volksschule in Smyrna besucht, damals, als ihr Vater mit seinem kleinen Frachtkahn zu hafenlosen und mit guten Häfen versehenen Inseln Waren brachte, Feigen aus den Hainen von Nazli, Birnen aus Parsa, Süßholz und Buchecker aus Filadelfia, sie kannte nur die dortige Geographie gut, Departement Aidiníou mit den Gebirgen Sípilos, Tmólos, Messojís, Látmos, Kádmos und Mímas.

Später lernte sie vieles über die lärmigen Küstenzentren von fünf Kontinenten, sie wollte nicht die Ehefrau eines Seemanns sein und nichts von Geographie wissen.

Sie schenkte der Besucherin Likör ein, sammelte die Nähsachen ein und zog sich zurück, man hörte ihre schweren Schritte in der oberen Wohnung, sie zerrte Stühle herum, lief hin und her, dann rief sie wieder etwas.

– Streiten sie sich? fragte Naná.

– Sie ist allein oben.

Die Mutter hatte in den letzten Jahren nicht viel mit ihren Töchtern gesprochen, sie redete mit ihrem alten Kater, der im Haus hockte, sechseinhalb Kilo, dieser Bábis, schwerfällig und immer schläfrig. Seit einigen Monaten machte sie auch dem Bankbüchlein Vorwürfe, stellte dem Buffet Fragen und verfluchte die Lochkelle.

Schwerer Winter, der Dezember 1930 und der Januar 1931, alles verfaulte im Regen, es ertranken auch die Ziegen der Alten in Apatoúria.

Die Leute verkrochen sich und waren schlecht gelaunt, die Arbeiten gerieten in Rückstand, und am Weihnachtsfest hatte das mehrere Tage anhaltende Unwetter die Fahrten der Küstenschiffe zum Stillstand gebracht, und man feierte eingeschränkt, Güter fehlten, Glückwunschkarten gingen zu spät ab und kamen zu spät an.

– Wie habt ihr die Winterabende verbracht, du und Mikés? fragte Órsa.

– Wir haben Karten gespielt, um die Zeit herumzubringen, antwortete die Lehrerin und versank in einer sehr persönlichen Erinnerung. Eines Abends hatte der Selige, glücklich nach einer dampfenden Doppelportion Makkaroni und einigen Gläschen Wein aus Sinetí, die halb betrunkene Naná zu einem Furzwettstreit verführt, das werde ich dir nie verzeihen, hatte sie ihm immer wieder gesagt, doch wenn es ihr wieder in den Sinn gekommen war, hatten sogar ihre Ohren gelacht, sie hatte es wie eine Verrückte vermißt, was hätte sie nicht alles gegeben für noch einmal eine solche Nacht, in der sie, Tränen in den Augen vom Lachen, wie ungezogene Schüler gefurzt hatten, und damit der Gestank aus dem Zimmer hatte weichen können, es war Januar gewesen, hatten sie die Fenster gegenüber weit offen gelassen.

– Woran denkst du? Es muß etwas Angenehmes sein.

– Laß, bitte, sagte die Lehrerin, sie würde es nicht preisgeben. Die junge Frau tat ihr leid, die die meisten Nächte ihres Lebens allein verbringen würde, Tausende von Nächten, sie überschlug es kurz, in der Tat, Tausende von Nächten. Mit Mikés hatte sie ohne jegliche Trennung sechzehn Jahre zusammen gelebt. – Wenn ich auch vierzig bin, paß auf, dein Níkos gefällt mir sehr. Seine Augen sind so eindrucksvoll, seine Brillengläser tun dem keinen Abbruch, sie rahmen sie ein, würde ich sagen. Und sein Bärtchen, fuhr sie gutgelaunt fort, schade, hat er es geopfert, vor Jahren hatte sie ihn an einem kalten Abend gesehen, wie er unter einer Laterne auf der Hafenstraße gestanden hatte, Haar und Schnurrbart feucht und übersät mit feinen Schneeflocken, wie eine Steppe.

Der dunkelhaarige Maltabés mußte sich zweimal am Tag rasieren, fiel Órsa ein. Sie kratzte sich an der Wange, küßte das Kleine, dann schickte sie ihre Gedanken so weit fort wie nur möglich, auf die hintere Seite des Planeten, nach Canberra, das seit zwei Jahren die Hauptstadt Australiens war.

– Meinst du, Paris wird für immer die Hauptstadt Frankreichs sein? fragte Naná.

– Und Wien die von Österreich? sagte Órsa.

– Und Rom die von Italien? fuhr die Lehrerin in ihrer Anzweiflung der europäischen Hauptstädte fort, sie selber hätte gewisse Änderungen gutgeheißen, zum Beispiel Venedig als Hauptstadt Italiens, Barcelona als die von Spanien und Petersburg als die des zweikontinentalen russischen Staates, die Ansichtskarten bestärkten sie in solchen umstürzlerischen Ansichten, und je länger ihre Seekrankheit sie auf Andros fest verankert zurückhielt, desto mehr

wurde sie von der Idee eines ewigen geographischen Fließens ergriffen.
– Nicht nur unmöglich, es würde auch die Postboten durcheinander bringen, zog Órsa, die des Ganzen überdrüssig zu werden begann, sie auf.
– Sagt mir nie mehr, was falsch ist und was recht, auch ich will meine Irrtümer haben, ich brauche sie, und ich hoffe, es kommen noch viele auf mich zu, wünschte sich Naná.
Órsa wiegte sanft das Kleine, das seit längerem schlief. Dieser bereits drei Stunden dauernde Besuch hatte sie erschöpft.
– Das alles denkst du dir aus, nur damit der Abend vergeht? fragte sie.
– Jetzt bist du einundzwanzig, meine Liebe, und wohnst noch hinter dem Mond, erwiderte sie, löschte die zweite Zigarette des Abends aus, stand auf, prüfte pedantisch die Falten ihres Rocks und suchte Schirm und Mantel. An der Tür blieb sie stehen, musterte Órsa, sie wollte sich des anfänglichen Eindrucks vergewissern, und wirklich, ihre schöne ehemalige Schülerin war schlapp und schwach.
– Móska? fragte sie.
– Neue Liebe.
– Wer?
– Das Kleine.

Annesió mit ihren sechzig Jahren lernte bis zur Perfektion sämtliche schwierigen, allerheiligsten Wallfahrtsstätten der Heiligen Orte auswendig, die Geburtsstätte Christi in Bethlehem und die Wasser des Jordan, sie lernte die Orte auswendig, an denen Gott gewandelt war, die heiligsten der heiligen Kirchen, Omar-Moschee und Aqsa-Moschee, und der Gründe für diese Mühe waren drei.

Erstens, weil der alte Vatokoúsis eine Augentrübung hatte, mußte sie ihm beschreiben, was sie sah.
Zweitens korrigierte oder ergänzte sie seine halben Sätze, verbesserte deren Aussage, widersprach, strich etwas völlig Verunglücktes durch, füllte die vielen Zeiten des Schweigens, um seinen Verfall zu verbergen.
Und drittens, mochte es auch niemand von ihr verlangen, wollte sie zeigen, daß die Generosität der Vatokoúsis auf fruchtbaren Boden gefallen war, sie hatten nämlich beschlossen, sie als Begleiterin des Kranken nach Jerusalem zu schicken, und zwar erster Klasse, was einundzwanzigeinhalb Pfund machte, während die zweite achtzehneinhalb kostete, die zweite, günstige Variante, bei der jeder seine Unterlage von zu Hause mitnahm, zwölf und die dritte sieben Pfund mit Übernachtungen in den Klöstern und nicht in den Luxushotels.
Bischof Athanássios von Síros, Tínos und Andros hatte auch Mína Saltaféros eingeladen, an der Reise des Vereins »Heiliges Grab« teilzunehmen, aber sie hatte ihn wissen lassen, daß sie im nächsten Jahr teilnehmen werde. So sandte Móska, die alles Schriftliche erledigte, nur zwei Gesuche um Teilnahme, mit der entsprechenden Anzahlung, an die Vereinigten Rinderställe, Gebrüder Georgandís, Panepistímionstrasse 48.
Mit dem Dampfschiff von Piräus über Rhódos nach Zypern waren es 532 Seemeilen, von Zypern nach Jaffa 180, insgesamt also 712, rechnete der Alte aus. Gewisse Dinge waren ihm im Kopf geblieben, er war Feuer und Flamme, viel mehr wegen der Reise als wegen des Ziels; und Annesió war munter und aufgeräumt, die gute alte Zeit ihres Herrn, bevor er das Übel aufgelesen hatte, damals, als sein Wort, tadellos und über jeden Zweifel erhaben, ihm den ersten Rang verliehen hatte. Manchmal hatte es ihn auch isoliert – wie sollten ihm die anderen folgen, die stockten und sich ewig wiederholten oder vorzei-

tig das Ende einer Geschichte enthüllten, die hinterher verstümmelt und für den abendlichen Klatsch nicht mehr zu gebrauchen war.
Von Februar bis Mai hatte die Amme alle Stationen der Osterreise studiert, alle Zeremonien, die Gebete und die Hymnen, als wäre sie schon wieder zurück von dieser sehnsüchtig erwarteten Fahrt. Órsa atmete den Duft der zarten Haut ein und stillte den Knaben, den auf den Namen Ioánnis zu taufen der Schwiegervater mit wilden Blicken strengstens verboten hatte, sie wand ihm die Locke um den kleinen Kopf, ihm zuliebe spielte sie auf den Tasten des verstimmten Klaviers, das sie so verabscheute, die *Kranke Puppe* von Tschaikowski und noch ein anderes, ein deutsches Stück, bis er müde wurde, Punkt und Schluß, das Klavier ist nicht für unsereins, lachten die zwei Schwestern.
Das Kleine hatte Móska ganz nah zum Herzen der Großen geführt, sie hatten zwanzig werden müssen, um sich von den Eltern zu lösen und einander wie Schwestern begegnen zu können. An den wenigen Wintertagen mit Sonnenschein gingen sie mit dem Kinderwagen ins Freie, um Luft zu schöpfen, das Kleine sollte auch etwas von der Welt zu sehen bekommen. Und sie gingen zu Nik, um Fotos machen zu lassen; Móska hatte sich mit ihrem Neffen viel öfter fotografieren lassen als dessen Mutter.
– Mein Liebling, rief sie. Mit Kikí und Marí – Katína war nach Athen in eine Krankenschwesternschule gegangen – stahl sie süße Orangen bei Andonía und duftende kleine Äpfel beim Popen, alles für den kleinen Mann, der, sobald er Móskas Rufe vernahm, in Lachen ausbrach und von ihr in die Luft gehoben und gekost werden wollte.
Während einer dreimonatigen Regenperiode wurde Andros von Pilzen mit braunem Hut übersät, Portulak wuchs, und all die kleinen Hügel waren geschmückt mit

vielfarbigen Pilzen, die herrlich schmeckten und überhaupt nicht nährten.
Am Montag des Thomás, eine Woche nach Ostern, kehrten Annesió und der Schwiegervater von den Heiligen Stätten nach Piräus zurück, schwer beladen mit Heiligenbildchen, religiösen Souvenirs und Amuletten zur Heilung aller Übel; als hätten sie es gewußt, denn sie fanden Órsa in Melíssia, in der Klinik Papassarándou, sie hatte eine ernste Anämie, war zu Hause ohnmächtig geworden.
Mína blieb mit dem Kind daheim, und die beiden Schwestern mußten auf Anweisung von Resvánis, der die ärztliche Verantwortung nicht übernehmen wollte, nach Athen. Er verordnete Athen und setzte die einsiedlerischen Spaziergänge in Ríva fort. Órsa behielt die Amme bei sich und schickte Móska heim, das Kind hatte deren gute Laune dringend nötig. Zwei Tage später nahmen der Schwiegervater im Rollstuhl und die Schwester die AFROESSA und kehrten bei frühlingshaftem Wetter zur Insel zurück.
– Zur Liturgie des Heiligen Lichtes waren von den äußersten Enden Arabiens, Syriens und Abessiniens Karawanen mit Tausenden Kamelen und Menschen der verschiedensten Religionen gekommen, Armenier, Syrer, Kopten und sogar Türken, Oberpriester und Patriarchen in ihren feierlichen Ornaten und mit ihren Ehrenzeichen und unser eigener verrückter Alter in der Kapitänsuniform. Ich habe ihn mit Gewalt angezogen – Annesió betonte das –, und ich weiß, wie es ihm gefallen hat, auch wenn er mich am Karfreitag angespuckt und eine Dreckhure genannt hat.
Órsa blieb den ganzen Juni in der Klinik zu Untersuchungen auf Störungen der Schilddrüse oder auf ein Geschwür im Zwölffingerdarm. Zum Glück war der Eisenmangel auf die Schwangerschaft und das Stillen zurückzuführen, Spritzen also, Vitamine und tausend andere Dinge mehr und danach bis Ende August im Hotel Cecil in Kifissiá zur

Genesung und Erholung unter ärztlicher Aufsicht, die Chadoúlis standen ihr bei wie Verwandte und sandten ihre Wissenschaftler zu ihr, Professoren von der Universität.

Níkos schickte Telegramme, Geschenke voller Bedeutung und mehrseitige Briefe voller Trauer darüber, daß es ihm unmöglich war, das Schiff in der Nordsee zu verlassen und nahe bei ihr zu sein, eine Zahlungsaufforderung folgte der anderen, er schämte sich vielmehr, obwohl er es nie deutlich ausdrückte, noch einen Urlaub zu erbitten, wollte seine gute Beziehung zu Chadoúlis junior nicht mißbrauchen, der nach und nach die Führung der Gesellschaft mit ihren sieben Schiffen übernahm.

Órsa hoffte immer wieder, der Arzt würde sie zurück zu ihrem kleinen Jungen schicken, aber sie hockte den ganzen Sommer mit Annesió im Hotel, die sie mit Crèmespeisen und Rinderfilet fütterte und ihr die Autofahrt zum Toten Meer und die Zeremonie der Fußwaschung auf ganz besondere Art schilderte. Doch *Gottes Weisheit, die Abgründe bezwingt und Meere teilt,* vermochte Annesió nicht gesund zu machen, sie war schwerfällig geworden, besonders seit dem Besuch ihres Andonákis im Cecil, der einen Nachmittag blieb und sich sofort nach Andros begab, zwei Monate Erholung und danach, wie zu erwarten, Southampton mit der MINERVA, dem neuen Ozeanriesen.

Kifissiá behagt mir nicht, dachte Órsa, die himmelhohe Bäume mit ihren Schatten nicht gewohnt war. Ihr Vater pflegte zu sagen, sie sei wie die Ägäis selber, blau und honigfarben, eine kleine Kykladeninsel im Sommer, wie mit einem feinen Pinsel gemalt, Síkinos, Sífnos … Eines Nachmittags begleitete sie Mélpo Athanassákis zum Zug, eine Mitschülerin, die verheiratet in Piräus lebte, es war eine Jugendfreundschaft, die ihr nichts mehr sagte, ein ermüdendes Wesen. Der Zug fuhr ab, der Bahnhof war verlassen, die Zeit vergangen. Órsa sah einen weißen

Stöckelschuh, der auf dem Boden lag, und beschloß, die ganze Zeit der Krankheit und der Genesung mit diesem Bild im Gedächtnis zu bewahren.

Am Tag darauf packten sie. Sie schenkte früh am Morgen dem jungen Zimmermädchen aus Kalamáta ihr Parfum, verteilte Trinkgelder, dann fuhren sie im Taxi nach Piräus hinunter. Es war der 3. September, Andónis würde bis zum 10. Oktober auf Andros bleiben, und Annesió zählte die Tage.

– Schüttle mich einfach, wenn Andros auftaucht, sagte Órsa zur Amme und schloß die Augen.

Als sie wieder in ihren Wassern fuhren, war es später Nachmittag, und Wolken hatten den Himmel überzogen. Ach, dieses Jahr habe ich sie verpaßt, wie haben sie mir gefehlt, die Schönheiten des Sommers auf der Insel: der Nebel im Auge Gottes, der Duft der Korbweiden, die Feigen auf den Feldern und die am Fluß mit ihrer dunklen Haut, die Vorliebe der Muttergottes für die rosaroten Lilien. Órsa wurde bewußt, daß Andros lebensnotwendig für sie war, die Grundlage ihrer Existenz.

Die AFROESSA ankerte außerhalb des kleinen Hafens, und sie fuhren mit Booten an Land. Annesió überwachte, wie das Gepäck und die Pakete mit den Spielsachen verladen wurden, schlecht gelaunt, weil ihr einziger Sohn lieber nach Aladinó gerannt und nicht gekommen war, um sie zu begrüßen.

Es begann zu nieseln.

– Du hast den ersten Regen gebracht, rief Mína Saltaféros ihrer Tochter zu und lehnte den kleinen Sávvas, so nannten sie ihn, an die Mole, inmitten der eiligen Reisenden, die ohne Rücksicht aufeinander Kästen, Körbe und Koffer herumschleppten. Er stand schon selber auf seinen Füßchen, im Seemannskostüm, und machte die ersten Schritte. Auch das habe ich verpaßt, dachte Órsa, sie brauchte eine Weile, um sich an die Idee zu gewöhnen, daß sie keinen Säugling mehr hatte, sondern ein kleines Kind.

Der Regen wurde stärker und brachte seine Locken aus der Form.

– Móska ist nach Hause gelaufen, um dir einen Regenmantel und einen Schirm zu bringen, nicht daß du uns wieder krank wirst. Da ist sie ja, sie kommt mit ihrem Verlobten, sie haben einander vorgestern die Ehe versprochen.

Órsa war überrascht, wie unerwartet schnell das geschehen war, aber sie freute sich. In drei Sekunden gingen ihr fünf positive Gedanken durch den Kopf: Ausgeschlossen, daß ihre Schwester wider ihren Willen einen Mann genommen hatte; daß sie endlich diesem Zerberus von Mutter entkommen würde; daß sie vielleicht den Engländer vergessen würde; daß sie eine gute Mutter werden würde; daß die Beziehung zwischen ihr und ihrer Schwester sich endgültig festigen würde. Inzwischen war der Regen noch stärker geworden, er intensivierte die Farben der sommertrockenen Stadt, und Órsa, wieder zurück in ihrer Heimat, fühlte sich entspannt und voller Mut.

Sie nahm das Kind in die Arme und drehte sich, um Móska zu sehen, die herangerannt kam – Arm in Arm mit Spíros.

Spíros Maltabés.

# Die Zimmerdecke

Die Zimmerdecke vergiftet mir das Leben, nicht einmal an meinen Kindern kann ich mich ungestört freuen, sie raubt mir den Schlaf in den Nächten, in den seltenen Nächten, in denen er da ist, und in vielen sonst – in Órsas Kopf wirbelte und wirbelte seit sieben Jahren nun das Gleiche herum und machte sie unglücklich. Als die Saltaféros 1917, wie es an der Metope der Fassade zu lesen war, das zweistöckige Haus bauten, warfen sie für Fensterrahmen und Türknäufe ihr Geld hinaus, beim Boden reute es sie: Wie ein ausgebreitetes Stück Gaze ließ er die Töne und das Leben der oberen Wohnung in die untere durchfließen, blanke, dünne Zypressenbretter, ohne Mörtel dazwischen, ohne festes Material, um zu zeigen, daß es zwei Wohnungen waren, ihre Leben zu trennen und sie in sicherer Distanz zu halten.

Im Juni kehrten die sieben Männer von der MINERVA auf die Insel zurück, der Ozeandampfer lag für kleine Reparatur- und Unterhaltsarbeiten in der Werft von Rotterdam, sie gedachten also bis Anfang Oktober zu bleiben. Willkommensgrüße und Aufwartungen für Maltabés in der oberen Wohnung, Besucher, ein dauerndes Ein und Aus, die Aprikosensüßspeise noch lauwarm. Mein lieber Schwiegersohn, das zweite Tellerchen für dich, das erste für deine Schwägerin, die wieder in anderen Umständen ist, verkündete die Saltaférena. Ihr habt es mir nicht geschrieben, sagte Spíros und verteilte den Kindern Sportanzüge, Tennisschläger und Zahnbürsten mit Nylonborsten, die Leute reißen sich in Amerika darum, aber der kleine Sávvas, inzwischen sieben Jahre alt, machte ein finsteres Gesicht, er wollte wieder bengalische Zündhölzer aus Japan, ein kleiner Held wie die, welche in der Revolution die Türkenschiffe mit Brandsätzen beschossen hatten.

Der Rest, wie gewohnt, Kleider von außergewöhnlichem

Geschmack für Gattin und Schwiegermutter, fünf Brükken und drei Hotels für die Lehrerin, er übergab Órsa den Umschlag mit den Ansichtskarten, zusammen mit ihrem eigenen Geschenk, einem Alligator aus Holz. Er schien vergessen zu haben, daß sie sich vor allen Kriechtieren fürchtete.

– Immer denkst du an uns, Spíros, sagte sie ruhig zu ihm. In Wahrheit aber hatte sie aufgehört, sich für die Geschenke zu interessieren, schon als kleines Mädchen war sie gesättigt gewesen. Auch für einige ihrer Freundinnen lag die Aufregung nur darin, in einer kindlichen Liturgie das Siegel zu brechen, sich zu fragen, was wohl auf dem Grund der Schachtel sein mochte, zerbrechlich oder nicht, die Etikette des Herkunftslandes wegzunehmen und langsam an der Schnur zu ziehen. Auf den Inhalt waren sie nicht mal mehr gespannt, oft errieten sie allein an der Verpackung, daß es sich um eine weitere argentinische Bettdecke, zwölf oder vierundzwanzig polnische Trinkkelche oder brasilianische Schmetterlinge im Rahmen handelte. Sowohl in ihrer eigenen unteren Wohnung wie auch in der oberen, derjenigen ihrer Schwester, gab es, ebenso wie in allen anderen, jene dreieckigen Etageren, die zwei Wände verbanden, der Schmuck bestand aus einer Piroge mit dunkelhäutigen Ruderern oder einem Löwen aus dickem Wolltuch, dessen Kopf hin und her wackelte, wenn man die Fenster öffnete und die Brise in den Salon drang.

– Immer denkst du an uns, wiederholte sie und ging ins Erdgeschoß hinunter.

Zimmerdecke, tausendmal verfluchte, alles war zu hören, alles, und Órsa wollte es hören. Wenn Mersína oder Sávvas zu wimmern oder zu streiten anfingen, schrie sie: Ruhe jetzt. Die Kinder mußten jedesmal dafür bezahlen, wenn sie die Welt, in der sie völlig aufging, verlassen und in die Wirklichkeit zurückkehren mußte. Wenn ihr Schwager zwischen zwei Reisen auf der Insel war, kümmerte sie sich nicht um sie, die Nerven waren kurz vor dem Zerreißen, Trauer und Enttäuschung, sie lauschte den Tönen und den Schritten im ersten Stock, und wenn er wieder auf Fahrt ging, kam die Reue, sie umarmte die Kinder, machte sie fast verrückt mit ihren Küssen. Das letzte Mal, daß du mich durcheinander gebracht hast, Spíros, schwor sie sich, aber es genügte zwei Jahre später, daß sie ihn schon von weitem kommen sah und alle ans Fenster stürzten oder zur Eingangstür, mit dieser nicht besonders geheim gehaltenen Bewunderung, und in ihrer Brust barst es wieder, warmherzige Aufnahme und Unterwerfung; besonders wenn es im Haus ruhig wurde und bald darauf das Fest auf der Matratze begann, zuerst sanft, dann aber nicht mehr, konnte Órsa ihren Wunsch nicht mehr unterdrücken, ihm mit dem Finger über die Wange zu fahren und im Schwarz seiner Augen nach Spuren aus vergangenen Zeiten zu suchen.

Die Gäste waren gegangen, sie hörte, wie sie die Stühle zum Tisch zogen, um zu Abend zu essen, Maltabés, immer noch derselbe, freute sich überschwenglich, weil Móska ihm Fleischklößchen gebraten hatte, sein Lieblingsessen. Immer wieder ging er zum offenen Fenster, Andros, mit nichts würde ich dich tauschen, rief er und regte die Nachbarschaft auf, dann senkte er die Stimme, ein Seemann kämpft und bereut nichts, ein ums andere Mal, seufzte dabei, begann unvermittelt zu pfeifen und dann wieder: Ah, du Heimat, wie duftet die Blume so herrlich. Früher einmal war die Blume der Nacht ein Losungswort gewesen, es hatte »um acht bei der Wassermühle« bedeutet.

Sie schritten über die Stufen des Felds mit den Herzkirschen, kletterten den einsamen Pfad hinunter, Schwindel stieg in ihnen auf, Spíros legte den Arm um Órsas Hüfte, wie um sie vor dem betäubenden Duft zu beschützen, und das Mädchen schmolz sofort dahin. Als die Söhne von Sánna den Baum abgeastet und mit zwei Hacken ausgerottet hatten, weil er den Menschen in der Hütte auf dem Feld schweren Schlaf brachte, waren sie in lautes Gelächter ausgebrochen. Für die war alles schuld gewesen, schrecklich abergläubische Menschen, hatte Spíros gesagt. Mein Gott, wie hatten sie gelacht! So ist's recht, mein kleines Mädchen, nur keine Sorge, wir bepflanzen die Gartenbeete bei unserem Haus mit Blumen der Nacht, überall, im Sommer werden wir Nächte auf dieser und auf jener Veranda verbringen, den Duft einatmen und Ruhe finden.

Es war elf vorbei, als sie oben zu Bett gingen, Móska hatte die Kleinen nur mit Mühe zum Einschlafen gebracht, die vierjährige Christína konnte nicht genug davon bekommen, mit dem Vater zu schmusen, und wollte es bis um Mitternacht hinauszögern. Sie erinnerte sich gar nicht an ihn, und er kam ihr vor wie ein neues Spielzeug, doch das Ehepaar hatte es eilig gehabt. Wie eine Diebin hielt Órsa den Atem an, Spíros, dachte sie, ich verbringe die Nacht und finde keine Ruhe, ich verbringe die Nacht und finde keine Ruhe. Sie zählte die Töne, einen nach dem anderen, das Öffnen und Schließen der Fenster, Móska wird sich wie gewöhnlich hinausgelehnt und vergewissert haben, daß Órsa das Licht gelöscht hat, dann schlüpfte sie aus den Pantoffeln und legte sich als erste ins Bett, das Knarren des Eisengestells war zu hören. Spíros wanderte durch die Räume, als suche er etwas, wahrscheinlich sah er sich in aller Ruhe die Zimmer und die Dinge an, die ewigen und die neuen. Mach nicht zu lange, rief ihre Schwester – wenn er weg war, zeigte sie keine besondere Sehnsucht nach ihrem Mann –, Gläser machten *kling, klang*, er schien Wasser zu trinken, und langsam kam er ins Schlafzimmer zurück, genau über ihr. Órsa erstarrte. Sie hörte, wie er die Schuhe auszog, er legte sich auf die linke Seite des Betts, ein tiefer männlicher Seufzer drang durch die Zimmerdecke. Unbrauchbarer Zimmermann, du Mörder,

verfluchte sie Chalás. Dann Stille, die bekannte Stille der Verlegenheit, sobald sich zwei Körper, die lange Zeit fremd gewesen sind, zum erstenmal berühren, und nach einer Weile einige gedämpfte Schreie der Lust, schwere Atemstöße. Sie kannte das schon. Ob sie wollte oder nicht, belauschte sie alles in den Nächten des Jahres 1931, als die Hochzeit stattfand, 1933 und 1935, wenn Spíros jeweils drei Monate auf Andros verbrachte.
Die Brüste und die Schenkel ihrer Schwester hatte sie in den Sommern am Meer gesehen, wenn sie geboren und wenn sie gestillt, wenn Fieber sie geplagt hatte. Móska war unachtsam, immer wieder war sie erkältet, und Órsa stieg hinauf, um sie zu pflegen, wechselte die verschwitzten Unterkleider und tastete ihre Haut ab, sah alle Geheimnisse ihres Körpers, die breit liegenden Brüste mit den dicken und dunklen Brustwarzen, wie aus Schokolade, und die milchweißen, schimmernden Schenkel.
Sie wußte genau, wonach Maltabés seine Finger ausstreckte.
Als die Atemstöße ihren gemeinsamen Rhythmus fanden, stand sie so leise wie möglich auf, warf einen Morgenrock über, nahm die Pantoffeln in die Hand, und als sie die Zimmertür lautlos hinter sich schloß, sah sie im Schein des Junivollmonds, der durch die offenen Fenster drang, ein Augenpaar, das sie verfolgte; die Augen ihrer Mutter, sie litt unter Schlafstörungen. Auch sie hörte zu.
Einmal, vor Jahren, als Órsa für drei Tage nach Piräus gegangen war, um ihren Mann zu sehen, kehrte sie heim und fand ihr Schlafzimmer am anderen Ende der Wohnung. Sie ließ den Koffer in der Diele stehen, übergab das Kleine ihrer Mutter und machte noch im Mantel wortlos und ohne zu zögern die neue Ordnung rückgängig; das wiederholte sich nach einem Tag, an dem sie eine Wallfahrt nach Tínos machte, Mína, die sich immer unwissend stellte, hatte das Bett mit neuen Leintüchern bezo-

gen und andere Gardinen aufgehängt, aber es fruchtete nichts.
– Du bist deine Ruhe gewohnt, mit uns wirst du nur gestört sein, hatte auch Móska ein-, zweimal das Thema angeschnitten.
– Wenn Mama und Annesió schnarchen, machen sie sogar dem Rauschen des Meeres den Garaus, wich die Große aus.
Die Dunkelheit hatte einen leichten weißen Schimmer, es war Vollmond. Órsa belauschte die Nachbarschaft, es herrschte Ruhe. Nur die Moúrena war zu sehen, sie saß ohne Licht auf der winzigen Terrasse und rauchte ihre starken Zigaretten, so überstand sie die Sommernächte, im Spitzenunterrock, ihr fettes Fleisch um sich gebreitet als Gesellschaft, sie alterte und rostete, wie die Eisenstreben des Balkons, mit einer Zigarette in der Hand.
Nach Jahren der Einsamkeit waren die dünnen Lindenblütenaufgüsse und der Baldrian nutzlos, nicht einmal das Veronal, das sie, alle ohne Schlaf, vom Doktor Resvánis verlangten, löste die Probleme, auch Órsa hatte es geschluckt, kaum eine Wirkung.
Sie bog in eine andere Gasse ein, um sich vor den Adleraugen zu verbergen, sie ertrug kein Geschwätz, und schon gar nicht über Männerkörper. Die Hände über der Wölbung ihres Bauches verschränkt, im sechsten Monat, ging sie langsam bergauf und machte den gewohnten »Rundgang Maltabés«: Fluß, Felsenhöhle, Taubenschlag, Heiliger Dimítrios, alter Friedhof am staubtrockenen Hügel, bis ich zurückkomme, dachte sie, sind auch diese beiden ausgetrocknet und ruhig, verdammt mögen sie sein.
Sie wollte, sie wäre ein kleines Mädchen und säße die ganze Zeit über im Salon, allein. Sie würde immer wieder den Sessel wechseln, damit sich der dunkelgrüne Samt abkühlte, würde die Goldquaste der Gardine in die Hand nehmen, mit den Fransen Hals und Wangen streicheln,

sie mit ihren Haarfransen vereinen, und das wäre ihr genug.
Als sie ins Haus trat, knickten die Knie vor Erschöpfung ein, die Knöchel waren geschwollen, die Augenlider schwer, und die Seele war öd und leer. Der Rundgang Maltabés dauerte um die zwei Stunden. Die Lider ihrer Mutter flatterten, und ihr regelmäßiges, vorgetäuschtes Schnarchen fing an.
Oben war tiefe Stille.

Man muß etwas von der Sache verstehen, um die Fensterläden richtig zu befestigen.
Der Meltémi war stark, die weißen Vorhänge flatterten, die Scheiben klirrten, und Móska rannte von einem Zimmer ins andere, um den Luftzug zu kontrollieren, die Fensterangeln zu sichern und Schäden vorzubeugen.
Im Eßzimmer waren englische Wollstoffe, luftige Seidentücher und französischer Samt vorsichtig auf den Stuhllehnen ausgebreitet, genau das, was ihr Vater in all den Jahren geschickt hatte. Ihr Mann hatte sie schon doppelt und dreifach beschenkt. Nun fand sie die luxuriösen Stoffe langweilig, sie nahm es dem Vater nicht mehr übel, auch nicht ihrer Schwester, die damals den Löwenanteil bekommen hatte.
Es behagte ihr nicht besonders, im Sommer zur Schneiderin zu hetzen, unbeweglich bei der Anprobe zu schwitzen; fürs Nähen und fürs Auffrischen war der Herbst die geeignetere Jahreszeit, da konnten sie sich bei der Cousine zweiten Grades Archondía Sarrís treffen, sich über modische Schnitte beraten, ein wenig diskutieren und als erste das frische Quitteneingemachte versuchen.
Das Imperium der Moúrena war zusammengebrochen.
Sie nahm es sehr schwer, daß ihr Mann, der angeblich auf

immer und ewig im Klemmeisen unter ihrem Schlüpfer feststeckte, nie mehr zurückkehren würde, für die Katz auch das Ganzkörpervotivbild an der wundertätigen Ikone in der Kirche Theoskepastí, der Wüstling in Uniform, stramm, sie verringerte von sich aus die Zahl der Versammlungen, und eines Nachmittags bat sie um Verzeihung und schloß ihre Tür, sie hatte endgültig ihre Erfindungsgabe in erotischen und verbotenen Fragen verloren, schweigend hatte sie den Stab der Witwe von Nikifóros übergeben, die ebenfalls vor langer Zeit die Grenze von 120 Kilo überschritten hatte, ein obszönes Schandmaul auch sie, aber mit weniger Talent als ihre Vorgängerin.

Letztes Jahr war ein herrlicher Sommer gewesen. Mit Órsa und den vier Kindern war sie nach Tínos gereist, dort hatten sie im Hotel Tinion Palace gewohnt, zehn Tage ohne die Mutter, die ihnen stets eine Last am Bein war, sie hatten es ihr nicht einmal vorgeschlagen. Mína hatte gewartet, und als sie dann heimlich die Fahrkarten in der Buffetschublade zählte, verkündete sie in eisigem Ton, ich denke, ich bleibe hier wegen der Schweine und der Weinlese. Die Kinder der Schwestern kamen gut miteinander aus, Sávvas unnatürlich bis unsympathisch ernsthaft für seine sieben Jahre, Mersína sensibel und ein Angsthase, und ihre beiden eigenen, Christína und Mímis, Plagegeister und mit ihren schwarzen Haaren richtige kleine Zigeuner.

Sie entdeckte ihre Schwester nach und nach – als wäre sie zusammengerollt in einer Truhe, und jeden Tag würde ein weiterer Zentimeter sichtbar. Ein Geschöpf, das ganz anders war, als sie in ihrer Jugend geglaubt hatte. Móska hatte sich von den Meinungen Dritter gelöst, bildete sich ihre eigenen, beschloß allein, wem gegenüber, wann und warum sie sich freundlich, großzügig, gleichgültig, bös und sogar grausam zeigen wollte.

Sie vergruben die Beine im lauwarmen Sand, die eine neben der anderen, aus dem Augenwinkel verfolgten sie die Kinder, die imposanten Schwimmer, junge Burschen und wilde Mädchen, die kunstvoll von hohen Felsen ins Wasser sprangen. Sie kamen einander ständig näher in ihrem Wesen, ohne jedoch das Herz auszuschütten oder viel zu reden, ohne einander anzuschauen. Die Männer waren fort, und sie teilten deren Abwesenheit.

– Ganz sicher, es ist unmöglich, dem Schicksal zu entrinnen, lachte Móska zufrieden, die einen Seemann genommen hatte, aber nicht irgendeinen, sondern den besten, Spíros Maltabés.

An der Kirchweih von Mariä Himmelfahrt, 1931 – Órsa war damals wegen ihrer Krankheit in Kifissiá –, setzte er sich nicht eine Minute, sondern tanzte bis in den Morgen hinein; er liebte es, den verrückten Spaßmacher und den Charmeur zu spielen, brachte manches Herz zum Lodern und schickte die Verheirateten eine nach der anderen in ihrem Fieber zu Bett, die Moúrena, Tássa, die Witwe von Nikifóros, und die Chadoúlena. Hätte ich doch eine Tochter, sagten sie zu Mína, irgendeine Spanierin wird ihn uns wegschnappen. Allen gefiel er, auch Móska.

– Wer hat deine Tochter nur krank gemacht, Frau Mína? fragte er die Saltaférena spöttisch, während er sie fast gewaltsam zum Tanz zog.

– Ich habe noch eine, erwiderte sie, und das war's dann.

Jung vermählt war Móska Spíros auf eine Reise nach Amerika gefolgt. New York war ihr wie ein völlig anderes Universum vorgekommen, sie ging durch die Straßen, staunend über all die Merkwürdigkeiten, ihr Mann führte sie überall hin, und Móska leuchtete in ihren Kleidern – jeden Tag ein neues. Auf Andros würde sie sich nicht in solch exquisiten Kleidern zeigen, sie würde sie zuunterst in den Kasten stopfen.

*Music Hall*, Restaurants, das Brechen des Heiligen Brotes in der griechischen Gemeinde, Hochzeitsempfänge in

Luxushotels, wo, der Gipfel der Eleganz und der Finesse, in der Lobby ein riesiger Strauß von hundert oder zweihundert weißen Lilien prunkte, den gleichen, die im Frühling in Fülle bei den abgelegenen Brunnen und den Flüssen von Andros wuchsen und die man pflückte, um den Epitáfios, das Grab Christi, zu schmücken – von allem berichtete sie der Schwester in ihren Briefen.

Sie traf auch Annesiós Sohn Andónis, der wegen seiner politischen Ansichten nicht mehr nach Griechenland kam. Er hatte das griechische Speiserestaurant Loutráki in Chicago, in dem er während der Weltausstellung von 1933 gearbeitet hatte, verlassen und war nun Friseur. Sein Salon war in Alton Chicago – von der Insel der Winde in die Stadt der Winde. Die Amerikanerinnen betonten seinen Namen Ándonis, statt Andónis. Ádonis meinten sie, und der schöne Mann von den Kykladen ließ sie in ihrem Irrtum.

In New York übergab er Móska und Spíros eine mächtige Truhe mit klein kariertem Überzug, für seine alte Mutter, nach der er große Sehnsucht hatte. Als sie sich verabschiedeten, brach es aus ihm heraus, seine sorgfältige Frisur mit den schönen Wellen löste sich auf, er preßte sich in Maltabés' Arme und schluchzte. Ach, Kapetánios, sagte er immer wieder und stammelte noch etwas übers Meer, über seine Jugendliebe in Aladinó, eine Rückschau auf Gefühle und Bindungen. Spíros schätzte ihn wegen seiner Geschicktheit und seines Arbeitseifers, Seemann, Koch, Haarschneider mit politischer Betätigung, Spíros war bewegt, sie hatten beide geweint.

Im Metropolitan Museum setzte sich Móska vor das Bild, das David Bradley ihr auf einer Karte gezeigt hatte, in der Zeit der albernen Romanze, wie sie es bereits nannte, offensichtlich zufrieden mit ihrer Ehe.

Whistler hieß der Maler, James McNeill Whistler, und nebst der gefrorenen Themse an einer Weihnacht in vergangenen Zeiten hatte er einen unbesiegbaren Drang zu

Seestücken oder, sagen wir, zum Blau allgemein. Katerína Bassadís mit ihren Garnspulen war eine Volksversion davon, und sie fiel Móska in diesem Augenblick ein; Whistler also malte Meere, Flüsse im Morgensonnenschein und Häfen am Abend. Das nächtliche Valparaiso zog die junge Frau magnetisch an, während Maltabés, der sich allmählich langweilte, auf ein anderes Thema zu sprechen kam und ihr von der chilenischen Stadt erzählte, die er wie seine Westentasche kannte, seine ersten zwei Jahre auf den Schiffen hatte er sich dort herumgetrieben, sie heuerten in Necochea Lotsen an für die Umfahrung des schrecklichen Kap Horn mit seinem unaufhörlichen drohenden Donnern der Wellen.

Móska gefielen die Reisen und die Großstädte. Großstadt heißt, du hörst viele Geschichten, du steckst die Nase hinein, spielst die erste Rolle oder überläßt dich ganz einfach ihrer Fremdartigkeit, ihrem Zauber und ihrer Traurigkeit. Nach jedem Ausruf der Bewunderung über einen Wolkenkratzer, eine Limousine, eine sonderbare menschliche Gestalt sagte sie, ich wollte, wir lebten in New York oder in London, immer wieder sagte sie es zu Maltabés, und als ängstigte sie sich, ob sie in seinen Augen wirklich wichtig genug wäre, wurde sie immer lebhafter, überschwenglicher, zog sich fein an, tat Dinge, die überhaupt nicht zu ihrem Charakter paßten.

Vor ihrer Hochzeit hatte Spíros einen Vorschuß für ein Haus in Kastéla bezahlt, es war, als wollte er sie vom Vertrauten trennen. Dort in Piräus lebten viele Menschen, der Markt war gut, und Spíros fühlte sich wohl, wenn er sich auch manchmal wie ein wildes Tier im Käfig vorkam, er schlug die Stunden in den Geschäften für Seemannsbedarf tot: bei Lasópoulos, neben dem Postamt, mit seinem Vorrat an Karten der englischen Admiralität, gegenüber dem Karaïskákis-Platz bei Galakátos, der mit Saugpumpen, Druckpumpen, Leinwand, Schaufeln und weiteren Geräten für den Heizer handelte, und bei Víchos neben dem Zoll. Sie plauderten über das Wachstum der Branche und so weiter, während der ehemalige Ingenieur der Kriegsmarine Sextanten, Kompasse und Geschwindigkeitsmesser justierte.

Piräus ist schön, doch Móska wagte es letzten Endes doch nicht, sich aus ihrer kleinen Welt zu entfernen. So hatte sie einen Mann, den sie alle zwei oder drei Jahre für drei Monate sah. Sie schickte ihm mehrseitige Briefe, wie einst ihrem Vater, und kaum war die Tinte trocken, beschäftigte sie sich wieder mit dem Ewiggleichen – die Gruppe wieder vollzählig, Katína war aus Piräus zurückgekehrt, da sie doch nicht Krankenschwester werden konnte, und pflegte nun ihren unpäßlichen Vater, Asthma. Trotz all der Sorgen bewahrte sich die vierköpfige Schwesternschaft K.K.M.M. etwas von der Unbeschwertheit der Sechzehnjährigen. Außer Katína waren alle verheiratet, sie hatten sich abgemüht mit den neuen kunstvollen Unterschriften, da sie ja nun den Namen des Ehemannes trugen, sie qualmten frei und nunmehr unbehindert und drückten die Zigaretten in den Aschenbechern eines Salons aus, die Fensterläden aber doch halb zugezogen, sie lasen Fortsetzungsromane, und besonders nach den sonntäglichen Seelenmessen träumten sie von Flucht aus der Engnis, der Trostlosigkeit und der Schalheit des Alltags, sie wurden dabei immer kindischer, denn sie wußten, es war nicht möglich.

– Gewisse Leute sitzen am Fenster und warten, ihr eigenes Leben draußen vorbeiziehen zu sehen, *draußen, sieh, das Abenteuer, es entfacht in uns ein Feuer, doch schon geht's vorbei, und wir sind ihm einerlei, was uns bleibt in unsrer Qual, ist die züchtige Moral,* Marí schmiedete auch als verheiratete Frau weiterhin Verse, machte gewisse Andeutungen, welche die mit ihren Männern Glücklicheren eingehend zu besprechen sich weigerten, zudem hatten sie es auch früher schon als junge Gören nicht gewagt, zu sagen,

Marí ist heiß auf die Männer, sie sagten, Marí hat eine Schwäche für Kleidchen mit Spaghettiträgern.
Sie lösten sich vom Wortschatz der Moúrena, aber ihre Körper verrieten sie manchmal auf besondere Art, und so wurde eine eher private Angelegenheit öffentlich, besonders bei gutem Wetter: Sie zeigten einen Hang zur Unzüchtigkeit pubertärer, provinzieller Art, sie saßen im Sand, die Röcke hochgeschoben, die Schenkel berührten sich, oder sie brachten mit banalen Tricks Katína dazu, den Büstenhalter zu öffnen und ihre Brüste zu präsentieren, eine jede zwei Kilo, mit feinen grünen Äderchen auf der rosa Haut.
Solche Dinge tun die Mädchen, und in den Romanen werden sie als unbekümmert beschrieben, dachte Móska und verzieh gewissen Schriftstellern ihre Leichtigkeit nicht, die mußten tiefer graben.
Viele ihrer Mitschülerinnen wollten weggehen, sie gingen nicht weg, sie wollten studieren, sie studierten nicht, sie liebten den einen, heirateten den anderen, viele unter Zwang, wie ihre Schwester, die alte Sache, die zum Glück vergessen war. Vatokoúsis brachte sich für Órsa, was ihre Wünsche anbelangte, um, er traf jedesmal den Nagel auf den Kopf, oft schickte er ihr sündhaft teure Ausgaben mit herrlichen Illustrationen, Biografien und Fotografien von winterlichen Gebirgslandschaften aus aller Herren Ländern; Órsa liebte den Schnee über alles und verbrachte den Winter geschützt in ihrer Zuflucht aus Papier, an einem kleinen Tisch mit Schubladen in ihrem Schlafzimmer.
Nun aber war es Hochsommer, ein leiser Wind bewegte die feinen Gardinen im Fenster, der Kater war ganz diesem Schauspiel ergeben, und Móska faltete die Stoffe zusammen und legte sie ordentlich in den Schrank. Sie wollte einen perfekten Braten zubereiten, Bestellung von Spíros, und schon hatte sie zuwenig Zeit, um das Fleisch leise zu schmoren.

*Aves marinas y algas,* Vögel des Meeres und Algen, Sávvas Saltaféros war dreiundsechzig, das Alter, in dem alle, die den Haien entkommen waren, das Kreuz schlugen und auf verschiedene Arten den Abschied vom Meer versuchten.
Auf die letzte Reise im Südatlantik, von Buenos Aires nach Rosario, sie hatten Fleisch geladen, eine Fahrt von wenigen Tagen, nahm er seinen Sohn mit, eine Art von Sohn jedenfalls, Odysséas, ein Sprößling von neunzehn Jahren, zweimal die Statur seiner Mutter, *cabello largo y rizado,* lange lockige Haare, die Männer auf dem Schiff, aber auch die Menschen in den Häfen wagten kaum, den Blick auf ihn zu richten, wunderschön sah der Junge aus.
Der Alte würde in Rente gehen, der eine würde den anderen nicht mehr wiedersehen, der Junge hatte sich vorbereitet für diese spannende und ergreifende Reise. – Wie bist du zu einem solchen Passagier gekommen? fragten alle. Unentwegt tischte der Junge Witze und pathetische Lieder auf, *así es la vida,* so ist das Leben, eine Fahrt über die Wellen des Ozeans, *las olas del oceano,* der schäumend und dunkel war, oftmals auch dick von den Wasserpflanzen, die in jenen Meeren unermeßlich waren und an den Seiten, am Deck und an den Luken des Schiffes kleben blieben.
Odysséas liebte es, auf die immer kleiner werdenden Städte zurückzublicken, wenn sich das Schiff oder das Flugzeug langsam entfernte. Als vor wenigen Monaten die amerikanische Gesellschaft Boeing die 714 lanciert hatte, das Flugzeug mit der Bar, hatte er gesagt, auch ich werde die Erde umrunden, mit einem Glas in der Hand, im Flugzeug. Vorläufig aber lernte er Mechaniker, er arbeitete, trug Geld zusammen.
Im Oktober 1938 schloß Saltaféros ein Kapitel seines Lebens. Er wollte heimkehren. Seine fünfzig Jahre dauernde Seemannslaufbahn hatte in der Nacht von Heiligabend 1888, lange bevor die Stadt hell wurde und erwachte, begonnen. Der Anisduft des Weihnachtsbrotes

hatte ihn angeekelt, und er, der dreizehnjährige Gehilfe des Bäckers, schmetterte Ofenschieber und Ofenwischer zu Boden. Auch seine Mutter ließ sich erweichen, und am Tag der Abreise, die Scheibe des Mondes senkrecht am Himmel versprach Windstille, wischte sie den Hof und das Haus nicht, denn die Reise sollte unter einem guten Stern stehen. Ein Leben lang war sie eine Gegnerin des Flusses, sie schrieben ihn mit ganz großem F und meinten damit die Donau. Viele Männer aus Andros trieben damals in den Donauregionen Handel aller Art; und wegen dieses Flusses war sie mit dreißig Witwe geworden, sie wollte ihre Waisen nicht als Seeleute sehen.

Nun also, da die Heimkehr eine Frage von Wochen war, hielt Sávvas Rückschau. Anjelita hatte ihm zuliebe eine Leidenschaft für alles Griechische entwickelt, und ihre Wohnung in Argentiniens Hauptstadt war ein Staat im Staate. Drei Zimmer mit unzähligem griechischen Nippes, Evzonenpüppchen, leeren Blechbüchsen, in denen Löffelsüßigkeiten, und leeren Pappschachteln, in denen Würfel von türkischem Honig gewesen waren, alles ordentlich aufgereiht auf den Regalen, vergilbte Blätter der *Stimme der Ägäis,* Zigarettenschachteln *Matsángou,* Flaschen mit Mastix-Likör und Oúzo, und Mandelschokoladenpapiere. Ita, Anjelita-Ita, warf nichts Griechisches weg, niemals, *mi amor,* es waren nicht so sehr die Sachen und der Trödel, sondern ihre Gefühle für den griechischen Kapetánios und Wohltäter, welche die Wände füllten und das Haus überluden.

Für Sávvas war klar, daß die treue argentinische Freundin nach ihrer endgültigen Trennung nicht mehr zu ihren alten Spelunken und Gewohnheiten zurückkehrte, niemals würde sie die Tanzschritte des griechischen Bálos vergessen, und solange sie lebte, wären die Reisbällchen mit Hackfleisch und Zitronensauce ihr feinstes Essen. Er hatte keine Gewissensbisse oder gar Schuldgefühle, er hatte

gegeben und genommen, Zärtlichkeiten, Zuvorkommenheit, Geld und ein freundliches Wort, hatte Maulschellen verteilt und Nagelstriemen eingefangen.
Auf der MAROUSSIO BEBIS kannte keiner die Wahrheit, eine Gefälligkeit für die Chadoúlis, hieß es. Er konnte die Hand nicht ausstrecken, nicht einmal, um dem Jungen auf den Rücken zu klopfen, dem Jungen, den er seit dessen drittem Lebensjahr kannte, sie hatten sich aneinander gewöhnt, der große und der kleine Mann von Ita; wie oft hatten sie in der Wärme des Sonnenuntergangs auf dem Balkon gesessen und Limonade getrunken, und sie hatte, mit der Illusion der perfekten Familie, in der Küche das Abendessen vorbereitet, etwas Griechisches, aber meistens wäßrig, sie hatte nicht gelernt, die Saucen zu binden.
Als Sávvas am Samstag, den 7. Oktober 1938, zum letzten Mal die inzwischen fünfzigjährige Frau in die Arme nahm, fuhr er ihr über die Haare, Frauenhaare waren immer seine Schwäche gewesen. Vom vielen Färben und Bleichen waren sie dünn geworden, kein *cabello largo y rizado,* und was wird in Wellen auf ihre Schultern fallen, wenn sie sich beim Tango wiegt, elende Scheiße, dachte der Kapetánios und war bestürzt, Anjelita wurde kahl.
Haarflechten, Zöpfe, Chignons, Dauerwellen, Locken, Pferdeschwänze sind der schönste Schmuck, mit der Feder zeichnete er oft die Frisuren auf den Illustrierten- und Zeitungsfotos reicher; er wandte also seinen Blick vom Schädel der Frau mit den ruinierten matten Büscheln ab, und nach einem kurzen Gefühl der Abneigung küßte er sie auf die Wangen, tätschelte ihr zärtlich den Hintern, stopfte ihr seine Schlüssel in die Tasche und machte die Tür hinter sich zu. Er suchte nicht nach einem letzten Blick von ihr, daran wollte er sich nicht auch noch erinnern. Den Koffer hatte er bereits am Vortag geholt, das Finanzielle und alles andere hatte er als anständiger Herr geregelt. Anjelita war

sicher und reichlich bedacht und konnte ruhig schlafen. Das war also zu Ende, und gleichzeitig waren auch die Beziehungen mit seinen geliebten Häfen zu Ende, Amerika hatte er geliebt, sogar das nördliche mit den gestohlenen Namen europäischer Städte.
Mit großen schwarzen Augen sah Odysséas Sávvas an, ohne mehr zu verlangen, ohne ihn zu bedrängen, aber zum Glück ohne Dankbarkeit, mit einer sehr einfachen Liebe. Er würde gute Reise sagen, *buen viaje,* und er würde nicht meinen *hasta pronto,* auf Wiedersehen.
Zudem roch es nach Krieg.
Die Deutschen rüsteten seit zwei, drei Jahren auf, bestellten Unterseeboote und Flugzeuge, Britannien hatte die Zahl der Flugzeuge verdreifacht, und vor knapp zwei Wochen hatte es zusammen mit Frankreich eine Teilmobilmachung ausgerufen.
Die Ozeane würden noch mehr Menschen ein schlimmes Schicksal bereiten, eine Ebbe ohne Flut würde Sávvas für immer auf seinem kleinen Felsen umspülen, ein Krebs mit zerbrochener Zange. Dort würde er an seine Schwiegersöhne denken: an Vatokoúsis, der das Zeug zum Reeder hatte und es trotz seiner Talente wegen des Kriegs zu nichts bringen würde, und den Seewolf Maltabés, der auf dem Wasser zu allem fähig war.

Nicht alle aristokratischen Passagiere der NORMANDIE, der QUEEN ELIZABETH, der QUEEN MARY und der übrigen schwimmenden Paläste genossen ungestört den Luxus und die Annehmlichkeiten der Atlantikreise, das Gespenst des Kriegs machte sie bange und erschrocken, und in den Salons der Ersten Klasse drehten sich die Gespräche um die letzten Neuigkeiten. England und Frankreich ließen Ozeandampfer mit einer mittleren Geschwindigkeit von dreißig Knoten vom Stapel laufen und die Deutschen Un-

terseeboote. Nur die ganz Jungen hatten Lust auf Tanz und Flirt, die ganz Alten verbrachten die Zeit mit den üblichen Unterhaltungen über den Charakter der Japaner, das Reich der Pharaonen und die Auferstehung der Toten.
Maltabés hatte es satt, immer wie aus dem Ei gepellt herumzulaufen, Bügelfalten an der Hose, *savoir vivre,* zügellose reiche Weiber, in Pelze gehüllt und sich zu Tode langweilend, die ihre Gatten schlafen legten und aus der Kabine stürzten für einen letzten Drink mit dem Kapitän, den sie mit geschmacklosen Andeutungen und unerträglichen Annäherungsversuchen malträtierten – und das ganze sieben Jahre lang. Er hatte Sehnsucht nach anderen Meeren, anderen Frachten, nach Risiko und Unvorhergesehenem. Solange also die MINERVA aufgrund der Erfordernisse in Rotterdam blieb, würde er sich mit den Eignern besprechen, um auf die LEONIDAS II zu gehen, so konnte er seine nötigen Seemeilen abspulen und das finanzielle Soll erfüllen. Es kam Krieg, viele würden darin verstrickt werden.

In der Zwischenzeit brachte ihm die Brise den Duft von Tínos, und wenn sie stärker wurde, stürmisch, hüllte sie ihn in die verschiedenen Düfte der Kykladen.
Die Stadt, ein schmaler, langer Gürtel zwischen zwei kleinen Meerbusen, war für Mariä Himmelfahrt geweißt, und von Pitsíklas aus sah sie einem schneeweißen Ozeandampfer, der an der Mole festgemacht war, zum Verwechseln ähnlich.
Bevor er wieder den Anker lichtete und in neue Stürme fuhr, wollte Maltabés ausruhen, essen, trinken, tanzen, dem Popen, der mit dem Távlibrett unter dem Arm im zweistöckigen Haus umherschlich und bittende Blicke ausschickte, den Gefallen tun, auf dem wahren Boden spazieren, Erde, Steinchen, Insekten, Gräser und Kräuter, Kopfsteinpflaster; die Planken des Schiffes hatte er über.

Gestern war eine Seelenmesse zelebriert worden, die Vierzig Tage des Direktors des Leuchtturmdienstes, doch das hatte Maltabés nicht gekümmert. Er entspannte sich, das philharmonische Orchester spielte auf den Blechblasinstrumenten, lebhafte Begrüßungen, kleine Überraschungen, Treffen, und im Kaffeehaus, an den langen Tischen der Trauergemeinde, frischten alle, welche die Gabe der Erzählung besaßen, die Fischertaten des Seligen auf, ein Wort gab das andere, und man kam auf die Muränen zu sprechen und auf die Schiffe, welche die Flagge von Panama hißten, auf die alten Passagierschiffe, die zu Lastkähnen umgemodelt wurden, auf den Krieg, der unaufhaltsam näher kam und mit Torpedos und Minen die Reichtümer des Wassers zerstören würde.

Onkel Emílios, nunmehr ein Wrack, kam ebenfalls seiner Pflicht nach; er achtete besonders die Leuchtturmwärter wegen ihres Fleißes und ihrer Ausdauer in der Einsamkeit, und wenn er Berghänge, Schluchten und felsige Gegend durchstreifte, auf der Suche nach Pilzen, Schnecken, Kräutern, und wegen seiner ganz persönlichen Beziehung zur apokryphen Natur der Insel, wuchs seine Überzeugung, daß die Leuchttürme auch die Wanderer auf dem Festland führen, die Liebhaber der Wüstenei der unfruchtbaren und von Winden gebeutelten Weiten, Stunden- und Tagesmärsche entfernt von der Zivilisation.

Spíros steckte ihm einen anständigen Betrag in die Tasche, sag nicht nein, Onkel, ich bitte dich, bei der Seele meiner Mutter, ich lade dich morgen in unser Haus ein, und wir essen alle miteinander, Móska schlachtet einen Hahn.

Aber der Hahn kam davon.

Seine Schwägerin bekam Schmerzen, Móska verteilte die Kinder bei den Nachbarinnen und ging sofort hinunter, Spíros vergaß den Onkel und ging die Hebamme rufen.

Vatokoúsis durchpflügte mit der ARCHIPELAGOS die baltische See, und Saltaféros auf der MAROUSSIO BEBIS war-

tete darauf, daß ihm die Gesellschaft den Rentenanspruch unterschrieb.
Maltabés war allein in der oberen Wohnung, aufs Fensterbrett gelehnt, rauchte. Órsa lag in den Wehen, ihre Schreie waren unterdrückt, sie bemühte sich, nicht zu wimmern, vielleicht dachte sie auch an die Kleinen, die mit Beklemmung wie auch Neugierde die Töne zählten.
Als er Mersína bemerkte, die sich hereingeschlichen hatte, barfuß, wie sie sich bückte und sich dann zwischen seine aufs Fensterbrett gestützten Ellbogen schmiegte, war er überrascht. Er fuhr ihr über die Haare. Die Kleine wandte den Kopf zur Seite, um seine linke Hand zu berühren. Sie horchte auf die Schreie ihrer Mutter.
– Onkel, zeig mir die Tätowierung, sagte sie verschwörerisch. Und sie wartete, bis er den Ärmel hochkrempelte, um sich dann aus allernächster Nähe die Meerjungfrau anzusehen, die er von seiner ersten Monatsheuer bezahlt hatte.
Mersína zweifelte mit ihren sechs Jahren nicht daran, daß es in den Ozeanen von Meerjungfrauen nur so wimmelte. Sie streichelte seinen Arm, eine Gebärde, die sie von ihrer Mutter übernommen hatte, ich werde dir ein wahres Märchen erzählen, eröffnete sie ihm, und wenn Órsa einen lauteren Schrei ausstieß, zitterte sie, und sie drückte sich an ihn. Um ihre Angst wegen der Geburt zu besiegen, flüchtete sie sich ins Plappern.
– Es war einmal vor vielen Jahren, meine Mama sagt, vor hundert oder zweihundert, da gab es ein Schiff, das nannte man PALATINO, es war voll von armen Holländern und fuhr nach Amerika. Aber während der Reise bekamen alle Streit untereinander. Der Kapitän und viele andere kamen ums Leben. Und dann wußte das Schiff PALATINO nicht mehr allein, wie es den Hafen von Amerika finden sollte, beendete die Kleine ihre Geschichte.
Die Sage der PALATINO wurde jeden Dezember an einem

bestimmten Abend erzählt, dem Abend der ersehnten Ankunft des großen Seglers in Amerika, als die Menschen von der Küste aus ansehen mußten, wie das Schiff nach der Meuterei in Flammen stand und führerlos in den Wellen trieb und schließlich wieder in der Winternacht verschwand.

Die Geschichte hatte Maltabés Órsa vor zwölf Jahren erzählt, als sie sich an einem ruhigen Sommerabend unten in Jália in der Felsenhöhle getroffen hatten, ein Krebs war in Órsas weißen Schuh geschlüpft, und als ihre Füße einigermaßen trocken waren und sie den Schuh anziehen wollte, zwickte der Krebs sie in den großen Zeh, und Órsa zitterte vor Furcht, bis sie sicher war, daß sich keine Giftschlange in ihrem Schuh zusammengeringelt hatte.

Das klägliche Weinen des Säuglings brachte sie zurück in die Wirklichkeit. Unten steckte Móska den Kopf zum Fenster hinaus und rief, ein Mädchen. Die Kleine fiel fast zusammen nach dieser großen Anspannung, ein paar Tränen kullerten ihr über die Wangen, und während sie sich aus seiner Umarmung löste, um schnell nach unten zu laufen, schimpfte sie mit ihrem Onkel, du mußt auch weinen, Onkel, Mama sagt, das ist gut.

Maltabés war wieder allein. Vom Fenster aus sah er, wie die Nachbarinnen erleichtert ins Haus kamen, mit Blumensträußen, rosa Muttergotteslilien und kleinen Körben mit frisch geernteten Trauben oder Pflaumen.

Obwohl es schon die dritte Geburt war, hatte Órsa den ganzen Tag Wehen gehabt. Die Sonne war schon lange untergegangen, und er, selbstvergessen, hatte keinen Bissen zu sich genommen und mindestens dreißig Zigaretten geraucht.

Er ging zum Waschbecken und netzte sich das Gesicht, spülte den Mund, seifte die Hände ein und nahm ein frisches Hemd aus dem Schrank.

Als er hinunterging, traf er auf der Treppe zur Küche

Móska, die heraufstürmte. – Ich hatte Auberginen für dich auf dem Tisch bereit gestellt, du bist hoffentlich allein zurechtgekommen, sagte sie und schmatzte ihm einen Kuß aufs Ohr. Ein wunderschönes Baby, sag ich dir, rief sie aufgeregt, als er durch die Tür ging.

Bevor er die Wohnung seiner Schwägerin betrat, streckte Maltabés die Hand aus und brach einen Zweig vom Busch mit den Nachtblumen ab, er dachte, das ist falsch, aber der Teufel trieb ihn.

Seine Schwiegermutter, die wie immer alles fest im Griff hatte, bezahlte die Hebamme; ein paar Nachbarinnen halfen bei den Arbeiten, sammelten die blutigen Tücher und Waschschüsseln ein, und Mersína hatte sich unter den Tisch gesetzt, sie zupfte an den Fransen des Tischtuchs und redete mit dem Kätzchen.

– Schickt die Kinder zu mir, ich habe gefülltes Gemüse, wiederholte die Moúrena immer wieder, die sich in einen Sessel gezwängt hatte.

Maltabés warf den Frauen einen fragenden Blick zu, bekam die Erlaubnis und trat lautlos ins Schlafzimmer; Órsa war still geworden, das Neugeborene, ein winziges Ding, ruhte sich an ihrer Seite aus, ihr Haarknoten war aufgegangen, und die honigfarbenen Haare schlängelten sich bei der kleinsten Bewegung in stummem Wogen über die sauberen weißen Leintücher.

– Möge es leben und gesund sein, sagte er zu ihr, ging näher und hielt ihr die Nachtblume ans Gesicht, damit sie den Duft riechen konnte.

– Danke, Spíros, sagte sie müde, ohne den Blick zu heben und ihn anzusehen.

Maltabés wartete und wartete. Der Säugling schlief bewegungslos, das erste Neugeborene, das er aus der Nähe sah, im Halbdunkel hatte es die Farbe von Wachs, und das Abbild eines dreistündigen Lebens sah aus wie ein Andenken an eine Reise ins Gebiet einmaliger Geheimnisse; das

Schweigen war unerträglich schwer, bis die Saltaférena neugierig den Kopf durch die Tür steckte, mit einem stechenden Blick.

Er ging. Es war Nacht.

Er vergewisserte sich, daß er Tabak und Feuerzeug in der Tasche hatte. Er hörte Annesió kommen, in ein Selbstgespräch vertieft, sie hatte wohl gerade den alten Irren zu Bett gebracht; sie verspürte keine Lust nach großen Begrüßungen und Frage-und-Antwort-Spielen und blieb für eine Weile versteckt in einem dunklen Winkel.

Mit langsamen Schritten stieg er zum Strand hinunter, der Weg, die Stunde, die Einsamkeit, die Ruhe und die nächtliche Brise kamen ihm in den Sinn und quälten ihn, und er, die Hände in den Taschen, schritt aus und stampfte die Schuhe tief in den Sand, er wich nicht einmal dem Wasser aus, seine Mokassins wurden naß und schwer, die Hosenaufschläge sogen sich voll Wasser, in den Strümpfen verwandelte sich der feine Sand in feuchten Matsch.

Seine Stimmung war erbärmlich. Und zu alledem sollte er einen Satz basteln fürs Telegramm an Vatokoúsis. Geliebte Órsa hat Mädchen geboren. Mutter und Neugeborenes bei bester Gesundheit. Herzliche Glückwünsche. Die geliebte Gemahlin Órsa hat ein wunderschönes Mädelchen zur Welt gebracht. Es soll leben Euch zum Glück und zur Freude. Die Tausendschöne Orsoúla hat das dritte Kind geboren, ihre Augen blauer denn je, und ihr Haar ungeschnitten seit der zweiten Klasse, das Licht des Sonnenuntergangs, sanfte Wellen auf dem ganzen Doppelbett.

Niemand in der ganzen Sippe und im Bekanntenkreis war rot, Annesió wollte nichts vom Kommunismus hören, bis Saltaféros das Radio schickte, welches das Leben aller veränderte; sie glaubte, der dreimal Verfluchte laufe frei herum, besonders in Andonákis' Frisierstube in Chicago.

Aufgrund eines Mißverständnisses, in ihren Ohren dröhnte es ständig, hielt sie Chicago für einen Sumpf. Wie konnte der arme Kerl hingehen und in einem Sumpf Wurzeln schlagen, die Malaria wird ihn mir umbringen, murmelte sie aufgebracht, die Gebrechen hatten sie ermüdet. Die Neurosyphilis hatte ihren alten Meister aufgelöst, ein leerer Anzug, blind, ohne Nägel, ohne Verstand, seine Strafe hatte die Grenzen der Gerechtigkeit überschritten, es war eine grausame Strafe.

Die Saltaférena tröstete sie, der Schwippschwager werde rasch zum Teufel gehen und bei Órsa wäre ein Bett frei für sie, ihre Große esse wie ein Spatz, sie käme nicht zu Rande mit drei Kindern. Im geheimen aber rechnete sie mit einer gescheiten Verbündeten in einem Haushalt, in dem die beiden Töchter seit ihrer Kindheit das feindliche Lager bildeten.

Das erzählte sie auch ihrem Mann, das eine ohne Schnörkel, das andere nicht. Sávvas Saltaféros bekam endlich seine Rente, und die Saltaférena fuhr im Januar 1939 nach Piräus, um ihn zu empfangen, erleichtert, daß das Meer ihn nicht verschlungen hatte, aber auch mit einer unbestimmten Furcht vor dem zukünftigen Zusammenleben. Sávvas war dreiundsechzig, sie dreiundfünfzig, sie müßten üben, miteinander zu leben, einander zu tolerieren, die Rivalität und die völlige Uneinigkeit in den dreißig Jahren ihrer Ehe hatten bewirkt, daß sie einander nicht mehr liebten, doch eine Scheidung war nie in Frage gekommen, zum Glück fuhr der Kapetánios zur See und verflüchtigte sich immer wieder.

In Piräus wohnten sie im Hotel Protévoussa, Saltaféros hatte viele Truhen bei sich, die üblichen argentinischen Decken für die Mitgiften von Mersína, Christína und die neugeborene Enkelin. Es gab noch einiges mit der Rentenkasse zu erledigen, außerdem wollte er sich anläßlich des Endes seiner Seemannslaufbahn von allen Herrschaften verabschieden, für die er im Laufe der Zeit gearbeitet hatte, wollte Müttern, Gemahlinnen, Schwestern die Hand küssen und sie mit Korallenarmbändern beschenken.

Vor drei Jahren war auf der Fahrt von Südamerika nach Südafrika nach einem Riß im Dampfrohr Jorgákis Liákouras, sein erster Heizer, verbrannt, und die beiden Saltaféros gingen nach Mégara, um die junge Witwe und den sechsjährigen Sohn zu besuchen.

Dort in dem kleinen Haus mit den beiden ungeschnittenen Rosensträuchern und den engen zitronengelb gestrichenen Zimmern spürte die Kapetánissa das Leid, das wahre Leid. Die Andenken lagen verstreut auf dem Beistelltisch. Die junge Frau war betrübt und abweisend, sie servierte ihnen einen ungenießbaren Kaffee in einem Service, wie auch Sávvas es seinen Töchtern geschickt hatte. Sie fragte nichts, sagte nur das Allernötigste. Das Kind war nicht da. Als sie aufbrachen, regnete es, doch sie lud sie nicht ein, noch zu bleiben, und als sie beim Bus ankamen, waren sie naß bis auf die Haut. Die Saltaférena schleppte zwar wie an jedem Wintertag den Schirm mit, aber es war schwierig für die beiden, sich darunter zusammenzuschmiegen.

Ebenfalls im Winter vor drei Jahren, also 1936, auf der vorletzten Reise nach Piräus, fuhren die Kriegsschiffe mit den Leichnamen von Konstantínos, Sofía und Ólga in den Hafen ein. Die Toten wurden an einer Wallfahrtsstätte aufgebahrt, an der das Volk Abschied von ihnen nehmen konnte. Auch die Saltaférena tat ihre Schuldigkeit, und trotz der ruinierten Knie, die ihren schweren Körper nur mühsam im Gleichgewicht hielten, kam sie allen Verpflichtungen nach, Vorschuß für ein günstiges kleines Grundstück, Weihnachtsbestellungen, Besuche bei entfernten Verwandten. Überall hin ging sie in ihrem guten schwarzen Kostüm und mit ihrem Schirm, auch damals nieselte es unablässig.

Das Maß aller Dinge war für sie das mythische Smyrna der Kindheitsjahre – keine andere Stadt konnte dem Vergleich mit ihm standhalten. Aber sie genoß es, in Athen und in Piräus Herrin ihrer selbst zu sein, zu krämern, zu feilschen, dem Notar das Fell über die Ohren zu ziehen. Sie ging auf den Markt und notierte sich die Preise der Fische, um sie mit denen auf der Insel zu vergleichen, schrieb die Preise von Kleidern, Schuhen, Nähutensilien, Milchprodukten, Zuckerwaren und Likören auf, sogar für die Fahrkarten der elektrischen Bahn und den Fahrpreis der Taxis. Wenn sie heimkehrte, würden sie alle nach den Athener Preisen fragen, in der Gewißheit, daß Frau Mína alles innerhalb weniger Tage hatte erledigen können, um nachher Vergleiche anzustellen und Prognosen zu treffen.

Als sie mit dem Schiff heimfuhren, betrachtete sie ihren Mann, der döste: Immer noch ein schöner Körper, seine Nase aber war aufs Doppelte angewachsen, dunkelblau und mit unzähligen großen Poren, aus den Nasenlöchern und den Ohren standen Härchen hervor, und weil ihm die Augenbrauen buschig nach unten hingen, konnte sie seine blauen Augen nicht sehen.

Möge Gott sich erbarmen, seufzte sie aus reiner Gewohnheit, sie war es müde geworden, Gott anzurufen, sie war es müde geworden zu seufzen.

Die Chadoúlis hielten Maltabés auf, etwas mit den Schiffen; Vatokoúsis kehrte heim, um sich am dritten Kind zu erfreuen, und nun, da Sávvas ein Rentner war, befanden sich die drei Ehepaare seit elf Jahren zum erstenmal gemeinsam im Haus.

Das darf nicht wahr sein, Mína konnte es nicht fassen, daß ihr Mann sich taub stellte, um ihr so aus dem Weg zu gehen; sie wandte den Kopf ab, blickte nach Kavodóros; wie Sávvas' Haare waren auch die Wellen ein wenig weiß, zum Glück wurde sie nie seekrank, einzig die Furcht vor einem Erdbeben lähmte sie. Vor wenigen Wochen waren

in Chile zwanzig Städte dem Erdboden gleich gemacht worden, einige Nachbarinnen mit Männern, Söhnen und Schwiegersöhnen, die in Valparaiso Kupfer aufluden, waren in Sorge gewesen, bis endlich gute Nachricht von den Ihren gekommen war, und zwei, drei von denen, Fránga, Sánna, Pépi, hatten schnurstracks ihren Sitz auf dem Kanapee der Witwe von Nikifóros eingenommen und in bekannter Weise weitergetratscht. Auch das war ein Weg, nicht nur den Frost der Einsamkeit, sondern auch den Frost des Todes wegzuscheuchen.
Ihre Töchter, inzwischen dreißig und siebenundzwanzig, waren nie bei der Moúrena gewesen, auch nicht bei deren Nachfolgerin. Die Kleine wünschte ihr kaum einen guten Tag, die Ältere hatte ihre Gedanken anderswo.
Der Saltaférena paßte die herrschaftliche Gebärde des alten Chadoúlis nicht, Maltabés für weitere drei Monate zurückzuhalten, bis sie in der Familie schließlich einmal vollzählig beisammen sein könnten. Sie ging und sagte es ihm.
– Es kommt Krieg, Frau Mína.
– Nicht nur einer, unterbrach sie ihn trocken.
Am selben Abend sanken die Seeleute in die Arme der Ihren, die Drohung des Kriegs bewirkte, daß die Menschen einander zärtlicher hielten, oder verzweifelter, ohne sich hastig vom anderen wieder zu lösen.
Es blies ein kalter Wind. Sávvas Saltaféros, kerzengerade und strotzend vor Munterkeit, küßte, streichelte, drückte Hände, er bekam feuchte Augen, ging unter in der Menge, welche die alte Mutter, die Enkelkinder, die Töchter, die übrigen Verwandten und Bekannten um ihn bildeten, und als er dachte, nun sei er seiner Pflicht allen gegenüber zur Genüge nachgekommen, nahm er Órsa am Arm und marschierte mit ihr los und gab so das Zeichen zur Rückkehr ins Haus.
Die Große lehnte den Kopf an die Schulter ihres Vaters, wie sie ihn noch nie an die Schulter ihrer Mutter gelehnt

hatte, weder bei den Schulprüfungen noch bei Fieberanfällen, noch bei ihren Niederkunften.
Die Saltaférena heftete den Blick auf ihre eigene Schulter, fragte sich, wie sehr diese ihren Töchtern zur Verfügung stand, und betrachtete während des ganzen Marsches Órsas langen honigfarbenen Zopf, den der Nordwind wie ein Schiffstau schüttelte.

Die Tauffeier für die kleine Vatokoúsis fand im geräumigen Salon mit den zweisitzigen Kanapees statt, die wie Kirchenstühle an den Wänden entlang aufgestellt waren. Kostbare Bilderrahmen trugen die Fotos von Männern, hauptsächlich von nach Schiffbrüchen in der Vergangenheit Verschollenen, und auf den Etageren standen Souvenirs aus Ländern nebeneinander, die sich mittlerweile im Kriegszustand befanden. Es war an dieser Feier, daß die empfindsame Órsa ihren Mann sprachlos machte.
Sie hatten sich nach der Kirche versammelt, die Patin Naná Bouradá-Karapipéri, die dem Säugling zusammen mit Assimína den Namen Artemisía gegeben hatte, weil sie ihn Árta rufen wollte, um sich dabei an ihre Heimat zu erinnern, Verwandte, Nachbarn, befreundete Seeleute, sie feierten ausgelassen bis zum Morgengrauen. Órsa stürzte den Wein in einem Schluck hinunter, ihre Wangen brannten, mit ihrem Vater als Kavalier, den allerdings auch die anderen Männer ablösten, wahrscheinlich alle, tanzte sie sich beinahe das Herz aus dem Leib. Vatokoúsis betrachtete ihren Körper, der gereift war nach den drei Geburten, wie ihre Brüste und Lenden zitterten, es war etwas Ungewohntes an ihr, so feine Handgelenke und Knöchel, das Mädchen stammte nicht von Sávvas und Mína ab, es glich einem Engel. Seine Schwägerin Móska war eine klassische Schönheit, Órsa etwas Unerwartetes, wenn Dritte die Beschreibung ihrer Gesichtszüge und Farben

hörten, konnten sie sich damit noch lange kein Bild von ihr machen.
Er trank sein Getränk Schluck um Schluck und beobachtete sie heimlich, als wäre sie nicht seine Frau, sondern die eines anderen, der ihn deswegen zur Rede stellen könnte.
Neben ihm Resvánis, er schimpfte mit der Patin.
– Entschuldigen Sie meine Zudringlichkeit, ich habe vernommen, Sie trinken sieben bis acht Tassen Kaffee am Tag. Er hatte auch von den Zigaretten gehört, wußte aber nicht, wie er mit dieser Tatsache umgehen sollte, und schwieg darüber. – Die Mißbräuche, liebe Frau Karapipéri, machen uns schließlich den Garaus.
Die Lehrerin ging der Fortsetzung aus dem Weg, mit dem Taufkind auf dem Arm suchte sie die Gesellschaft von Bálas mit seinem großen ornithologischen Wissen. Ihre Kanarienvögel Oliver, Orféas und Ómiros waren verendet, und der indonesische Käfig blieb leer.
Vatokoúsis hatte sie viele Male gehört, wie sie mit leiser und tiefer Stimme *tsíou, tsíou* zum Kind sagte und den Kopf hin und her bewegte wie die Vögel, wenn sie Wasser trinken, und er stellte sich ihre Enttäuschung vor, wenn die Kleine beginnen würde zu sprechen, statt zu zwitschern.
Der Arzt auch der fünf Kinder des Hauses, Saravános, war aus Athen gekommen, er trank nicht, tanzte nicht, und Móska kümmerte sich jede halbe Stunde für fünf Minuten um ihn, damit er sich nicht langweilte; Herr Dínos, der Träger der Goldmedaille für dumme Späße, flüsterte Níkos, dem Hausherrn, jedesmal, wenn die Tanzfiguren ihn in seine Nähe führten, ins Ohr: Was meinst du, machen wir einen Wettbewerb, wer den fettesten Arsch hat? Und Níkos' Schwiegermutter hatte sich auf den Zuckerbäcker gestürzt und fragte ihn aus über den gekochten Most aus Pitrofós; der Zuckerbäcker Theofánis stammte aus Kleinasien, aus dem Tal von Bournóva mit der lieblichen Kleinstadt gleichen Namens.

Die Kinder klatschten in die Hände, sein Sohn Sávvas trug eine viel zu große Krawatte, die alles ruinierte. Im übervollen Salon ragte Órsa aus allen hervor, sie trug ein neues Kleid, *mauve,* und war ausgelassen. Maltabés war ein erstklassiger Tänzer; er würde in zehn Tagen zum Indischen Ozean aufbrechen, seine Truhe stand schon bereit. Maltabés steckte Vangelákis, dem Lautenspieler, Geld zu, *mein geliebter kleiner Vogel, ich hab' den Brief bekommen, er liegt an meiner Brust, mein Herz ist ganz benommen,* tanzen wir mit einem Bálos in den Morgen, rief er, und nicht mit dem Plätschern des Ozeans.

Der andere Großvater des Säuglings war abwesend, er lag in den letzten Zügen. Níkos hatte ihm von der Verminung der Meere erzählt, in der Hoffnung, einen Funken in den toten Augen zu sehen. Der Krieg war kein Alltagsereignis. Der Alte war selber auf der IRINI gefahren, die im Mai 1917 in der Nähe von Spartivento auf Sardinien torpediert worden war, zum Glück keine Verluste. Allein, eingefallen, spielte er mit der Seidenkordel seines Morgenmantels, groß gewachsen und nur noch Haut und Knochen. Seinen tausendmal vollgepißten Sessel, der erbärmlich stank, verließ er weder bei Tag noch bei Nacht, sein Kopf lag auf der rechten Lehne. Die zwei Männer hatten einander seit ein paar Jahren nichts mehr zu sagen, zudem verlor der Alte immer wieder den Bezug zur Wirklichkeit: Er beauftragte Annesió, und nur sie, den Anker loszumachen und an eine kleine Boje zu hängen, Öl ins Meer zu gießen, um die Wucht der Wellen zu dämpfen, Raketen abzuschießen, die Lüftungsschächte zu schließen, auch die Fensterläden zu sichern, damit sie dem Taifun entkämen, der mit schwindelerregendem Rasen auf den Eßraum zu stürmte. Sein Zustand war hoffnungslos. Früher, wenn die Krankheit wieder nachließ und er sich seines Ruins bewußt wurde, versank er in Schweigen, Trauer und Schuldgefühle. Sein Hochmut war verblaßt.

Als am Montag nachmittag der Englischunterricht, den Móska seinen Kindern erteilte, vorüber war, marschierte Níkos mit den Kindern an der Hand hinauf zu seinem Vaterhaus. Er zeigte auf etwas, und sie wetteiferten, wer zuerst das englische Wort sagen könnte, Mole, Leuchtturm, Maultier, Säugling, Gittertor, Treppe, Eingang, alte Frau, Teppich, Großvater. Dieser riesig große Großvater erschreckte die Kinder. Er hatte unablässig die Kapitänsmütze auf den Knien, und Annesió verbot ihnen mit einem kurzen Wink, ihm einen Kuß zu geben – nicht, oder ich schneid' euch den Kopf ab.
Vatokoúsis stieg über die Küchentreppe zur Bodenkammer und holte Dutzende von verstaubten Schachteln herunter, immer zwei auf einmal; die Farben waren verblaßt, die Schachteln voller Mäusedreck, die Schnüre verschimmelt und mit Spinnweben überzogen. Er warf die Schachteln auf den Balkon, zerriß das Papier und die Schnüre und brachte die Pakete ins Zimmer seines Vaters, dem Sávvas und Mersína verlegen den Rücken zukehrten, sie schauten durchs Fenster auf die leere Straße.
Nach wenigen Minuten lagen nie getragene Kleider, der Kapetánios hatte sich nie an die Figur seines Sohnes erinnert und auf gut Glück eingekauft, aufgereiht auf dem Teppich, aber auch sämtliche Spielsachen, die vor dreißig Jahren in den teuersten Geschäften von London, Kiel und Konstantinopel Renner gewesen waren, von Schlittschuhen und View Master bis zu Eisenbahnen und Hunderten von Zinnsoldaten, niemals berührt und benützt. Die Kinder, die von dem Lager in der Bodenkammer nichts wußten, waren verblüfft, aber dann fragten sie. Der Alte, unbeeindruckt von der plötzlichen Farbenpracht, die nur die anderen sahen, begriff die letzte Entschuldigungsgebärde seines Sohnes nicht; Worte waren überflüssig. Ich bin zu spät gekommen, dachte Níkos traurig, doch Annesió – eine Meisterin der Gebärdensprache – erklärte ihm

stumm zum hundertsten Mal, der Alte sei bereits völlig weggetreten, und indem sie zum Schrank mit dem Hochzeitskranz zeigte, machte sie ihm klar, daß Gott dem Alten mit gutem Grund diese Strafe auferlegt hatte. Nur so fühlte sie sich frei genug, sich um einen Herrn zu kümmern und ihn zu lieben, der für seine Sünden mit Zins und Zinseszins bezahlte.

Sie fand ihre Stimme wieder. – Da du schon hinaufgegangen bist, wirst du bemerkt haben, daß der Dachstuhl unbedingt repariert werden muß, der Wind hat zwei, drei Ziegel weggeblasen, und die Wand im Eingang wird feucht, sagte sie.

Níkos umarmte sie, um ihr zu zeigen, daß er sie nicht für die Schäden und die Reparaturen verantwortlich machte, dann zog er einen zusammengefalteten Umschlag aus der Anzugtasche und legte ihn ihr in die Hände, die fleckig, abgearbeitet und faltig waren, wie ihr Hausrock mit den langen Ärmeln.

Ihr Andonákis konnte nicht nach Griechenland kommen, er war Kommunist, der böse Junge. Seit 1933 pferchte man die Kommunisten in der Festung von Náfplion ein, man verurteilte sie, verbannte sie, exekutierte sie. Noch bevor der Krieg ausbrach, hatte die »Amme von kleinen Kindern und von Alten, die zu kleinen Kindern geworden sind«, wie sie sich selber verspottete, ein Visum beantragt, um mit ihren siebzig Jahren nach Amerika zu reisen.

Sie musterte die Papiere und die Fahrkarte. Du bist kein Junge, der zu den Soldaten gehen muß, es ist also nicht nötig, daß du mir Briefe schreibst, hatte ihre Mutter gesagt und sie nicht zur Schule geschickt, Lesen und Schreiben hatte sie nie gelernt, doch Vatokoúsis hatte alles organisiert, er würde sie einer andriotischen Schiffsbesatzung übergeben, die Seeleute würden auf sie aufpassen.

– Ich möchte dir etwas sagen, Níkos, mein Junge, sagte sie nachdenklich, ich will diesen Streuner mit seinem roten

Hintern an meine Brust drücken, doch du wirst wieder aufs Schiff gehen, ich muß hier bleiben und dem alten Scheißer zur Seite stehen in seinem letzten Augenblick, ich muß ihm auch die Augen schließen.

Der Hagel ist eine Katastrophe für die Bauern und ein Geschenk für die Verehrer seltener Geräusche: Eiskugeln, klein wie Aprikosensteine oder Kirschkerne, prallen auf die Fensterscheiben, hüpfen über die rutschigen Platten der Gassen, über die Zinkdächer der Hühnerställe.
– Der dicke Hagel ist eine Verderbnis, die uns der Herr schickt, sagte Großmutter Órsa, trotzdem war sie verzaubert vom Ausbruch der Natur. Sie stand da, die Hände vor dem Bauch übereinandergelegt, und lauschte. Es war unvorstellbar, daß die Alte, die alles im Haus dirigierte, nicht auf den Beinen war.
Die Suppe war fertig, Februarfische, die vom Begräbnisessen zu Ehren des Alten übriggeblieben waren. Er war um fünf vor zwölf in die Grube gefahren, dem Sohn hatte es fürs Begräbnis gereicht, und Annesiós Fahrkarte nach Amerika hatte die Gültigkeit noch nicht verloren.
Die zwei älteren Kinder waren in der Schule, die zwei Assimínas blieben zu Hause, Assimína hieß letzten Endes auch der Säugling – der Name Árta, wie er Naná gefallen hatte, war in Ungnade gefallen, das arme Gebiet Ípiros, in dem die Stadt Árta liegt, begeisterte den wohlhabenden Kapitänsclan nicht. Und was die beiden Órsas betraf, die beugten sich über ihre Teller, die alte schwieg, denn es war üblich, daß die junge, die nun auch schon älter war, das Gespräch begann. Ihre Beziehung war sehr tief und nicht auf Worte angewiesen.
Seit Órsa Vatokoúsis durch ein böses Fieber die schweigsame Patin in Káto Ipsiloú verloren hatte, ging sie, wenn ihr das Leben schwer wurde, noch weiter, nach Apatoúria,

damit man sie nicht so leicht heimholen konnte, doch sie öffnete ihr Herz nicht, wollte die Großmutter nicht auch noch bedrücken. Was brachten die Vertraulichkeiten, wenn sie ihren Mann einen gutwilligen Menschen und zärtlichen Vater nannte bei ihren Besuchen, die immer stattfanden, kurz bevor Maltabés in See stach ...

– Ich bin gekommen, weil ich das unerklärliche Bedürfnis hatte, mich über Fische zu unterhalten, ich bin aufgewacht und habe gesagt, ich will mit meiner Großmama über Fische plaudern. Sie war erschöpft vom Begräbnis, den vielen Menschen und dem Anblick der schwarzen Kleider, so etwas ertrug sie nicht.

Obgleich Órsa die Erstgeborene war, ging sie nie mit in die Häuser trauernder Verwandter, während Móska die Mutter schon als Sechs-, Siebenjährige begleitete, um das Tablett mit den Kólliva zu schmücken. Mína Saltaféros war eine gefragte Helferin bei diesen Trauerritualen. Sie schleppte die Kleine gewaltsam mit, eineinhalb Stunden Fußmarsch, manchmal zwei in Sommernächten, die Kólliva mußte man im letzten Augenblick herrichten, damit sie nicht sauer wurden.

Die Alte lutschte an den kleinen Fischen, verärgert wegen der vielen Gräten, sie reihte sie rundum auf dem Tellerrand auf. Plötzlich drehte sie sich zur Fotografie ihres verstorbenen Mannes, deutete auf die Fische und nickte mit dem Kopf, was heißen sollte, herrliches Essen. Glücklicherweise war der Begräbnistisch tadellos gewesen, Annesió hatte das Kommando geführt und alle zweitklassigen und mickrigen Fische zur Seite gelegt, sie hatte Kristallgläser und Porzellangeschirr aus dem Schrank genommen und ihren lieben Alten mit hausgemachter Mayonnaise und herrlicher Zitronen-Eier-Sauce beerdigt.

– Diese Fische sind sehr brauchbar, sie geben eine feine Suppe, man fängt sie bis zum März, dann gibt es nur noch Erbsenpüree.

Die Alte redete weiter, über die Frühlingsfische, den Meeraal, in dicken Scheiben zum Sieden, in feinen zum Braten, es kamen die Mai-Sardinen an die Reihe und die rogenhaltigen *Ménoules,* und während sie sich Mariä Himmelfahrt näherte und dem sauberen Meeresboden, im Sommer sind die Seeigel ein wahres Gedicht, gut mit Zitrone, noch besser mit Essig, beobachtete sie ihre Enkelin, die mit offensichtlich vorgetäuschtem Interesse zuhörte. Besser, dachte sie, ich fahre mit den Fischragouts des Septembers fort – aber nein, was soll ich mich verstellen und so tun, als ob ich nichts merke? Sie schob also den Teller weg, und während der Ton ihrer Stimme noch im Raum schwebte, machte sie anstelle eines Kommas einen Punkt.

Orsoúla schüttelte die Brotkrumen von ihrem schwarzen Rock, sah ihrer Großmutter in die Augen und flehte sie stumm an: Sag niemandem etwas davon, es kommt der Krieg, und der wird alles zudecken.

Es klarte auf, ein Regenbogen schlug eine Brücke zwischen Andros und Tínos.

Von nun an würde also ein Geheimnis die beiden Frauen verbinden, welches der achtzigjährigen Alten das Herz zusammenschnürte, sie aber gleichzeitig mitten in eine menschliche Geschichte hineinriß: durch die Forderung, trostreich, klug und besonnen zu sein.

Sie schluckte die vielen Fragen für immer hinunter; abgesehen davon, die Einzelheiten änderten die Geschehnisse nicht, sie streckte die Hand aus und streichelte die geliebten Haare. Es kommt der Krieg, und der wird alles zudekken; oder er wird alles bis ins Kleinste enthüllen, dachte sie. Dank ihrer Lebenserfahrung wußte sie, daß dies wahrscheinlicher war.

Maltabés hatte sich geschämt, als er das Haus seines Onkels betreten und gesehen hatte, wie ärmlich alles war. Die sechs gleichen Stühle, früher hoch elegant, waren offensichtlich jahrelang nicht poliert worden, und die feinen Beine wackelten. Die Wolldecke hatte das kastanienbraune Vlies verloren und war kahl wie ein Leintuch. Auf dem Rand des Spülsteins der winzigen Küche lagen, wie mit der Wasserwaage ausgerichtet, eine Zitrone, eine Mandarine, ein kleiner Apfel und ein Ei. Unglücklicherweise war auch der Kaffee gerade ausgegangen.

Impulsiv und verwöhnt von seinem einsamen Onkel, der die einzige verwandtschaftliche Beziehung in seiner Jugend gewesen war, schickte Spíros immer dann einen anständigen Scheck, wenn ihn Kummer und Gewissensbisse plagten, danach aber vergaß er ihn für lange Zeit, oder er bestrafte ihn, als ob dieser seelengute, arglose Mann jemals an etwas hätte schuld sein können.

Sie gossen den Bergtee aus der Kupferkanne in zwei Täßchen. Das vertraute Gespräch unter Männern drehte sich um den drohenden Krieg, so vergingen zwei Stunden, der Alte zählte die Neuigkeiten über die Torpedoboote VASSILEFS GEORGIOS I und VASSILISSA OLGA auf, die in englischen Werften bestellt worden waren, und über die BISMARCK, welche das Dritte Reich hatte vom Stapel laufen lassen. Auch Papst Pius XI war gestorben, den der Alte einmal aus der Ferne auf dem Petersplatz in Rom gesehen hatte, und die Kühnheit der Deutschen beeindruckte alle, die ihre Vertreter zu den Kardinälen sandten mit der Forderung, man solle einen Faschisten zum Papst machen.

– Was denkst du? fragte er seinen Neffen, wobei er natürlich nicht dessen Meinung über den Papst, sondern über seine eigenen Pläne erfahren wollte. Mit einer Haarsträhne schräg über der Stirn und einem schmalen Bärtchen über der Lippe kam der Krieg unaufhaltsam näher, und der ehemalige Heizer schwor, daß, wenn er zu Ende wäre, die Seeleute, die mit dem Leben davongekommen wären, die Häfen nicht mehr erkennen würden. Er war ein alter Mann, er selber würde nicht mehr von den Metze-

leien und den Zerstörungen erfahren, am meisten quälte ihn, daß die Molen, die Hafendämme, die Zollgebäude, die kleinen Werften, die Reparaturzonen, die Brennstofftanks und auch die Seemannsunterkünfte, die Gasthäuser in den Häfen, wo sie Essen und ein Bett fanden, die Hauptangriffsziele sein würden.
– Die Karte der Häfen wird sich verändern.
Und was hatte Spíros im Sinn? Er besaß ein dickes Konto auf einer englischen Bank und wartete ungeduldig auf einen Rat von Chadoúlis, was er tun solle. Sein Schwiegervater sagte zu ihm, steck's in die Schiffe, und nahm es bald darauf zurück, die Schwiegermutter, die nichts fürs Meer übrig hatte, riet ihm, kauf dir Grund und Boden, und versorgte ihn fortwährend mit Informationen über den Verkauf von Grundstücken, aber auch von Obstläden oder Fleischereien. Er selber wollte noch gut zwei Jahre auf entfernten Meeren drangeben, das Geld klug verwalten und mit dem Ende des Kriegs, der kaum länger als zwei, drei Jahre dauern würde, seine Anteile an der LEONIDAS II abstoßen, bevor sie reif für den Schrottplatz wäre, und sich ein eigenes Schiff kaufen.
Für siebzigtausend Pfund würde er ein Schiff mit einer Tonnage von gut 12870 BRT und 21450-22880 Tonnen Last finden, nicht sehr alt, zehn Jahre, für 20-25000 Pfund mehr würde er ein neues kaufen können. Vatokoúsis hatte es bereits geschafft, er besaß zwei Schiffe zusammen mit einem Partner. Der Alte, befriedigt über die Unterhaltung, die eine Unterbrechung in seinem zurückgezogenen Leben bedeutete, döste, aber Maltabés hatte es nicht eilig mit dem Aufbruch.
Da der Onkel der Bruder seiner Mutter und nicht seines Vaters war, betrachtete ihn Spíros, einen anderen Grund gab es nicht dafür, eher ein wenig als Tante, und so hatte er ihm in all den Jahren die männliche Gesellschaft vorenthalten und sie gleichzeitig selber entbehrt; Emílios Bálas

aber war außerordentlich genügsam und würdevoll, er hätte Spíros' Aufmerksamkeit nicht gefordert.

Maltabés legte ein paar Banknoten unter den Aschenbecher, und ohne die Schuldgefühle, welche die Anwesenheit seiner Frau und seiner Kinder in ihm weckte, überließ er sich seinen Gedanken an Órsa, mit dem Ungestüm der widerrechtlichen Tat. Zum erstenmal sah er alles deutlich und klar. Er fragte sich, wie sich alle in einem solchen Knäuel hatten verstricken können. Wußte sein Schwager, der fast ein Heiliger war, etwas? Hatte Órsa jemals Móska etwas erzählt oder war Móska von dritter Seite informiert worden? Welche Rolle spielte der Schwiegervater in diesen Ehegeschäften, die die Saltaférena wie die Zahlung von Darlehen oder Wechseln ordnete? Weshalb hatte Órsa, einst schaudernd und zuckend in seinen Armen, nicht gegen ihre Mutter rebelliert? Und vor allem, wie hatte er selber sich, aus Trotz und verletztem männlichen Egoismus, der einen wie der anderen Schwester gegenüber so nichtsnutzig benehmen können?

Schließlich reagierte Maltabés auf dem Meer äußerst geschickt, wenn die Last sich selber entzündete, er war ein Meister am Steuerrad, nützte den Wind klug aus und war ein sicherer Steuermann bei jeder Witterung und bei jedem Mißgeschick während der Fahrt, wie alle Vollblutseeleute, doch kaum verließ er die Wasser, verpfuschte er alles, Gefühle, Freundschaften, Verwandtschafts- und Geldangelegenheiten. Denn irgendwo ahnte er, daß auch Chadoúlis junior nicht ganz fair ihm gegenüber war.

Er zündete eine weitere Zigarette an, deckte den Onkel mit seiner Jacke zu. Letztlich blieb ihm nichts anderes, als zu akzeptieren, daß Órsa in all den Jahren seinem Blick ausgewichen war, doch nahm auch er ihr gegenüber eine Haltung herausfordernder Gleichgültigkeit ein, mit wollüstigen Gedanken kleinlicher Rache bei der Auswahl der Souvenirs oder gewisser Wörter, die er vermeintlich

zufällig in seine Sätze einflocht, Nachtblumen zum Beispiel.
Während er ein paar Olivenkerne im Aschenbecher betrachtete, Überreste von der Mahlzeit des Onkels, kam ihm zum erstenmal der Gedanke, daß es ihm vielleicht im Buch des Schicksals geschrieben stand, auf den Ozeanen, im Krieg umzukommen. Es wäre also höchste Zeit, Órsa beiseite zu nehmen und ihr noch einmal tief in die Augen zu schauen. Sie besaß einen kleinen Fingerring von seiner Mutter, vielleicht hatte sie ihn irgendwo verlegt, da er von keinerlei Bedeutung für sie war, oder, ganz im Gegenteil, da er ihr sehr viel bedeutete … Wo sind wir nur gewesen, mein Mädchen? Komm, schließen wir das Thema ab, würde er zu ihr sagen, es gibt da auch fünf Kinder.
Sávvas, acht-, neunjährig, war keineswegs stolz auf den Entschluß seines Vaters, sich nach und nach auf die Ägäis zu beschränken, er bewunderte seinen wagemutigen Onkel, der Taifune und Zyklone bändigte, von allen Getränken getrunken und von allen Zigaretten geraucht hatte. Die Geschichten von tollkühnen Fahrten, Schiffsgespenstern, Haifischen und Magenvergiftungen wegen verdorbener Eßwaren, die Maltabés einst Órsa in den Pausen zwischen Zärtlichkeiten und Liebesspielen erzählt hatte, Sávvas kannte sie alle.
Maltabés stand lautlos auf, ließ seinen Blick über die Fotografien schweifen, hauptsächlich Kohlenfrachter und kleine Frachtschiffe: Speiseoliven von Ágria im Bezirk Vólos nach Braila und zur Donau, Wollstoffe aus Thessalien nach Zypern, Kohle von Odessa nach Triest. Der Onkel hatte sein einsames Leben gelebt und dabei seine eigene Melodie gepfiffen. Der Hof der Sonne bedeutet Wind, der Hof des Mondes schlechtes Wetter; verfluchtes Meer, verdammtes Wasser, bitteres Salz, knurrte Maltabés. Das einzige, was er sich wie ein Verrückter wünschte, war, Órsa in die Arme zu drücken, seinen Kopf, der brannte

und dröhnte, in ihre Haare zu wühlen, seine Handflächen übers Kreuz aufeinanderzulegen und wie ein Zauberer den Fehler ungeschehen zu machen.
Er schloß die Tür hinter sich; der Wurm im Holz paßte zum Bewohner des Hauses.
Der Nordwind tat ihm gut. Ich will mit diesen Dummheiten aufhören, sagte er zu sich; er hatte vor, ins Büro der Chadoúlis zu gehen und alles, was offen war, zu klären, aber man würde schon mit dem Essen auf ihn warten.
Der Tisch war gedeckt, seine Kinder, die sich angewöhnt hatten, alles und zu jeder Zeit zu essen, hatten nicht mehr auf ihn gewartet und quälten die Katze. Móska hatte die Schürze abgelegt, sie trug etwas neu Genähtes in Rot, saß am Tisch und malte sich die Fingernägel rot an.
– Schon wieder Hackfleischklöße, maulte Maltabés und setzte sich übel gelaunt auf seinen Stuhl.

Vatokoúsis und Annesió reisten mit der IRIS nach Piräus. Die alte Amme war mit Kóstas' Sohn Spíros und den Maultieren nach Vourkotí hinaufgestiegen und hatte für Órsa eine Haushaltshilfe ausgesucht, ein anständiges Mädchen von vierzehn Jahren, welches das Bratöl schwarz werden ließ und beim Bügeln der Broderien die schöne mit der falschen Seite verwechselte, aber es war ein Leckermaul und eine Meisterin im Herstellen einer feinen Fischsauce mit Rosmarin, hatte eine schöne Stimme und liebte es auszugehen. Hauptsache, Órsa, so zerbrechlich und so zart wie ein Hauch, wird mir nicht trübsinnig, von mir aus kann das Haus aussehen wie ein Schuttplatz, wenn ich in fünf Monaten heimkomme, wenn es Sommer ist, dachte sie. Zwei Seemannstruhen hatte sie vollgestopft mit gehäkelten Gardinen, Tischdecken und ihren eigenen, unberührten, Doppelleintüchern – alles für eine Schwiegertochter, und wenn's eine Amerikanerin wäre. Diese Truhen waren das einzige, was ihr von ihrer Ehe geblieben war. Der ehrenwerte Herr Gemahl hatte sich in die Häfen des Ostens verzogen und nicht einmal ein Foto seines Sohnes verlangt. Und sie hatte sich geschworen, daß sie sich mit keinem Gedanken mehr an ihn erinnern wollte, weder an die Augenbrauen noch an die Linie seiner Nase, auch nicht an die einzelnen besonderen Merkmale seines Körpers, er sollte ihr nie wieder in den Sinn kommen, verreckt war er vor Jahren schon.

Níkos war es mit Annesió nie langweilig, es waren nicht nur die vielen vergangenen Dinge, die sie verbanden, es war ihre Einstellung, auf kein Recht im Leben zugunsten der Jüngeren zu verzichten, mochte sie auch bald siebzig sein. Sie hatte zu allem eine eigene Meinung und ging einem Streit nicht aus dem Weg. Sie wußte, daß eine Zärtlichkeit von ihr etwas Besonderes war, denn die war selten und nur für ganz wenige bestimmt, kam dafür von Herzen; sie verheimlichte ihre Antipathie der Saltaférena gegenüber nicht. Eine Hexe, jawohl, nicht ein einziges Mal habe ich sie entspannt angetroffen und ohne daß sie irgend etwas Verschlagenes ausgeheckt hätte, Recht hat Sávvas, der sie als Pest betitelte, wenn auch nur knurrend. Sie machte auch keinen Hehl aus ihrem Ekel vor der Geschlechtslust, doch ihren kranken Dienstherrn, den sie bekrittelte und offen richtete, daß alle es hören konnten, verließ sie nicht, sondern sie leckte seine Wunden wie ein treuer Hund, bis zum Schluß. Níkos und diese unterwürfige, seltsame Órsa, die manchmal im Halbdunkel kam und ihr einen Würfel *Loukoúmi* in den Mund steckte und ihr zwei Tropfen sündteures Parfum hinter die faltigen Ohren tupfte, die sich manchmal in ihren Armen verbarg und ihr Hauskleid naß weinte, und dann die Kinder, schon drei, das alles war eine Welt, um die sie sich Tage und Nächte ohne Pausen kümmerte.

Die Blase an der Ferse bewies, daß sie kilometerweit gegangen war, sie kannte jeden Zoll der Gegend, wußte, wo giftige Pilze wuchsen, schmackhafte Kräuter für eine Pastete, wo die Kapern büschelweise, Blüten und Früchte zugleich, herunterhingen, welcher Pfad zu welcher entlegenen Kapelle führte, welche Platane in Dipotámata den dunkelsten Schatten bot, bei welchem Felsen die Skorpionfische standen, bei welchem Steinbau man rasten und sich den Schweiß abwischen konnte, um sich nachher ungestört und völlig reglos dem Sonnenuntergang zu überlassen.
– Die Natur beschenkt die Geduldigen, pflegte Annesió zu sagen, die Abenddämmerung, das ist nicht nur eine Farbe und fertig – sie hatte recht. Sie war mit Órsa einig, wenn diese ihr ernst verriet, ich habe viel über den Sand nachgedacht, der Sand beschäftigt mich immer wieder.
Níkos genoß die Gelassenheit der alten Amme, die sich weder vor der Ozeanreise noch vor Amerika fürchtete. – Ich bin auch zu den Heiligen Städten gegangen, erinnerte sie alle, *und es traten heran Engel, von Gott ausgesandt, und sie forderten ohn' Mitleid meine Seele,* wiederholte sie einem geneigten oder nicht geneigten Publikum, und um die Regsamkeit ihres Verstands zu beweisen, fügte sie zum tausendsten Mal Einzelheiten an über die Zeremonie der Fußwaschung und die Osternachtsliturgie mit der priesterlichen Würde der mit Gold bestickten und damastenen Gewänder.
Chicago würde nicht mit der Pracht der Orthodoxie geschmückt sein, doch Annesió war offen und bereit für andersartige Gegenden; Andros bot wohl eine zauberhafte und reiche Natur, aber auch anderswo wäre es angenehm.
Vatokoúsis umhegte sie wie ein Sohn, er verbarg seine Verehrung für diese besondere Frau keineswegs, er führte sie auf die PATRIS II, sagte, was nötig war, versuch deinen

Andónis nicht zur Rückkehr zu überreden, du würdest ihn verlieren, flüsterte er ihr zärtlich ins Ohr; die Linken wurden verfolgt, er selber kannte genügend Fälle.

– Nimm doch das eine Fläschchen. Katerína Bassadís, dieses arme Wesen mit dem Blau und so, hat mir zwei für Andónis mitgegeben, Blütenessenz, von der kann er im Sommer einen Tropfen ins Wasserglas geben.

Vatokoúsis stand in seinem braunen Flanellanzug und dem gleichfarbigen Mantel auf der Mole und winkte ihr mit dem Taschentuch. Die Menschen sowohl auf dem Ozeandampfer als auch an der Küste wurden immer kleiner, wegfahrende und zurück bleibende kleine Punkte, das Tageslicht wurde schwächer, und Níkos spazierte bis zum Dock, wo die PINELOPI festgemacht war, die Nachfolgerin der ARCHIPELAGOS.

Er traf die letzten Abmachungen auf dem Frachtkahn. Am nächsten Morgen würden sie um sechs Richtung Braila und Odessa in See stechen. Er hatte diese traurigen Städte lieben gelernt, die verschandelt und verfallen waren, nie den Ehrgeiz hatten, die Ersten zu werden, wie etwa die amerikanischen, die vor fünfzig Jahren noch gar nicht existiert hatten und nun in den Träumen der Armen die Stelle des Gelobten Landes einnahmen.

Die Hände in den Taschen, wanderte Vatokoúsis in Begleitung des 2. Kapitäns durch das Schiff, um später Treppen, Treppchen, Gänge und Kehren, Maschinen und Türen auswendig zu wissen, Tätigkeiten, Gesichter und Namen der Seeleute kennenzulernen und um einmal mehr die Geschichte vom Koch, der nicht bei der Sache war, zu hören, die Mannschaft war durchsichtig vor Kraftlosigkeit gewesen, sie meldeten Frauen und Müttern SOS, schickt uns eine Wurst. Dann entließ er den 2. Kapitän und machte es sich, in den Mantel gehüllt, auf Deck bequem und betrachtete die Lichter von Piräus.

Zum erstenmal in so vielen Jahren war er gleichzeitig mit

Maltabés zu Hause. Und da wurde ihm bewußt, daß das zweistöckige Herrenhaus mit den hohen Räumen, den zweiflügligen Innentüren, den Knäufen aus Fayence, den Stukkaturen, den Möbeln mit ihren feinen Schnitzereien, dem Tafelsilber im Übermaß einen nicht wieder gut zu machenden Fehler hatte, die Zimmerdecke, besonders in der ersten Zeit, als Maltabés nicht genug zu bekommen schien von seiner Móska, jede Nacht hörte er von oben Stürme von Seufzern und lautes Knarren, Beweis und Demonstration lärmender Liebe, die Vatokoúsis verabscheute, von der er aber selber keine Ahnung hatte.
– Sind die da oben verkracht? hatte er vergangene Nacht Órsa gefragt. Seit zehn Tagen etwa hatte der Krieg auf der Matratze von Schwager und Schwägerin nachgelassen.
– Sie hat mir nichts gesagt, antwortete seine Frau einige Zeit später.
In winzigen Momenten der Stille machte sich Níkos tausend Gedanken. Die Männer zogen aufs Meer und zu den Städten der Weltkarte, und die Frauen hüteten das Haus – deshalb liebe ich Órsa und meine Tochter, dachte er.
Die Sonatinen von Clementi und Kuhlau, die Mersína mit ihren kleinen Fingern spielte, würden ihm fehlen, das arme Ding hatte kein Talent, es drückte die Tasten genau so, wie sie den Bauch der Katze drückte, aber was tat's.
– Das Haus wechseln wir nicht, aber wenigstens das Schlafzimmer?
Níkos hatte die Haare seiner Frau zur Seite geschoben und flüsterte ihr seinen Vorschlag ins Ohr.
– Ach was, mein Lieber, erwiderte sie hastig, nur du achtest auf so was, ich schlafe todmüde ein. Und außerdem, Spíros ist, wie ihr alle, fast immer weg.
Sie begannen sich ruhig zu lieben, Órsa stillte noch und hatte keine Angst, ein viertes Kind zu bekommen. Níkos berührte kaum spürbar, wie ein Dieb, Stellen, von welchen andere nie erfahren würden, den spiralförmigen Nabel,

ein paar kleine Muttermale auf ihrem Bauch, genau in der Form des Kleinen Bären, den Flaum am Steißbein, das dichte honigfarbene Haar ihres Schamhügels, das immer feucht war, als würde eine unbekannte sanfte Welle es benetzen, all das berührte er kaum, er wurde nicht stürmischer. Als hätte er Angst vor einem elektrischen Schlag, dachte Órsa müde.

Piräus war ins Licht der elektrischen Lampen getaucht, Vatokoúsis kannte mit geschlossenen Augen den Platz jedes Gebäudes, er zündete eine Zigarette an und stand nach dem ersten, erleichternden Zug auf, um die kalten Füße zu bewegen.

Chalás und seine Handwerker würden im Frühling mit der Arbeit in seinem Vaterhaus beginnen. Eine halbe Stunde, bevor er abfuhr, machte er alles mit ihm ab: Ziegel, Dachstuhl, Wasserleitungen, zeitgemäßes Bad, Anstriche, eine geräumige Glasveranda mit Bogen, wo sich Órsa im Schaukelstuhl ausruhen konnte, während sie den Blick über die Ägäis schweifen ließ. Dies entsprach ganz Nanás Ansicht, daß ein Ort schöner wird, wenn ein Vogel da ist, der durch die Wolken schwebt, oder ein Maultier, das auf einem geraden Feldweg schnauft.

Annesió würde ihren Bereich nicht verlieren. Das Haus hatte viele Schlafzimmer und Kammern, sie würden auch das Dienstmädchen behalten. So wären auch die Schwiegereltern nicht mehr eingepfercht in ihren zwei Zimmern, Küche, Bad neben ihnen, Mína könnte die ganze untere Wohnung wieder in Besitz nehmen.

– Nur daß es so hoch oben steht, es bläst und dröhnt in einem fort, als würde dein Vaterhaus in der wütenden Biscaya herumfahren, mein lieber Níkos, sagte Órsa hin und wieder, noch unentschlossen in der Frage des Umzugs.

Móska ging in die Geschäfte, um ein dunkelblaues Hemd zu suchen. Sie hatte Spíros' Truhe mit allem Üblichen gefüllt, neuer Wäsche zum Wechseln, Süßigkeiten und so weiter und etwas Ungewohntem, einem Heft, in dem sie die Texte all der Lieder notiert hatte, die ihr Mann an Namenstagsfesten und an Abendunterhaltungen gesungen und getanzt hatte, dann etwas vom Großvater, ein Stück Schildkrötenpanzer, damit er bequem in seine neuen Schuhe schlüpfen konnte, zwei Paar, die sie nach Maß hatte anfertigen lassen, Haarlocken von den Kindern und von ihr, die von einem roten Samtband ihrer letztjährigen Toilette zusammengehalten wurden.

Sie hatte den Schirm fest in der Hand, es regnete und stürmte. Schuhe und Waden waren schon feucht, auf dem Markt war noch nichts los, noch nicht mal neun Uhr. Die meisten drängten sich in der Kirche zusammen mit den Kindern aus der Volksschule und dem Gymnasium, um der Liturgie der Drei Kirchenväter, den Schutzpatronen der Schüler, zu folgen.

Am nächsten Tag würde sie ihren Mann nach Piräus begleiten, und während sie gebückt marschierte, zitternd vor Kälte, kreisten ihre Gedanken um Spíros. Seit Tagen war er wie ein Eisklotz und ganz nervös, sagte kaum etwas und rauchte das Doppelte. Das dunkelblaue Hemd war bereits zusammengefaltet, sie bezahlte es, und als sie das Geschäft verlassen hatte, machte sie kehrt und beschleunigte ihre Schritte, sie hatte Katerína seit deren Namenstagsfeier am 25. November nicht mehr besucht.

Móska pflegte jedes Jahr nach der Liturgie zu dem abgelegenen Haus zu gehen, denn die Frau, die ihren Namenstag feierte, war außerstande, in der Kapelle der Heiligen Ekateríni ihr Gebet zu verrichten, deren Gnade sich mitten in der Stadt auf der Spitze eines hohen, senkrechten Felsens niedergelassen hatte.

Warum soll ich sie heute abend nicht zum Essen einladen,

dachte Móska und war wütend auf sich wegen ihres Versäumnisses.
Sie fand sie im Schuppen des Hofes, wie sie Käsebrocken an drei schneeweiße Katzen verteilte, die so zierlich waren wie russische Ballerinen. Sofort setzte Katerína das kleine Messingkännchen auf den Herd und kochte Kaffee, brachte Likör und den Aschenbecher. Wenn ich dir nicht zur Last falle, komme ich mit und helfe dir beim Kochen, schlug sie vor, und Móska war erleichtert, denn die erfahrene Annesió war auf der Fahrt in die Neue Welt, das Dienstmädchen kümmerte sich um die kleine Nichte, und Órsa würde am Nachmittag die Großmutter holen, die jäh alterte und nicht die Güte hatte, ihre Schwäche für Sávvas' Erstgeborene zu verbergen, all das Geflüster und Gewisper und die vertraulichen Blicke bewiesen die tiefe Solidarität der beiden Órsas.
Während der Kaffee aufschäumte, legte Katerína eine Schallplatte mit den fremden Liedern aufs Grammophon, die sie mitsang, ein wenig unklar war die Aussprache, aber wunderschön, das Kühle sang sie kühl, das Pathetische pathetisch und das Kummervolle kummervoll.
Zigarette… Sie fragte nicht, hielt Móska einfach die Schachtel hin, warf einen Blick auf den unberührten Likör; so fragte und antwortete die ans Schweigen gewöhnte Witwe, sie zeigte und blickte.
– Mir ist immer unwohl, vielleicht bin ich wieder schwanger.
Katerína, die nur Móska zuliebe rauchte, löschte sofort ihre Zigarette und stellte den Aschenbecher auf den Fenstersims.
Sie öffnete den Schrank, nahm einen Rock heraus, den ihr die Freundin vor Zeiten geschenkt hatte, und drehte vorsichtig die Nadel des Grammophons nach oben. Bewegungslos sah sie zu, wie die Schallplatte sich immer langsamer drehte, und als sie stillstand, suchte sie ihren Kamm

und die Küchenschürze, nahm das braune Seidenkleid samt Bügel und zeigte auf die Tür.
Sie trafen Maltabés vor Iossífs Frisiersalon. Frisch frisiert und rasiert, ein Seemann bis ins Mark, grüßte er Katerína respektvoll. Er betrachtete sie als die Witwe eines Kollegen, das klang nach wenig, für Spíros aber war es viel. Er streichelte ihr die Wange und eine Haarsträhne. – Gib mir die Kólliva mit und auf einem Zettel die Namen der Schiffe; die Orte der Schiffbrüche und die Vor- und Nachnamen habe ich alle im Kopf, sagte er zu ihr.
Es stürmte, regnete aber nicht mehr, die Gehsteige wurden schnell trocken, die Wolken fuhren eilig über den Himmel und überholten einander. Die zwei Frauen benötigten noch einiges für das Abendessen, vor allem Zimt, Nelken und Honig für die Süßspeise. Sie verabschiedeten sich von Spíros. – Vielleicht komme ich etwas später, sagte Maltabés, auch er hatte ein paar Kleinigkeiten zu erledigen, Abschiede hier und dort, Geplauder in letzter Minute.
Die Hand senkrecht an Wange und Schläfe gelegt, um das Blau des Meers nicht sehen zu müssen, ganz gewiß war es wie Blei bei diesem Wetter, mit einem Gefühl der Sicherheit so nahe bei Frau Móska Maltabés, stieg Katerína hinter ihrer Freundin die Gäßchen hinunter. Sie konnte es nicht erwarten, sich mit Schweineschwarten, Lauch und Sellerie zu beschäftigen, sie war Móska dankbar für die Einladung zum Abschiedsessen, aber auch verwirrt, weil sie so viele Stunden mit Schiffahrtsherren verbringen sollte, und das kurz vor Ausbruch des Kriegs.
Das Radio zog sie magnetisch an, eine braune Kiste, die machte, daß die Bewohner des Hauses in der Diele stehen blieben, im Salon zu Stein erstarrten und den Blick auf den schön lackierten kleinen Körper richteten, der die Stimmung veränderte und die Themen des Tages diktierte. Sie vergaßen sogar, die Lampen anzuzünden, brieten das Fleisch an, schnitten die Kartoffeln in feine Scheiben für

das traditionelle andriotische Omelett, während sie in der finsteren Küche die Stimme eines unsichtbaren Dritten hörten, der die Ankunft des neu erworbenen Torpedobootzerstörers VASSILEFS GEORGIOS I, der in England gebaut worden war, im Militärhafen beschrieb; die alles andere als zurückhaltende Móska rief hoch! dreimal hoch!, für zwei, drei Minuten kam ihr jener alte David in den Sinn, der kein Fleisch auf den Knochen hatte und aß wie ein Vogel, er würde der Einberufung nicht entgehen, aber die kleine Romanze war vorbei, als Souvenir waren ihr die guten Englischkenntnisse geblieben.
Im Erdgeschoß hatte Mína Saltaféros den zuckersüßen Blätterteigkuchen im Ofen, Eléni, das Dienstmädchen, und die Kleinen spielten mit irgendwelchen unzerbrechlichen Spielsachen noch von Weihnachten, Sávvas war mit seinem ältesten Enkel ins Haus des Popen abgehauen, um bei der Ernennung des Ersten Távlispielers zu kiebitzen. Mittlerweile hatte es die Papadiá irre gemacht, *tak, tak*, Würfel und Spielsteine in unregelmäßigem Rhythmus seit zwanzig Jahren in ihrem Kopf, in den letzten fünf Jahren hatte sie ihnen nicht einmal mehr Kaffee gekocht, und das wiederum machte den Popen rasend, der ins hintere Zimmer stürmte, ihr laut und deutlich seine Meinung sagte, rot vor Zorn zurückkam und beifällige Blicke der Wettkämpfer entgegennahm.
Gegen acht jedenfalls hatten im ersten Stock des Herrenhauses rund um den Nußbaumtisch, ein teures Produkt aus dem Hause Chélmis, der mit seinen drei Zusatzbrettern ausgezogen war, damit es kein Gedränge gab, alle ihren Platz eingenommen – der Pope ohne seine Gattin, die ihn daran hinderte, er selber zu sein, Sávvas, Mína, Émilios Bálas, der vor kurzem auf die Insel zurückgekehrte Chadoúlis junior, Móskas Busenfreundinnen Marí, Katína, Kikí mit ihren Ehemännern Boússoulas, Sanákis, Maístros, letztere drei aus der Mannschaft von Spíros,

und die Cousine zweiten Grades, die Schneiderin Archondía Sarrís, welche imposante Stoffmuster liebte und sich anzog wie ein Polstersessel, auf dem sich ihr Sannís zusammenrollen konnte, die unverwüstliche Liebe aus uralten Zeiten, der erste und der letzte, heute abwesend, unterwegs auf dem Roten Meer, Steward auf den Schiffen der Familie Marís.

Die beiden Órsas kamen im letzten Augenblick dazu.

– Ich bin müde geworden, die Zeit zu messen, ich kann auch nicht mehr richtig rechnen, sagte die Alte und nahm ihren Stuhl. Begrüßungen und Bemerkungen beantwortete sie mit Blicken, offensichtlich war sie mit dem Vorsatz gekommen, für den Rest des Abends zu schweigen. Die junge Órsa ging rasch hinunter, um nach den Kindern zu sehen, die bei dem Radau von oben nur schwer einschlafen würden; sie stillte die Kleine, zog ihr dunkelgrünes Kleid an, tupfte etwas Parfum an die üblichen Stellen und eilte nach oben, um ihre Pflicht zu erfüllen.

– Also, meldete sie sich zurück und suchte nach Arbeiten, die noch erledigt werden mußten, eine Weinkaraffe auf den Tisch stellen, einen Salzstreuer.

– Zu spät, sagte Móska zu Órsa, heute setzt der *chef de cuisine,* sie zeigte auf Katerína, seine Unterschrift unter die Kunstwerke des Abendessens.

– Abendessen zu Ehren des nicht Anwesenden, bemerkte Chadoúlis junior, ein eleganter und angenehmer Mann, gesellschaftlich gewandt. Wenn er auf der Insel war, eilte er bis um Mitternacht zu den Ehrentafeln, um den Männern, welche bei der Familienfirma unter Vertrag standen, eine glückliche Reise zu wünschen. Gewisse Seeleute schätzte er wirklich, andere akzeptierte er, weil er mußte.

Das Radio bot durch die offene Küchentür mit verminderter Lautstärke vereinzelte Informationen für die, welche nicht am Gespräch teilnahmen oder sich für eine Weile ablenken lassen wollten. Es war eine sehr neue und wertvolle Errungenschaft.

– Psst, rief die Saltaférena, die Seh-, Hör- und Tastsinn so trainiert hatte, daß sie als erste Neuigkeiten mitbekam; der Sprecher kündigte etwas noch nie Dagewesenes an, die Absicht der Regierung, im nächsten März für zwei Wochen in den Geschäften Preisreduktionen durchzuführen. Während sie Häppchen aßen und in der Küche die Würste für das Omelett brieten, brachte Mína Saltaféros das Gespräch auf die Wirtschaft; sie war wie immer bestens informiert auch über Fragen, die nicht die Familienbedürfnisse betrafen, wie Chadoúlis es galant in seinem Kompliment ausdrückte. Bei den Saltaféros fühlte er sich wie zu Hause. Seit fünf Jahren verband ihn eine herzliche Freundschaft mit Níkos Vatokoúsis, die ganz unerwartet an einem warmen Abend in einer Taverne im Zentrum von Piräus entstanden war, sie hatten beim Bier zusammengesessen und einander so manches Geheimnis offenbart.

Sie erschienen gleichzeitig: aus der Küche die Platte mit dem Omelett und durch die Haustür Maltabés. Órsa, der Pope, der zu Hause schlecht aß, und die meisten anderen stürzten sich aufs Omelett, Móska, welche die Platte gerade auf den Tisch gestellt hatte, und ihre Mutter sahen Spíros an; Großmutter Órsa schaute ins Leere. Katerína, noch in der Küche, hatte die Schürze abgelegt und wusch sich die Hände, sie hatte das Fenster geöffnet, um den Rauch und den Dunst des Bratfetts hinauszulassen.

– Wo bist denn du herumgestreunt, alter Junge? Stunden vor mir hast du das Büro verlassen. Wo hast du herumgetrunken? fragte der Reeder und schenkte Spíros einen Rakí ein.

– Ich bin auf der Mole auf und ab spaziert, vielleicht zehnmal. Seit ein paar Tagen kam ihm die Abfahrt vor wie eine Hürde, er trank den Rakí in einem Schluck, zog die Jacke

aus, warf sie auf ein Kanapee und ging zum leeren Stuhl am Kopfende des Tisches.
Er trank einen zweiten, aah, der Hals brannte vom starken Alkohol, und er sah seine Frau mit einem Blick an, der sie erschreckte, ein Blick des endgültigen Abschieds! Móska legte die Gabel weg und suchte Hilfe in den Augen ihrer Schwester, aber ihre Verbündete hatte den Blick gesenkt, die Augen halb geschlossen und trank Schluck um Schluck den rubinroten Wein.
Dieser elende Krieg, dachte Móska, das ist es, ihr Mann schien zu befürchten, er würde nicht mehr zu ihnen zurückkehren.
Chadoúlis, ein Bürohocker, brach das Schweigen, behelfsmäßiges Thema der elende Krieg. – Estland, Lettland, Dänemark haben mit Deutschland einen Nichtangriffspakt unterzeichnet, Norwegen, Schweden, Finnland haben es abgelehnt, sagte er, da hast du deine Neuigkeiten über die Meere, alles wird schlimmer, es endet nimmer.
– Ist es im Indischen Ozean wohl besser, schlechter oder genau so wie im Atlantik? fragte Móska.
– Abwarten, bis man mehr weiß, erwiderte Chadoúlis, abwarten.
Es gab Trinksprüche, feine Speisen und hilflose Witze. Der Pope, auch wenn er die Távli-Meisterschaft verloren hatte, überschlug sich vor guter Laune, auch Móskas Freundinnen waren völlig überdreht, *ein Seemann, Spíros, voller Mut, durchschneidet des Indischen Ozeans Flut,* und etwas für die Besatzung, *die Papadiá, die ist zu Hause, kommt, Matrosen, wir machen eine Sause*, sie stießen mit dem Popen an und improvisierten und betranken sich; der Onkel genoß bedächtig die Bissen und anerkannte mit knappen, präzisen Sätzen die Leistung des Ministerpräsidenten Metaxás, der einen besonderen, verbesserten Speisezettel für die Seeleute eingeführt hatte, die Großmutter drehte zärtlich eine Brotrinde in der Hand und pickte

nur Krumen, Órsa saß schweigsam da, ihre Gedanken schweiften in die Ferne. Mína Saltaféros schoß forschende Blicke auf sehr konkrete Ziele, und Maltabés hatte zwar seinen rechten Arm um Móskas Schultern gelegt, er lag aber eher auf ihrer Stuhllehne, er wandte ihr den Rücken zu und addierte und subtrahierte zusammen mit seinen drei Männern und Chadoúlis Gewinne und Verluste und stellte Fragen, auf die keine Antworten kamen.

Die Platten waren leer geworden, Pápa-Fílippas hatte mit einem Stück Brot die Saucen aufgetunkt, und alle waren vom Wein berauscht und gelassener geworden, doch der Krieg und auch Spíros' Nervosität entzogen den Gesprächen immer mehr von ihrer Lebhaftigkeit und Spannung und füllten sie mit Besorgnis und Kummer.

Wie werde ich all die Namen der im Krieg gesunkenen Schiffe sticken können? fragte sich Katérina; bei Tisch hatte sie den Mund nicht aufgetan, nur gerade Auf dein Wohl und Gute Reise, und so war sie selber völlig überrascht, als sie ihre eigene Stimme hörte, wie sie, anfangs leise, dann fester, ein geliebtes russisches Lied zu singen begann, das wie aus dem winterlichen Himmel kam.

Alle verstummten und hörten andächtig zu. Móska suchte unter dem Tisch die Handflächen der Frau, die fest auf deren Knien lagen, und streichelte sie ruhig im Rhythmus des Liedes, die Finger waren löchrig von schiefen Nadelstichen und geschwollen von Frostbeulen, *otgovorila rošča zolotaja, berezovym, veselym jazykom,* weder Katérina noch sonst jemand verstand die Worte, doch wenn ein Russe durch die Tür gekommen wäre, er hätte geglaubt, sich unter Landsleuten zu befinden, so gebannt waren sie von der Bedeutung des Liedes, sogar der Pope erteilte der gefährlichen Nationalität der Melodie die Absolution, *i žurav li pečal'no proletaja, užne žalejut bol'še ni o kom.*

Móskas drittes Kind war ein Mädchen.
Es kam an dem Tag zur Welt, als das Reich von Italien den Hafen von Triest für zehn Jahre mietete, am 13. Juli 1939. Sie hörten die Neuigkeit im Radio, das ununterbrochen lief und wenige Tage später die Verfügung der Regierung durchgab, alle Radioempfänger müßten dem Ministerium für Presse und Tourismus gemeldet werden. Die Monate der Schwangerschaft waren von schweren Sorgen und düsteren Entwicklungen überschattet gewesen: Die Italiener hielten seit April Albanien besetzt, die Engländer hatten die obligatorische Dienstpflicht eingeführt und den sowjetischen Heerführer Woroschilow zwecks gemeinsamer Entwürfe von Kriegsplänen nach London gerufen, was am meisten von allen Annesió beeindruckte, die ausreichend beruhigt war nach ihrer Rückkehr aus Amerika, wo sie die Fürsorge ihres geliebten Sohns genossen hatte.
– Die rumänischen Offiziere tragen ein Korsett, deshalb sehen sie so bolzengerade und breitbrüstig aus, sagte Naná; sie saß entspannt im Schaukelstuhl, an der Brust schlief ihr Patenkind, ein Pummelchen von zehn Monaten, die Lehrerin bewegte nur ihren rechten Arm, um die Zigarette an die Lippen zu führen und ab und zu die Asche in der Schale abzustreifen.
Órsa hatte auch das Radio mitgebracht, sie würde Naná die Neuigkeiten über die Niederkunft der Schwester und sonstiges aus der Familie erzählen, und das elektrische Gerät würde alles mit internationalen Nachrichten ergänzen.
– Móska hat noch keine Milch, das Kleine scheint ein Hungerschnabel zu sein, die Brustwarzen eine einzige Wunde, ganz zerbissen. Auf dem Tisch waren Ansichtskarten in Ziehharmonikaform ausgebreitet, Andenken an Venedig, Altertümer und tropische Orte in Ägypten, dazu viele Einzelstücke. Órsa hatte Níkos' Schatz geplündert, der in der Rumpelkammer vor sich hin moderte, und

Naná bedankte sich ausreichend, ihre Leidenschaft für die Sammlung hatte zu schwinden angefangen.
– Evanthía Chíou hat ihre Flitterwochen im Hotel Calvi in Korsika verbracht, Néna Béis im Grand Hôtel Miramare in Genua, María Dardanós im Hotel Ritz in Nizza, María Kanákis ebenfalls, Léna Vardakóstas im Grand Hôtel du Pavillon in Paris und Naná, ohne Reiseerfahrungen, die sich im Lauf ihres Lebens nebst der Seekrankheit auch Rheumatismen, Verstopfung und Schlaflosigkeit eingehandelt hatte, führte eine Liste mit Fotos der Hotels, in denen ihre geliebten und ungeliebten Schülerinnen einen Wonnemonat lang hatten schlafen dürfen mit ihrem Kapetánios, 2. Kapitän oder Maschinisten.
Die Liste war endlos, denn Naná unterrichtete bereits fünfundzwanzig Jahre, und Andros, das Kleine England, hatte reisefreudige Burschen und Mädchen. Órsa war froh, daß Naná mit ihrer dunklen, beinahe männlichen Stimme unablässig plapperte und keine Fragen stellte, zwischen zwei Zigaretten sanft den Rücken der Kleinen streichelte und die Falten ihres hellblauen Plissérocks ständig aufrichtete und wieder ordnete. Naná hatte das dringende Bedürfnis, zu sprechen, und nicht, zuzuhören, der Ton ihrer eigenen Stimme, die sich langsam über die Leinentischtücher und die Abdeckungen der Möbel ergoß, erleichterte sie, während sie hier und da wohltönende schmückende Beiwörter und zweideutige Umstandswörter einfügte. Seit drei Jahren gingen die Mädchen und die Burschen in getrennte Gymnasien, und sie empfing nicht mehr so viele Besuche im stummen Salon.
Órsa hatte Naná zehn Jahre lang gebraucht, doch nun kam der Augenblick, da sie die Frau als einen Menschen sah, der sein eigenes Leben führte. Sie erforschte von neuem die Einzelheiten des Gesichts, die doppelten geraden Linien auf den Wangen und die dreifachen in den Augenwinkeln sowie die Einzelheiten des Hauses, eine

blasse Fotografie des kinderlosen Onkels in Athen, der die fleißige Nichte aus Árta hatte studieren lassen, drei, vier Paar Schuhe mit Absätzen und Sandalen, die unter dem königsblauen Überzug des Diwans hervorlugten, die Winter- und die Sommerhüte ihres Verstorbenen, die sorgfältig abgestaubt auf der Garderobe lagen.

– Deine Mutter hat den Rosenstrauch dieses Jahr geschnitten. Seine Blüten sehen aus wie Schneeflocken, und wenn die Sonne sinkt und die Hitze erträglich wird, strömt sein betäubender Duft durch die Balkontür.

– Naná, gefällt dir das Weiß?

– Im Sommer ist es so lichtdurchflutet, im Winter ist es so trüb.

Órsa hatte noch etwa dreißig Karten aus Norwegen, Kanada, Feuerland, zufällig eine Menge Ansichten von winterlichen Gebirgslandschaften, ja, das Weiß strahlt viel Kummer aus.

In ihren Gedanken hatte Naná das Kapitel Rosen erschöpfend behandelt, sie verglich treffend die roten Mairosen mit kleinen Mädchen, die rosaroten mit Verlobten, die Hundertblättrigen mit wunderschön gekleideten Königinnen, die auf einem Boulevard in Athen paradieren.

Es dämmerte schon. Das Kleine lutschte an einem Pfirsich, im Radio waren sanfte Frauenstimmen zu hören, die Lieder sangen, und Órsa und Naná in einem gelben zweistökkigen Haus in der Stadt Andros fingen wieder an, sich über Orte zu unterhalten, die Tausende von Meilen entfernt waren. Ihre Geschichten umspannten den ganzen Planeten, sie drehten sich meist nicht um ihr Inselchen, sondern um die Häfen anderer Länder, andere Erdteile oder Schiffsreisen. Ihre Ohren nahmen nicht viel von dem wahr, was das Radio über Lamía oder Pátras meldete, das Internationale fesselte sie, sie konnten dabei ihrer Phantasie freien Lauf lassen. Nóta, die Frau des Zuckerbäckers, mußte ihre Phantasie nicht anregen: Es ist sechs Uhr in der

Früh, Theofánis wird Sandtorten in den Ofen schieben, es ist fünf Uhr nachmittags, er wird weggegangen sein, um bei Stavroúla Eier, Butter und Mehl bei den Bátis zu besorgen. Sowohl Nóta als auch Ánna, die Frau des Hoteliers, und Kéti von Iossíf wußten immer ganz genau, wo sich ihre Männer befanden.

– Der Seemann? Möglich, daß er sich fünf- oder zehntausend Meilen von dem Ort entfernt befindet, an dem ihn seine Frau glaubt.

– Du meinst deinen Schwager, Liebes, bemerkte Naná.

Órsa gab keine Antwort. Ihr Mann hatte den Winter natürlich hier in der Nähe, auf dem Schwarzen Meer, verbracht; sie selber war zweimal rasch nach Piräus gereist, wenn das Schiff dort angelegt hatte, um Schrott abzuladen und Bauholz aufzunehmen.

Sie stand auf, rieb sich den Rücken – ich habe die Windeln und ein Hemdchen auf den Tisch im Flur gelegt. Dann ging sie zum Spiegel und brachte die Frisur in Ordnung; die Kleine würde bei ihrer Patin bleiben und Órsa die Familie beim Klavierrezital der älteren Tochter Exadáktilos im Klub vertreten. Die kleine Exadáktilos hatte die Musik aufgegeben und war gut mit einem Sanitätsartikelgroßhändler in Paleó Fáliro verheiratet.

Als die Dienerin ihnen die Einladung überbracht hatte, hatte die Saltaférena die Tür hinter dem Rücken der unglücklichen Frau zugeschmettert. Immer dieses *dapa-dupa, dapa-dupa*, was sollen wir damit! Auch wenn Mersína am Klavier übte, war sie verärgert. Geht ihr, ich habe Kopfweh, hatte sie gesagt. Die anderen waren ebenfalls verhindert, Móska als Wöchnerin im Bett, Annesió würde für den Rest ihres Lebens um den alten Herrn trauern, das Dienstmädchen kam sowieso nicht in Frage, es kümmerte sich um die Kinder, denn ein Mädchen war von einer Viper gebissen worden und gestorben, und Órsa ließ es seit zehn Tagen nicht zu, daß die Kinder auch nur

die Nase in den Garten hinausstreckten; es war also ihr Schicksal, einen langweiligen Abend über sich ergehen zu lassen, und dies in einer Zeit, in der ihre Nerven unter Hochspannung standen, ihr Appetit kaum vorhanden und ihre Widerstandskraft nicht die beste war.
– Mersína?
– Archondía wird sie in einem neuen Kleidchen bringen.
– Und sie selber wird sich wohl wieder in einen ihrer bunten Stoffe hüllen.
– Wenn sie fertig wird, heute morgen ist es erst zusammengeheftet und noch ungesäumt gewesen, Magnolien in einer anderen Webart, glänzende dunkelgrüne Blätter.
– Was mag nur dieser Sannís an ihr finden, daß er sie küßt ...
– Etwas wird er finden.
– Aber ihre Lippen sind so schmal. Ein Strich ...
Naná, den Säugling im Arm, ordnete die Falten ihres Plisserocks, wieder diese Besessenheit mit den schmalen und den breiten Falten, den einfachen und den Quetschfalten, dann beugte sie sich zu Órsa hinüber und zupfte ihr ein paar Haare weg, die an der weißen Bluse hängen geblieben waren. – Diesmal wird sie auch eigene Kompositionen spielen, steht auf der Einladung.
– Schlimmer kann's nicht mehr werden, sagte Órsa, obwohl sie es gar nicht so meinte. Die Exadáktilos trug elegante, strenge Kostüme, gewöhnlich in Brauntönen, machte allein Abendspaziergänge von Kamára nach Kástro und von Kástro nach Kamára und hatte Verständnis für alle, die sich an ihren musikalischen Darbietungen und den Rezitals schrecklich langweilten; sie führte auch keine Anwesenheitslisten.
Órsa gab dem Kind einen Kuß auf die Stirn, kniff Naná sanft ins Ohr, zog Collier, Ohrringe und Armband aus der Handtasche, legte den Schmuck hastig an und warf einen Blick auf ihre kleine Uhr.

– Komm schon, mein Liebes, zieh in meine Nähe, sagte die Lehrerin. Sie liebte ihre ehemalige Schülerin sehr seit damals, als sie wunderbare Aufsätze mit Themen nach freier Wahl geschrieben hatte, sie hatte auch die kleine Árta – und nicht Assimína –, wie sie die Kleine immer noch nennen wollte, allerdings weniger vehement, lieb gewonnen und brauchte sie in ihrer Einsamkeit.

– Bitte, sprich jetzt nicht von Umziehen, flüsterte Órsa, die sich seit langem mit einer Entscheidung quälte. Vatokoúsis bekniete sie auf seine Art, seine letzten Briefe hatte er sogar an die Adresse des leerstehenden Hauses geschickt. Annesió und ihre Mutter stritten sich, und dieses Gezänk trieb sie aus dem weißen zweistöckigen Haus geradewegs an vertraute, abgelegene Orte, in den kleinen Hof des Heiligen Dimítrios, zur Brücke mit den dicken, kühlen Blättern oder in die Felsenhöhle, aber erst in den Abendstunden, damit sie keine Schwimmer antraf.

Einmal sogar, als sie einen anderen Weg einschlug, um einer lästigen Nachbarin zu entgehen, entdeckte sie im Obstgarten von Loukíssas die schönste Zisterne, die sie je gesehen hatte, mit Goldfischen und Wasserpflanzen, umwachsen von einer uralten, gigantischen Aloe, das Ganze fünf Meter lang, zwei Meter breit, zwei Meter hoch, ein römischer Lustort – in der Frische des Frühlings Treffpunkt der Imker, Wohnstatt der Amseln und Schmetterlinge, ganz anders aber im Sommer: Eine afrikanische Oase, wenn im Juli der Wind tagelang stillsteht und die Menschen auf den Kykladen, sonst so verwöhnt vom Meltémi, an Kopfschmerzen und Schwindel leiden. Órsa bedauerte, daß diese Zisterne nicht zu den auserlesenen Orten für ihre Zusammenkünfte mit Spíros gezählt hatte – der Rundgang Maltabés hätte sonst bei der Steinbank geendet, im Schatten des Lotus, neben der mächtigen Haspel und der riesigen Aloe, deren Masse, eine aschig-grüne Skulptur, der Wind nicht bewegte, das Wetter nicht veränderte.

– Jahre warte ich schon darauf, daß wir endlich Nachbarn werden. Deine Mutter war einige Male bei Chalás, um sich über die Zimmerdecke zu beklagen und sich von ihm beraten zu lassen. Schade um dieses luxuriöse Haus mit den schönen Treppen und den schmiedeeisernen Geländern, sagte der Bauhandwerker zu mir, aber da ist nichts zu machen. Das Getrampel der Kinder wird sie verjagen, habe ich gehofft, deine Nichten und Neffen sind wilde Bestien.
– Du hast mir gar nichts über die Karten gesagt, die Lilí dir aus dem Baltikum geschickt hat. Órsa wechselte beim Hinausgehen das Thema.
– Ich habe endlich gesehen, wie die Ampeln aussehen, die mit rotem und grünem Licht den Verkehr in Kopenhagen regeln ...
Naná setzte sich mit dem Kind auf dem Arm in den Strohsessel auf der kleinen Veranda. Sie zündete kein Licht an, um die Mücken nicht anzulocken, durch die vielen weißen Rosen wurde das Dunkel der Nacht erhellt. Órsa stieg hastig die drei Stufen hinunter, bog um die Ecke, zog einen alten goldenen Ring mit einem winzigen grünen Stein aus der Handtasche und streifte ihn über den Finger. Sie ging weiter und vereinte sich mit den restlichen Bewohnern der Stadt, die, Freunde der Muse oder nicht, zum Klub eilten, denn die Exadáktilos war nicht nur Pianistin, sondern auch eine unglückliche Frau: Ihr Bräutigam, 2. Kapitän auf der STENIES, war beim Schiffbruch von 1927 mit vielen anderen umgekommen und hatte sein Mädchen allein im Meer der *morceaux lyriques* von Grieg zurückgelassen.

Am Sonntag, dem 3. September, erklärten Großbritannien und Frankreich Deutschland den Krieg, und fünf Tage später, am 8. September, verbot Griechenland sämtlichen

Männern zwischen zwanzig und fünfzig Jahren, das Land zu verlassen.
Es war Freitag, die PINELOPI hatte an der Küste von Koundouriótis Anker geworfen, und der sechsunddreißigjährige Níkos Vatokoúsis saß in der Falle.
Ein paar Tage darauf lag er an einem Strand der Insel, halb betäubt von den warmen Strahlen der Nachmittagssonne. Das Licht des Septembers ist immer merkwürdig, weißgelb oder zitronenfarben, dieser Monat ist nicht angenehm und heiter wie der April, sondern ermüdend wie die Sommermonate, manchmal sogar nervös wie der Februar im tiefsten Winter. Der September ist ein rätselhafter Monat, die Einfriedungen an den Hügeln ringsum in mattem Gold, das Meer unbewegt und weißlich. Das Familienpicknick mit den Kindern war in vollem Gang: Mersína schrie, ihr werde übel, als man ihr gewaltsam Brot mit Butter und Brombeermarmelade in den Mund stopfte, Árta, die kleinste, zerstampfte die gekochten Eier auf den Kieseln, und Sávvas hockte auf seinem Felsen, den er Schneefels nannte, und versah Haken mit Ködern, um sich, sobald sich die anderen verzogen hätten, dem Angeln hinzugeben. Órsa hatte ihn kurz aus den Augen verloren, sie suchte ihn unter den Schwimmern und am Strand unter den kleineren Staturen. Als sie ihn schließlich wieder erblickte, schwamm er wie ein Delphin durchs Wasser. Ihr wurde schlagartig bewußt, daß Sávvas kein kleines Kind mehr war; erst aus der Entfernung sah sie, wie groß ihr Sohn geworden war. Und er war zornig, sein Vater hatte ihm versprochen, ihn auf die nächste Reise mitzunehmen, trotz der Einwände von Mutter und Großmutter, Piräus–Konstantinopel–Odessa. Aus war der Traum. Natürlich trug nicht Vatokoúsis die Schuld, doch für den Verstand eines Kindes tragen ausnahmslos alle Großen, Ministerpräsidenten, Generäle, Eltern, einen Teil der Verantwortung für die Wendung, welche die Dinge nehmen. Der

Junge hatte eine eigene kleine Seemannstruhe, Persenning, Seemannsjacke, ein Fernglas, und naiv wünschte er sich, sie möchten auf ihrer Reise vom Zorn der Götter heimgesucht werden, denn dann konnte er allen beweisen, daß er nicht nur nicht seekrank wurde, sondern daß er seinerseits das Schiff zu retten wußte. Auf der Insel strich er immer um die Männer herum, die in den Kaffeehäusern Távli und Karten spielten, und ließ Wörter und Ausdrücke fallen, wie sie die Seemänner benützen: vor dem Wind fahren, der britische Admiralitätsanker läßt sich schwer unterm Arm tragen. Er erntete mal einen Blick voller Sympathie, mal einen voller Gereiztheit, doch er machte unerschrocken weiter: Ein Leinenwurfgerät schleudert eine Leine von dreihundert Metern zur Küste oder zu einem anderen Schiff, um die Schiffbrüchigen zu retten. Er ging hinauf zum Haus seiner Tante und stöberte in irgendwelchen uralten Büchern von Spíros, englischen, spanischen und griechischen, versuchte Male und Flecken, die Anmerkungen zu sein schienen, zu entziffern, und mit Móskas Duldung verteilte er Ausgaben des Amtes für Hydrographie der Kriegsmarine auf dem Boden, vierzig, fünfzig Bücher, und weidete sie aus, *Leuchttürme und Seefahrtsmarkierungen, Tafel der Hafendistanzen, Führer durch die meteorologischen Beobachtungen, Seefahrtskarten der griechischen Häfen.*

– Gehen wir am Abend miteinander in den Klub?

Vatokoúsis schlug seinem Sohn einen gemeinsamen Männerabend vor, Sávvas nickte ernst, in Ordnung, und wandte sich erleichtert wieder seiner Beschäftigung zu, er schleckte die Marmelade vom Brot und warf die Brocken den Meeräschen zu, die ungeduldig den Schneefels umkreisten.

Er würde korpulent werden wie seine Großmutter, dachte Vatokoúsis, während er den Jungen betrachtete. Er war nicht mehr schmal und dünn wie ein Schwert, im Wachs-

tum nahm er die Statur von Mína Saltaféros an, sein Kopf aber war wie der einer klassischen griechischen Statue, mit dunklen, lockigen Haaren und langen, schattigen Wimpern, die seine klaren Augen halb verdeckten, sein Blick war ungewöhnlich verdrossen für einen Neunjährigen. Der alte Saltaféros haute im Morgengrauen daheim ab, nicht einmal Kaffee trank er mit seiner Frau, der arme Kleine langweilte sich inmitten so vieler Frauen, Großmutter, Mutter, Tanten, Schwestern, Cousinen ersten und zweiten Grades, Annesió, Eléni und Schwärme von Besucherinnen, die ununterbrochen in der Küche herumgurrten, in den Nebenräumen der Küche, in den Höfen und in den Salons. Er war ein sehr einsames Kind – Vatokoúsis tat sein Sohn leid, und er beobachtete ihn unauffällig, wenn er die Werkzeuge mit einem Lappen abwischte und die Flachzange oder die Baumschere auf und zu machte und, einfach so, planlos, Zeichen in die Stämme der Eukalyptusbäume grub, ohne Gesellschaft und phantasierend stundenlang das Meer anstarrte, bewegungslos.
Es machte ihm schwer zu schaffen, daß der Junge aufs Meer fahren wollte, er war hin und her gerissen. Neulich hatten deutsche U-Boote den britischen Passagierdampfer ATHENIA versenkt. Alle waren über die Nachricht bestürzt gewesen, der junge Vatokoúsis aber hatte seine Oberlippe betastet und die Muttergottes angefleht, sie möge ihm sofort einen schönen Schnurrbart wachsen lassen, er wollte die Ozeane stürmen und Rache nehmen.
Es war Abend geworden, die Luft frischer, das Licht trüber, Órsa stützte sich auf die Ellbogen, die Waden im Wasser; sie saß ziemlich weit von ihrem Mann entfernt, am Morgen hatten sie sich wegen dieses verwünschten Umzugs gestritten. – Jetzt zünden sie in der Stadt die Lichter an, rief sie ihm zu, und das war das Zeichen für die Versöhnung und den Aufbruch. Die gerade Linie des Strandes am wellenlosen Meer wurde zusehends dunkler. Wohl

oder übel gingen die Vatokoúsis heim, die vereinzelten anderen Gruppen hatten sich, mühsam über die Kiesel stolpernd, bereits entfernt.
Vater und Sohn, beide im Anzug und mit ernster Miene, betraten gegen halb neun den Klub der Andrioten, Danió-los, Marís, Mamáis, Chadoúlis, Mandrákas, Schiffsherren und kleine Reeder, Seeleute, Herren vom Festland, sie redeten alle über Politik und waren von Panik befallen, auch die Ahnungslosen, Herr Dínos und Gesellschaft, waren auf den Lederkanapees vor Anker gegangen, sie hatten es eilig gehabt, ihre Neuigkeiten beizutragen und ihre Weisheit zu vereinen, um nachher vielleicht etwas mehr vom Ganzen zu verstehen.
Der Unternehmungsgeist und die harte Disziplin der Seeleute der Insel waren umsonst, der Staat hatte keine Schutzmaßnahmen ergriffen, und die Folge war, daß in den letzten Jahren ziemlich viele griechische Reeder sich zu günstigen Flaggen geflüchtet hatten, Liberia, Panama, Honduras. Bei der letztjährigen Bestandsaufnahme, 1939, waren in den Schiffsverzeichnissen für Andros nur 192 Dampfschiffe aufgeführt, und viele Schlauberger liebäugelten offen mit New York und London, ihr Inselchen war ihnen zu eng und die Heimat ein kleiner Kramladen, mickriges Griechenland, mickrige Heimat, die nur immer Gesetze erließ und ihnen die Flügel stutzte.
Und nun der Krieg, der ganze Mannschaften vernichten würde, Schiffe und Bankkonten, er würde den Kummer nicht ausgleichen mit ansehnlichen Kriegsgewinnen wie der Erste, in dem gewisse Leute als Chef eines Schleppkahns begonnen und als Reeder aufgehört hatten.
Níkos Vatokoúsis hörte zu und machte sich Notizen.
– Sag mir, Sávvas, warum ist Mandarákas wild geworden? fragte er den Jungen, der ergänzte, was dem Vater entgangen war. Wenn der Sturm des Krieges vorbei war, würde er, Vatokoúsis, die Entscheidungen treffen müssen. Weshalb

nicht England, zum Beispiel, wo seine drei Kinder die beste Schulbildung bekämen und die Möglichkeiten für einen Unternehmer breiter und vielfältiger wären.
Er verfügte über Anteile an zwei Schiffen, wenn sie heil bleiben, sehen wir weiter, wenn auch wir heil bleiben, was hält uns dann noch auf dieser Insel, überlegte er.
Die Gräber seiner Eltern ... Tiefrote und rosarote Nelken und kirschrote »Ohrringe der Königin«, grelle und pastellfarbene Blüten schmeichelten furchtlos den marmornen Leichenplatten, die nicht ahnen ließen, wie hoffnungslos und garstig die unter ihnen Schlafenden aus dem Leben geschieden waren, Vatokoúsis hatte sie zusammen mit seiner Frau, Annesió und Mersína besucht. Órsa wollte die Pflanzen gießen und das Öllämpchen der Patin anzünden. Der Kater war wie jedesmal zum Friedhof mitgekommen, nicht der alte, Bábis, der an Fettsucht gestorben war, sondern Charalámbis, der Seiltänzer, der von Grabplatte zu Grabplatte hüpfte und seine Freude daran hatte, die feinen Pflanzen auszurupfen, nur der Christusdorn und ein paar Immortellen, im wahrsten Sinn des Wortes, entgingen ihm. Annesió hatte vorgesorgt, und die beiden Fotoporträts standen einander zwar schräg gegenüber, doch die seligen Verstorbenen sahen sich nicht an, der Zank sollte in der anderen Welt nicht weitergehen, am Anfang hatte sie die Ohren gespitzt, ob vielleicht irgendwelche dumpfen Flüche zu hören wären, doch dann, der Tod half dem Paar, das war offensichtlich, hatte sie sich beruhigt und das Kreuz geschlagen.
Mersína machte es ihr nach. Vatokoúsis, die Krawatte locker gebunden und den Panama in der Hand, schaute von seiner Tochter im weißen Röckchen, das der Wind bauschte, zu seiner Mutter im Bilderrahmen. Er erinnerte sich: Wie mit einem Messer durchschnitt sie in ihrem weißen Hemd die Nacht, als sie vor der sexuellen Gier seines halbnackten Vaters floh. Seine Tochter kam nach seiner

Mutter, vorerst noch einige Nummern kleiner: braune Augen, braunes Haar, Tränen wie Perlen und eine feuchte Nase, abgebissene Nägel, eiskalte Hände, die sie hundertmal am Tag vor ihren kleinen Brüsten verschränkte, während sie aufseufzte und alles um sie vergaß, genau so hatte es die Selige getan, kaum wahrnehmbar oder herzerweichend, je nachdem.

Der Herbst brach bitterer herein denn je.

Die Saltaférena befahl ihm, sich zu mildern, mit stummer Hysterie reihte sie eingedickten Traubenmost, Marmeladen und Quittenpaste auf, doch der Herbst gehorchte der Frau nicht, die sich nicht mehr um die Menschen, sondern nur noch um Speisen und Desserts kümmerte.

Mitten im lärmigen Durcheinander des zweistöckigen Hauses und dem ganzen Getümmel des Alltags überkam Vatokoúsis manchmal das Gefühl einer Bedrohung – wo, zum Teufel, hast du deine Gedanken, Órsa? Seine Frau zog die Hand niemals weg, wenn er sie drückte, nie war sie ärgerlich, wenn er ihre Taille sanft umschlang oder ihre Handgelenke und ihre Knöchel hielt, nie entwand sie sich ihm, wenn er ihr in den Nächten wie ein Schuldiger nach und nach den Unterrock und die Wäsche abstreifte, aber sie blieb wie Eis, an manchem Morgen wachte sie mit tiefroten Augen auf.

Am Tag des Heiligen Dimítrios gingen sie zu Móska hinauf, um deren kleinem Sohn alles Gute zu wünschen, und vor der ganzen Familie und allen anderen verkündete seine Schwiegermutter, bevor der harte Winter käme, müsse der Umzug organisiert sein.

– Laß mich endlich in Ruhe damit, sagte Órsa leise und rannte unbemerkt hinaus, ihr Rock blieb an einem Ziernagel des Kanapees hängen und bekam einen Riß.

Vatokoúsis fand seine Frau laut weinend im unteren Hof, neben den Nachtblumen, die, gelb geworden und fast verblüht, das Dunkel durchdrangen. Er lehnte sich an die

Wand und rauchte eine Zigarette, noch eine, die dritte, die vierte.

– Wir haben heute abend noch fünf Dimítris, erinnerte er sie.

– Geh allein, bat sie ihn und berührte seine Wange, sie fühlte sich elend, ihr Mann beharrte nicht weiter darauf, ging durch die hölzerne Hoftür und schloß sie lautlos hinter sich.

Am beleuchteten Fenster im ersten Stock hielt die Saltaférena ängstlich Wache, fragte sich, welches der tiefere Grund war. Vatokoúsis stieg die Gasse hinauf, verwirrt und enttäuscht. Es war schon acht, und viele, hauptsächlich Frauen mit ihrem Goldschmuck, der glitzerte und glöckelte, waren unterwegs, um ihren Dimítris oder ihre Dímitra zu überfallen.

Níkos würde in Häuser von Seeleuten gehen, als letzten hatte er seinen Maschinenschmierer vorgesehen, auch er ein Dimítris-Mímis, eine Mimí seine Frau. Heute abend würden sie ein Riesenfest feiern. Am 14. Oktober war der britische Panzerkreuzer ROYAL OAK mit tausendzweihundert Mann Besatzung torpediert worden, und der schwere Verlust versetzte die Seeleute in Angst und Schrecken. Einen Rausch, mein Gott, einen schrecklichen Rausch, wünschte sich Vatokoúsis, und während er in seinem guten Anzug weitermarschierte, den Böen des Südwestwinds entgegen, ließ er seinen Blick vom einsamen Felsen in der Mitte der Küste, den man Toúrlos nannte, bis zum Leuchtturm an der Hafeneinfahrt, der Tourlítis hieß, schweifen, und wieder zurück, Toúrlos–Tourlítis und Tourlítis–Toúrlos, und er spürte, wie hinter seinen Gläsern die Augen feucht wurden und weh taten, als hätten sie einen Schlag bekommen.

Am 30. Oktober 1939 wurde einhundertsechzig Meilen westlich der irischen Küste das erste andriotische Schiff, die THRASSIVOULOS torpediert, zweiundzwanzig Seeleute kamen ums Leben.
Die schreckliche Nachricht überspülte die Insel wie eine schwarze Welle.
Nachnamen und Familien der Toten waren über die Dörfer und die Hauptstadt verteilt, Bojadsídis, Tsíknas, Bállas, Goulandrís, Kambánis, Manoússos, Adamópoulos, Sotíros, Gínis, Kroússis, Róbos, Péppas, Parliáros, Príndesis, Sapoudsákis, Stilianós, Filippídis, Foúndos, Loukrésis, Lávdas und Malatádes, ebenfalls ein Saltaféros, ein Steward, Neffe der Familie – das Kleine England litt, so viel Trauer und so viel Gerenne in den Gassen konnte es nicht ertragen. Viele gingen gemeinsam von Wohnhaus zu Wohnhaus, und die, welche keinen Verwandten oder Freund verloren hatten, waren nicht von den Trauernden zu unterscheiden, sie hatten auch Männer auf den Meeren; vom 30. Oktober an saß die Furcht für immer in ihrer Seele.
Und ich sitze da und spiele Távli, ich werde wahnsinnig, Sávvas Saltaféros redete mit sich selbst; mit der THRASSIVOULOS war auch der eine, einzige und vergötterte Patensohn der Papadiá umgekommen, sie kochte nicht mehr, und Pápa-Fílippas, mit zwei Fettflecken auf dem ungebügelten Priestergewand, war bei so vielen Begräbnissen und Seelenmessen fast zusammengebrochen. Angsterfüllt verschanzte er sich hinter dem Távlibrett und Wörtern wie Spielstein, Würfel, Vieren, Sechsen, *Plakotó, Pórtes* und rührte sich nicht von der Stelle.
Wenn er verlor, sagte er *mateótis estí mateotíton ápanta,* vanitas vanitatum et omnia vanitas, und das paßte glänzend zur Situation, nicht so sehr zu seiner Niederlage, sondern zu seiner Ansicht über das Leben. *Vanidad de vanidades todo vanidad,* übersetzte Saltaféros sogleich. Nun,

nach dem Ende seiner Seemannslaufbahn und angesichts eines Krieges, der böser werden und alles niederwalzen würde, kam ihm dieser melancholische Spruch des öfteren über die Lippen; seine Enkel übernahmen ihn als Zungenbrecher und kreischten ihn in höchster Lautstärke, Signal oder Losungswort bei den verschiedensten Streichen und Späßen.

Seine Töchter hörten BBC, Móska tat ihre Pflicht und schrieb ein Resümee der Nachrichten ins reine, die Nachbarinnen, beschäftigt mit ihren Haushaltsangelegenheiten, unterließen es dennoch nicht, in den Hof zu kommen und an die Scheibe zu klopfen. – Was gibt's Neues? fragten sie und stiegen dann die Gasse weiter hinauf zu den Geschäften und den Kolonialwarenläden.

Die Zusammenkünfte beim Drucker, im Hafenamt, im Klub der Andrioten, im Rathaus und in den Häusern fanden täglich statt, nicht daß dabei etwas herauskam, die Männer suchten Gesellschaft, sogar Maltabés' Onkel, Emílios Bálas, in Angst um Spíros, rannte schnaufend überall hin, er schleppte seine ewige Eigenschaft als Vormund mit sich, seine Trauer und einen Regenschirm, dessen Speichenspitzen größtenteils abgebrochen waren.

Der Kaffee dampfte im roten Emailtäßchen. Der alte Saltaféros lehnte es ab, aus einem anderen zu trinken, und trug es mit sich zu den Treffen, in die Ouzerien und auf die Friedhöfe. Wie viele Männer, dachte er, habe ich als Kapetánios eigentlich verloren – nicht, daß er sich nicht an die Anzahl erinnerte, sondern umgekehrt, weil sie ihm unvergeßlich war, sich dieser Gedanke ihm immer wieder aufdrängte. In der Biscaya, 1918, zerrissen die Wellen das Tau, mit dem sich Máris auf seinem Posten angebunden hatte, am nächsten Morgen brachte ihm ein Leuchtturmschiff die Wasserleiche; 1926 hatte der Südatlantik in einem höllischen Seesturm Karistinós, Polémis und Rállis von der Brücke gerissen; 1929 hatte er wegen einer bösen

Erkältung seinen Freund Nikifóros Dókos verloren, und 1936 hatte Jorgákis, der junge Heizer aus Mégara, wie eine Fackel gebrannt – sechs Tote auf der Reise, die dreiundvierzig Jahre gedauert hatte, siebenunddreißig davon war er Kapitän von acht Schiffen gewesen, DOUNAVIS, PANAJITSA, ÄGÄIS II, MARIOGOULA CHADOULIS, IDROUSSA, POSSIDON, THEOMITOR, MAROUSSIO BEBIS, einige waren bereits verschrottet, für die anderen würde man kaum was geben in diesen schweren Zeiten.
Kürzlich hatte ihm Annesió verraten, seine unerträgliche Frau, dieser Obergeizkragen, wie sie Mína ohne Skrupel betitelte, habe ihr heimlich, die anderen sollten es nicht sehen, einen kleinen Beutel mit zwanzig Goldpfund in den Schoß gelegt, das sie im Kloster des Heiligen Sávvas bei Jerusalem niederlegen sollte, für die Gesundheit und ein langes Wohlergehen ihres Gatten. Damals, als sie mit ihrem Herrn die Reise zum Heiligen Grab gemacht habe; sie solle es nicht aus den Augen lassen, habe sie ihr befohlen. Die Neuigkeit über diese üppige Schenkung paßte nicht zu Mínas Ruf.
– Nun, Herr Sávvas, so hat sie dir die Rettung vor den Haifischen erkauft; Mína Saltaféros, die Frau für langfristige Investitionen und Gewinne, hatte also sogar den Heiligen Sávvas und den lieben Gott geschmiert.
Der alte Kapetánios vermied es bewußt, sich in die häuslichen Angelegenheiten der Töchter einzumischen, halbfertige Sätze seiner Mutter, hochmütige Blicke von Órsa, ein Pantoffel, der aus unbekannter Richtung Mína an den Kopf flog, Vatokoúsis, der oft nicht wie ein Hausherr wirkte, sondern wie ein Gast im eigenen Haus – all das ließ seine Seele kalt werden, aber er war das Leben auf dem festen Land nicht gewohnt und hatte sich zurückgezogen, Zuschauer und Zuhörer von Andeutungen, mit denen sie sich massakrierten.
– *Mateótis estí mateotíton ápanta, vanitas vanitatum et*

*omnia vanitas,* Pápa-Fílippas hatte sich die Sentenz von Romanós dem Hymniker zu eigen gemacht, als Refrain für jegliches Geschwafel.
Er saß im Klub, rings um ihn dröhnten die Gruppen der Männer, Saltaféros schlürfte heiße Schlucke aus der roten Tasse und war einverstanden.
– Ich meine die sogenannten Präservative, erklärte der Pope und räusperte sich. Die revolutionäre Erfindung in Massenproduktion hatte Millionen Mitglieder von Seemannsfamilien auf allen Kontinenten aufatmen lassen, aber da kommt der Krieg, sie werden der Syphilis entgehen und von Minen in Stücke gerissen werden, sagte der fatalistische Priester, der in seinem langjährigen Amt viele Opfer der Krankheit begraben und Beichten gehört hatte, bei denen sein Magen in Aufruhr geraten war. Er brauchte danach um jeden Preis eine Havanna, die ihn in duftende Rauchkringel hüllte und ihn für kurze Zeit wenigstens von den elenden Seiten des irdischen Lebens ablenkte.
Tag um Tag bekam er den Popen und das Gejammer mehr satt, er haderte auch mit der Familie. Ein ewiger Meeresanbeter und Einsiedler, träumte der Kapetánios von den verschiedenen Blautönen, die Seelandschaften und Orte am Meer prägten; er wünschte sich die Gesellschaft von Seeleuten, manchmal, wenn er im Traum zum Beispiel die meerbespülte wunderschöne Südküste Australiens gesehen hatte, schleppte er seinen gleichnamigen Enkel zu den schroffen Felsen und den Leuchttürmen. Sein einziges Zugeständnis ans Gewohnte war seine Bewunderung für die Haare der Frauen. Wann immer Órsa zum Friseur ging, begleitete er sie aus Furcht, sie könnte sie abschneiden, er hatte sogar Iossíf befohlen: Wenn meine Tochter mit den blauen Augen ohne mich kommt, schick sie weg, sag ihr, du habest es auf dem Magen, ich werde dir den Verlust bezahlen.
Und in den Nächten, wenn er auf der linken Seite der

Matratze lag, in der noch keine Kuhle war, schloß er die Augen lange nicht, er hörte das leise Schnarchen seiner Pest, hörte, wie die Wellen Ríva anspritzten, er erinnerte sich und wiederholte es wie ein Gebet, ich habe die Schiffe ohne viele Worte kommandiert, das Murmeln des Meers hat mir gefehlt, und ich hab's ersetzen wollen, über das Blau phantasierend und den Verstand verlierend aus Heimweh.

– Irgendwas Neues von Spíros?
– Pah.
– Unglückliches Mädchen, sagte die alte Órsa langsam und richtete mit ihren Greisenfingern die Fransen am Schal.
– Wer? Móska? fragte die Saltaférena leise. Sie hatte sich verraten, aber es war zu spät, die Frage rückgängig zu machen.
Ihre Schwiegermutter beendete den Dialog mit einem Ach.
Maltabés, wie ein glühend heißer Wüstenwind, wie ein Taifun, hatte, bevor er abgefahren war, wiederum als geheimes Zeichen ein brennendes Streichholz weggeworfen. Aber die Anwesenheit der ahnungslosen Amme, welche all die Toten in ihren Holzrahmen betrachtete, als wolle sie sie begrüßen, verbot es den beiden Frauen, sich wegen dieser Sache zu streiten.
Die drei schlürften schweigend ihren Kaffee. Es war zwei Uhr nachmittags, zwischen Weihnachten und Neujahr. Die Saltaférena war mit Annesió nach Apatoúria zur Schwiegermutter hinaufgestiegen, um ihr zwei Sortimente Kleider zum Wechseln, Nachthemden, Kämme, Haarnadeln und einen Korb mit Würsten, Süßigkeiten und Engelshaar zu bringen. Mit ihren zweiundachtzig Jahren

war diese sehr gebrechlich und verließ ihr Haus kaum noch, aber sie machte keinen Hehl daraus, daß sie mit dieser ganzen Sippe im zweistöckigen Haus nicht verkehren wollte, und ihre Urenkel ertrug sie nicht eine Sekunde.
Nicht eine von den dreien war in ihrer Ehe glücklich gewesen, sie blickten aus dem Fenster, das Licht verließ die Schlucht früher als jeden anderen Ort der Insel, vielleicht hatten auch die paar Sätze den Schatten gebracht, der den Sinn des Besuchs zerstörte.
Die Saltaférena legte die Hand auf die Brust. Die Kontrolle über das Leben war ihr entglitten, alles ging drunter und drüber, und sie, die es für das Höchste an Sicherheit hielt, für jedes Enkelkind Geld auf die Bank zu tragen und die Zinsen auswendig zu wissen, erhielt nur Hiobsbotschaften, die sie nachher zu bezahlten Kondolenzadressen in der *Stimme der Ägäis* machte; in einigen Fällen skizzierte sie im Geist wieder und wieder die Annoncen, schon im voraus sicher über den Tod jenes und jener, die Zeitung informiert nicht, sie wiederholt und erinnert, dachte die Saltaférena und zählte fehlerfrei einen jeden ihrer Toten auf.
Verfluchtes 1939, es begann mit den Erdbeben, die Chile in Stücke rissen, und endete mit den Erdbeben in der Türkei, elftausend Menschen wurden unter den Trümmern begraben, und die Saltaférena trauerte um sie. *Gleich wie ein Blatt im Winde erschütterst du die ganze Erde*, sagte sie und blickte schief auf das Auge Gottes, von einer Sekunde zur anderen ließ sie das Teigkneten und das Strümpfestopfen sein, sie hörte ein dumpfes Knirschen aus den Tiefen der Erde, zwei-, dreimal am Tag stieß sie einen Warnschrei aus, ein Erdbeben, und hörte auf zu atmen.
Die Erde zitterte vor den Deutschen; Mína Saltaféros zitterte vor etwas anderem: vor dem Unwetter, welches das zweistöckige Haus zerstören würde, während das Dröhnen der Liebesklage aus den Tiefen des Grundstücks nicht

aufhören wollte. Das Radio, immer BBC, verbreitete eine unerträgliche Spannung im Haus, natürlich verstand sie kein Englisch, doch wenn der Sprecher Hitler und Gestapo sagte, wandte sich ihre Erstgeborene, die stets mit dem Rücken zu ihr da saß, plötzlich um und bedachte sie mit einem kummervollen Blick.
– Das Dorf Aténi ist jedem Wetter ausgesetzt, Vóri dagegen ist geschützter, brach Annesió das Schweigen, die anderen blieben stumm. Sie versuchte das Gespräch auf die Urenkel zu lenken. Dieser Saravános kümmert sich vorzüglich um unsere Kinderschar, sagte sie. In Wahrheit machte der Arzt, wenn er nach Andros kam, einen Spaziergang, um sich mit eigenen Augen davon zu überzeugen, daß die Kinder vor Gesundheit strotzten und daß die Extremitäten von Móskas Sohn nicht wieder dunkelblau geworden waren, folglich gab es bei Mímis keinen Verdacht auf die »Krankheit des toten Fingers«. Herr Saravános gebrauchte viele ungewöhnliche Wörter, aber was nützten die jetzt... Im kleinen Haus in Apatoúria ließen sich Sávvas' Mutter und seine Frau von ärztlichen Themen gar nicht ablenken, sondern fuhren damit fort, sich zu messen und einander mit Schweigen zu quälen.
Annesió ging hinaus, wickelte sich in ihren Mantel und setzte sich aufs Mäuerchen des Hofes, um den Geräuschen aus der Schlucht zu lauschen.
Schon fünf, für heute ist aber Schluß. Wie viel machen die Zitronen, hatte die Alte ihre Schwiegertochter gefragt, zu Beginn des Gesprächs, das sie abrupt und trotzig mit jenem Ach beendet hatte.

Die PANACHRANTOS wurde am 15. Januar 1940 für verschollen erklärt. Sie war eine Woche zuvor in Downs abgefahren, mit sechsundzwanzig Mann Besatzung, hatte später Kontakt mit der Station Land's End in England, dann hatten sich die Spuren des Schiffs verloren. Offenbar war es torpediert worden und mit allen Männern gesunken, das heißt Katsíkis, Bafaloúkos, Miléos, Karamalégos, Falagás, Makrís, Karrás, Knakotós, Sifnákis, Dsiótis, Toúrlos, Petrákis, Fífis, Raísis, einem zweiten Miléos, mit Míchas, Protopsáltis, noch einem Petrákis, und mit Folerós, Veïnóglou und dem Schiffsjungen Piágos.

Maltabés verbrachte schon als kleiner Schuljunge, im Winter wie im Sommer, ganze Stunden am Ende der Mole von Andros, um die Lastschiffe zu bestaunen, die vor Anker lagen oder abfuhren, sie lichteten den Anker und schwammen davon, dreimal nacheinander tutete die Sirene. Im ersten Balkankrieg war das Schiff, auf dem sein Vater arbeitete, für Truppentransporte requiriert worden, und an der Mündung des Flusses Struma, aus, vorbei, da verlor er ihn, er starb an der Cholera, die damals wütete, und das neunjährige Waisenkind bekam Onkel Emílios zum Vormund, dem die Faust fehlte, der aber Liebe im Überfluß hatte.

Spíros Maltabés, geradezu ein Abkömmling von Poseidon, war der Liebling aller in der kleinen Reparaturwerft in Parapórti von klein auf, dann hervorragender Kenner der Kunst des Kommandierens und der Seefahrtsgeschichte mit ihren Tausenden von Jahreszahlen, Großtaten und Namen von Helden, von Wind und Salz gehärtet; er trug schwer an jedem Schaden und an den Schiffsuntergängen noch schwerer. Meldungen wie jene über die PANACHRANTOS nahm er persönlich, um so mehr, als drei der umgekommenen Seeleute einige Monde unter ihm gearbeitet hatten: Bei dem einen aus Piräus war er Trauzeuge gewesen, und mit zwei anderen hatte er sich vor Jahren an einem ausgelassenen Fest die ganze Nacht lang in einem Bordell in Marseille amüsiert, auch die Nutten waren in so guter Stimmung gewesen und hatten es derart genossen, daß sie am Tag darauf eine Kiste aromatischen Schaumwein aufs Schiff gesandt hatten, dazu ein Album mit Nacktaufnahmen und ein Nadelkissen, an das sie ein paar Glücksbringer aus rotem Satin gesteckt hatten. Auch damit war es aus.

Am 4. Februar torpedierte ein deutsches Unterseeboot im Atlantik zwei griechische Lastkähne, die EL. STATHATOU, zwölf Tote, und die KERAMIES, vier weitere; die Engländer beschlossen daraufhin, die Handelsschiffe zu bewaffnen, und Hitler antwortete am 15. Februar, er betrachte sie als Kriegsschiffe. Der Ozeandampfer QUEEN ELIZABETH schaffte es gerade noch, den Pier Nummer neunzig im Hafen von New York zu erreichen, dann wurden sämtliche Reisen annulliert.

Was zum Teufel habe ich im Indischen Ozean zu suchen! Maltabés schäumte vor Wut. Schon seit vergangenem Juli hielten die Japaner den Fluß in Kanton gesperrt, um den britischen Handel zu blockieren, und er wartete auf den Kaufvertrag für das ersehnte Schiff seiner Anglokykladischen Gesellschaft, wie er sie nannte, in einer Zeit, die den Frachtschiffen nicht gerade günstig war, weder im Pazifischen noch im Indischen, noch auf irgendeinem anderen Ozean; Engländer und Franzosen hatten alles vermint, bis zu den norwegischen Gewässern, um den Metallhandel mit Deutschland stillzulegen.

Er hatte keine Nachrichten von der Insel, eine Ehefrau und drei Kinder hatte er dort unten zurückgelassen. *Ich will gar keinen Teddybär, Babáka, will nur reisen mit dir übers Meer, du bist ein großer Held, fährst furchtlos um die ganze Welt,* Christina eiferte den poetischen Leistungen der Frauengesellschaft K.K.M.M. nach; mit ihren sieben Jahren hatte sie ihn als männliches Vorbild, was ihm einerseits gefiel, ihm aber auch einen Stich ins Herz versetzte. Zudem beunruhigte ihn die Nachricht, Vatokoúsis sitze in Griechenland fest, Órsa war also täglich mit ihrem Mann zusammen – vielleicht vergaß sie ihn wieder, Órsa mit den blauen Augen und dem vibrierenden Fleisch, den Ohren, die immerfort Farbe und Temperatur wechselten, bernsteingelb und eiskalt, eine Minute später rosarot und warm, dann wieder anders, und alles von vorn, doch vielleicht war es besser, daß das Ausreiseverbot nicht ihn erwischt hatte, denn wie könnte auch eine heimliche Liebe nicht plötzlich heftig und zerstörerisch ausbrechen, wie dieser Krieg. Kaum hatten die Kriegshandlungen begonnen, da stellte sich Maltabés bereits vor, was seiner Ansicht nach bei deren Ende eintreffen würde: Überlebte er dieses Gemetzel, so würde er als Kriegsveteran und als Mann nicht mehr akzeptieren, daß dieses Durcheinander wegen Órsa andauerte.

Die zimtfarbenen Abende sagten ihm nichts, er hatte auch die Gruppen der Koralleninseln satt, ging in Bombay ins Bordell und rackerte sich eine Stunde lang auf irgendwelchen feuchten Leintüchern ab; und bei der Prohibition, die in Indien herrschte, fand er nicht mal ein paar Biere, mit denen er sich beruhigen konnte, er war drauf und dran, vor Verzweiflung zu platzen.

Als am anderen Morgen darauf das Telegramm kam mit dem Zuschlag für die MIKRA ANGLIA, diesen Namen hatte Móska gewünscht, spendierte er, nun ein Schiffsbesitzer, der Besatzung Limonaden und einen dreistündigen Urlaub, setzte sich in den Unterhosen in die Messe, rauchte und trank einen Kaffee nach dem anderen, stellte sich sein ureigenes Schiff als weißen Hengst vor mit runder Kruppe und den Rauch aus dem Kamin als Haarzöpfe, die in alle Längen und Breiten der Erdkugel flatterten, MIKRA ANGLIA, 14238 BRT, Last 21450 Tonnen, soeben vom Stapel gelaufen, Wert 92000 Pfund.

Es herrschte diese verdammte Schwüle, die machte, daß die Haut des Menschen klebte und Gestank absonderte und sein Verstand sich planlos abquälte.

Maltabés kehrte es linksum, kehrte es rechtsum, er liebte seine Kinder, Órsa, das archaische, aber auch jugendliche Ungestüm der Ägäis, die griechische Tradition der Seefahrt und die Freiheit der Meere, wie es ihm die Schule und das Leben beigebracht hatten. Sieben ertrunkene Maltabés, plus der Tod seines Vaters in den Balkankriegen. Als er von der BBC hörte, im Juli 1940 seien vierzehn griechische Schiffe zerstört worden und einundzwanzig Seeleute ertrunken, wurde ihm bewußt, daß es auch ihm beschieden war, in den Krieg zu ziehen, und er hatte nicht die geringste Veranlassung, seinem Schicksal zu entfliehen oder es zu verfluchen. Spíros war mutig – das wußten alle – und hatte, ganz im Gegensatz zu anderen, schon als Kind die Tendenz, schnell zu entflammen und über jegliches übliche Maß hinauszuschießen.

Unter dem Befehl Englands bildeten requirierte Schiffe aus allen verbündeten Ländern Konvois und führten Güter aus Amerika nach Europa.

Niemals hätte Maltabés die neutrale Flagge gehißt, niemals hätte er sich geduckt und zugeschaut, er war Schiffseigner, er sandte das diesbezügliche Zeichen und stellte sich und sein einziges Schiff noch am selben Tag in den Dienst des Kampfes. Es verschlug allen die Stimme ob seiner Bereitwilligkeit, zu Unrecht, denn sie hätten es wissen müssen: Er war Maltabés, und all das war wie geschaffen für ihn.

Die Cousine Archondía Sarrís ging voran und hängte entschlossen ihren Ring auf, Móska folgte mit der MIKRA ANGLIA, einem fein gearbeiteten silbernen Votivbild von fünfzehn Zentimetern, Órsa, die dritte, war hin und her gerissen, mit den Fingern der Linken umfaßte sie das Oval der Kamee, eines alten venezianischen Kleinods, das ihr die Großmutter genau zu diesem Zweck um den Hals gehängt hatte, mit den Fingern der Rechten suchte sie in ihrer Leinentasche ihre teuersten Erinnerungsstücke, die drei vom Meerwasser zerfressenen Löffel. Schließlich löste sie die Kamee vom Hals; die Muttergottes sammelte wertvolle Kleinodien, und Órsa schämte sich, ihr zu erklären, was es mit den Löffeln auf sich hatte.

Tausende von Pilgern aus ganz Griechenland hatten Tínos seit dem Beginn der Kleinen Fastenzeit vor zwei Wochen überschwemmt. Die Heilige Jungfrau empfing die üblichen Bitten, Klagen und Wünsche um Vergebung. 1940 fügten die Menschen ihrem Gebet als Nachsatz etwas Unklares in bezug auf den Krieg an, bis zu dem Augenblick, als der Krieg nicht mehr nur das Problem der anderen war, das heißt genau genommen, bis um halb neun an diesem Morgen, als der Torpedobootjäger ELLI, der zu Ehren des hohen christlichen Festes außerhalb des Hafens vor Anker lag, von zwei Torpedos getroffen wurde und innerhalb einer Stunde samt dem Kommandanten, dem 2. Kapitän Chadsópoulos und zweihundertdreißig Mann Besatzung sank – aber das Geschehnis vereitelte die Prozession der wundertätigen Ikone nicht.

Der Zeitpunkt und der Ort, die sich der Feind ausgesucht hatte, ließen die Menschen erstarren, alte sowohl wie junge, die nach Tínos gepilgert waren, mit der Hoffnung auf ein Wunder und daß das Leben letztlich wieder gut werde.

Die zwei Schwestern und die Schneiderin Archondía Sarrís dachten ans Schlimmste, der Krieg beginnt für die Seeleute und deren Familien immer früher und endet später.

Bei der Prozession der Ikone zertrampelte die Menge Órsas Strohhut, sie konnte nicht länger in der Sonne bleiben und kehrte ins Tinion Palace zurück, sie war zutiefst aufgewühlt, sie verspürte den innigen Wunsch, ihre Schwester zu umarmen und zu weinen, bis ihre Augen leer wären von den unzähligen Tränen.

– Komm mit mir nach Tínos, wir legen das Votivbild für die MIKRA ANGLIA nieder, hatte Móska sie gebeten, die

sich oft über Situationen lustig machte, unmöglich, dem Schicksal zu entrinnen, oder möglich, dem Schicksal zu entrinnen, doch jetzt, wohl oder übel, wollte sie alle unerläßlichen Maßnahmen treffen, um Familie und Vermögen vor Schaden zu bewahren. Nur drei Briefe hatte sie von Spíros bekommen, wenige Seiten, merkwürdige Seiten, sagte sie grollend; während sie ihren Freundinnen Abschnitte daraus vorlas, zeigte sie Órsa nur die Orte auf den Ansichtskarten. Auf der Rückreise von Tínos schlief Archondía völlig erschöpft auf dem Arm einer dicken, freundlichen Zigeunerin, Móska zog ein paar Briefe aus der Tasche, schließlich wollte sie einige spärliche Zeilen mit ihrer Schwester teilen, gut zehn alles in allem, die sehr ungewöhnlich waren für einen Mann, der aufrecht durchs Leben ging wie Spíros.
– Laß, unterbrach Órsa sie, lies mir nichts vor, und weil alle in der Familie sie für fragil und verschroben hielten, steckte Móska die Briefe weg und widmete sich der Linie des Horizonts.
Sie hatte früher öfters den Versuch gewagt, ihr kleine Verse und gewisse Abschnitte aus eigenen Texten vorzulesen, bevor sie sie abschickte, oder Unachtsamkeiten in Spíros' Briefen: der Hafen Surabaya hieß zwei Zeilen weiter unten Sorebaya, nach vier Zeilen Sorabaya, und auf der Rückseite war er mit zwei r geschrieben.
Sie kehrten in einem Konvoi, der von den Torpedobootjägern OLGA und GEORGIOS unter dem Kommando des Flottenführers Vizeadmiral Kavvadías beschützt wurde, nach Piräus zurück. Sie waren voller Angst und fühlten sich nicht sicher, wie alle Reisenden, die verfolgt hatten, wie das mit Flaggen geschmückte Kriegsschiff so unerwartet in den blauen Wassern der Ägäis verschwand.
Órsa steckte die Hand in die Tasche, sie fühlte sich so schuldig und ungerecht, daß sie daran dachte, die Löffel ins Meer zu werfen, als hätte diese Bewegung wie durch

Zauberei die Paare neu zusammenführen oder sie wenigstens ihr Leben ohne Leiden leben lassen können.
Sie streckte ihre Hand nach Móska aus, um die jüngere Schwester zu berühren, sie tat ihr leid. Warum war Níkos nicht ein normaler griechischer Ehemann, der den Umzug organisierte, ohne Zustimmung zu erwarten, ein Mann, der keinen Widerspruch duldete. Über solche Albernheiten dachte sie nach, damit nicht wieder dieser alte Kummer in ihr erwachte und sie aufzufressen begann.
Am 21. August kehrten dreihundert griechische Seeleute aus Lissabon nach Piräus zurück, man hatte sie aus Schiffen gerettet, die von deutschen Unterseebooten angegriffen worden waren. Der griechische Rundfunk brachte die Nachricht.
Maltabés war nicht unter ihnen, er wurde nicht erwartet. Auch BBC hatte in jenen Tagen nichts Erfreuliches zu berichten. Das Haus atmete schwer, Stille, Appetitlosigkeit, angespannte Nerven, Weinen, die Kinder waren nicht mehr zu Späßen aufgelegt, da auch die Erwachsenen ihnen weniger Aufmerksamkeit schenkten, und eines Mittags, als sie alle gemeinsam im Hof in der Kühle der Rebe saßen, stand Órsa abrupt vom Tisch auf, ließ die geschmorten Zucchiniblüten auf dem Teller liegen und sagte nur: Ich geh' zu Naná.
Órsa traf die Lehrerin auf dem Nordbalkon an, dort war es kühl. Sie war gerade dabei, die Bügeltücher zusammenzufalten, denn sie hatte eben die Falten und die Revers der Jacke geplättet; sie war am Nachmittag beim Rektor des Gymnasiums eingeladen. – Ich ziehe mir wieder das *gris souris* an, sagte sie und hängte den Kleiderbügel an die Garderobe in der Diele. Ihr Rücken war ein wenig vorgekrümmt, Berufskrankheit, sagte sie immer, sie war dünn geworden, aber ihr Schritt war immer noch mädchenhaft affektiert, es gefiel ihr, wenn man sie Schulmädel nannte, und gewisse Spaßvögel gehorchten freudig.

– Portugal-Kíthira, sagte sie, als sie mit Aschenbecher und Zigarette zurückkam und es sich zufrieden im Wiener Sessel bequem machte.
– Sizilien–Kárpathos, erwiderte Órsa; seit langem hatten sie dieses Spiel nicht mehr gespielt, welcher Ort paßt zu welchem. Naná Bouradá-Karapipéri, unerreicht in solchen Dingen, dachte sich tausend Arten aus, um ihr Gehirn zu beschäftigen, sie war nirgendwohin gereist und entwarf sich einen Globus nach ihrer eigenen Strategie, die keine Einwände duldete.
– Ípiros–Irland.
– Metéora–Karpathen.
– Kanada–Etoloakarnanía, aber warum gerade …
Naná wußte nicht auf alles eine Antwort, was ihr auch egal war, Órsa entfloh ihren Problemen, fand eine vorläufige Zuflucht in den Frage-und-Antwort-Spielen; sie war bereits am Vermitteln, aber vergeblich, damit Naná sich endlich für etwas entschlösse, das sie seit Jahren quälte, und aussuchte:
– Paris oder London?
Zweihundert Flugzeuge des Reichs hatten im Juni die französische Hauptstadt bombardiert, und erst vor wenigen Tagen waren weitaus mehr, achthundert, über den Ärmelkanal geflogen und hatten Tausende von Bomben auf die britische geworfen.
Die ewig unentschlossene Naná kannte die beiden Großstädte aus der Literatur und von den Ansichtskarten, und es tat ihr im Herzen weh, einer zu Ungunsten der anderen den Vorzug zu geben.

Wie in den meisten am Meer gelegenen Städten und Dörfern Griechenlands üblich, stand auch im zweistöckigen Haus montags Fisch auf dem Speiseplan. Früh am Morgen

ging Móska in Begleitung von Lenió nach Plakoúra. Sie kauften Drachenfische direkt aus dem Netz, Skorpionfische und kleine Fische, die sich nahe der Meeresoberfläche finden. Suppe oder Gründlinge zum Braten? fragte sie sich und verzichtete auf die Gründlinge, die ihre Mutter so gern aß. Die Brise der Ägäis nahm ihr die Schwere in ihrem Kopf. In letzter Zeit hatte sie die Qual der Schlaflosigkeit kennengelernt; es ist Zeit, daß auch ich zum alten Resvánis gehe wegen dieser Tabletten, dachte sie völlig erschöpft.
Móska hatte wie immer alles im Griff, trotz ihrer Schlaflosigkeit; sie bezahlte die besten Fische, schickte Lenió zu den Gemüsehändlern von Plakoúra, wo jene den Rest fürs Essen besorgen sollte, und ging nach Hause. Ich müßte eigentlich auch Emílios einen Topf voll Suppe schicken, kam ihr in den Sinn. Spíros' Onkel lebte zurückgezogen und schämte sich, sie zu besuchen; sie sollten nicht glauben, er käme wegen Geld oder Geschenken, hie und da ließ er ihnen durch gemeinsame Bekannte, die gerade in der Nähe waren, ein Säckchen Bonbons für die Kinder zukommen und im Winter Pilze, die er auf dem Land sammelte.
Die Verlautbarung von Georgios II, mit dem Nachsatz »am Hofe zu Athen«, ließ die Saltaférena nicht länger zweifeln, daß der Krieg ausgerufen worden war. Sie hatte sich gesetzt, um ihren Kaffee zu trinken, und hörte es auch im Radio: Um 9 Uhr 30 gab es Bombardements in Tatói, der königlichen Residenz, in Piräus und in Pátras. Unsere Streitkräfte verteidigen den Boden des Vaterlandes oben an den Grenzen. Außerdem läuteten auf der Insel seit Stunden die Glocken sämtlicher Kirchen und verbreiteten die böse Nachricht. Die Saltaférena mit ihrem geübten Ohr hörte das *ding, dang* aus den weit entfernten Dörfern, von den weit entfernten Inseln und aus den Städten im unteren und im oberen Griechenland, einem Griechenland, in dem das Oberste zuunterst gekehrt wurde.

Und gerade jetzt – sie preßte die Lippen zusammen – war sie allein, alle waren unterwegs, Órsa hatte im Haus Schaufel und Besen beiseite gestellt, sie sammelte im Hof die verdorrten Jasminblüten und die abgefallenen Blätter der Nachtblumen zusammen, Móska hatte die Fische halb ausgenommen, und Charalámbis, der Kater, der immer hinter den Speisen auf dem Tisch her war, hatte sich schon darüber hergemacht; Lenió war wieder abgehauen, man mußte ihr mal die Ohren lang ziehen, Annesió war schon früh zu Archondía gegangen zur Anprobe für einen schwarzen Morgenrock. Was hatte sie die Probe nötig, seit dreißig Jahren ließ sie nach dem gleichen Schnittmuster nähen und hängte die Fetzen an ihr dürres Gerippe.

Auf dem Platz ein Gedränge, kleine Kinder in Schulschürzen, Frauen in Küchenschürzen, Damen und Ammen, grauhaarige, von der Feuchtigkeit gebeugte Männer, auf den Stock gestützt, Kreaturen, gezeichnet von der Syphilis, und natürlich Burschen und junge Männer, die es eilig hatten, in die Armee einzutreten. Sie würden das Schiff nach Síra nehmen. Viele kamen zu Fuß herunter aus Vrachnoú, Pitrofós, Strapourjés, Steniés, Apíkia und aus dem am höchsten gelegenen Vourkotí, in Gruppen, singend, pfeifend, in einer Ausgelassenheit, welche die Frauen nicht teilen konnten.

Pápa-Fílippas, der stets auf der Lauer lag, um einen Partner fürs Távli zu finden, hatte seine Falle diesmal auf dem Landeplatz gestellt. Er zog Zigarrenschachteln aus seinem Priestergewand und beschenkte einen nach dem anderen die Dienstpflichtigen; er vergaß, sie mit einem christlichen Gebet zu segnen, kannte dafür alle Vor- und Familiennamen, Dutzende, Hunderte von Namen, er fuhr den Burschen übers Haar, blinzelte ihnen zu, küßte ihnen sogar die Hand.

Nik, der Fotograf, war in Aktion, er verewigte Männergruppen, Familien, Paare, Nikólaos und Órsa Vatokoúsis,

Athanássios und Kéti Bouläkas, Sannís und Archondía Sarrís, Geórgios und Máro Sannís – er war sich bewußt, daß die Fotos, die er an jenem Tag schoß, am Montag, dem 28. Oktober 1940, Material für die Geschichtsschreibung bilden würden, vielgeküßte Bilder unter dem Kopfkissen, in der Kommodenschublade, eingerahmt, nicht nur auf dem Buffet, sondern an der Ikonenwand jedes Hauses.

Die älteren unter den Lehrern des Gymnasiums gaben im guten Anzug den jüngeren Kollegen das Geleit. Frau Naná drückte mit dem einen Arm geliebte ehemalige Schüler an sich, mit dem anderen preßte sie die Falten, damit sie in Form blieben; die wenigen weißen Rosen, die zu dieser Jahreszeit noch übrig waren, halb ausgetrocknet von der Brise, hatte sie unter die ersten Burschen, die ihr begegnet waren, verteilt, um genau zu sein, sie hatten ihr die Blumen entrissen, um sie den Mädchen zu schenken. Die Mädchen... Die Mädchen wiederum, aus Verlegenheit und Verwirrung, wirbelten wie Kreisel herum, wurden alle fünf Minuten rot; sie waren überwältigend, wie Kobolde tauchten sie an den Straßenecken auf, wie Insekten, vier, fünf miteinander schwirrten sie plötzlich heran, in der Luft hüpfende Zöpfe überquerten den Platz, um an der Steinbank gegenüber zur Ruhe zu kommen, andere, wie einsame Statuen, blieben bewegungslos auf dem Balkon, einzig die Wimpern zitterten, wenn Manoúsos plump die Tschinellen aneinanderschlug zu den Märschen, die das Orchester patriotisch anstimmte. Sogar die Exadáktilos war da, überhörte alle Mißtöne und sah sogar ganz anziehend aus. Móska fiel zum erstenmal auf, daß ihre Haare grau geworden waren, hastig löste sie eine Locke aus ihrem eigenen Haar und zog sie zur Nase, um zu sehen, was sich auf ihrem Kopf abspielte.

Alle gingen, auch Vatokoúsis. Das Schiff machte Fahrt, und Níkos sah, wie Andros kleiner wurde, er spürte Órsas

Kopf auf seinen Schultern, als hätte er ihn mit sich genommen.

Innerhalb weniger Tage war die Stadt noch leerer und das Leben ganz anders geworden. Die Menschen gingen auf die Felder, eine kleine Ikone in der Tasche, und kehrten spät nach Hause zurück, wo sie sich um die Radioapparate versammelten, die vor lauter brennenden Nachrichten Funken sprühten.

Ihr Interesse richtete sich nicht mehr nur auf Liverpool, Antwerpen, Baltimore, Panama, Cristobal, Batavia, Chittagong und Santa Fé, in ihr Leben waren die Wörter Poghradetz, Koritsá, Premetí, Delvíno, Arjirókastro und Klissoúra getreten, Namen von international unbedeutenden und national bedeutenden Kleinstädten in Albanien, die das griechische Heer eine um die andere erobert hatte, ein operettenhaftes Fiasko der Italiener provozierend, die, wie der endlich veröffentlichte Untersuchungsbericht besagte, am Untergang der ELLI schuldig waren.

Wie mag wohl Albanien sein? fragte sich Móska. Noch nie hatten sie von dort eine Ansichtskarte erhalten, und Naná Bouradá-Karapipéri hielt es für unverzeihlich, daß ihr in der Sammlung ein ganzes Land fehlte, keine ihrer Schülerinnen hatte es für die Hochzeitsreise ausgesucht, die griechischen Schiffe fuhren daran vorbei, wenn sie von Triest, Dubrovnik und Venedig her kamen oder dorthin fuhren.

Móska, hin und wieder auch Órsa, überschritt schon aus eigenem Antrieb die Schwelle der Witwe von Nikifóros, welche die Witwen, die Gemahlinnen und die Verlobten immer noch Schmerfotzen nannte, doch ohne eine Spur obszöner Würze, fast zärtlich, mit einem Wermutstropfen, als würde sie sagen: Erbarmen mit diesen Frauen. Móska wußte Neues von allen Kriegsfronten, die Frauen saßen verdutzt da und vernahmen, daß die Amerikaner das dänische Grönland besetzt hatten und Heeresanlagen

sowie Luftwaffenbasen ausbauten; diejenigen, welche kein Englisch verstanden, waren nun abhängig von Móska, sie schickten sogar die Kinder zum Englischunterricht zu ihr – da mußte sie mal zugeben, gesegnet seist du, David, und dann wieder, wenn sie übler Laune war und die Kinder ihr auf die Nerven gingen, du kannst mir gestohlen bleiben, verwünschter Engländer.
Der Winter 1940/41 war sehr regnerisch, eine acht Tage währende Sintflut brachte Trockenmauern zum Einstürzen, Unterschlüpfe und Ziegengehege, ließ Herden und Hühnerställe verschwinden. Die Saltaférena rechnete den Verlust an umgekommenen Tieren gegen die auf, die am Leben geblieben waren, ganz plötzlich war das Böse über sie hereingebrochen, sie selber war beinahe von den brausenden Wassern der Schlucht fortgerissen worden, weil sie den Kater Charalámbis hatte retten wollen, wenigstens die kleine verrückte Mersína rechnete es ihr im Herzen hoch an.
Vassilákis, der Totengräber, betrauerte den Schiffbruch des Ozeandampfers EDISSON. Ein Leben lang macht er Späße über seine Leichtfertigkeit in Geldangelegenheiten, ich gebe den Verstorbenen Darlehen, pflegte er zu sagen, und weil es ihm nicht vergönnt war, ein Großreeder zu werden, nannte er seinen Esel, der schließlich mit seiner Last an Zitronen im angestiegenen Fluß von Niborió umkam, »meinen EDISSON«.
Es geschieht etwas Merkwürdiges im Krieg; die Zeit ist voller unerhörter Ereignisse, doch in den kleinen Orten, zu denen nur das Echo dringt, ist es, als vergehe sie kaum, vielleicht weil das Gewohnte, Briefe, Überweisungen, Gerichtsurteile und weitere bürokratische Dinge, aufhört. Alles verharrt in Unbeweglichkeit oder bewegt sich nur langsam. Man glaubt, es sei Januar und werde für immer Januar sein, und man hört plötzlich, es sei April. Stell dir vor, wie die Zeit ihre Bedeutung verliert, nachdem die

Deutschen Ende April das frühlingshafte Athen besetzt und die Stukas innerhalb von fünf Tagen zehn Torpedobootjäger und Torpedoboote der Kriegsmarine vernichtet haben, PSARA, IDRA, THIELLA, DORIS, KIDONIAI, EGLI, KIOS, KISIKOS, PERGAMOS, ARETHOUSSA. Móska mochte nicht einmal daran denken, sie, in der Vergangenheit immer zu Scherzen aufgelegt, eigensinnig und nicht kleinzukriegen, war nun blaß, nervös, nur noch zur Hälfte ihr altes Selbst.
Der Krieg wurde immer persönlicher, zwei Mitschülerinnen von ihr, Krankenschwestern in Athen, ertranken, als nach einem deutschen Bombardement das schwimmende Hospital ATTIKI unterging; Verwundete, Krankenpfleger, Ärzte, niemand kam davon; einige junge Soldaten, denen aufgrund von Erfrierungen und Verwundungen Gliedmaßen hatten amputiert werden müssen, waren in Krankenhäuser verteilt; im Seekrieg folgte ein Blutopfer dem anderen; die Briten übten Vergeltung für den Untergang der HOOD, tausenddreihundert Tote, verfolgten die BISMARCK im Atlantik über tausendsiebenhundertfünfzig Meilen und versenkten sie; weitere tausend Tote. Diese Zahlen, sie klettern immer höher – Móska war wütend in ihrer Schlaflosigkeit, wir kommen nicht mehr nach mit Zählen. Sie hatte Angst, auch Spíros könnte zu einer Zahl werden, zur 221 oder zur 657.
Nach dem unglaublichen Widerstand Kretas, das erst kapitulierte, nachdem es die 7. Division der deutschen Luftlandetruppen niedergemacht hatte, verboten die Besatzer am 31. Mai in ganz Griechenland den Aufenthalt auf den Straßen von zehn Uhr abends bis zum Morgen – das erstickte Móska, und sie bat ihre Schwester, mit ihr zusammen jenen langen, erholenden Spaziergang zu machen, den Órsa an manchen Nachmittagen zu unternehmen pflegte: Heiliger Dimítrios, Schilfhain, alter Friedhof auf dem Hügel mit den eingemeißelten Segelschiffen auf den

marmornen Grabplatten, kleine Brücke, Felsenhöhle. Und so, ohne es zu wissen, machte auch Móska, Arm in Arm mit der Schwester und Sonnenblumenkerne kauend, den Rundgang Maltabés.

Die Französinnen haben einen feinen, zarten Hintern, die Engländerinnen einen breiten und schneeweißen, die Deutschen einen Krupp-Hintern, wie eine Kampfmaschine, die Russinnen Hinterbacken wie Schinken, die Italienerinnen haben einen Hintern, bildhübsch, wie mit dem Pinsel gemalt, die Chinesinnen haben gar keinen, die Schwarzen einen Hinterwagen wie eine Kommode und die Argentinierinnen einen Hintern heiß und dampfend.
Der alte Saltaféros, der wegen eines Angina-pectoris-Anfalls im Krankenhaus lag, erteilte seinem Enkel Unterricht; der Kleine war außer sich vor Freude, daß er den Großvater ganz zu seiner Verfügung hatte, mit den Herzbeschwerden und der Bettlägerigkeit begann die wunderbarste Zeit in der Beziehung der beiden, auch das kommt im Leben vor, daß die Menschen nützlicher werden, unschätzbar, wenn sie für den Alltag nicht mehr taugen.
Es war ein unerwartetes, sagen wir, ein glückliches Unglück, das Sávvas Vatokoúsis zustieß und ihn im Alter von elf Jahren vom Einfluß der Frauenarmee in dem zweistökkigen Haus erlöste. Der dunkelhaarige, frühreife Junge saß vom Morgen bis zum Abend neben dem Kopfkissen des Großvaters und hatte schon so viel gelernt über Schiffahrt, Technik, Geographie, Männersachen, daß er glaubte, er würde in seinem Leben nie mehr vor irgendwelchen Problemen stehen. Die Zwangserholung brachte den aufmüpfigen Kranken dazu, absichtlich, um zu provozieren, Flüche und Beleidigungen zu erfinden, ich vögle die Algen von Kolumbus, ich scheiß und furz auf den

Führer, mögen den Deutschen ihre Schwänze abfaulen, schwule U-Boote, wir sind in die albanischen Berge gezogen, um zu pissen.

Endlich mal etwas Gutes, dachte Níkos Vatokoúsis, der verfolgte, wie der Schwiegervater und der Sohn sich über Geheimnisse amüsierten, die sie einander ins Ohr flüsterten. In den letzten Monaten, seit seiner Rückkehr vom Minensuchboot, in das sie ihn bei der Mobilmachung gesteckt hatten, hatte er das Gefühl, auf Andros zu erstikken, er fühlte sich mehr als Nachbar denn als Herr des Hauses, und als ihm Chadoúlis junior nach einer Zigarre im abgedunkelten Büro vorschlug, für eine gewisse Zeit aus Griechenland zu verschwinden, wurde ihm bewußt, wie erleichtert er war. Absurd, aber der heimliche Stolz der ganzen Familie auf den tollkühnen Spíros fraß an ihm, und seine hinterhältige Schwiegermutter raubte ihm die letzte Kraft; sie lauerte hinter halb offenen Türen und schweren Gardinen, vielleicht wollte sie ihnen auch nicht im Weg herumstehen. So viele schwierige Frauen auf einem Haufen überstiegen die Grenzen der Widerstandskraft eines Mannes, der es gewohnt war, abwesend zu sein.

Er ging zum renovierten, leerstehenden Vaterhaus und versteckte in der Rumpelkammer eine Schachtel voller bunter reinseidener Steppdecken. Seit langem bewahrte er sie im Magazin der Chadoúlis auf – er hatte sie in europäischen Geschäften Konstantinopels gekauft, die ihm sein Mitschüler Madianós empfohlen hatte, und wollte sie beim Einzug ins Haus auf die Betten legen, doch der Umzug kam nie zustande. Níkos vereitelte auch die Überraschung, enttäuscht erinnerte er sich an seine Kindheitsjahre, den Nutzen der Rumpelkammer, in der die unbenutzten Geschenke vermodert und unbrauchbar geworden waren.

Er vertraute das Schicksal seines Vermögens dem alten Chadoúlis an und bat Móska, den Kindern regelmäßig

Englischunterricht zu erteilen – sobald die Umstände es erlaubten, würde er die Familie nach England oder Amerika verfrachten. Amerika war ein Pappenstiel im Vergleich zu einem Umzug zwei Gäßchen weiter nach oben; gewisse wagemutige Freunde von ihm waren vor ihrem vierzigsten Lebensjahr bereits zu Vermögen gekommen und der Enge und der Atmosphäre der kleinen Insel ein für allemal entronnen. Er gab dem verdrehten Dienstmädchen strenge Anweisungen, sie solle nicht Annesió die schweren Arbeiten machen lassen. Gegen Abend war er auf die Mole spaziert, mitten in Nacht und Feuchte, allein mit tausend Gedanken, die er mal wegscheuchte und mal zurückrief, um sie in Ordnung zu bringen, und als er sich um Mitternacht mit seiner Frau ins Bett legte und sie umarmte, versuchte er eine lange Wiederholung schöner erinnerungswürdiger Zärtlichkeiten, kämmte ihr mit jener bunten amerikanischen Bürste, die sein Schwager ihr geschickt hatte, die Haare, küßte immer wieder ihr Muttermal, den Kleinen Bären, rieb lange ihre zarten Handwurzeln, und als er sie schon fast weggerieben hatte, liebten sie sich, er, entrückt im Dunkeln, hatte noch immer die Brille auf, die Gläser naß von einem lang andauernden Tränenstrom, den Órsa nicht wahrnahm. Ich bete dich an, flüsterte er, und sie antwortete, paß gut auf dich auf, bitte, paß gut auf dich auf, denn Stunden vor Sonnenaufgang machte sich Níkos auf den Weg in den Mittleren Osten.

Es war dunkel, der Name des Schiffs verdeckt, alle waren taub und starr, und Spíros' Gedanken schweiften im unpassendsten Moment weit hinaus, verharrten dort, vor dem offenen Schrank, reihten eins nach dem anderen Kleider auf.

– Komm, wir wollen aussortieren, hatte ihn sein Vater

eines Abends gerufen, nach Ablauf der drei Monate, das Kind war elf Jahre alt, komm, mein Junge, wir wollen diese Frauenarbeit zu Ende bringen.
Bei zwei von den fünf Lampen des Leuchters waren schon vor langem die Lunten heruntergebrannt. Ich wechsle sie morgen früh aus, schwor sich Spíros und fühlt sich nutzlos, doch sein Vater hatte keine Lust, mit ihm zu schimpfen, laß uns ein Tuch beiseite legen, damit wir sie in Erinnerung behalten, verteil den Rest zu ihrem Andenken, sagte er, er wollte alles nach Árni schicken, zu einigen närrischen Tanten, die beste Beziehungen zum Höchsten unterhielten, sie würden das Kreuz schlagen, Gott sei ihrer Seele gnädig, und sie würden es hundertprozentig so meinen.
– Ich will das alles nicht mehr sehen, hatte der Kapetán Mímis erklärt. Er war in England zum Ingenieur ausgebildet worden, damals knauserten die Reeder nicht, sie blickten weit nach vorn in den Jahrzehnten des Dampfs, gaben das Geld für die Aufgeweckten aus, machten aus ihnen in guten Schulen tüchtige Männer und stellten sie auf Lebenszeit an.
Er nahm einen rosaroten Rock, auf dem grüne Blättchen verstreut waren, vom Bügel. Hätte man Spíros damals, als er ein Junge war, gefragt, was rosarot bedeute, hätte er es nicht gewußt, er beachtete so etwas nicht – viele Jahre später entdeckte er es auf dem Grund seines Gedächtnisses und erinnerte sich ganz genau daran.
Wenn sein Vater nicht unterwegs war, wartete er an Festen und in Mußestunden, nach Seife duftend, rasiert, noch bevor es dämmerte, in seinem englischen Anzug, daß seine inzwischen selige Verstorbene sich zurechtmachte, aber die Selige hielt den Kleiderbügel mit dem Rock wie ein Bajonett vor sich, ein Hin und Her, sie wanderte durch die Zimmer, sollte sie es anziehen, sollte sie es nicht anziehen.

– Bewahr dieses pflaumenfarbene auf, mein Junge, es ist aus Liverpool, war für unsere Verlobung. Dann hatte er das schwarze Kostüm genommen und daran geschnuppert; wir sollten es nicht weggeben, sagte er, sie trägt es auf so vielen Fotos, laß es, wo es ist. Das zuckerweiße Seidene für die Taufen kann weg, das geblümte, nein, nicht das geblümte – darin hatte sie mit ihm einen unvergeßlichen Walzer getanzt in der Neujahrsnacht 1903.

Eine Stunde später weinte Kapetán Mímis, umgeben von Kleidern, hilflos, er heulte wie eine Frau. – Ich Schuft bin schuld, schluchzte er, die Seeleute lassen die Witwe zurück, das ist ein Gesetz, mein Junge, seine Frau hatte das Gesetz gebrochen und war ihm zuerst aus den Händen geglitten, genau zweiunddreißig Jahre alt. Erst nach dem Tod verliebte er sich in sie, bis dahin hatte er sie mit Kleidern überhäuft, jedoch mehr als ihre die fremden Umarmungen in den Häfen gesucht, und sie hatte es gewußt. Nachdem Christína Maltabés an einer Pilzvergiftung gestorben war, erwischte Spíros seinen Vater immer wieder, wie er mit Kaffee und Zigarette vor dem offenen Schrank saß, plötzlich in den Stoffen wühlte, als hätte ihm die Verstorbene etwas zugeflüstert oder ihm versteckt hinter den Kleidern mit ihrem behandschuhten Händchen einen Wink gegeben – vielleicht hat sich der Sohn deshalb die guten Kleider der Verstorbenen eingeprägt und Farbabstufungen, Strukturen und Qualitäten der Stoffe eingeschätzt.

– Dunkelrot steht dir nicht, hatte er 1929 zu Órsa gesagt, und sie hatte noch am selben Abend versprochen, diese Farbe aus ihrem Schrank zu entfernen.

– Die blauen? hatte sie ihn gefragt, widerstandslos und mit einem Gefühl süßester Furcht vor seinem Urteil.

– Deine Farbe, wirklich deine Farbe ist das Grün der Zypressen, empfahl er ihr. Und von da an ließ sie öfters grüne Kleider nähen.

Archondía Sarrís, die Schneiderin, hatte die Farben entsprechend verteilt – mir steht Schwarz am besten, sagte die eine Kundin, mir Gelb, die andere – und die Kundin ist doch Königin; so hatte sie Órsa voller Freude die Exklusivität des Grüns der Zypressen zugestanden.

Später, wenn Spíros an Land ging und sie in ihren grünen Kleidern traf, ertönte seine Donnerstimme, Rot, das kann mir gestohlen bleiben, und gleich sprach er von Móska, die inmitten von Purpur, Kirschrot, Pflaumenrot, rotem Samt, dem Stoff der Könige, eine Schwäche auch seines Vaters, lebte.

Die Maltabés verstanden etwas von guten Kleidern, der Luxus lag ihnen im Blut.

Elf Monate nach jenem Durchforsten der Garderobe war die schicksalhafte Fahrt des Kapetán Mímis. Es war zur Zeit der Balkankriege, der ersten, alles vernichtenden Kriege des Jahrhunderts. Feind in Sicht, der Commodore des Konvois gab das Alarmsignal; die deutschen U-Boote hatten soeben ein französisches Schiff torpediert, zerstörten noch drei weitere, ein norwegisches und zwei holländische, havarierten zwei Gastanker, der Atlantik fing Feuer und brannte lichterloh.

Auflösung des Konvois, viel Glück, sie empfingen die Morsezeichen, empfingen auch die Geheimsignale über die Position, wo der bevorstehende Zusammenstoß stattfinden sollte. Nur weg. Die anderen hatten Fliegerabwehrwaffen auf der Brücke und im Vorderschiff und an der Heckkanone Seeleute, welche die ganze Nacht Wache schoben. Die MIKRA ANGLIA war unbewaffnet. Maltabés hatte in New Orleans Baumwolle und Schwefel geladen, bevor er mit den restlichen Schiffen des Konvois in Halifax zusammengetroffen war. Es waren fünf griechische unter den insgesamt dreiundsiebzig Schiffen, belgischen, panamaischen, brasilianischen und solchen aus weiteren Ländern – Getreidefrachter, Tiefkühlschiffe aus Argenti-

nien, Passagierschiffe, *Colliers* von der englischen Küste, Walfänger, die im Pazifik die stummen Tiere des Südens harpunierten; die Ungerechtigkeit des Krieges hatte Maltabés erfaßt.
Siebzehn Schiffe gingen beim Angriff in der ersten Nacht unter, zehn in der zweiten, vierzehn in der dritten, und der Ozeanriese, der den Konvoi begleitete, versank mit dem Bug voran, weg auch er.
Bildet einen Konvoi, hißt die Flagge mit eurer Schiffsnummer, gab der Commodore erneut das Zeichen. Als der Funker endlich die irischen Leuchtfeuer erblickte, waren von den dreiundsiebzig Schiffen noch einunddreißig übrig, und die schwer beschädigt.
Maltabés zählte Bretter und nicht Menschen; die Schiffbrüchigen waren schwierig einzusammeln. Offiziell war eine Verspätung verboten, die Engländer übertraten zwar den Befehl, aber die gefühllosen Amerikaner nie, die hatten sich in Ölzeug gehüllt, trugen Brotbeutel mit dem Seemannsbuch, dem Diplom und ein paar Briefen, all das gewiß nur, damit ihre Leiche zu identifizieren sein würde. Spíros fiel ein lieber, zu Tode erschrockener Bursche ein, Jannákis aus Chíos, der das Foto seiner Liebsten nicht in den Brotbeutel gesteckt hatte, um das Bild vor dem Wasser zu schützen. Sie hatten ihn in Kanada den Ärzten übergeben.
Am nächsten Abend nach der Ankunft des Konvois in Garston saß alle Welt bang und angetrunken in einem Pub, sie stürzten immer gleich zwei Biere hinunter, Boússoulas, Kikís Mann, war kurz vorm Platzen.
– Die Typen aus Chíos, die kapieren gar nichts von sphärischer Trigonometrie, Chioten eben, erzählte Maltabés mit lauter Stimme. Dieser verschrobenste aller Prüfer, Bátis hieß er, der hatte sie bei der Kapitänsprüfung zu Kleinholz gemacht, dabei hatte er nicht mal die Himmelskugel richtig zu beherrschen gelernt. Er war gerade einen Monat bei

einem Repetitor namens Hors in Piräus gewesen und dann schnurstracks aufs Schiff gegangen. Das elterliche Haus war wegen der Schulden seines Vaters schon lange weg, der Onkel aber, Emílios Bálas, hatte ihn bereits ins Herz geschlossen – Spíros würde es genau so tun beim kleinen Sávvas Vatokoúsis, der mit seinen elf Jahren das Meer und dessen Tücken kannte, falls man so etwas überhaupt sagen kann. Maltabés trank, tauchte in die Vergangenheit. Er schämte sich fast, daß er, ein Kapitän von einundvierzig Jahren, sich husch, husch im dreitürigen Schrank versteckt hatte, der hatte nicht ins Schlafzimmer der Eltern gepaßt, sie hatten Tür- und Fensterrahmen nicht genau berechnet und ihn in den Salon gestellt. Es lag auf der Hand, daß dieser lange Kurs der Erinnerungen und Gedanken zu Órsa führen mußte. Er erinnerte sich an ihre schönen Rendezvous, wie hatte sie sich Mühe gegeben mit ihren Kleidern. Eines Mittags hatten sie sich vom feuchten Sauerampfer erhoben, sich im Schatten der Zitronenbäume hingesetzt, eine halbe Stunde oder nicht einmal, danach hatte sie sich hergerichtet, die Falten ihres weißen Rocks gerade gezogen, um die grünlichen Flecken zu verbergen, die allen ihr heimliches Techtelmechtel verrieten.
Um ihn schlürften die anderen genießerisch oder lagen halb auf dem Tresen des Pubs, sie schmissen Runden, reichten Fotos ihrer Kinder herum, schnauften, sofort wieder heiß, wenn eine Frau sich durch die Menge zwängte, um ihre Gesellschaft an einem Tischchen im Hintergrund zu treffen; aufgeregt nahmen sie die Einzelheiten über den Angriff von dreihundert japanischen Kampfflugzeugen auf, welche die amerikanische Basis von Pearl Harbour auf Hawaii dem Erdboden gleichgemacht und Amerika in den Krieg gezogen hatten. Maltabés war unzählige Male durch diese Gewässer gefahren, er kannte die Gegenden, die Sonnenuntergänge und die Gewohnheiten der Menschen an allen Fronten des Kriegs, auch er fühlte sich fähig

zum Kampf. Aus und vorbei – er tauchte wieder in die Vergangenheit, dorthin, wo er stehen geblieben war, zusammen mit der leidenschaftlichen Órsa, vor zwölf Jahren, ein angenehmer Mittag, beide lagen auf dem Sauerampfer, für höchstens eine halbe Stunde, im Schatten der Zitronenbäume, und nachher versucht das arme Mädchen die grünlichen Flecken auf seinem weißen Rock wegzureiben.

Die Preise nur schon von Zwiebeln und Zitronen waren für sie Arznei und Gift, Reichtum und Qual. Von weiteren Investitionen in Grund und Boden auf Attika sah die Saltaférena ab. Die Ägäis war vermint, Kourmoúlis, der Notar, hatte seinen Sohn Ajissílaos, Unterleutnant, an der albanischen Front verloren, die Wirtschaft war ein einziges Schlingern und Stampfen. Nur gerade einen Berghang in den Einöden von Andros erhandelte sie sich, die wilden Hunde und die Wölfe dort ließen sie kalt.
Was hätte sie sonst tun sollen? Saltaféros: mal in einer Krise, mal auf dem Weg der Besserung, sie wollte ihn nicht im Haus; er hatte seinen Enkel schon völlig verdorben, und die zwei Töchter nahmen keine Notiz von ihr. Nun, das ändert nichts an der Sache, dachte sie hin und wieder zynisch, doch ohne es wirklich so zu meinen, zu spät, aber wer weiß... Und dieser Verrückte, Maltabés' Onkel, der hätte beinahe das zweistöckige Haus in Brand gesetzt. Ende Dezember hatte man für alle männlichen Mitglieder der Familie ein einziges Fest ausgerichtet: 6. Dezember, Heiliger Nikólaos, da feierte Níkos Vatokoúsis; 10. Dezember, Heiliger Sávvas, da feierten Mann und Enkel; 12. Dezember, Heiliger Spirídon, das war das Fest von Spíros. Jedesmal dieselben Gäste, es lief aufs Gleiche hinaus, nur die Kosten waren geringer.
Bálas aß und trank zuviel, setzte der Saltaférena in der

Diele zu und beklagte sich, daß sie seine Ehevermittlung bei der Erstgeborenen abgelehnt hatte, sie schnaubte vor Wut und stieß ihn hinaus in den Hof, in die Eiseskälte. Sie tauchte ihm den Kopf ins Wasserbecken, um ihn auszunüchtern. – Verschwinde von hier, und zwar für alle Zeit, blöder Alter, du willst mir das Haus auseinanderbringen. Um sicher zu gehen, schleifte sie ihn zweihundert Meter mit sich, der Alte war leicht wie eine Feder, er heulte. Wie um Himmels willen hatte er sich so gehen lassen können, plapperte er, er hatte doch seit damals nur die Lippen ein wenig mit dem Wein benetzt, einzig und allein, damit ihm kein falsches Wort entglitt und er die zwei im nachhinein glänzendsten und allerchristlichsten Familien, wie er sie nannte, verletzte, taktvoll flehte er zu Gott, er möge seine gütige Hand über sie halten und für ein gutes Ende sorgen.
Die Zeit ging weder über das bekannte Thema hinweg, noch machte sie es leichter, und die Saltaférena, müde davon, etwas so Belastendes zu verbergen, beschimpfte alles und jeden: die Amerikaner, die zum erstenmal auch Schwarze zur Navy zuließen, die Deutschen, welche die Donau überschritten hatten, die italienischen Infanteristen, welche die Platanen in Apíkia zusammenhackten, ihre Schwiegermutter, die ihr mit ein paar Worten, Mína, du hast deine Mädchen umgebracht, einen Dolchstoß versetzt hatte, den unfähigen Zimmermann Chalás und die ganze Brut der Schreiner und Tischler, die sich wegen der Zimmerdecke in ihr Haus geschlichen hatten, denn sie, mit ihren dünnen Zypressenbrettern, war schuld. So viele verrückte Ehen hielten, so viele unpassende Paare fanden ihren Weg, aber in den anderen zweistöckigen Häusern drangen das Gestöhn, die Rangeleien und die besonderen Machenschaften von oben nicht durch den Fußboden – sie wußte es gut, auch sie hatte Ohren und hörte.
Dieser Spíros mit seinen schönen Anzügen, die umsonst da

hingen, ewig mit offenen Knöpfen oder schief geknöpft, ungekämmt und halb rasiert, ohne Strümpfe oder ohne Schuhe, den Gürtel offen, er war ein schamloser Mensch, dieser Spíros, und wenn er nicht auf dem Schiff war, entfachte er ein Feuer, an dem sich ausnahmslos alle verbrannten.

Die einzigen Zeiten der Wonne und des Segens gab es bei den Nachrichten von der russischen Front, besonders dann, wenn die anderen weg waren und die Saltaférena und Annesió, Antikommunistinnen aus Schicklichkeit und aufgrund christlicher Erziehung, Mersína anstellten, ihnen, so gut es ging, zu übersetzen; die alte Amme führte sogar Freudentänze auf wegen der völligen Vernichtung der Deutschen in Moskau und ihrer Verluste auf der Krim, eineinhalb Millionen tote Deutsche, sie brauchte sich nicht mehr das Hirn zu zermartern und es schwer zu nehmen, weil ihr Andonákis, Friseur in Chicago, ein Roter geworden war.

Immerhin etwas. Sonst gab es nur Niedergeschlagenheit, Zwischenfälle, Besatzung, Torpedos, Trauer, Entbehrungen, Hunger. Und die Kriegswinter verschonten die Leute nicht, auf der leuchtend weißen Insel mit dem Schnee, der bis hinunter zum Meer lag, ein seltener Anblick, gruben Menschen in Schwarz nach einer winzigen Zichorie, sie hatten die Herrlichkeit und die Goldpfunde vergessen, hatten den russischen Kaviar aufgegessen und sehr bald auch die Berge ihrer Kräuter beraubt.

– Eine Agave an der Wurzel einer quittengelben Akazie.
– Zitronenkraut und Rosmarin.
– Spinnenkraut und Begonie im Treibhaus.
– Mispelbaum und daneben ein rosa Rosenstrauch, der an der Mauer mit dem Sardellenmuster hochklettert.

– Veilchen und Flechten.
– Olivenbaum und Oleander.
– Lilien und Farne am Flußufer.
Naná Bouradá-Karapipéri hatte ihnen allen beigebracht, nach unübertrefflichen Pflanzenpaaren zu suchen, Jasmin und »Freude des Morgens«, sie beendete das Spiel und spöttelte über Kléri Delavója, eine Nachbarin, welche zwar die »Freude des Morgens« gepflanzt hatte, jedoch, da sie den ganzen Vormittag im Bett lag, die eindrucksvollen blauen Blüten nicht genießen konnte, denn diese schlossen sich gegen elf, noch bevor die Sonne im Zenit stand.
Eine große Frauengesellschaft, das Quartett K.K.M.M., sowie Órsa, die Exadáktilos und Naná, hatte am Donnerstag, dem 1. Oktober 1942, Katerína Bassadís besucht, die ihren vierzigsten Geburtstag beging. Móska kümmerte sich immer noch um Katerína. Ein paar Kinder waren kürzlich zu Fuß zu den von Albanern bewohnten Dörfern Amólochos und Varídi im Norden der Insel gegangen, um Mitgiften gegen Lebensmittel einzutauschen, Katerína hatte ihnen Spitzentischdecken mitgegeben und ein junges Huhn verlangt oder wenigstens etwas Mehl und Eier, und sie hatte Kichererbsen bekommen. Seit Jahren war es ihr nicht vergönnt, Leute zum Essen einzuladen, und nun war es dazu gekommen, mitten im Krieg, wo man nichts hat. Das war eine glänzende Idee. Die Zungen lösten sich, die Frauen entspannten sich, sie erzählten von ihren Ängsten, akzeptierten die Kälte in ihren Herzen und die weißen Strähnen in ihren Haaren.
– Naná, warum willst du, daß man dich mal Bouradá nennt, mal Karapipéri und dann wieder Bouradá-Karapipéri? fragte Kikí, die seit Jahren die Gründe dafür hatte herausfinden wollen und erst jetzt, da sie die ehemalige Lehrerin duzte und sie die Zigaretten miteinander teilten, den Mut dazu fand.

– Das Karapipéri stammt von damals, als ich Mikés verlor. Solange er lebte, beschwerte er sich darüber, daß ich mich in seiner Heimat inmitten seiner Verwandten störrisch benahm. Leider hatte ich die Reife nicht, um ihm rechtzeitig diese Freude zu machen, meine Gedanken waren woanders, erst nachdem er gestorben war, fand ich mich damit ab, daß ich seine Gemahlin gewesen war.
Naná erlaubte sich etwas Seltenes: einen tiefen Seufzer. Sie inszenierte die Treffen jeweils bis ins letzte Detail, um Überraschungen vorzubeugen, aber Kikí, die von klein auf ziemlich keck war, hatte keine Ehrfurcht vor Stil, Distanz und Falten.
So verrann die Zeit mit Vertraulichkeiten, es war einer jener außergewöhnlich hellen Herbsttage, an denen die Natur ihre Farben vor unseren Augen ändert und wir das Bedürfnis haben, eine Last von uns zu schütteln.
Die Exadáktilos, die nur auf ihren Familiennamen hörte, ihr Vorname Vásso war von allen vergessen worden, sagte knapp und bündig, ohne daß jemand sie dazu drängte, sie liebe einen anderen, doch sie werde nie heiraten. Die Insel hatte sie auf Lebenszeit zur Pianistin gesalbt, die an den Zeremonien zum Gedenken Ertrunkener zu spielen hatte. Schließlich hatte sie einsehen müssen, daß in einem kleinen Ort jemand diese Rolle zu übernehmen hatte. Das Kinn, die Wangen und die Finger hatten jenen bekannten lila Ton angenommen, die feinen Blutgefäße verzweigten sich unter der durchsichtigen Haut. An ganz kalten Tagen wirkte die Exadáktilos blau. Diese Frau hatte etwas Ungewöhnliches an sich, das die restlichen Inselbewohner dazu brachte, sie zu schätzen, aber ihr auch diese Andersartigkeit immer wieder zu spüren zu geben.
Kikí machte von Anfang an klar, daß Boússoulas der Mann ihres Lebens sei, ihr korpulenter kleiner Schmutzfink. Die beiden waren ein starkes Duo, wenn er an Land kam, war sie für die anderen nicht mehr zu sprechen;

Katína höhnte über ihr eigenes prächtiges Glück, es war wirklich unmöglich, dem Scheißschicksal zu entrinnen, zweimal hatte sie sich verlobt, und die Freier hatten schließlich Holländerinnen geheiratet; Marí gestand, vor lauter Liebesentzug tue ihr ganzer Körper weh, in den Nächten wären Bauch und Brüste geschwollen, die Brustwarzen kitzelten vor Lust, die Schlafmittel nützten nichts mehr. Wenn sie in einer Großstadt lebte, nähme sie sich einen Liebhaber, sagte sie hastig, *ein Kuß und ein Streicheln, ein Streicheln und ein Kuß, ein Genuß und ein Schmeicheln, ein Schmeicheln und ein Genuß*, Kikí rief ihr einige alte Verse in Erinnerung, schnell improvisiert, bis auch Naná mit den Wimpern zwinkerte, in gewissen Nächten sehne sie sich nach all den sterilen und ungefährlichen Zärtlichkeiten von Mikés, der darauf bestanden hatte, das Leben von seiner guten Seite zu nehmen.

Und wieder Rakí in die Gläschen, er fehlte nie im Haus von Katerína. Sie saß auf dem unbequemsten Stuhl im Raum und hatte eine schneeweiße Katze auf den Knien. Es machte ihr nichts aus, ihren Besucherinnen zu sagen, die Liebe fehle ihr gar nicht. Seit ihr Mann tot war, begehrte sie keinen anderen; mit fünfzehn Jahren war sie Witwe geworden, Körper und Mund erinnerten sich noch, ein wenig unscharf natürlich, an einiges von Vangélis, sie leckte die Lippen, als spüre sie seinen Kuß, sein feiner und kühler Speichel hatte einen Bittermandelgeschmack. Er war Koch auf dem Unglücksschiff gewesen, niemand hatte sich über seine Künste beklagt.

Eine Stille trat ein, die selbst die Katze befremdete – sie setzte sich auf und musterte die Eingeladenen, besonders Marí, die genau neben ihr saß und der schauderte beim Gedanken, Katerína könnte die Wahrheit gesagt haben. Sie beneidete sie schon eifersüchtig, sie streckte die Hand aus, kraulte den Bauch des Tiers und zog einen anderen Gedanken vor, daß nämlich die jugendliche Witwe nicht

richtig dazugekommen war, ihren Mann und die Liebe zu spüren, wenn auch die Ruhe in Katerínas Gesicht keinen Zweifel daran aufkommen ließ, daß allein die Erinnerung an Vangélis ihr genügte.
Naná war achtundvierzig Jahre alt, Katerína vierzig, die Exadáktilos sechsunddreißig, Órsa zweiunddreißig, Kikí, Marí, Katína und Móska waren neunundzwanzig. Móska war etwas verstimmt: Sie hatte im Zimmer nebenan heimlich die beiden letzten Stickereien ihrer Freundin auseinandergefaltet und wieder zusammengelegt. Die eine zeigte den Schiffbruch der THRASSIVOULOS in leichtem Grau für den Indischen Ozean: ein deutsches Unterseeboot, Torpedos, Explosion am Schiff und in einer Spalte, untereinander gestickt, sechsundzwanzig Namen und Vornamen; die andere zeigte den Verlust der PANACHRANTOS: leeres Meer, Wellen, eine zu Tode betrübte Meerjungfrau, die ein Band hielt, »Die verschollene PANACHRANTOS«, dazu übers Wasser verstreute Namen.
Ihre Männer und viele weitere Andrioten waren auf die Ozeane verteilt, die See- und Luftschlachten von Midway bis zum Korallenmeer, von Madagaskar bis zum Nordatlantik forderten viele Tote, und die sieben Frauen hatten, während sie zu Katerína gegangen waren, einander geschworen, kein Wort über den Krieg zu sagen.
– Bitte, Katerína, sing uns ein russisches Lied, auch wenn wir die Worte nicht verstehen, sagte Móska. Heute abend wollten die beiden Schwestern ihre Eheangelegenheiten nicht auch noch ausbreiten, ein andermal vielleicht. Móska stand auf und zündete die Petroleumlampe an, denn seit Monaten gab es immer wieder Stromunterbrüche, dann setzte sie sich wieder.
– Die russischen Lieder passen gut zum Kummer, sagte Naná.
– Am besten, urteilte auch Marí, am allerbesten.
Katerína gab der Katze einen Kuß, räusperte sich; sie

wußte genau, was ihre Besucherinnen von ihr wollten, das lange Lied, das zum fahlen Sonnenuntergang paßte und in dem sehr oft das Wort *ljubov'*, Liebe, vorkam.

Sie begann zu singen. Ihre Stimme ist gebrochen und weich geworden, dachte die Exadáktilos. Die Frauen fühlten, daß das Geburtstagstreffen auf dem Weg zum üblichen Abschluß war; Móska nahm ihre Schwester am Arm und zog sie hoch, die beiden legten einander die Arme um Schultern und Hüfte und suchten Schritte zwischen Rundtanz und Tango, es folgte das Paar Kikí–Katína, während die anderen die Weise summten und an der richtigen Stelle das Wort *ljubov'* sangen.

Ein wenig später verließen sie Katerína, die ihre Geschenke auszuwickeln begann: Handschuhe, Schneiderutensilien, Duftwasser mit Mimose – eine Mimose oder eine Akazie bildeten zusammen mit einer Agave ein vollkommenes Paar für einen französischen Vorgarten.

Die drei schneeweißen Katzen, die Weiße Dreiheit des Hauses, unbeweglich auf dem Sims, drehten ganz leicht den Kopf und verfolgten, wie die Besucherinnen sich entfernten. Es war Abend geworden, und sie hatten eine halbe Stunde bis zur Stadt zu gehen.

Das entfernte Wiehern, der Duft der durstigen Felder, ein aufgeschreckter Vogel, ein Frettchen, das den Schwanz schüttelte und hinter den Brombeersträuchern verschwand – das war ihre Heimat.

– Mína hat mir dieses Jahr nicht das traditionelle Gläschen mit Brombeermarmelade gegeben, sagte Naná und nahm Órsas Arm.

– Sie hat keine gekocht, sagte Móska. Ihre Kinder hatten zur Großmutter gesagt, die Marmelade sei voller Schrotkugeln, sie wollten lieber Orangenmarmelade im Winter und Aprikosenmarmelade im Sommer. Genüßlich ließen sie diese Marmeladen im Mund zergehen, unbeeinflußt von den englischen Romanen, für die ihre Mütter

so schwärmten und die unzählige Seiten jenen unverheirateten, frischen Blondinen widmeten, die mit einem Bastkörbchen am Handgelenk in stundenlangen Spaziergängen durch Waldalleen die Brombeersträucher der englischen Provinz leerpflückten.
– Ich muß sagen, da haben die Kinder völlig recht, bemerkte Kikí.
Sie begleiteten als erste Naná zu ihrem Haus, als letzte die Exadáktilos, die von der alten Dienerin auf der Schwelle erwartet wurde. Órsa und Móska gingen nicht durch die Hauptstraßen des Städtchens, die um jene Zeit menschenleer waren, sondern wählten das stockdunkle Gäßchen, das in die Höhe führte; nach dem Lärm, den Enthüllungen und dem Gefühl weiblicher Verschworenheit führten sie die Nacht, die Kälte und die Stille wieder zu ihren persönlicheren Dingen zurück.

Es war ein kalter Nachmittag an der Küste Westenglands. Viele dünne Engländerkinder, vielleicht hundert, von sechs, sieben bis zwölf Jahren, mit dunkelblauen Samtmützen die Knaben und karierten Röcken die Mädchen, rannten zum Meer, knieten nieder und schlürften den Schaum – das Meer war süß geworden, die Wellen waren wie Sirup, denn dort war die DIM. THERMIOTIS torpediert worden und mit ihrer Fracht von kubanischem Zucker sowie der ganzen Besatzung gesunken. Vielleicht war es kein richtiger Traum, für Maltabés jedoch war von Bedeutung, daß die Wirklichkeit zu einem Alptraum geworden war. Der Krieg war auf seinem Höhepunkt, auf dem Land, am Himmel und auf dem Wasser. Alle Schiffe machten mit als fahrende, schwimmende Hospitäler in Konvois im Atlantik, Mittelmeer, Indischen Ozean, wo die Minen und die Torpedos die guten Seeleute vernichteten und innerhalb

von zehn Minuten Vermögen versenkten, und das in einer Zeit, in der im Schiffsbau die Tonne einen Preis von dreißig Pfund erreicht hatte, seit dem Oktober 1942, seit ein paar Monaten also, war das englische Goldpfund sprunghaft angestiegen. Seit seiner Kindheit hatte er eine Sehnsucht nach Abenteuern zu Meer. Er hatte damals die vergangenen seefahrerischen Glanzleistungen auswendig gelernt, die ihm sein Großvater erzählte und die in ihm Träume von Macht und Reichtum nährten, und immer noch waren diese Geschichten in seinem Kopf wie Schulgedichte. Nun führte er die MIKRA ANGLIA durch die Nacht, zündete die nächste Zigarette an der Glut der heruntergebrannten an und ließ seine Gedanken zu den Schiffen, die er sich wünschte, schweifen: Brigg RODON AMARANDON, 182 Tonnen; Bombarde NEA TICHI, 61 Tonnen; Zweimaster, Dreimaster, auch Fähren und Fischerboote. Es war gerade der 7. Dezember, sein Geburtstag, und als Geschenk bekam er die Nachricht vom Stapellauf des größten Panzerkreuzers der Welt, der NEW JERSEY, in Philadelphia. Außerdem, was sollte er sonst tun, als sein vierzigjähriges Leben vorüberziehen zu lassen, bereit, es jeden Augenblick zu verlieren, mir nichts, dir nichts zum Teufel zu gehen, wie Mitschüler, entfernte Cousins und Freunde: Mansólas, Chiónas, Jeorgalás, Láios, Karamoúsis, Jannakoúlas, Moustákas, Charcharós, Perlouréndsos, Karípoglou, Boukouválas und Paleokrassás.
Vor zehn Tagen hatte der französische Admiral Darland befohlen, die Schiffe im Hafen von Toulon zu versenken, damit sie den Deutschen nicht in die Hände fielen, man verbrannte und sprengte 250 000 Tonnen in die Luft, einige Kapitäne wollten nicht länger leben, verharrten auf der Brücke und sanken zusammen mit ihrem geliebten Schiff auf den Grund. Maltabés hatte geweint, hatte die dazu passenden Flüche ausgestoßen, er inspizierte, streichelte und küßte Planken, Schotten und Luftschächte der

MIKRA ANGLIA – nenne das Schiff KAPETAN MIMIS, der Name deines Vaters, es bringt großes Unglück, wenn du die Tradition nicht fortführst, doch die Schwiegermutter hatte vergeblich auf ihn eingeredet, ihn nicht umgestimmt.

Sein einunddreißigster Konvoi, ein kleiner diesmal, siebenundzwanzig Gastanker und Frachter für sämtliche Güter. Er hatte in Boston abgelegt und machte Fahrt in den offenen Nordatlantik. Die Alliierten hatten das Radar verbessert und informierten sie über das Erscheinen deutscher Unterseeboote, flink vollführte Maltabés kunstvolle Manöver und sammelte auch Schiffbrüchige ein, er hatte viel Tod erlebt und ertrug ihn nicht mehr. Kein Tag verging, an dem nicht ein bekanntes Schiff und bekannte Menschen untergingen, bei einundzwanzig Mann Besatzung auf der MIKRA ANGLIA, alle aus Seefahrerfamilien mit Brüdern und Cousins auf den übrigen gefährlichen Meeresstraßen, kam und ging die Trauer.

Unermeßliche Verluste, schwindelerregende Zahlen. Im Kopf von Spíros hatten die großen Mengen Platz, nicht aber die kleinen, er gab sich Mühe, sich an einfache Dinge zu erinnern, an gewohnte Bilder: Zitrusplantagen, den Meltémi, der das Dreschen des Getreides behinderte, seine Kinder, die sich in der Kirche langweilten, an Móska, die mit ihm zusammen Rakí trank und Gebratenes aß. Einzig Órsa wollte er nicht vergessen – er kramte aus seinem Gehirn all die verschütteten und unbedeutenden Einzelheiten hervor, die ihn peinigten und verzweifeln ließen: ein Impfmal an ihrem linken Arm, ein schiefer Eckzahn, der etwas kleiner war als die anderen und ihrem Lachen ein wenig Dünkel und Anmut verlieh, das korallenrote Seidenkleid, das die gleiche Farbe hatte wie der Augustmond, ihr unregelmäßiger Atem – dieses Mädchen war bereit, entweder zu verlöschen oder hell aufzulodern und zu verbrennen ... Voller Sehnsucht beschwor er Bilder einer gemeinsamen

Zukunft: ein Haus in Kastéla, ein eigenes Kind, ein Strom von Küssen, und er sah sich selber, einen Maltabés, der halb tot vor Erschöpfung vom Ozean heimkehrt und in das Blau ihrer Augen hineintaucht und auf ihrem gelösten Haar in einen tiefen Schlaf fällt.
Neuigkeiten von der Insel hatten sie nicht, sie erfuhren von Hunger und Armut in Griechenland; sein Funker wußte nicht, ob seine Frau einen Jungen oder ein Mädchen geboren hatte, Leonárdos, der Steward, war voller Kummer wegen der Krankheit, an der ihm zehn fruchtbare Feigenbäume eingegangen waren, der Koch war fuchsteufelswild, weil er eine lebhafte Tochter hatte und eine Frau, die unfähig war, ihr die Zügel straffer zu ziehen; jeder fand etwas anderes, weswegen er sich sorgte, nebst den unzähligen Toden und den Trümmern des Kriegs.
In der ersten Nacht verloren sie sechs Schiffe, in der zweiten sieben. Sobald alliierte Flugzeuge auftauchten und die deutschen Wölfe verjagten, konnten sie einige Schiffbrüchige aus dem Wasser ziehen, die MIKRA ANGLIA fischte am meisten heraus – und wieder wurde der griechische Kapetánios zur Legende.
In der dritten Nacht glücklicherweise Ruhe.

Sie nutzten ihre militärische Überlegenheit aus, um Hühner zu stehlen. Die Italiener sind für Anzüge, Halbschuhe und Haarscheitel geschaffen, nicht für Soldatenjacken, Stiefel und Läuse, der Krieg war nicht ihre Sache wie für die Deutschen, welche die Insel bombardierten und die herrschaftlichen Häuser der Großreeder dem Erdboden gleichmachten, auch viele reiche Häuser in Plakoúra – Trümmerhaufen voll von zerschlagenem Marmor, Rauch und ein Pianola, das in den halb verbrannten Überresten spielte. Plötzlich veränderte sich die Stadt, zu deren Kör-

per und Gesicht jedes Haus beigetragen hatte: das aristokratische der Chadoúlis und daneben die weißen der Marís, der Telemés, von Loukíssas, Saltaféros und Mandarákas, das zuckerweiße des Popen, das schneeweiße von Orjínos, etwas höher das bläuliche von Vatokoúsis und verstreut zwischen öffentlichen Gebäuden weitere Häuser von wohlhabenden Leuten mit Loggien, Glasveranden und französischen Blumenbeeten, das hellgrüne von Naná, das rosarote, niedergeschossene der Witwe von Nikifóros und das quittengelbe der Moúrena, Hochsitz der Dicken, die nun fünfundfünfzig war und sich selber nicht mehr kannte, sie wußte nicht, ob sie alt werden sollte als Lehrerin unflätiger Wörter und unzimperlicher Schwänke oder als tugendsame Verlassene.
Sávvas Saltaféros und Pápa-Fílippas mit dem Távli unter dem Arm, aus ihren Häusern vertrieben und dort unerwünscht, waren bei Emílios Bálas zu Besuch. Sie tranken in der winzigen Küche ungesüßten Bergtee. Langeweile kam nicht auf, denn der Krieg versorgte sie in der Monotonie ihres Unglücks und ihrer Trauer mit überraschenden Veränderungen in den Ansichten und im täglichen Leben. Annesió zum Beispiel ging nach der Kapitulation der Deutschen, die Stalingrad belagert hatten, auf die Felder und suchte Gräser, Haftdolden und Mangold, bewirtete das zweistöckige Haus und einige Nachbarinnen mit Kräuterklößchen und Wein, wenn auch erst zwei Wochen nach dem Namenstag des abwesenden Andónis. Sie hatte das schüttere Haar schön hergerichtet und nahm Glückwünsche entgegen, als hätte ihr Sohn, der Kommunist, höchstselbst die feindlichen Divisionen unterworfen, sie konnte die Russen nicht ausstehen, aber sie genoß die Erniedrigung der Deutschen, und zukünftig würde sie das Rot nicht mehr hassen, das sie als Geschwür, Schminke, Wunde und Fluch bespeichelte. Sie hatte für ein paar Jahre eine Abneigung gegen diese Farbe gepflegt, wie für Kate-

rína das Blau die Schuld trug. – Gute Idee, sagte die Alte, stürz dich auf eine Farbe.

Was sollten die Menschen auch tun? Zum Glück ersannen sie tausend Wege, das Unerträgliche zu ertragen, sich an das kaum Erträgliche zu gewöhnen, das Ungebührliche zu verzeihen, das Unglaubliche zu erklären, das Unsägliche zu sagen, und all das, um nicht allein zu bleiben; es war eine Erleichterung, immer wieder einen guten Grund zu finden, mit den anderen zusammen zu sein, welche Ansicht sie auch vertreten mochten.

Bálas, mittlerweile spindeldürr, mit riesigen kaffeebraunen Augen, die hervortraten aus einem Gesicht, in dem Vertiefungen und Höhlen zu Löchern geworden waren, war verbittert wegen der Katastrophe im Hafen von Marseille; die vollständige Zerstörung der japanischen Konvois im Indischen Ozean tröstete ihn nicht, fünfzehntausend Tote und zweiundzwanzig gesunkene Transportschiffe bei einem einzigen Angriff. Man hörte dort ständig vom amerikanischen General MacArthur, die Alliierten gewannen allgemein die Oberhand, aber Bálas hatten so weite Fahrten nie behagt, in seinem Herzen waren das Schwarze Meer, die Donau und besonders das Mittelmeer, dessen Häfen nun Tonnen von Bomben abbekamen und viel mehr in Mitleidenschaft gezogen wurden, unsicher und schrecklich anzusehen waren sie.

Kaum hörte der Pope, der nie gereist war, das Wort Häfen, wechselte er das Thema. – Man hat ein Medikament gegen die Syphilis gefunden. Er erinnerte sich nicht mehr an den Namen, jedenfalls hatte er aufgrund seines Berufs eine gewisse Sensibilität und Sorge für diese Frage. – Ich, ich weiß, weshalb ich allen die Absolution erteilt habe, »die Gebete der Eltern stützen die Fundamente der Häuser«, das reicht nicht, sagte er. Bálas streckte die Hand aus und fuhr Saltaféros über den Nacken, die Schläfen und die weißen Haarbüschel. Die Entdeckung des Medikaments gegen die Syphilis hatten sie schon mehrmals besprochen, offen oder in Andeutungen. So brachte Bálas das Gespräch auf seine Tauben, zwei Pärchen waren ihm geblieben; er hatte nicht das Herz gehabt, sie zu kochen, da hatten andere sie ihm gestohlen. Der Unrat im Taubenhaus war eine dicke Schicht, Bálas beschmierte sich die Hosenaufschläge, Marítsa gegenüber bot ihm diskret an, von Zeit zu Zeit seine Kleider zu waschen.

– Was will man nur mit einer solchen Brut, die einem das Maisbrot wegfrißt? fragte sich der Pope.

– Am Nachmittag machen die Tauben Ausflüge rings um die Schlucht, Chóra, Parapórti, Livádia, Fállika, Livádia, Messariá. Er folgte ihrem Flug, und die Zeit verging ihm angenehm, eine Gewohnheit, die Urgroßvater, Großvater, Vater und Sohn verband, bei dem die Familie wohl enden würde; Bálas war als junger Mann beim Thema Ehe zweimal gescheitert.

– Iß sie, bevor die Italiener sie wegessen, sie haben alle Taubenhäuser ausgeräumt, sagte Saltaféros. Bálas hatte das als unmittelbar Betroffener bereits vor ihnen erfahren – das Besatzungsheer beeilte sich und hinterließ ausgerupften Flaum und tiefe Stiefelabdrücke im Taubenmist.

Auch Órsa liebte es, den Vögeln zuzusehen, doch sie war seit langem nicht mehr aufgetaucht, vielleicht wegen der Erinnerungen rund ums Taubenhaus. Bálas hatte sie zufällig ein-, zweimal nachmittags auf den Kirschenpflanzungen entdeckt. Rot wie die Kirschen wurde auch ihr Gesicht, als sie ihn im Blattwerk ausmachte, so viele Jahre, und er konnte sein Unglück als Ehestifter nicht vergessen. Nun ist es aber genug, er hatte über die Vergeblichkeit von Liebschaften philosophiert und war lustlos heimgekehrt.

Da kam der kleine Sávvas, Mína und die Papadiá hatten ihn geschickt, er sollte die Männer vor dem Ausgehverbot und der abendlichen Feuchtigkeit suchen und heimholen.

Das Kind brachte Bálas zwei Portionen gekochte Teigwaren, einen halben Laib Brot und ein Stück Seife, alles war mit einem Handtuch bedeckt.
Der zwölfjährige Junge veränderte sofort die lustlose Laune der bejahrten Männer, sie wurden wieder lebhaft und sagten, als hätten sie sich vorher verständigt, ein paar Worte unter Männern, der Großvater streichelte ihm das lockige Haar, *cabello risado,* rief er plötzlich, seine Taten in Argentinien hatte er nicht einmal dem Popen gebeichtet.
Die beiden Sávvas waren einander so nahe gekommen, daß sie sich bis ans Ende des Lebens, ja darüber hinaus lieben würden. Auf Spaziergängen in den Gassen, auf der Mole oder im Sand gab der Große oft seine altgriechischen Sprüche und die argentinischen Redewendungen in unterhaltsamer Kombination zum besten, und der Junge schob die Ärmel zurück und zeigte auf die dunklen Haare, die in seinen Achselhöhlen sprossen, wie auch auf der Oberlippe und anderswo, er zwinkerte seinem Großvater zu. Die beiden hatten die Freiheit, über solche Dinge zu sprechen, die schwarzen Haarbüschel und der Flaum aber, wie auch der kalte Zigarettenrauch, der hie und da seinen Gestank verbreitete, bedeuteten nicht Ungeduld auf ein weibliches Wesen, sondern Ungeduld aufs Meer, ganz in der Manier der Alten, die nur mit einem Löffel, einer Gabel und einer Wolldecke in ihrem Besitz als Schiffsjungen gegangen waren und sich bis zum Jahr 1930 in Zwölfstundenschichten abgerackert hatten.
Eines Spätnachmittags hielt sie der alte Chadoúlis auf der Straße an und führte sie zu dem neuen Haus, in dem er es sich nach der Bombardierung des Herrenhauses mit der Kapetánissa und zwei Dienerinnen bequem gemacht hatte. Sie setzten sich in den Salon mit den leicht beschädigten Möbeln und den Fenstern mit den angelehnten Läden, und er verriet ihnen die Neuigkeit: Sein Sohn und

Vatokoúsis hatten, nach drei mißglückten Versuchen, in den Nahen Osten zu gelangen, und nachdem die Briten die Achsenmächte schon aus El Alamein vertrieben hatten, das Unmögliche fertiggebracht – er wußte nicht, wie –, nach New York zu kommen. Das hatte ihm ein alter Freund gesagt, einer jener Einflußreichen in Piräus, der seinerseits die Information unter höchster Geheimhaltung bekommen hatte. Weitere Einzelheiten wußte er selber nicht, er würde auch nicht mehr erfahren. Hauptsache, die beiden waren am Leben, und da wir gerade darüber reden, in Amerika werden sie nach Beendigung des Kriegs ein Vermögen machen, in den Agenturen für Schiffsproviant, in Reise-, Schiffahrts-, Hotelunternehmen. Die beiden waren aufgeweckte griechische Burschen, sie würden nicht mit verschränkten Armen dahocken; die Chadoúlis hatten bereits die MINERVA und zwei Lastkähne eingebüßt, das Nichtstun lag ihnen nicht, auch nicht das Jammern, Verluste nahm man nicht einfach hin.

So wird sie ihren Sohn auch verlieren, Saltaféros dachte an die alte Chadoúlis, Amerika war so weit weg. Was ihn aber am meisten durcheinander brachte, war der Gedanke, daß er seinen Enkel und Órsa verlieren würde, er war erschüttert, denn er konnte seine Vorliebe für die große Tochter weder aus der Seele noch aus dem Körper vertreiben, und der bittere Schmerz in seiner Brust brachte ihm kalten Schweiß. He, mein Lieber, komm zu dir, sagte er zu sich, der Kleine saß ruhig auf dem Rand eines Kanapees, folgte mit dem Finger den Mustern der angebrannten Tapete, im guten Zustand waren es wohl breite, braungrüne Blätter auf kirschrotem Grund gewesen; er war aufgesprungen, als er gehört hatte, daß es seinem Vater gut ging, den Rest konnte er nicht abschätzen. Komm zu dir, verflucht seien alle Schornsteine, drängte sich Saltaféros, die Neuigkeit ist so herrlich, er trank zwei Schluck Wasser und beruhigte sich, er weinte vor Erleichterung.

*Babáka*, Árta hat auf ihrem Bauch den Kleinen Bären, wie du und ich, hatte sie ihm schelmisch geschrieben, nimm uns in deine Mannschaft, wir brauchen eine Ortsveränderung, ich schwöre es, ich werde deine Ausbrüche ertragen, ich werde die Krankheit, bei der man ins Meer fällt, nicht bekommen. Sie hatte ihm auch ein witziges Foto beigelegt, die Kleine, die sein Geschenk trug, rosarote Ballettschuhe, die wie Stiefel wirkten, Charalámbis, der Seiltänzer, hatte sich bereits mit ihnen vergnügt. Keiner aus der ganzen Familie hat je eine Ballettaufführung gesehen, nicht mal Órsa, dachte Saltaféros, ich werde ihr heute abend höchstpersönlich Kartoffeln braten und mit ihr zusammensitzen und plaudern, beschloß er und wandte sich wieder Chadoúlis zu.

– Erst vorgestern sagte der englische Rundfunk, daß die Nationale Rosengesellschaft bei ihrer jährlichen Blumenschau, ich glaube, in London, die Goldmedaille der Rose El Alamein verliehen habe, einer neuen Sorte, orangerot mit rötlichen Sprenkeln.

– Eine Rose El Alamein? Dann taufe ich meine Petersilie Gorgopótamos, wo wir die Eisenbahnbrücke in die Luft gejagt haben, erwiderte die Kapetánissa trocken; sie verachtete alles Britische, ihr scharfes, schmales Auge ruhte seit langem auf dem jungen Vatokoúsis, aus dem das gute Geschick einen Amerikaner machen würde.

Cabot, Alaca, unscheinbarer Drillich, nicht einmal Schmuckpapier hatte sie, um die Küchenregale damit auszulegen. Mína Saltaféros hatte Mühe, sich Lösungen für Haushaltsprobleme auszudenken, und Annesió war unbrauchbar, sie ging in den Lagerraum und kam mit dem Spinnrad für die Seide, den Schilfhalmen und dem Kupfergerät für den Rakí nicht zurecht, ein bißchen Kochen und

Schlafliedchen singen, das konnte sie noch. Das Dienstmädchen, mit ihnen hatte es gut gegessen, gut getrunken, wurde ein richtiger Pummel; sie war nun wieder zurück in Vourkotí, grub Äcker um, im Krieg waren starke Männer schwer zu finden. Die Saltaférena war nicht irgendeine gefühllose Frau, die über die Massen der Toten und der Vermißten hinwegsah. Ihre Verwandten hingen eingerahmt an den Wänden mit jenem melancholischen Gesichtsausdruck, den die Verstorbenen im Lauf der Zeit annehmen, aber ein wenig trösteten sie auch ihre Immobilien; die Chadoúlena zählte die gesunkenen Schiffe, Katerína die Ertrunkenen, ihre Schwiegermutter die Waisen, Sávvas die alten Kollegen, die Rente bezogen, Bálas die bombardierten Häfen, die Lehrerin die bombardierten Luxushotels, Nikifóros' Witwe die Schandmäuler, was ihre Töchter zählten, wußte Gott allein. Und sie zählte Grundstücke in Kifissiá, Ambelókipi und Apíkia, die Verträge ausgestellt am Tag der Heiligen Kiriakí und der Heiligen Barbara, zwei Wohnungen in der Stadionstraße, Unterschrift am Tag von Kosmás und Damianós, vier Ladengeschäfte, ebenfalls in der Stadionstraße, für die Läden hatte sie männliche Heilige ausgesucht, den Heiligen Spirídon, den Heiligen Charálambos und für den größten die Apostel Pétros und Pávlos. Nun fehlte ihr jeglicher Antrieb zum Handeln, sie bekam Schweißausbrüche. Sonst hatte sie es immer eilig gehabt, das Geld, das gefährlich untätig auf der Bank lag, zu investieren, deshalb ging sie in den Klub. Hätte dort unter anderem nicht Síbouras, dessen Milchgeschäft in der Patissíonstraße sie ins Auge gefaßt hatte, seine tausendmal gehörten Barkarolen und das Lied vom Fischerboot gesungen, wäre sie bestimmt nicht zu diesem Musikabend gegangen.

Móska war leicht erkältet und mit der Kinderschar zu Hause geblieben. Mersína hatte das Klavier satt, denn man ließ sie nicht oft üben, mal störte sie den einen, mal den anderen. Im ersten Teil saß Órsa in der Mitte, links und rechts die Saltaférena und die Bouradá-Karapipéri, im zweiten Teil setzte Órsa die Lehrerin in die Mitte. Sie hatte bemerkt, wie ihre Mutter neugierig den feinen Fingerring mit dem grünen Stein musterte, für Mína ein Schmuckstück unbekannter Herkunft, Órsa faltete die Hände, aber es war schon zu spät.

Vatokoúsis würde die Erstgeborene und die Kinder nach Amerika holen. Das wäre eine Lösung, dachte Mína; nicht daß sie es wollte, aber die Dinge nahmen eine Wendung, die sie nicht mehr kontrollieren konnte. Schüchtern betrachtete sie das Profil ihrer Tochter, mit einem schweren Gefühl der Schuld und mit einer Liebe, die zu zeigen ihr unmöglich war, sie wagte es nicht, die kleine Hand mit dem geheimnisvollen Ring zu berühren, sie hatte es verlernt, ein gefühlvolles Wesen zu sein.

Im zweiten Teil kam nach den Mädchen Pertéssis und Sarrís die Exadáktilos an die Reihe. Sie trug einen senffarbenen Einteiler aus Crêpe und gab diesmal flinken, lebhaften, wohl bekannten Themen den Vorzug. Keiner lief davon, keiner schlief ein – für die meisten war dies ein Musikabend, der die Erfindung des Klaviers rechtfertigte, zudem war es das Ziel der Veranstaltung, die Moral der Menschen aufrecht zu erhalten, denn der Krieg hatte die Seefahrerinsel tödlich getroffen, die Athener starben am Hunger, die Andrioten ertranken in den Seeschlachten.

Als das Programm zu Ende war, umtänzelte die Saltaférena Síbouras mit heuchlerischen Komplimenten und einem hoch interessanten ökonomischen Vorschlag. Die Menschen ringsum gepflegt und würdevoll, die bläuliche Exadáktilos empfing die stereotypen Gratulationen. In den kleinen Gemeinschaften pflegen sich alle Menschen gemeinsam zu bewegen: zur Kirche, zur Kirchweih, zu einer profanen oder einer gesellschaftlichen Veranstaltung. Der Mangel an neuen Gesichtern und Treffpunkten machte

müde, aber es lag in ihm auch eine Sicherheit, wir sind hier viele Bekannte beisammen, was auch geschehen mag.
Nachdem die Saltaférena und Órsa nach Hause zurückgekehrt waren, stiegen sie ins obere Stockwerk hinauf, um die Kleinen zu Bett zu bringen. Im Radio spielten leise die üblichen großen ausländischen Orchester, Móska stand in der Küche und rührte den Milchreis, Annesió saß am Tisch, Árta, die eingeschlafen war, auf dem Arm, und schälte dicke Bohnen aus den Hülsen.
Órsa, stolpernd vor Müdigkeit, brachte dennoch einen langen Satz zustande, um ihrer Schwester vom Musikabend zu berichten: Marí hat ihren Knöchel verstaucht, Katína hat ihre vielen Ungenügend vom Gymnasium vergessen und ist mit der Geschichtslehrerin Chasápis gekommen, Síbouras hat einen zweifarbigen Anzug getragen, die Italiener sind artig, aber isoliert von den Einheimischen gewesen, die Exadáktilos hat mir mit einem Kopfnicken die »Lieder ohne Worte« von Mendelssohn gewidmet.
Ihr Tag ging zu Ende, als die Ausstrahlung des Nachrichtenbulletins begann, das Übliche, wieder im Pazifik, sie hörten nicht genau, wo, wahrscheinlich war ihnen die Gegend unbekannt. Die Amerikaner hatten viele Schiffe und Flugzeuge der Achse bombardiert und zerstört, sie achteten nicht auf die genaue Zahl, Hunderte; es folgten ausführliche Berichte, die Frauen achteten nicht darauf, in ihren Ohren war nur das Dröhnen, das aus dem Wortschatz des Kriegs herausströmt, zudem gab es in den Bulletins der Alliierten genaue Angaben nur über die feindlichen Verluste, die anderen pflegte man zu verschweigen, aus verständlichen Gründen.
Kikí brachte die Nachricht, die BBC verschwieg. Sie kam leichenblaß herein. Sie war irgendwo gestrauchelt, der Absatz war abgebrochen, und sie hinkte. Sie lehnte sich an den Küchenschrank, zog den rechten Schuh aus, hielt ihn fest im Arm, sie konnte dem Strom der Tränen keinen Ein-

halt gebieten, sie flossen und flossen, verwirrten und zerstörten die Reihenfolge der Wörter und der Silben. Aus den Bruchstücken, den gestammelten Lauten war die schreckliche Nachricht herauszuhören. Auf irgendwelche Weise, über ihren Schwager, der in England geblieben war, über dessen Partner von vor dem Krieg, in den Büros in Piräus, Liverpool und anderswo, und vor allem über das Britische Rote Kreuz, war bekannt geworden, daß die MIKRA ANGLIA am 11. März 1943 vor der irischen Küste beschossen worden war, die Engländer hatten drei Mitglieder der Besatzung eingesammelt, und die hatten ihre diesbezüglichen Aussagen gemacht, nichts sonst.
Der Atem stockte ihnen.
Órsa verlor zum erstenmal in ihrem Leben vor anderen die Kontrolle. Sie schoß wie eine verwundete Löwin auf, vertrieb mit Fußtritten die Kinder, schmetterte Katzen, Schemel herum, schlug die weißen Pumps, die sie in Händen hielt, in den Milchreis und stürmte die Außentreppe hinab. Móska war erstarrt, sie wollte nicht glauben, was sie gehört und gesehen hatte. Der Tumult schreckte die beiden benachbarten Häuser auf, die einen rannten in Pantoffeln oder im Schlafanzug, die anderen mit der Serviette in der Hand zum weißen Haus. – Was ist denn los, was ist geschehen, fragten einige außer sich, die einen Angehörigen auf Maltabés' Schiff hatten. Doch wer sollte ihnen Antwort geben? Móska war nicht in der Lage, Annesió ebenfalls, Mersína, Christína, Dimitrákis und Árta weinten, und Mína Saltaféros, immer noch in ihrem weißen Abendkleid und mit dem Perlencollier, schlug den Kopf gegen die Wand, bis sie ohnmächtig wurde.
Als sich die beiden Sávvas beim Haus einfanden, hatte die Nachricht sie bereits erreicht. Sie kamen außer Atem von der Mole zurück, wo sie gefischt hatten, der Kleine fürchtete um das Herz des Großvaters, Annesió ließ sie nicht in die untere Wohnung, sie schickte sie nach oben und folgte

ihnen. Die Küche in wüstem Durcheinander, verschmierte Töpfe, Stühle, Schemel und Wände, zertrampelte Oliven und vertrocknete Saubohnen, und Mína saß da mit den vier Enkelkindern, bleich. Unten ging es drunter und drüber, du Armer, mein Níkos, mein Junge, klagte die greise Amme, die einzige, die zu dieser Zeit des Dramas auch an Vatokoúsis dachte.

Als Móska bewußt wurde, daß der Verlust ihres Mannes und des Schiffes nicht das einzige Unglück war, das ihr zustieß, raste sie hinunter. Die große Schwester heulte ununterbrochen in ihrer eigenen Küche, sie hatte nicht die Kraft und nicht die Absicht, sich der Kleinen in den Weg zu stellen, die mit Gewalt Schränke, Schubladen, Etageren, Schmucktruhen, Hutschachteln aufmachte und den Inhalt auf den Boden schleuderte. Sie hob Matratzen auf der Suche nach Beweisen, zerriß Briefe und Ansichtskarten, die nach Themen oder nach Erdteilen geordnet waren, in Schachteln, Etuis, Täschchen, sie schlug die Bücher auf und suchte auf den Seiten nach Kassibern, schmetterte sie an die Wand, sie brachte die Heiligenbilder in Unordnung, riß Bilderrahmen auseinander, entstöpselte Karaffen, entdeckelte Milchkännchen, Zuckerbüchsen, Terrinen vom guten Service, sah sich gründlich Geschenke und Souvenirs an, die Spíros Órsa gebracht hatte, zwei seidene Eleføntchen, einen hölzernen Alligator, die Geishas, die amerikanische Zitronenpresse, die grünen Handschuhe und die Pfauenfedern, ob sie irgendwo etwas Chiffriertes fände, ein Wort, ein Datum, Initialen, irgendwas; als sie das ganze Haus in ein Chaos verwandelt hatte, fiel sie mit Fäusten und Füßen über Órsa her und schlug und kratzte ihr die Schläfen, das Kinn, den Hals blutig, riß wild an diesen ungeschnittenen Haaren, bis sie, körperlich und psychisch am Ende, stehen blieb und sich eine Zigarette anzündete.

– Sag mir, fragte sie weinend, wer ist der Vater von Mersína, Níkos oder mein Mann?

# Ein Seemann kämpft und bereut nichts

Viele Monate nach der Befreiung, es war Ende 1945 an einem Sonntag mit Sonnenschein und beißender Kälte, da füllte sich der Platz vor dem Rathaus; wie auch immer die Leute die Nachricht erhalten haben mochten, sie strömten zusammen, kamen aus den Dörfern und den weit entfernten Feldern, mit dem Maultier, mit dem Karren und zu Fuß. Bei ihren Kleidern waren sie unsicher, die in Trauer hofften aufs Unerwartete, auf eine wunderbare Wende des Schicksals, die anderen, die farbige Kleider trugen, fragten sich, vielleicht sind auch die Unsrigen umgekommen, und sahen schuldbewußt auf ihre grauen, grünen und braunen Stoffe.

Das Leben jedenfalls nahm einen neuen Anfang. Im Lager von Paleoúpoli hielten die kleinen Pfadfinder eine Gedenkfeier für den amerikanischen Präsidenten Franklin Roosevelt, in Strapourjés setzte man den Friedhof instand und baute ein Beinhaus, im Sumpf von Parapórti versprühte man wiederholte Male das neue Gift DDT, und die Schweinezüchter und die Imker versuchten Schritt um Schritt wieder zu neuen Tieren und Bienenhäusern zu kommen. Aber die Schiffahrt war zugrunde gerichtet – in den amtlichen Listen waren mehr als tausendvierhundert arbeitslose andriotische Seeleute aufgeführt, wobei die Unterstützung für ihre Familien eine Schande war, in Piräus beispielsweise war sie sehr viel besser; unter diesen Umständen also keine Stelle für die fremden Mannschaften. Die Parole »die Schiffe von Andros den Andrioten« erschien auf der ersten Seite der *Stimme der Ägäis* und in allen regionalen Blättern und dröhnte bei den Versammlungen der Arbeiter. Die Seefahrerfamilien bezahlten immer noch den Krieg sehr teuer.

Kóstas Kariotákis aus Saganiári, Schmierer – vermißt 1944 nach einem Schiffbruch in der Meerenge von Madagaskar, zuerst Gefangener in einem Straflager in Japan, dann auf den Philippinen, einer von den fünftausend, die General MacArthur seit Februar 1945, nach der Bekanntmachung des Falls von Manila, befreit hatte –, war endlich auf die Insel zurückgekehrt. Er antwortete, so gut er es konnte, vom Balkon des Rathauses aus auf all die angsterfüllten Fragen von Ehefrauen und Eltern, ob er irgendwo im Pazifik die gesehen habe, die noch in den Listen der Toten und der Überlebenden fehlten.

Móska ging mit ihrem Vater und ihrem Neffen öfters zu diesen Versammlungen, doch es war jedesmal erfolglos. Nach dem Ende des Krieges waren die meisten Besatzungsmitglieder der MIKRA ANGLIA aus den verschiedensten Gefangenschaften heimgekehrt. Das Schiff war am Donnerstag, 11. März 1943, in der vierten Nacht seiner Reise im Konvoi, torpediert worden, kurz bevor Irland zu sehen gewesen war. Es herrschte Windstille, die Engländer sammelten einige Glückliche ein, andere, Unglückliche, nahm ein deutsches Transportschiff gefangen, das später, von den Alliierten beschossen, auf Grund lief, wiederum Deutsche sammelten sie ein, Torpedierungen und Gefangenschaften folgten einander wie die Wolken, wer hatte überlebt, wer nicht, was war aus dem Kapetánios geworden – niemand wußte es.

Im Salon seiner Tante hatte der junge Sávvas die Familienfotos von der Wand hinter dem Kanapee genommen und sie ersetzt durch gerahmte Tapferkeitsorden, Lobgesänge und Dankkarten von fremden Ministern, diplomatischen Missionen, Schiffahrtsgesellschaften, internationalen Gewerkschaftsvereinigungen und von einzelnen ausländischen Seeleuten, die der unerschrockene Maltabés gerettet hatte. *Captain-ghost* wurde er in den Zeitungen genannt, und er selber war immer noch verschollen und ein Geist. Der Junge saß da und studierte stundenlang die fremden Stempel, die Unterschriften, die fremden Schönschreibschriften. Er wußte in allen Einzelheiten um den Wirrwarr in seiner Familie. Mit Mutter und Tante wollte er nicht mehr viel zu tun haben, und trotzig weigerte er sich, den Helden zu verurteilen. Denn auch ganz Andros, das in Küchen, Backhäusern und Kochecken die Angelegenheiten der Familie Saltaféros durchhechelte, liebte bereits den Glanz von Spíros' Ruhm, vor allem in den Augen der Kinder und der Jugendlichen war er eins geworden mit Theseus, Odysseus und dem Heiligen Geórgios, und je länger man nichts Bestimmtes über sein Schicksal erfuhr, desto unglaublichere Ausmaße nahm die Legende an.

Wenn sie einander trafen, besprachen sie die verwegenen und höchst patriotischen Taten von Maltabés und bliesen sie auf: Mit fünf entwischte er einer Verwandten und stieg ganz allein vom Bergdorf Vourkotí bis zur Hauptstadt hinunter, mit sieben räumte er ein Vipernnest aus dem Weg, mit acht war er einen ganzen Sommer lang mit einem Schwarm Delphine zusammen, er machte mit ihnen fröhliche Sprünge, und sie waren närrisch vor Freude, mit elf rettete er einen Familienvater im Meer vor dem sicheren Tod, als jener im September 1922, bei der großen Vertreibung, zwischen zwei Heuern ein fremdes Fischerboot enterte und Verfolgte aus Kleinasien einsammelte. Dann erzählte man von Maltabés' Seemannstaten auf den Weltmeeren, er zähmte Sturmfluten, bot Unwettern die Stirn, verringerte die Reisetage, entrann den Wasserminen, hielt die Deutschen zum besten.

Der Geisterkapitän war in strammer Haltung auf der Brücke der brennenden MIKRA ANGLIA geblieben und langsam mit ihr untergegangen. Kóstas Kariotákis hatte es in der Gefangenschaft von zwei russischen Offizieren erfahren, verläßlichen Männern. Der Name MIKRA ANGLIA war wie bei allen Schiffen während des Kriegs verdeckt, doch die Beschreibung des Schiffs, das Datum und die Position stimmten genau überein, außerdem war unter den gleichen Daten kein anderer Verlust aufgeführt, ihr Unterseeboot hatte ihn lokalisiert, doch er war nicht umzustimmen, wollte sein Schiff nicht verlassen.

Móska brachte keinen Laut heraus, sie betrachtete ihre rostrote Häkelbluse; sie spürte ein schmerzendes Ziehen und machte sich naß, ihr Gesicht war verkrampft nach dieser unerträglichen Anspannung bei diesem jähen Ende einer dreijährigen Agonie, der Sorge um so Vieles und Verschiedenes nebst dem Leben ihres Mannes. Langsam ging sie zurück zum weißen Haus, die beiden Sávvas stützten sie. Hinter ihr bildete sich ein schweigender Zug, Kikí Boússoulas an der Spitze, und Panajiótis, ihr Mann, er war auf der MIKRA ANGLIA gewesen und hatte wiederholte Male Freunden und griechischen und ausländischen Journalisten erzählt, er habe in jener Schicksalsnacht nicht dem Befehl zum Verlassen des Schiffes gehorchen und Spíros allein lassen können, doch der habe ihm Fußtritte versetzt und schändliche Beleidigungen an den Kopf geworfen, habe ihn sogar zweimal ins Gesicht geschlagen, um ihn zum Rettungsboot zu treiben. Es folgten die Sanákis und die Maístros, deren Männer, auch sie in der Besatzung von Spíros, ebenfalls davongekommen waren, Onkel Emílios in erbärmlichem Zustand, ein verwundeter Vogel, Katerína Bassadís, sogar die Cousine zweiten Grades Archondía Sarrís, deren Sannís in einem anderen Konvoi umgekommen war, sie hatte ihre schwarzen Kleider selber genäht. Der eisige Wind zerzauste sie, während sie nach Ríva hinaufstiegen. Die Neuigkeit über das heldenhafte und der Tradition entsprechende Ende von Maltabés ging von Mund zu Mund und verdrängte jedes andere Gesprächsthema in den Kaffeehäusern, im Klub und in der Druckerei.

Die in ein trauriges Alter gekommene Mína »Saltaführer«, wie sie schon von vielen genannt wurde, hatte es nicht gewagt, ihre Tochter zum Platz zu begleiten, sie war abseits stehen geblieben mit der Begründung, ein Kaíki aus Mykonos habe Truthühner gebracht. Der Händler trieb sie auf der Jagd nach Kunden mit einem Schilfrohr durch die Gassen, aber er verlangte fünfzehntausend fürs Kilo, und die Leute hatten kein Geld. Was sie vom Schwiegersohn bekam, reichte kaum. Sie setzte sich schwer auf eine Steinbank, es zog. Sie vermißte den Flieder des Platzes, nächtliche Herumstreuner hatten ihn abgehauen.

– Wie konntest du nur, hatte ihr Mann 1943 gesagt, an jenem Abend, als die ganze Angelegenheit ans Licht gekommen war.

Mína hatte dem Herrn, den sie geheiratet hatte, ohne ihn zu lieben, und der ihr auch im nachhinein nicht erlaubt hatte, ihn zu lieben, keine Antwort gegeben. Aber sie hatte die Kraft, auf jener Steinbank, bewußt und nicht aus purer Gewohnheit, nebst dem Verstorbenen und ihren unglücklichen Mädchen und den Halbwaisen auch das schöne verlorene Schiff geziemend zu betrauern, das kein Bewohner des Hauses je aus der Nähe gesehen hatte. Und natürlich würde ihr die Last zufallen, den Guthaben des seligen Verstorbenen aus der MIKRA ANGLIA nachzugehen, die auf einer englischen Bank lagen. Die anderen konnten es sich leisten, in schierer Trauer zu vergehen, weil Mína ihnen das tägliche Brot verschaffte, heute und morgen und übermorgen, und dazu den Luxus der Trauer und der Niedergeschlagenheit.

Bis zu der Zeit hatte sie bewiesen, daß sie allem gewachsen war, sie, Abkömmling eines wilden, knorrigen Birnbaums, traute sich nun nicht mal nach Hause. Das *gluglu* der Truthühner verwandelte die Stadt wieder in ein kleines Provinznest, in ein Nichts im Universum, und so schrumpfte auch die Saltaférena zusammen, ein kleines verschrumpeltes Ästchen auf der Steinbank, sie wollte nicht dabei sein, wenn Órsa das Unwiderrufliche erfuhr.

Die wiederum wünschte sich, daß Spíros noch am Leben war, nur das. Sie hatte eine dunkelgrüne Strickjacke an, zusammen mit ihren Honighaaren trug sie die Farben herbstlicher Gärten. Immer wieder sah sie durchs Fenster auf die einsiedlerischen Berge im Auge Gottes, durchsuchte die Linsen fürs Essen des folgenden Tags nach kleinen Insekten. Ihr Gesicht war vor Anspannung ganz weiß und eiskalt, er lebt, dachte sie, es gab von Zeit zu Zeit entsprechende Nachrichten, mal schworen die einen Seeleute, der Geisterkapitän sei in Vera Cruz gesehen worden, gleichzeitig auch in Brisbane und am Kap der Guten Hoffnung – vielleicht bestätigte dieser Kóstas Kariotákis von allem etwas. Wenn er nur lebt, sie dachte an nichts anderes, alles war unwichtig.
Die Entdeckung ihrer Gefühle hatte wie eine Bombe das Fundament des zweistöckigen Hauses erschüttert, zwei Monate lang folgten Szenen, die das Weinen und Zähneklappern im allermelodramatischsten Roman in den Schatten stellten, die Menschen auf den Inseln haben eine Portion Fatalismus und Romantik in sich. Das dunkelblaue Hemd, kreischte Móska plötzlich und stürmte hinunter. Spíros hatte eine Schwäche für dunkelblaue Hemden, und sie ließ nicht locker, grub in ihren Erinnerungen, förderte immer weitere Hinweise auf die Schuld zutage: Vor vielen Jahren, in Parapórti, an einem windstillen Mittag, hatte ihr Blick hinter den Schilfrohren, die sich bewegten, etwas Dunkelblaues ausgemacht, und dann war ihr die große Schwester mit fiebrig rotem Gesicht hinterher gelaufen, und sie waren zusammen heimgekehrt.
Und in den Indischen Feigen tief eingeritzt die Initialen S+O=O+S, uralt, aber von der Zeit nicht verwischt. Die elfjährigen Mädchen Mersína und Christína hatten sie entdeckt, die beide, ohne es der anderen je zu verraten, dachten, ob sie womöglich nicht nur Cousinen, sondern Schwestern seien. Sie hatten einen Streit der Mütter be-

lauscht, Móska forschte wie verrückt nach Jahren und Tagen, und Órsa sagte kein Wort, aber am nächsten Tag war sie weg. Sie war mit einem kleinen Koffer und der fünfjährigen Árta nach Apatoúria gegangen, Großmutter Órsa hatte so viele Leiden, daß man sie nicht an zehn Fingern abzählen konnte, und die Enkelin gedachte nicht, sich von der Stelle zu rühren; das war immerhin eine Lösung.

Nicht ein einziges Mal sagte die Alte das Übliche zu ihr: kopflos, hirnlos, leichtsinnig... Im Gegenteil, sie selber, die so manche Entbehrung durchgemacht hatte, murmelte: Gesegnet sind die, welche leidenschaftlich lieben und geliebt werden. Sie warf lodernde Blicke auf Christus und ihren Mann, um ihnen jegliches kritische Hüsteln sofort zu verbieten; in der Kammer, deren Wände vom Arzneigeruch durchtränkt waren, geschah ein Ausbruch des Lebens, ein grauer Leichnam auf dem Diwan, nur Haut und Knochen, mit stinkendem Atem, lebte voller Freude auf, streckte die Arme aus in grenzenloser Zärtlichkeit.

Die zwei größeren Kinder von Órsa kamen, sie spielten ein wenig mit Árta, saßen auf der winzigen Terrasse und beobachteten die Falkenweibchen, welche durch die dicht bewachsene Schlucht flogen; sie sahen ihre Mutter schief an, aber sie liebten sie, sie hatten nicht die Kraft und Verwegenheit, ihr ohne Umschweife fünf Fragen zu stellen: Erstens, hast du Papa jemals geliebt; zweitens, hast du, nach der Hochzeit, den Onkel heimlich getroffen; drittens, was sind das für Großväter, die solches Unheil bewirken können; viertens, liebst du sie noch; und fünftens, wenn du schon den nicht geheiratet hast, den du wolltest, warum bist du nicht ledig geblieben?

Órsa betrachtete die Kinder verstohlen, sie himmelte sie an und konnte nicht mehr Mersínas Bauch pressen, den aufbrausenden Sávvas auskitzeln, ihnen Brotscheiben mit

Rosinenhonig bestreichen, ihnen Ansichtskartensammlungen zeigen, sie hatte auch keine Lust mehr, die winterlichen Gebirgsregionen der fünf Kontinente zu ordnen. Es ist, als würdest du ganz langsam den Fuß eines einzigen riesigen Berges hinaufsteigen, des Weltenbergs, wie sie ihn nannte, du kämst an Dörfern vorbei, die verstreut an den östlichen und den westlichen Abhängen lägen, an wechselnden Gebirgsketten und dann an noch nie betretenen Gipfeln, und von einem erhabenen Punkt aus – der Blick auf die ganze Welt.

Im Mai kehrte sie endgültig ins zweistöckige Haus zurück. Die sterbenskranke Alte hatte ein letztes Mal und im Beisein aller den Sohn und die Schwiegertochter mit blitzenden Blicken zum Schweigen gebracht, sie verzieh ihnen nicht; sie stand kurz vor dem Tod, aber die Wut blieb. Auch Pápa-Fílippas war nur noch eine Handvoll Mensch, er psalmodierte etwas Undeutliches und verstummte. Die Sterbende behielt die Oberhand.

Órsa fühlte sich allein ohne ihre Großmutter, ihre eigenen Kinder hatten nie dieses Gefühl der Verbundenheit kennengelernt, nie eine liebe Oma gehabt, die sich mit den Enkeln verschwor, mit ihnen scherzte, für ihre tiefsten Gefühle ein offenes Ohr hatte, ihnen zuliebe einen Streit auf sich nahm, ja sogar Ränke schmiedete.

Die Zeit schleppte sich im einstmals weißen Haus dahin. Bei all ihren Problemen kam es ihnen nicht in den Sinn, es neu zu streichen, Sávvas schämte sich für den miserablen Zustand des Hauses, er schämte sich aber auch, Häusermaler mit ihren Stielbürsten anzustellen. In ihrer Lage auch noch ans Weißen zu denken! würden alle sagen, die nur leben, um den Spruch des Tages zu prägen, der von allen in der Stadt weitergeschwatzt wird.

Órsa und Móska gingen einander aus dem Weg, das Haus war ein Manövergebiet, in dem sie die Vermeidung direkter Zusammenstöße übten. Die Erstgeborene reinigte also die Linsen und hatte die Fühler ausgestreckt, um die Schritte zu hören und Neuigkeiten zu erfahren. Tatsächlich, die Menge, die Móska begleitete, blieb nun weiter weg stehen, die Absätze auf der marmornen Außentreppe klapperten, dann war die Tür oben zu hören, in der Diele zog sie die Schuhe aus, die nackten Fußsohlen im Korridor; Órsa in der genau gleich gestalteten unteren Wohnung machte den gleichen Weg wie ihre Schwester, die nun im Schlafzimmer ankam und sich wie ein Sack, offensichtlich noch in den Kleidern, auf die rechte Seite des Doppelbetts fallen ließ. Er ist also tot, flüsterte Órsa. Sie stellte sich vor, wie seine schwarzen Augen brachen, seine Wimpern sich nicht mehr bewegten. Sie lag da und sah zur Decke, zu dieser Zimmerdecke, deren Bretter spröd wurden, sie hatten ein, zwei Handvoll Holzpolitur nötig.

Auch sie schloß sich in ihrem Schlafzimmer ein, wollte Eltern und Kinder von der peinlichen Lage fernhalten. Nichten und Neffen hatte man zur Boússoulas geschickt, im Topf war Fleischbrühe. Sie kam weder am Nachmittag heraus noch am Abend, als der Vater sie bat, etwas zu essen. Einzig in der Nacht, als die anderen tief schliefen, warf Órsa eine Jacke über die Schultern, ging aus dem Zimmer und stieg die zwölf Stufen hinauf, der Schlüssel steckte wie immer im Schloß der Küchentür, das Öllämpchen, von der Mutter angezündet, führte ihre lautlosen Schritte bis zum Schlafzimmer. Sie war barfuß, berührte die Wände mit der Hand, mit der Fläche und dem Rücken, fuhr mit dem Finger über das Schnitzwerk des Spiegels, über die gewölbte Rückenlehne des Wiener Stuhls, atmete den Duft des Zimmers ein, streichelte die Gardine, das Leintuch auf der leeren linken Seite des Betts, das linke Kopfkissen, sie setzte sich auf den Bettrand, ließ die Beine baumeln und wickelte mit den Fußsohlen den kleinen Kelim unter dem Bett auf; sie folgte den geraden Spalten zwischen den Dielen, blickte hinunter oder erahnte da und dort den Boden – die Zypressenbretter bersten im Seesturm und lassen unsere Männer ertrinken, aber auch im Haus, sie sind so dünn, haben sie Unglück gebracht, dachte sie; im leisen flackernden Licht machte sie auf der Kommode das Fläschchen mit Laudanum aus. Sie betrachtete den Brautkranz und das Foto des Paars auf seiner Reise nach New York. Er ist weg, er ist tot, dachte sie, er ist tot, er ist tot, und plötzlich fühlte sie, daß sie keinen Mut zum Leben mehr hatte. Sie drehte sich zu Móska, die auf dem Rücken schlief, löste ihr die von Nasenschleim und Tränen verklebten Locken vom Gesicht und küßte sie auf die Wange.

*Unsere Raucher sind nervös*, schrieb die regionale Zeitung auf der ersten Seite. Aufgrund stürmischer See war seit zehn Tagen kein Schiff mehr aufgetaucht, und die beiden Sávvas, die in ihrem Versteck zu qualmen pflegten, der Große herzkrank und der Kleine einfach klein, hatten in diesen zehn Tagen des Mangels nach Tabak gehechelt. Die unerlaubte Zigarette verband sie noch, ansonsten war, nach all den Geschehnissen, das Vertrauen des Enkels erschüttert, sein Großvater dauerte ihn, und was am meisten weh tat, sie waren keine Partner mehr in Geheimnissen und Aushäusigkeiten. Laß mich, ich hab's satt... Er würde nicht mit ihm nach Síra fahren, um das letzte Schiff des Kapetánios zu verabschieden, die weit gereiste MAROUSSIO BEBIS, die als Alteisen verkauft worden war. Nach Síra war es nur ein kleiner Sprung, ein kurzes Tauchen.
Seit Saltaféros 1938 für immer Anker geworfen hatte, reiste er viel mehr als vorher – aber im Kopf. Mal, um der Gegenwart zu entfliehen, mal, um sich selber Vorwürfe zu machen, daß er in Pantoffeln herumgeschlurft war und

frei und ungezwungen im Haus der Argentinierin hatte Winde streichen lassen – laute Fürze bedeuten schlechte Nachrichten, heißt der Spruch –, während sich in seinem Haus eine antike Tragödie abgespielt hatte, eine verrückte Situation, die Liebe war schuld, *denn Aphrodite heißt uns alles Törichte, und richtig meint ihr Name Unvernunft,* soviel er wußte, von Euripides. Den Satz hatte sein unvergeßlicher Lehrer an der Volksschule lustvoll zitiert, er war Junggeselle aus Überzeugung gewesen, der Glückliche.
Und die Wellen wollten sich nicht legen. Sobald Spíros' Tod offiziell bestätigt wurde mit ministeriellen Stempeln und dem ehernen Kreuz für die gefallenen Seeleute, ging's wieder los mit Beileidstelegrammen und patriotischen Lobhudeleien in der Presse.
Saltaféros war traurig, ein Seemann bis ins Mark, er liebte das weibliche Geschlecht, es war ihm nicht sauer aufgestoßen, daß seine Frau ihm drei Töchter nacheinander geboren hatte. Das erste Kind, auf den Namen Orsoúla notgetauft, hatte nur ein paar wenige Stunden gelebt – vielleicht zu seinem Glück, dachte der Kapetánios; das Bewußtsein seiner väterlichen Unzulänglichkeit war so stark und durch nichts zu lindern, daß es stärker zu schmerzen schien als seine Angina pectoris. Seit sieben Uhr auf den Füßen, briet er wie ein Verrückter Kartoffeln oder schmorte Pilze für Órsa, aber sie würdigte sie nicht mal eines Blickes, weigerte sich, auch nur einen Bissen in den Mund zu nehmen. Sie konnte nicht schlucken, irgendwelche Wassersuppen, in denen man ohne ihr Wissen Stärkungsmittel auflöste, gaben ihr die notwendige Feuchtigkeit. Ihr Mann hatte aus Amerika Multivitaminpräparate mitgebracht, doch das reichte noch nicht; die Korrespondenzen mit Athener Professoren und die Rezepte von Ärzten wuchsen zu einem kleinen Berg an. Dazu die Kräuter, die Latwerge, es war eine heilige Pflicht geworden für die Chadoúlena, die Moúrena, die Witwe von Nikifóros, Tássa, die Papadiá

und natürlich Naná, Órsa beizustehen. Da war etwas an diesem Geschöpf, niemand äußerte Gemeinheiten. Die rechtmäßige Witwe Móska hatte zwar ihr Mitgefühl, doch Órsa strahlte etwas Besonderes aus, das Unbegreifliche.

Alles andere nahm seinen Lauf. Eine Seuche machte die Rinder von Gávrio blind, eine andere machte dem Geflügel den Garaus, der Ertrag an Getreide war nicht der Rede wert, für eine Schüssel Samen eineinhalb Schüsseln Ertrag, Mangel an männlichen Katzen in Kappariá, die Italiener in der Wachstube hatten sie gekocht, im Klub Quadrillen und bei den Schmieden zehn Tonnen englische Steinkohle, eine Sendung der EM-EL, Ablauf der Frist für den Umtausch des Kriegspfunds, das Kilogramm Fleisch zweihundert Drachmen, und das im ganzen Land. Nur auf den Kykladen wurde der Belagerungszustand nicht aufgehoben, eine Zone der Kriegsoperationen, wie der Vertreter der Regierung und der Oberste interalliierte kommandierende Befehlshaber für die Ägäis in Erinnerung riefen.

Saltaféros wachte vor Tau und Tag und in lyrischer Stimmung auf.

Er heftete den Blick auf die Wolken im Auge Gottes – der Müller sah diese Wolken als Mehlsäcke, die Weißwäscherin als ungebügelte Bettücher, der Zuckerbäcker als Buttercrème, die alte Jungfer Katína als Brautschleppe und die Lehrerin als Verlängerung ihres Rosenstrauchs, während Sávvas sie als schlichte Wolken bewunderte. Er gehörte zu denen, welche die Natur über alles schätzen, redete die aufgehende Sonne zärtlich an, verfluchte die heiße, schwüle Luft unter der Wolkendecke, schimpfte mit dem Schnee und wußte, daß er immer wieder kam, dieser reine, laue Sonnenschein der Kykladen.

An den Nachmittagen trieb er sich in der Druckerei herum, im neu gegründeten »Haus des Seemanns« und in den Kaffeehäusern, wo die Vertreter des Lebensmittelko-

mitees aus den einzelnen Dörfern sich trafen und Neuigkeiten über die Lage austauschten, und um 7 Uhr 15 am Abend hörten sie die Nachrichten über den Prozeß in Nürnberg, besonders interessiert am Schicksal des deutschen Großadmirals Karl Dönitz, des Führers der Unterseebootflotte.
Nach der Schule fanden die Kinder keinen Erwachsenen, der Lust hatte, sich mit ihnen zu beschäftigen, die Schuld hatte sie gelähmt. Manchmal verfolgte der Kapetánios von weitem Maltabés' zwölfjährige Halbwaise, Christína, sie trug Schwarz, schwarz war auch das Band an ihrem Pferdeschwanz, sie spielte im nassen Sand von Niborió und trödelte auf der kleinen Holzbrücke, einer Nachbildung der Brücke von Brooklyn und Treffpunkt auch für die andere Enkelin, Mersína. Die beiden waren unzertrennlich, sie hatten geschworen, einander das Unsinnige und Unüberlegte der Eltern zu verraten, doch das würde einmal aufhören; und sicher ist Schreiben etwas Schönes, aber etwas anderes ist das Weinen an der Schulter der Freundin.

Februar, ein Donnerstag, neun Uhr abends, Schneeregen und Einsamkeit auf der Platía Amaroussíou, ein riesiges Familienlokal, zerfranste Karnevalsgirlanden, kaum Kundschaft. Der Kellner, mit schläfrigen Augen wegen der Flaute, verfolgte die Scheinwerfer der spärlichen Autos, die um den schlecht beleuchteten Platz fuhren. Als die Glastür aufging, drehte er sich nicht einmal um, das Paar anzusehen, das eilig hereinkam, er Anfang Dreißig, die Frau ungefähr gleich alt, vielleicht achtundzwanzig, schwarze Kleider, unmodisch, Trauerkleider. Sie suchten sich nicht lange einen Platz aus, sondern setzten sich erschöpft an den ersten Tisch, bestellten rasch, drückten die Finger des anderen, besonders die Frau, sie sahen sich direkt in die Augen, die Frau wieder durchdringender, sie neigte den Kopf ganz leicht nach links, dann nach rechts, ihr Haar war offen, und die Haarsträhnen, feuchte Quasten, hüpften auf ihren Schultern, ihre Handbewegungen waren zaghafte Gesten. Offensichtlich hatten sie sich erst vor kurzem kennengelernt, dieser Mann, der nicht einmal seinen kurzen Mantel aufknöpfte, bedeutete alles für sie. Sie hatten Hunger und stürzten sich auf die Teller, doch die Frau schien es nun zu bereuen, daß sie Lamminnereien bestellt hatte, sie konnte nicht an sich halten, eine Genießerin, ihre Schwäche waren eindeutig fette Därme, Lebern und Nieren, Kutteln, aber das war doch kein Essen für ein romantisches Rendezvous. Sie nahm mit den Fingerspitzen das spröde Gekröse, streichelte es und pickte daran mit so viel Grazie und Eleganz, wie sie mobilisieren konnte, als würde sie Mandolinensaiten zupfen; mit halb geschlossenen Augen biß sie nur ein kleines Stück ab, es war, als kaute sie Schweizer Truffes. Das Tsatsíki führte sie von der Seite zum Mund und kostete es, als wäre es Mandelcrème, das Brot eine Hostie, sie war anderswo, im Paradies, nicht mit dem Toten, der sie in schwarze Kleider gezwungen hatte, sondern mit dem dunkelhaarigen Mann, der ruhig und sympathisch sein Fleisch wie ein Kater vom Knochen nagte. Die junge Frau betrachtete seine Haarkringel, dann wanderte ihr Blick langsam weiter, zur weißen Stirn, zu den Brauen, den dunkelbraunen Augen, fuhr über den Nasenrücken, zum Mund, zu den fettigen Fingern und zum Schnurrbart, lautere Anbetung war dieser Blick, der am Lammkotelett hängen blieb.

Am anderen Ende des Speisesaals hatte Níkos Vatokoúsis seinen Teller schon beim zweiten Bissen beiseite geschoben, das Schauspiel faszinierte ihn, diese so verliebte und sinnliche Frau sprühte Funken, seine eigene hatte nie Funken gesprüht wegen ihm; er wollte Órsa ausgefallenere erotische Zärtlichkeiten erweisen, aber sie war immer zurückhaltend, sie liebte einen anderen, und Vatokoúsis weinte über seinem halb abgenagten Kotelett.

Deutschland war im Mai 1945 zusammengebrochen. Níkos hatte viel früher über die Umstände einigermaßen Bescheid gewußt, und die Befreiung hatte ihm nicht viel gesagt, seine Rückkehr an Weihnachten desselben Jahres war ein Kampf, der verloren wurde, ohne daß ein Schuß fiel, wie man so sagt. Kaum hatte er Órsa gesehen, die matt und entkräftet war, mit der Farbe der Zitrone und der Asche im Gesicht, brachte er keinen Satz heraus, er war sich im Klaren, daß es keinen Sinn hatte, auf einem Umzug nach Amerika zu beharren.

Der fünfzehnjährige Sávvas jedoch und die zwölfjährige Mersína waren von der krankhaften Atmosphäre im zweistöckigen Haus verwirrt und erschöpft, sie mußten wegkommen, von dem Haus, von Andros und von Griechenland. In ihrem Alter konnten sie sich glücklicherweise nicht vorstellen, was »für immer« bedeutete. Chadoúlis junior in New Jersey, eine Art Bruder, den Níkos mit vierzig bekommen hatte, würde für sie sorgen wie für sein eigenes Fleisch und Blut. Vor Jahren bereits hatte er etwas geahnt, das Ergebnis der erotischen Rivalität vorhergesehen und sich frühzeitig auf die Seite des Verlierers geschlagen, er hatte Vatokoúsis ausgewählt und stand ihm bei. Er selber hatte eine Reihe von geheimnisvollen Mißerfolgen erlebt und war ledig geblieben. Wie ein Voyeur erlebte er aus nächster Nähe eine große Liebe mit ihren Wellenschlägen, und das genügte ihm.

Mersína wußte nicht mehr ein und aus, und als sie ihn fragte, ob es denn richtig wäre, wenn sie ihre Mama verließe, gab es keine Diskussion mehr.

– Willst du sie bestrafen? sagte sie nur, und er sah sie sprachlos an – nie hätte er eine solche Frage von einem Schulmädchen erwartet.

Annesió wiederum haßte Órsa nicht, diesem Mädchen fehlte der Stoff, aus dem solche Gefühle entstehen, nicht einmal ein unmerkliches Zeichen der Emotionalität. Sie verurteilte offen Níkos Schwiegermutter, die den tapferen Kerl nie als Hausvorstand betrachtet hatte. Sie war also von sich aus in das himmelblaue zweistöckige Haus der Vatokoúsis gezogen, um es zu lüften, neue Blumenzwiebeln in den mit Stein umrandeten Beeten zu stecken, den geometrischen Schnitt des Lavendels im französischen Gärtchen aufzufrischen.
Sie schob ihr hohes Alter vor, Blindheit, Taubheit, böses Bein, und ging nur noch zum Bügeln zu Órsa. Sie wurde schwermütig dort, es war für sie eine Sünde, daß ein solches Mädchen verfiel, eine göttliche Schönheit sich auflöste, vergeblich suchte sie nach den unscheinbaren Wangen, dem Blau in den Augen – die Brüste waren eingefallen, die Hüften nicht mehr vorhanden, Órsa wolle nicht essen, hieß es.
Und nun würde sie auch ihre Kinder verlieren, eine harte Strafe.
Vatokoúsis ließ sich in Athen die Pässe ausstellen und fuhr allein mit einem DeSoto aus der Zeit vor dem Krieg durch die Gegend. Er machte lange Fahrten in weit entfernte Viertel, seit seinen Studien und Reisen liebte er die Griechen aus Kleinasien, er ging zu den Vertriebenen, auch sie Anhänger der Linken, die bei den Straßenkämpfen vom Dezember 1944 von den Briten noch weniger geschont wurden als von den Deutschen. Die Spuren des Kriegs waren frisch, eingestürzte Mauern, abgebröckelter Mörtel, Menschen in Schwarz, ihre politischen Emotionen, auch ihr Leid – das Leiden auch der Eltern, überhaupt das Leiden; es war für Níkos, als wöge er den Ort und die Menschen in ihm, um herauszufinden, welches Gewicht die Heimat tatsächlich für ihn hatte. Dieses sonderbare Land beschäftigte ihn in seinem tiefsten Inneren erst jetzt,

da er es verlassen wollte und beschlossen hatte, ihm seine Kinder wegzunehmen, dem Land, dem er mit einem Gefühl von Pflicht und Schuldigkeit gedient hatte, während Maltabés – wie könnte er auch einen Vergleich mit ihm vermeiden –, dessen Lehrmeister das Leben selber gewesen war, die Gelegenheit zum Heldenmut nicht noch einmal hatte verstreichen lassen: Leidenschaft für Griechenland war es gewesen, er hatte es heiß und heftig geliebt, wie die, welche sich ins Getümmel stürzen und ihr Mädchen einfach entführen.

Am 31. März flog ein riesiger Schwarm Kraniche über Andros hinweg. Emílios Bálas wanderte über die Feldwege von Livádia, wobei er immer wieder strauchelte; er sah seine Tauben tief über die Gärten mit den Saubohnen und den wilden Artischocken fliegen, und plötzlich war der Himmel voll, er schauderte, aah, ein solcher Anblick ist mir in meinen siebzig Jahren noch nicht vergönnt gewesen, dachte er. Nach Spíros' Tod hatte er keinen Antrieb zum Leben mehr. Sonst waren ihm Federn und Daunen ein flüchtiger Trost, der rasch verflog.

Sie ging in die Hauptstadt, zur Kirche des Heiligen Geórgios; Spíros' Waise, Christína, würde Taufpatin sein für die Zwillingssöhne von Kikí Boússoulas; Panajótis, der Überlebende der MIKRA ANGLIA, und die ganze Stadt waren auf den Beinen. Unmöglich, dem Schicksal zu entrinnen auf dieser verdammten Insel, dachte Móska in ihrer Rolle als Kapitänswitwe, einer Rolle, die sie seit ihrer Jugend haßte. Fest, ungebrochen und pflichtbewußt stand sie in ihrem schwarzen Kostüm auf der Seite, die zwei sündhaft teuren Londoner Mäntelchen für die Zwillinge über den Arm gelegt, und ließ ihre hübsche schwarzhaarige Tochter keinen Augenblick aus den Augen. Bald be-

kommt sie die Periode, dachte sie und betrachtete die winzigen spitzen Brüste und das Gesicht, das weibliche Züge angenommen hatte und so früh schon von Schiffbrüchen und anderem Unheil gezeichnet war.
In der Kirche drängten sich Christínas Mitschülerinnen und Mitschüler, die junge Generation nahm bereits auch teil am Spiel; die Zwillinge waren zwei Monate alt und allerliebst. Die Zeremonie war ebenso strahlend wie der Sonntagnachmittag, und doch war überall die unwiderrufliche Abwesenheit von Maltabés spürbar, der all die verstorbenen Seeleute verkörperte und symbolisierte. Alle, die überlebt hatten, waren einträchtig in der Kirche anwesend, viele von ihnen nur dank dem Mut und der Tüchtigkeit des Kapetánios noch am Leben, der dreiundzwanzig Jahre über das wilde Meer triumphiert hatte.
*Das schwarze Meer, es dröhnt und schäumt, und ihr Herz weint und träumt,* und *Der Seebär trotzt des Sturmes Tücke und steht dort furchtlos auf der Brücke* – Vangelákis, der Lautenspieler, ein fülliger sechzigjähriger Mann, spielte auf dem anschließenden Fest sein ganzes Seemannsrepertoire, es ging toll zu.
Kapetán Sávvas als Vertreter der Familie behielt den Schwarm seiner sechs Enkel im Auge und plauderte mit dem uralten Chadoúlis, mit Bálas und anderen, die weder Lust noch Kraft zum Tanzen hatten, über die Fertigstellung und die nochmalige Walzung der Nationalstraße Gávrio–Chóra anläßlich der Wahlen.
Móska war nach der Liturgie ins Haus gegangen. Unten im Zimmer der Saltaférena brannte Licht, ebenfalls in Órsas Zimmer.
Sie stieg die Marmortreppe hinauf und setzte sich trotz der Kälte auf den Balkon, ohne Jacke, ohne Licht, und zündete sich eine Zigarette an. Herr im Himmel, ich bin wie die Moúrena, dachte sie und sann über ihre jugendliche Grausamkeit nach, als sie diese »Schmerfotzen« verhöhnt

und den ausländischen Lehrer angehimmelt hatte, denn er war der einzige gewesen, der sie von diesem Ort hätte wegholen können.
Aber Móska hatte nicht den Schlappschwanz genommen, sondern den Helden. Das hatte sie nun davon.
Ihre Tochter, die so ungestüm heranwuchs, brachte ihr das Alter, die Mühsal und den Sinn der Beziehungen zum Bewußtsein, die »Saltaführer« zum Beispiel, ihre Mutter, hatte sich, kurz davor, den Mut zu verlieren, auf ihre Töchter gestürzt und ihnen das Leben verdorben.
Ringsum dunkles Blau und Schwarz, in der Ferne Lichter, ein wenig wie das nächtliche Valparaiso, das jener Whistler gemalt hatte. Die Nachbarschaft und die gesamte Stadt bereiteten sich auf einen erneuten Aderlaß vor: Die amerikanische Botschaft hatte einen letzten Bescheid an alle Besitzer der amerikanischen Staatsangehörigkeit gerichtet, unverzüglich in die USA zurückzukehren, auch die Männer mit der doppelten Staatsangehörigkeit machten sich mit Frau und Kindern zur Abreise bereit. Marí hatte Mitgift und Nippes schon in Truhen verpackt, *ich bitte dich ganz herzlich, ist's für dich auch schmerzlich, laß den Priester Psalmen singen, daß New York mir Glück soll bringen,* schrieb sie auf dem Abschiedskärtchen, das sie ihr zusammen mit den Taufohrringen schenkte. Auch Katína war weg, ihr Vater nun endlich gestorben, und auf einer Reise zu ihren Tanten in Piräus, die ihr bei ihrer Suche nach einer Arbeit als Krankenschwester behilflich sein wollten, traf sie in der Bäckerei einen gewissen Massimo. Der Italiener geriet in Ekstase wegen ihrer strotzenden aufrechten Brüste, Galionsgorgone hatte man sie in ihrer Kindheit genannt, aber wäre diese gute Seele aus Genua nicht gewesen, die Galionsgorgone, siebenunddreißig Jahre alt, wäre als Mauerblume verkümmert. Vorbei also die vierköpfige Schwesternschaft, das bringt die Zeit mit sich, Móska zündete sich eine weitere Zigarette

an und noch eine und die fünfte und die siebte und die zehnte. Dann wurde es ihr bewußt, daß all die Gedankenstrudel nur eine Ausflucht waren, ein langes Warten auf ein Husten, auf das Klappern eines Pfannendeckels, auf das Radio, auf irgendeinen Laut eben aus Órsas Wohnung; aber vergeblich, die Schwester hatte sich in ihrem Zimmer verbarrikadiert und sicher sogar die Kraniche verpaßt. Ein gutes Omen, plapperten ein paar zahnlose Großmütter bei der Taufe, in ihrer Mitte Bálas, der sachkundige Ornithologe, selber ein alter Storch, der alle Vögel des Himmels mit fein geschroteten Maiskörnern beschenkte und dem die Seele blutete für die Rabenvögel, auf die man pro Kopf eine Belohnung von dreitausend Drachmen ausgesetzt hatte.

Drei Tage später fand ihn seine Nachbarin Mardíssa Andónoglou im Taubenhaus, er lag bäuchlings auf dreißig Zentimetern Taubenmist.

Die vierzig Trauertage waren vorbei, und so brachte Móska den Junggesellenhaushalt in Ordnung, sie verbrannte alten Trödel, warf eine Menge Krimskrams weg und dezimierte Souvenirs und Zettel mit tränennassen Geschichten. Sie fand siebzehn Briefumschläge, die Spíros seinem Onkel geschickt hatte, es war kein Brief drin, nur auf der Innenseite des Dreiecks standen zwei Wörter: Für Órsa.

Das Wetter war herrlich, und die Kinder tobten in Parapórti, Niborió und Jália herum, legten sich zu zweit oder zu dritt in den Sand und auf die Kiesel und foppten und plagten einander.

Resvánis, der Arzt, vom bösesten Hüftleiden auf der ganzen Insel befallen, hatte seine Frühlingsspaziergänge und die vorösterliche Stimmung bei der allwöchentlichen Liturgie zu Ehren der Muttergottes verpaßt, er hockte zu Hause und entkam auch dort der Saltaférena nicht, die ihn unablässig beschwatzte, er solle einen stärkenden Zaubertrank für ihre Tochter ausfindig machen. – Mános Sotiriádis, Mikrobiologe am Institut Pasteur in Paris, da, ich habe seine Telefonnummer, sagte er. Natürlich unbrauchbar, denn Andros hatte noch keine Telefonverbindung. – Meine liebe Mína, erklärte er ihr dann, am besten wäre eine Magensaftanalyse nach der Methode Winter, zusammen mit einer detaillierten Untersuchung der Exkremente zur Diagnose von Magen- und Eingeweideerkrankungen. Aber wie konnten die Exkremente rechtzeitig zur Analyse nach Athen gebracht werden? Das Kursschiff brauchte zwölf Stunden bis nach Piräus, und Órsa, mochte ihr Magen geschlossen sein, mochte sie unter Schluckbeschwerden leiden, würde auf keinen Fall die Qualen der Reise und der ärztlichen Untersuchungen auf sich nehmen; ihre Gesundheit war ihr völlig gleichgültig. Evtíchis, der Elektriker, der sämtliche Einnahmen in Kugeln für Schnepfen und spindeldürre Turteltauben verwandelte, gab Saltaféros einige Vögel; Loúis, Nónas, Lávdas, Skórdas schickten Drachen- und Skorpionfische und jene mit dem schönen Namen, die silbrig glitzern wie breite Geschmeide, wie Naná ausnahmslos alles Unbekannte zu benennen pflegte; man brachte auch Mispeln aus Apatoúria. Órsa verweigerte das Essen nicht absichtlich, sie hatte die Lust am Leben verloren, und diese ganze Inszenierung der Kochkunst und der Zuckerbäckerei ging ihr auf die Nerven, schließlich warf sie auch die Medizin aus dem Fenster.

Im Haus machte sich keiner die Mühe, sich in Mínas Gemütszustand zu versetzen, sie bemerkten andere Dinge – daß sie nicht in einen Freudentaumel ausbrach nach dem gewaltigen Ergebnis der Volksabstimmung für die Monarchie und für Geórgios II, daß sie den Mund nicht auftat

über die Zerstörung der japanischen Paläste durch die amerikanischen Bomber – sie schüttelte die Kissen, um die Haare des Katers zu entfernen, und drehte sich nur um und starrte das Radio an. In Wahrheit bereute sie, es tat ihr weh, sie ängstigte sich aber aus der Distanz, denn sie hatte resigniert nach tausend fruchtlosen Bemühungen, die Beziehung zu ihrer älteren Tochter wieder ins Lot zu bringen, ihre Wörter paßten nie zueinander, ihre Gedanken kreuzten sich nie, die Antwort der einen traf nie die Frage der anderen. Órsa benutzte seltsame Worte, als wären sie nur für ihre eigenen Ohren und ihren Verstand bestimmt, diesen Verstand, um den auch Saltaféros so fürchtete, auch er hatte vor Zeiten einen Bruder verloren durch die Krankheit, bei der man ins Meer fällt.
– Gib mir die Briefe. Alle siebzehn.
Nach langer Zeit betrat Móska wieder das Zimmer ihrer Schwester. Sie hatte die Tür hinter sich geschlossen, und in wenigen Augenblicken spielte sich vieles ab, bei der einen Wut wegen der geheimen Korrespondenz und Erschütterung über den Anblick, den Órsa von nahem bot, bei der anderen völlige Gleichgültigkeit den Anschuldigungen gegenüber und etwas wie ein Seufzer der Erleichterung über das erneute Auftauchen der Schwester.
– Liebe Móska ...
– Gib mir die Briefe, Móska wiederholte den Befehl drohend, sie schrie, schüttelte Órsa, gab dem Schemel einen Fußtritt, dann zündete sie sich eine Zigarette an und begann schwer zu husten; die andere erhob sich aus dem Schaukelstuhl und zog feine Strümpfe und eine Jacke an. Gemeinsam stiegen sie hinab zur kleinen Brücke, geplagt vom Nordwind, aber auch von der Verzweiflung, die sie teilten.
Sie machten den Rundgang Maltabés. Schon nach der Hälfte des Wegs mußte Móska ihre Schwester stützen, die keine Kraft mehr hatte, aber ohne Zaudern mit fünf,

sechs Sätzen die schwere Last von sich löste. Wie Tropfen kamen sie, die Örtlichkeiten: Kleine Brücke, Mittwoch, 9. Juli 1929; Heiliger Dimítrios, Donnerstag, 17. Juli 1929; Felshöhle, Montag, 21. Juli 1929; dort, wo die Großmutter ausnahmsweise hatte beerdigt werden dürfen, hoch auf dem Hügel, im Friedhof der Heiligen Kosmás und Damianós, Sonntag, 27. Juli 1929; Schilfhain in Parapórti, Freitag, 1. August 1929; Taubenhaus, Samstag, 2. August 1929. – Trotz alledem, die Briefe, forderte Móska scharf, die Briefe, und Órsa erwiderte ruhig: Nicht bevor du mir selber glaubst.

Die Nacht brach an; die wenigen Passanten wichen auf den unbefestigten Wegen überrascht aus, die Rinder muhten, ringsum Brombeeren, Myrten, Ginster, Korbweiden. Brich dir einen Weidenzweig ab, er bringt dir Glück, hatte manchmal der Pope gesagt, der nicht nur im Himmel Beistand suchte.

Naná Bouradá-Karapipéri war über den Rundgang der beiden informiert worden und in Órsas Wohnung geeilt, hatte sich in den Schaukelstuhl gesetzt, wartete und rauchte. Seit langem brachte sie ihr ganzes Arsenal an Stabreimen und Vergleichen zum Einsatz, um ihren Liebling aufzuheitern, doch da war nichts zu machen.

Als Órsa an jenem Abend heimkehrte und sich erschöpft aufs Bett fallen ließ, bot ihr Naná *petits beurres Papadópoulos* an, ihr bevorzugtes Mitbringsel, und kam in ihrer Bangigkeit wieder einmal auf etwas völlig Unerhebliches zu sprechen. Pflanzen waren ihr Trumpf. Der selige Mikés hatte öffentlich Witze über ihre Tauglichkeit als Hausfrau gemacht, Naná kocht fad, aber ihre Kenntnisse im Bereich des Gartens reichen aus, um eine Ehe ohne Kinder, dafür mit vier Gartenbeeten zusammenzuhalten, die Farbkombinationen beglückten das Paar – wir, meine kleine Epirotin, haben wegen der Stiefmütterchen geheiratet, sagte er immer wieder, und das alles andere als ironisch.

– Schweig doch endlich, fiel ihr Órsa ins Wort, sie kannte es auswendig; aus dem Augenwinkel sah sie die halb leere Likörflasche, die Lehrerin hatte wieder tief ins Glas geschaut; sie kam oft, wegen ihrer Patentochter, wie sie behauptete, doch vor allem, weil sie dort von vergangenen Zeiten träumen konnte, Órsas Schlafzimmer war für sie wie ein Altar verlorener Liebe.
Órsa aber wollte sie, besonders an diesem Abend, loswerden, sie hatte das Bedürfnis, über Maltabés nachzudenken. Seinetwegen verlor sie ihre Kinder, doch sie war ihm nicht böse, sie wurde wahnsinnig bei der Vorstellung, wie er im Meer versank, in seiner Uniform, die sich im Wasser aufblähte, wie Blasen aus seinem Mund aufstiegen und die Mütze sich vollsaugte, dann aber noch für eine Weile an der Oberfläche trieb.

Saltaféros hatte einen weiteren Angina-pectoris-Anfall – das brachte die Töchter wieder näher zusammen. Beide im selben Zimmer, wenn auch nur kurz, verabreichten ihm die Pillen, Móska las ihm aus der Zeitung vor, die Neuigkeiten, die alle schon kannten, denn die lokalen Korrespondenten, Stamatoúdis, Herausgeber und Drucker, Papadópoulos, Rektor des Gymnasiums, Saloníkis, Kapitän in Rente, und Lefendários vom hiesigen Ableger der Panhellenischen Schiffahrtsföderation, wohnten in der Nähe und wußten so viel wie die anderen auch. Als die *Stimme der Ägäis* endlich die Meldung veröffentlichte, die Jacht der Griechischen Kriegsfürsorge bringe aus den USA achtzehn Einhufer, da hatten die Tiere bereits die Wolfsmilch, den Klee und die wilden Kräuter des halben Tals gefressen.
Móska las, ob sie Lust hatte oder nicht. *Móska fein, das Muttermal auf deinem weißen Rücken, Maltabés, er küßt*

*es voll Entzücken.* – Saltaféros dachte an sie als jungverheiratete Frau, sie war lebhaft und ständig unterwegs gewesen, ihre verrückten Freundinnen hatten ihr die Ohren mit Versen vollgeschwatzt. Mein Kind, dachte er und versuchte, sie gleichermaßen zu lieben. Aber wie konnte er es ihr deutlich machen? Es gelang ihm nicht, die reumütige Magdalena hervorzukehren, und so ließ er alles, wie es war.

Auch die Lehrerin besuchte ihn und zeigte ihm zum erstenmal, daß er ihr sehr sympathisch war, denn bevor sie wieder ging, wagte sie ihm etwas zu sagen, worüber sie wohl jahrelang nachgedacht hatte. Er wiederum kramte seine altgriechischen Zitate hervor, anscheinend hielt er es für notwendig und nicht zu umgehen angesichts des Berufs der Besucherin, und Naná, die das erwartet hatte, wiederholte sie langsam, ja deklamierte dann drei, vier von den Lieblingssprüchen des Kapitäns.

– Mit alledem aber, Herr Sávvas, bekräftigen Sie nicht etwas, Sie schweifen ab von etwas, als würden Sie sich auf eine Sentenz schwingen und davonreiten.

– Aber Sie beziehen sich ja auch darauf...

– Mit Wissen.

Jedenfalls, er schätzte sie, und vor Jahren, als hätte sein Ohr eine Unverschämtheit von ihr vernommen, hatte sie eines Nachmittags zur Großen gesagt: Die einzige Gemeinsamkeit eurer Eltern ist das »a«: der Sanfte und die Harte.

Die kleineren Enkelkinder steckten den Kopf ins Zimmer, um den Großvater mit eigenen Augen zu sehen, Árta, Mímis und Mína in ihren beige-blauen Schulschürzen. Der kleine Maltabés mit seinen Falkenaugen war gierig nach mehr, gewöhnlich kroch er unter das Bett des Kranken, angeblich, um mit dem Kater das Spiel »Wer hypnotisiert wen zuerst?« zu spielen, stundenlang sich vergessend, aber der Großvater, schon ein alter Mann, hatte keine Lust mehr auf neue ernsthafte und fordernde Beziehungen. Von einem gewissen Alter an werden die Menschen schwerfällig, sie kommen den Jungen nicht mehr nach, interessieren sich nur noch für die alten Bekannten, das reicht ihnen für den Rest des Lebens.

Der jüngere Sávvas, die letzte wesentliche Beziehung in Saltaféros' Leben, war immer weg, Anfechtungen der Jugend und Liebe aus heiterem Himmel zur Tochter von Archondía Sarrís; er war den ganzen Tag verschwunden und würde es für immer und ewig mit dem Ende des Schuljahrs sein, denn er würde mit Mersína nach Amerika gehen.

– Es geht dir gut, komm, los, steh auf, sagte eines Nachmittags der alte Resvánis zu Saltaféros.

Mína und Annesió standen dabei, die Aufmunterungen des Arztes versetzten sie in Panik, die Koexistenz von Órsa und Móska im selben Zimmer war der einzige Trost, der ihnen in den letzten Jahren zugekommen war.

Der Frühling stand in schönster Blüte. Die amerikanische UNRRA verteilte Medikamente gegen die Malaria; die Dorfkomitees übernahmen die Verantwortung für die Verteilung von Stoffen, Pullovern und Schuhen; die billigen Zeitschriften, die der Britische Informationsdienst sandte, fanden reißenden Absatz; eine Truppe fahrender Gaukler gab Vorstellungen im Kaffeehaus von Loukíssas, und Herr Dínos, Liebhaber des Theaters, wie er sagte, Liebhaber der Schauspieler, wie die anderen sagten, war untröstlich, denn aufgrund einer Diarrhöe verpaßte er ein weiteres Mal die Tournee der Sängerin Sofía Vémbo – Kairo, Chartum, Addis Abeba.

Saltaféros nahm wieder am Leben der Hauptstadt teil, in seinen dicken Seemannsmantel gehüllt und mit seinem neuen Trinkbecher, er war wieder rot und emailliert, Mína, die Pest, hatte ihn anläßlich seiner Genesung gekauft.

Er spazierte bis zur Mole, begaffte die FARUK, die ihre Ladung von Fett, gehackten Hülsenfrüchten und Milchpulver löschte; ganz langsam bekam er wieder seinen Blick fürs Meer.

– Gehen wir nach Hause, mein Sohn hat dir einen Brief aus New York geschickt, »streng persönlich« steht drauf, sagte der alte Chadoúlis; er war in den Achtzigern und ebenfalls ausgegangen, um sich etwas Bewegung zu verschaffen und die Blutzirkulation in den Beinen anzuregen.

Saltaféros befürchtete, es könnte die Hiobsbotschaft sein, daß Níkos beschlossen hatte, Órsa auch das dritte Kind wegzunehmen. Wie soll ich ihr das nur beibringen, möge Gott es verhüten, dachte er. Wer weiß, was noch auf uns zukommt, sagte er niedergeschlagen zum alten Chadoúlis. Doch es handelte sich um keine neuen Verwicklungen in der Tragödie seiner Tochter.

Als sie Chadoúlis' Büro mit der silberbeschlagenen Ikone des Heiligen Nikólaos, den gewaltigen Porträts, den mit Firnis überzogenen Karten und den in Leder gebundenen Folianten, mit denen Chadoúlis junior seine Jugend verbracht hatte, betraten, zog der Alte aus der Schublade einen dunkelgelben Umschlag und ließ Sávvas diskret allein – ich sage ihnen, sie sollen Limonade bringen, und entfernte sich, ging in die kleine Küche, bestellte, aß aus dem Topf zwei Gabelvoll Reis mit Porree, streichelte die Katzen, die auf einem Mauervorsprung im Hof schliefen.

Seine Frau hatte seit langem Sehnsucht nach den Mönchen gehabt und fürs Kloster neues Kochgeschirr kaufen lassen; schon früh am Morgen waren dreißig Maultiere nach Kávkara aufgebrochen.

Die Chadóulena, das alte Knochengerüst, sprang aufs Pferd und saß ab wie ein junger Mann. Und die beiden Male, als sie ein Schiff verloren hatten, 1921 die

IDROUSSA und 1923 die ÄGÄIS, war sie selber mit dem Pferd nach Sinetí, Menítes, Saganiári und Aprovátou geritten, um die schlimmen Nachrichten zu melden.
Chadoúlis kehrte ins Büro zurück. Der einstige Erste Kapitän der Gesellschaft war niedergeschlagen, er trug jenen Ausdruck, den die Gesichter der Menschen annehmen, wenn sie unaufhörlichem Trommelfeuer ausgesetzt sind und aufgeben wollen. Das Büro in New York hatte ein Schreiben des griechischen Konsuls in Buenos Aires erhalten, daß Sávvas Saltaféros, pensionierter Kapitän des Frachtschiffunternehmens Gavriíl Chadoúlis und Sohn gesucht werde, denn es bestehe eine Anwartschaft auf eine Wohnung in der argentinischen Hauptstadt und auf etwas Bargeld.
Das Ganze war sehr formell, obwohl der Konsul, die beiden Chadoúlis und Sávvas einander schon früher getroffen hatten, und das nicht nur zwei-, dreimal, zu Geschäftsbesprechungen, sondern auch bei Biergelagen: Fleisch *asado* und Merdita, Carmencita, Lolita, Teresita, Negrita und Chiquita – da verstehen die Seeleute was davon. Anjelita Rodriguez San Pedro also, Anjelita-Ita und der wunderhübsche Odysséas, ihrer beider Sohn, waren bei einem Omnibusunfall ums Leben gekommen, und der Kapetánios war ihr Erbe.

Annesió bestand darauf:
– Erstens, jeden Abend legt sie eine Handvoll Jasmin auf die Marmorplatte der Kommode, genau wie ihre Großmutter, Gott hab' sie selig, die das Kind nie kennengelernt hat. So etwas wird nicht nachgeahmt, das wird vererbt. Zweitens sind sich die beiden Mersínas ganz ähnlich, durchsichtig auch das Mädchen, wie ein Windhauch. Drittens, wenn die Kleine weint, rennt sie genau so davon.

Noch etwas. Sie ißt kein Kaninchenfleisch. Und weiter: Sie hat kein Talent fürs Klavier, die Vatokoúsis haben kein Gefühl für Lieder und Tänze. Und schließlich: Sie liebt die Farbe Weiß, den Schnee, die Schaumkronen, Hochzeitsmandeln, Perkal und junge Möwen.

– Komm, ich muß etwas Wichtiges mit dir besprechen, hatte Annesió Móska mitgeteilt. Mersína hatte von einer Frau in Weiß geträumt, die von ihr dringend eine Vase mit einer weißen Nelke verlangte, es gab keinen Zweifel, die Frau war ihre Großmutter, Níkos' Mutter; die alte Amme hatte ihr Gehirn zermartert, um unerschütterliche Beweise für den Vater von Mersína zu sammeln, sie hatte sogar die Schublade mit den ungerahmten Fotos leergeräumt.

– Auch wir, ich bitte dich, haben kein Talent fürs Klavier, es sind ja nicht nur die Daten verdächtig, es sind auch die siebzehn Briefe. Móska warf der Alten die leeren Umschläge in den Schoß. Die aber hielt es für unter ihrer Würde, sie zu durchsuchen, ein Stapel vergilbtes Papier mit kaum lesbaren Stempeln, der Rücken mit der Schere aufgeschnitten; Bálas gab die Briefmarken der Nachbarin gegenüber.

Sie saßen in der Küche. Móska rutschte auf dem Schemel hin und her, ein Blick aus der Höhe, die Ägäis über dem Brotkasten und der Goldstrand von Parapórti über einer kleinen Schüssel mit grünen Bohnen für eine Mahlzeit. Die Bohnen springen auf mit einem Ach, wie Órsa immer sagte, die Bohnen springen auf mit einem Ach.

Móska war kurz vor dem Heulen. Es wurde ihr bewußt, daß sie in der Falle ihrer nichtigen Argumente gefangen war.

Was trieb sie nur dazu, Annesió derart zu verletzen, die in diesem riesigen, blauen, zweistöckigen Haus der Vatokoúsis in der kleinsten Kammer wohnte, unverwüstliches Personal im Dienst unsichtbarer Herrschaften, denen sie das Haus besorgte und die Pflanzen hegte, wie es einst die

Hausherrin gewünscht hatte, eine französische Fassade, Farne, schönblättrige Büsche und Schwertlilien am schattigen Pfad, der zum Hinterhof und den Vasen des farbenprächtigen, duftenden Blumengartens führte, zum Gewächshaus mit den kleinen Blumentöpfen und zu den weißen Nelken, die allerdings unter den Besuchen von Mínas Kater litten.

– Warum gehst du nicht auch nach Amerika, du wärst in der Nähe von Andónis und könntest Níkos und den Kindern helfen? fragte Móska.

– Das war schließlich Órsas Pflicht, aber was soll's. Jedenfalls, er hat es mir nicht vorgeschlagen. Im Grund will er, daß ich ein wenig auf deine Schwester aufpasse, auch wenn sie niemanden mehr zu sich läßt. Annesió machte eine Pause und verkündete stolz, Amerika habe ihr zwar die beiden Jungen weggenommen, Níkos und den eigenen, aber Andros sei für sie immer noch von weit größerem Interesse, es gebe zweieinhalbtausend Einwohner in der Stadt; von der Hälfte kenne sie, mit ihren siebzig Jahren, den Vor- und den Nachnamen, den Namen des Vaters, den der Mutter sowie die Lebensanschauungen, und bei den anderen könne sie wenigstens aus der Physiognomie und dem Schritt auf die Familie schließen, aus der sie stammten. Amerika war für sie abgehakt, sie hatte keine Lust, es noch einmal zu sehen; im Museum war sie auch schon gewesen, sie hatte eine Frau als Chef einer Sesselfabrik gesehen, einen Schwarzen, der Baklavá aß, und drei Chinesinnen, die sich völlig unpassende Dauerwellen machen ließen, weshalb sie auch mit ihrem Sohn geschimpft hatte, da er die Kundinnen des Salons nicht über ihren Irrtum aufklärte. Das einzige, was ihr gefallen hatte, waren die Ausfahrten mit dem Auto. Alle wußten, daß sie auf Andros jeden Sonntagmittag nach den Gedächtnisfeiern den einzigen Taxifahrer der Stadt anheuerte, sie mit dem Wagen zu den Drei Kirchen zu bringen.

– Endlich mal Hering und Stockfisch in Gávrio, erklärte sie. Nicht daß es sie zu dieser Zeit interessiert hätte, sie dachte ununterbrochen an Níkos, den Studenten, und dann an den Seemann auf dem Schwarzen Meer, der sie verwöhnte mit pikanten Delikatessen, gesalzenem Thunfisch, getrockneten Makrelen, Roquefort und Prager Wurst. Und die alte Klavierlehrerin der Insel, Kélly, mit fünf Enkeln, ausladendem Hintern, feinem Schnurrbart, Haaren wie eine Drahtbürste und viel Goldschmuck, brachte Níkos Tschaikowski bei; auf dem Flügel standen Tellerchen mit Sardellen und sauer eingelegtem Gemüse. Sie hatte nicht die Erscheinung und die Spleens einer Künstlerin von hohem Rang wie die Exadáktilos, die ihr, zur Erleichterung aller, nachfolgte, durchgeistigt und unglücklich in ihrem Leben, wie es sich für eine Pianistin gehörte.
Móska sah sich die Fotografien an. Madame Kélly, ein Faß von einer Frau und bester Laune, umarmte das Kind; der Flügel allein; verschiedene Schiffe; der Kapetánios stramm neben Standbildern, die ihn zu beneiden schienen; Sehenswürdigkeiten und Casinos; Níkos' Mutter, die leider nicht mehr von der Wohltat des Penizillins hatte profitieren können, zart und äußerst fotogen, die Wangen und die Stufen der Haare strahlten Reflexe aus, die sich kreuzten, wie beim Spiel mit den Sonnenstrahlen und den Spiegelchen. Die gleiche Fotografie hing auch im Salon ihrer Schwester, den sie schon lange nicht mehr betreten hatte.
– Also. Ich, die ich auf Vatokoúsis' Seite und nicht auf der von Maltabés stehe, sage dir, du tust ihnen allen Unrecht, deinem seligen Mann und deiner Schwester und deinem Schwager. Sieh doch die kleine Mersína, halte die Fotografien ganz nah nebeneinander, das gleiche Gesicht und das genau gleiche böse Schicksal.
– Und die Briefe?
– Dieser arme Teufel, Bálas, der hat uns als Lebender nicht

gequält, aber als Toter schafft er es. Vergiß das alles. Begrab es. Es sind sechs Kinder da, die haben Vorrang, sie sollen nicht so unter ihren Müttern leiden müssen wie ihr unter eurer.

– Hat sie dich geschickt?

– Nein, bei den Gebeinen der Seligen, ich bin vielleicht schon als Dienstmagd auf die Welt gekommen, aber von der Saltaférena nehme ich keinerlei Befehle entgegen, sie hat zuviel kaputt gemacht.

Die ganze Zeit über lehnte es Móska ab, Voraussagen zu machen, wie die Angelegenheit enden würde, halsstarrig erwartete sie Antworten und blieb auf der Zuschauerbank. Sie glaubte einfach nicht, daß Órsa verzweifelt und stumm siebzehn Jahre lang Spíros liebte, daß die Beziehung aus der Jugend stammte wie ihre eigene mit dem Engländer, die sie vollständig beiseite gelegt und vergessen hatte; nichts anderes als ein mickriges, bleiches, fleischloses Gesicht.

– Sie soll mir die Briefe zu lesen geben, ich brauche sie, es geht nicht nur darum, daß sich vielleicht dies und das und noch mehr hinter meinem Rücken abgespielt hat, ich will wissen, ob und wie sehr mein Mann in mich verliebt war. Du, Annesió, vergleichst Fotos, um deine Schlüsse zu ziehen, ich werde Worte vergleichen, das, was er ihr geschrieben, und das, was er mir gesagt hat.

Die Fenster waren wegen des Südwestwinds verriegelt; die Küche hatte jenen besonderen Geruch, den die Küchen der alten Menschen haben: ein zugedeckter Teller mit Resten vom Mittagessen, feine braune Risse im Porzellan, im Regal seit Jahren nicht mehr benützte Töpfe und Schüsseln, im Abwaschbecken ein Stück schlierige Seife, gerade noch so groß wie eine Saubohne, sogar das Wasser roch, als wäre es alt geworden. Móska hatte nichts mehr zu sagen, sie stand auf und wanderte durch die Zimmer des Hauses, das ihre Schwester immer wieder abgelehnt hatte. Die Möbel, kostbare Erbstücke, waren überladen mit unzähligen nutzlosen Geschenken, Schlittschuhen, Golfschlägern, Haken und Blinkern fürs Forellen- und Lachsfischen in den amerikanischen Flüssen, einem Safarihut; über dem Flügel auf einem hölzernen Untersatz ein Hirschgeweih. Sie blieb stehen und blickte durch den Korridor in die Küche, wo Annesió flink die Fotografien sortierte, als wären es Spielkarten.

Der geeignetste Platz für das, was sie im Sinn hatten, war Píso Jália, er lag weit entfernt von Zuschauern – ein Ort, der sich im Herzen und der Seele festsetzt und sie verändert. Gelber Strand, fünfhundert Meter lang und hundertfünfzig breit, mit vertrockneten Gräsern bewachsene kleine Mulden, dampfend in der Mittagshitze, winzige Dünen, die schönsten Aussichtsorte wie Terrassen an den Hügeln ringsum und auf den Gipfeln der Kette ausgebreitet. Wo doch schon der Sand in den Himmel hinauf steigt, warum sollen dort oben nicht auch die Wellen brechen?
Er schloß halb die Augen, die Wimpern waren verklebt und schwer vom eingetrockneten Salz, die Farben flimmerten, die Sonne nagelte ihn mit tausend Strahlen fest, und er sah weiße Schaumkronen, in denen Algen schwammen, wie fein geschnittener Lattich, und die salzige Flut strömte vom Gipfel des Bergs und ergoß sich über den wie in tausend Spiegeln gleißenden Mittag.
Er hörte das Zischen des verdunstenden Wassers, wurde schläfrig und drehte sich auf die andere Seite. Er sah keine kochenden Berge mehr, sondern das blaue Wasser, eine kalte Farbe, und die Kühle verbreitete sich von seinen Augen aus rasch über den ganzen Körper. Ihn schauderte.
Kurz vorher hatten sie sich zum erstenmal geliebt, Marína trug nur ihr Hemdchen, der junge Sávvas desgleichen,

denn während sie sich pausenlos küßten und in die Augen schauten, die vier dunklen Augen, schämten sie sich noch im Hemd nicht so sehr. Die Körper waren von der Taille abwärts erregt, sie zogen einander an wie Magneten und zuckten und zappelten. Ihre Kleider zerknüllt, Marínas Schlüpfer lag im Wasser, und ein paar neugierige Eidechsen schlichen um die zwei Schultaschen.

Es war der letzte Schultag. Níkos Vatokoúsis hatte seinen Aufenthalt verlängert, weil ihn Geschäftsangelegenheiten fünf Monate in Piräus blockiert hatten und weil Órsa starrköpfig blieb, nun hatte er alles in die Wege geleitet, um die beiden älteren Kinder nach Amerika mitzunehmen.

Den Menschen in der Stadt stockte der Atem, sie schienen nicht einverstanden zu sein oder es von Vatokoúsis mit seinem sanften Charakter nicht erwartet zu haben, daß er die Kinder ihrer Mutter wegnahm. Auch er selber war sich nicht im klaren, weshalb diese Verwirrung, die er ja nicht aus Rachegelüsten angerichtet hatte, obwohl er lange Zeit ein anderer Mensch gewesen war, weiter andauerte. Es war wohl eher ein Trick, um Órsa von der Insel zu holen, um sie zu retten, damit sie gemeinsam einen neuen Anfang machen konnten, und die Kinder waren der Köder. Der Plan war bereits fortgeschritten: Er hatte in New York eine Wohnung gemietet, hatte Colleges und einen Hausverwalter gefunden. Verträge für Proviantlieferungen an Schiffe trieben ihn zur Eile. Es würde eine Reise ohne Wiederkunft sein, und es gab so viele Verpflichtungen und Gefühlsverstrickungen, die unentwegt zu falschen Entscheidungen führten. Annesió jedenfalls drang in ihn, denk noch mal darüber nach. Auch der allgemeine Leidenszustand von Órsa tat ihm weh, ihre Haut wurde faserig, die Nägel brachen ab, die Haare fielen aus, auf den Kissen der Kanapees, überall, lagen Knäuel von eineinhalb Meter langen Haaren, welche die Muster und die Farbtöne der Stoffe und der Stickereien veränderten.

In der Nacht vor dem Aufbruch, nachdem die Gäste und die Verwandten gegangen waren, bat sie, man möge ihr die Kinder ins Bett bringen. Sie legten sich hin, Mersína rechts und Sávvas links von ihr – ich bin schwach und kann nicht mitkommen, vielleicht später, sobald Árta fertig ist mit der Volksschule, sagte sie zu ihnen. Sie wußten, es war unmöglich, aber alle drei waren sehr tapfer, bis am Morgen sagten sie einander Lügen, und so mußten sie nicht weinen.
Órsa hatte für Sávvas ein Heft vorbereitet, in dem Ansichten andriotischer Orte, mal im Frühling, mal im Sommer oder im Herbststurm, abgebildet waren. – Ich bin nicht so gut im Beobachten wie dein Papa und du, mein Junge. Das ist wahr, dachte Sávvas bitter, und dennoch entdeckte seine Mutter immer etwas, das niemand sonst auffallen würde. Er schlug das Heft auf und blätterte es hastig durch, Jerakónes, Dipotámata, Pírgos Mouvelá, Akoí Lamíron, Tourlítis, Lídi, Pithára, Píso Jália. Aber ein Ort am Meer namens »Marína Sarrís«, gleichbedeutend mit »Marína, meine erste Liebe«, existierte leider nicht. Der Junge konnte mit seinen siebzehn Jahren noch nicht absehen, wie endgültig er mit dem Ort seiner Geburt verbunden war; er machte sich sogar ein wenig über seine Mutter und dieses langweilige Andenken lustig, er las zweimal die letzte Ortsbeschreibung: »Gávrio nach dem Krieg, eine halb verfallene Windmühle wie ein Wachtturm, ein Heldendenkmal mit heruntergestürzter Balustrade, eine einsame Gerberei auf dem Sandstrand und das halb ausgebrannte Schiff im seichten Wasser.«
Ein Gávrio der Ruinen war auch ihr Körper, er spürte, wie er an seine Seite drückte; Verzweiflung befiel ihn, weil sie alle, ausnahmslos, Zuschauer des Verfalls seiner Mutter bis zum endgültigen Nichts bleiben würden. Ihm war bang zumute, aber er wollte sie spüren und an den Schultern berühren, an den Knien, an der Brust, erfahren, wie

viel von ihr noch da war; der größte Teil seiner Mutter war bereits verschwunden.
Windrose, Schiffe in paralleler Fahrt, Meerenge, Mastbaum, Vegas, Dampfschiffahrt, Seereise, steuerbord, backbord, Wörter, die der Junge in die Sätze einflocht, die er absichtlich konstruierte. Seine Mutter sammelte auf Zettelchen, in Heftchen und auf dem Rücken von Ansichtskarten geliebte, wohltönende Wörter aus der Schiffahrt, und Sávvas, linkisch und gleichzeitig herzzerreißend, verehrte Órsa seine Geschenke.
Annesió und Mína hatten für Mersína Truhen mit Seidenkleidern bereitgestellt. In der elenden Besatzungszeit hatte die Saltaférena oft den Jungen aufgelauert, die zu den Albanerdörfern unterwegs gewesen waren, um dort Aussteuern gegen Erbsen zu tauschen, sie hatte die feinsten Spitzen und die schönsten Stickereien ausgesucht und mit Waren zweiter Wahl getauscht. Und nun standen da drei vollgestopfte Truhen für die Enkelin, als würde diese direkt zu ihrem Bräutigam ziehen. Naná hatte ein Album mit Widmungen von allen Mitschülerinnen der Kleinen zusammengestellt, Órsa hatte fein säuberlich Märchen, Legenden und Rätsel niedergeschrieben, die sie ihr früher beim Zubettgehen erzählt hatte oder wenn sie die Kleine hatte dazu bringen wollen, ihr Ei zu essen: Kobolde, Feen, Hexen, das Segelschiff PALATINOS. *Zweibein sitzt auf Dreibein und ißt Einbein, da kommt Vierbein und stiehlt Zweibein Einbein,* was ist es? fragte sie hilflos ihre Tochter noch einmal, aber Mersína hatte ihr nicht einmal zugehört, sie sprang vom Bett auf, öffnete die Tasche der Mutter und zog wie durch Zauberei die drei vom Meerwasser zerfressenen Löffel hervor. Sie fragte nicht, was sie in der Tasche zu suchen hätten, ob es Glücksbringer seien, es war, als hätte sie die Löffel schon viele Male heimlich angeschaut. Sie deutete mit ihrer schmalen Hand auf einen.

– Darf ich ihn mitnehmen?
– Aber sicher, mein Spatz, erwiderte Órsa, aber sicher.

»Meine ehrwürdige Patin!
Auf einem Gipfel des Olymp, zweitausendsechshundertfünfzig Meter über dem Meer, waren wir alle versammelt und starrten auf die abgehackten Köpfe einiger selbsternannter Partisanenführer der Anarchokommunisten, da brachte mir der Postbote Ihren Scheck, und Sie können sich nicht vorstellen, welch riesige Beglückung ich empfand, Iraklís Bónis, S.T.G. 912.«
Móska bat Naná um den Brief und las ihn zweimal; mit den Angelegenheiten des Hauses beschäftigt, war sie hinter den Ereignissen der Welt zurückgeblieben, die jedoch nicht zu übersehen waren. Griechenland erlebte in jener Zeit noch nie dagewesene Zustände: einen Bruderkrieg – Geschwister schlugen sich in feindlichen politischen Lagern; Alékos, der Patensohn von Nanás Mann, hatte sich mit dem berüchtigten Abatiélo angelegt, er hatte sich zu einem beherzten Gewerkschafter gemausert, der in den fremden Häfen mit den Schiffsmannschaften machte, was er wollte, obwohl er selber nie auch nur ein Zweimeterbötchen besessen hatte. Die Leute in der Druckerei, der Mathematiklehrer von Christína, Evtíchis, der Elektriker und die Cousine zweiten Grades Archondía gaben den Linken Recht, das Ehepaar Resvánis, der Kinderarzt Saravános, Arístos, der Krämer, der Friseur und die mit allen Wassern gewaschene Tássa den anderen, desgleichen Nikifóros' Witwe und die Moúrena, inzwischen eine unheilbare Säuferin; als letztere erfuhr, daß ihr Neffe – der jüngere Bruder von Tákis, dem armen Hund, dem das Meer die Nerven zerrüttet hatte – auch vom Unglück geschlagen war und als Spitzel verurteilt werden sollte – man stelle

sich das vor, Janniós ein Spitzel –, drückte sie ihre ruinierten Knie durch und raste wie von Furien gehetzt nach Athen, um dem albernen Kerl vor dem Militärgericht beizustehen. Und sie brachte etwas zuwege, setzte Himmel und Erde in Bewegung, sie brachte etwas zuwege.
Sieh dir nun diesen erbarmungswürdigen Jungen an, Iraklís mit Namen! Hat Sprachgelehrte als Paten und ist selber dumm wie Bohnenstroh! Mit seinen einundzwanzig Jahren schreibt der so etwas!
Diesmal waren sie im Haus der Exadáktilos zusammengekommen, und nach den Rufen des Entzückens über die Sehnsucht, die Wände und Decke des Eßraums dunkelgrün verhüllte, über die vierzig oder mehr Begonien im Garten und die inmitten der zerbrechlichen Blattstiele plazierten Vogelbauer mit Distelfinken und Kanarienvögeln, landeten sie geradewegs in der Wirklichkeit: beim Brief dieses Burschen, der Naná schwer getroffen hatte. Nicht daß sie links wäre, das auf keinen Fall; zum Glück dürfen die Frauen nicht wählen und abstimmen, pflegte sie zu sagen. Aber sie hatte als kinderlose Frau geplant, diesen weit entfernten Neffen und Patensohn als Erben einzusetzen; zwar machte sie sich keine Sorgen um ihre Buffets und Kommoden – die Kollektionen der Ansichtskarten jedoch mit den Bildlegenden und den Versen in schönster Schrift, eine ganze Welt, wären in Iraklís' Händen dem raschen Untergang geweiht.
Die Exadáktilos empfing selten Besuch; ihre Mutter war bettlägerig, Demenz und Altersschwermut hatten sie aggressiv gemacht, und sie wünschte in diesen Tagen alle in die Hölle. Vieles hatte sie ihm nachgesehen, aber die portugiesischen Huren, die konnte sie ihrem Lüstling, Gott hab' ihn selig, nie verzeihen. Auch die Dienerin, ein gebrechliches Großmütterchen, das einst in aller Welt bekannt gewesen war für das meisterhafte Bepudern der Mürbeteighörnchen, war vergeßlich geworden, sie ser-

vierte dreimal Kaffee und Sauerkirschen in Sirup. Sie blieben nicht lange bei einem Thema. Im Kreis sitzend, warfen sie die verschiedensten Neuigkeiten in die Runde. Die Pianistin, Móska, Naná und Katerína, die der Untergang der CHIMARA am 20. Januar mit den vielen Opfern schwer mitgenommen hatte und die sich in den unzähligen Schiffbrüchen verfangen fühlte; vergiß sie, sagte Móska zu ihr, und Katerína war bereit, mit Sticken aufzuhören; dann brachte sie es trotzdem nicht übers Herz, klagende arme Seelen einfach beiseite zu lassen, noch eins, das letzte, sagte sie jedesmal, und nun die CHIMARA, welche die Meerenge von Kafiréfs und den Golf von Euböa mit Toten angefüllt hatte, Ebbe und Flut rissen die Ertrunkenen hin und her, und die Kursschiffe fischten tagelang aufgequollene Körper aus dem Meer.

– Was spielst du am Tanzabend für die Kämpfer? fragte Naná die Exadáktilos. Alle waren kurz vor dem Durchdrehen bei all den Tänzen und den Kollekten der »Griechischen Fürsorge für die Grenzsoldaten«. Die eine Hälfte der Griechen schlachtete sich in den Bergen ab, die andere führte Theaterstücke auf und tanzte für die Kämpfer, eine verrückte Welt.

Móska lehnte den Kopf leicht an Katerínas Schulter, sie hatte besonders an diesem Nachmittag keine Lust, zu entscheiden, ob sie nun royalistisch, republikanisch oder dunkelrot war; dieser Tolpatsch Iraklís hatte ihr einen Stich ins Herz versetzt. Fand nicht in ihrem eigenen Haus ebenfalls ein Geschwisterkrieg statt? Órsa und sie selber legten Hinterhalte im Erdgeschoß und im ersten Stock.

Sie wünschte den anderen früh eine gute Nacht. Kaum war sie in ihrer Küche, kam Árta hinauf und überreichte ihr etwas. Von Mama, eine Zigarrenkiste. Wo hat sie die denn gefunden, fragte sich Móska, aber jener Freitag schien der Tag der Briefe zu sein, denn im hölzernen Kistchen lagen die siebzehn Briefe von Maltabés an Órsa. Sie fürchtete sich. Werde ich es ertragen, sie zu lesen? Und wenn nachher alles nur noch schlimmer ist? Das Papier war sehr fein und vergilbt, die schwarze Tinte war braun geworden. Ihr Blick fuhr über einzelne Wörter, Surabaya, nußgroße Kohle, meine kleine Meerjungfrau, Magenverstimmung, Mangel an Wein. Sie legte zwei, drei Blätter um, nur noch ein paar Wörter, Windstille, Kuß, Zigaretten – Móska zündete sich auch eine an, blätterte weiter –, die letzte Zeile: Meine kleine Órsa da, meine kleine Órsa dort. Was nun? fragte sie sich müde mit einem Zwicken im Magen, sie stahl Wörter, die ihr nicht gehörten; sie nahm die Fruchtschale, die Aschenbecher und die Vase mit den Winterblumen vom Tisch und reihte vorsichtig die Briefe in chronologischer Ordnung aneinander. Noch einmal betrachtete sie die Daten, die Spíros auf den Korrespondenzbögen oben rechts notiert hatte, Chittagong, 27. September 1929; auf See, 1. Oktober 1929; Kalkutta, 7. Oktober 1929; Surabaya, 17. Oktober 1929; auf See, 25. Oktober 1929; Vasora, 26. Oktober 1929; Vasora, 28. Oktober 1929; auf See, 7. November 1929; auf See, 11. November 1929; Lourenço-Marques, 21. November 1929; auf See, 23. November 1929; auf See, 7. Dezember 1929; sein Geburtstag, Bego, 25. Dezember 1929; Suerte, 5. Januar 1930; auf See, 24. Januar 1930; auf See, 22. Februar 1930; Surabaya, 20. März 1930. Die siebzehn Briefe waren vor ihrer Verlobung und ihrer Heirat mit Spíros abgeschickt worden – das war ihr bis dahin gar nicht in den Sinn gekommen, das Blut brodelte in ihren Adern. Surabaya, flüsterte sie, und noch einmal, Surabaya, Surabaya, viele Male. Obwohl sie die Kiste rasch wieder ins Erdgeschoß bringen mußte, saß sie die ganze Nacht da und entzifferte das Gekrakel von Spíros mit den falsch gesetzten Akzenten. Spíros war der schlechteste Schüler gewesen, der je die Schulbank auf Andros gedrückt hatte, die Hälfte der Pulte hatte er zertrümmert, seine Hefte waren voller Schmutzflecken. Nichts Ehrenrühriges also, gar nichts ließ darauf schließen, daß Spíros und Órsa damals etwas Außerordentliches, Einmaliges miteinander hatten; sie las sogar zwei, drei Sätze, die er auch ihr geschrieben hatte, erotische Sätze, mir fehlt dein Duft und dein frisch gewaschenes Haar. Anderswo, ich werde dich in die Lippen beißen, das hast du dann davon, die Anrede nachher, Orsoúla und Orsaláki, wie Moskoúla und Moskáki, und selbstverständlich waren mehr als die Hälfte der Briefe voller Wut und angeschlagenem männlichen Stolz wegen der Heirat mit Vatokoúsis. Er flehte ihre Schwester an, diesen Kerl fahren zu lassen, er selber würde sie entführen und mit ihr ans andere Ende der Welt gehen, er tobte wie ein kleiner Junge, und die verheiratete Órsa antwortete nicht einmal. Küßt er besser als ich, dieser Syphilitiker? fragte er sie, und, ich bete darum, daß sein Same nicht in dir hängen bleibt. Das war typisch für einen verzogenen und heimtückischen Schürzenjäger und nicht für einen Helden; in den Zeilen über das Wasser wurde der arme Spíros um einiges besser, sein Einfallsreichtum und sein poetischer Schwung ließen himmlische Texte entstehen – manchmal weine ich wie ein Kind über den Sonnenuntergang am Gelben Fluß, schrieb er, der Löß leuchtet, und das Dunkel stürmt flammend einher, oder, wer den Mond in der weißen Nacht des Korallenmeers sieht, der streift seinen Seesack nie mehr ab, er ist ein Gefangener des Ozeans, verzaubert für sein Leben.

Wer hat ihn nun mehr geliebt, Órsa oder ich? fragte sie sich zum erstenmal, diesen Mann, der sich mit solcher Überheblichkeit der Rettung verweigerte und mit seinem Schiff versank. Er wiederum, vielleicht liebte er die Ozeane mehr als alle Menschen? Oder starb er, um nach dem Krieg der Notwendigkeit zu entgehen, sich für eine von ihnen zu entscheiden? Móska wußte, daß sie auf all diese Fragen niemals eine Antwort erhalten würde. So geht es im

Leben, nicht alles wird klar und deutlich, die Menschen aber gehen weiter zum nächsten Kapitel.
Mit dem Wort des Abends, Surabaya, das ihr leise und unablässig von den Lippen kam, verstaute sie die Briefe in der Zigarrenkiste, dann setzte sie sich für eine, zwei Zigaretten hin, betrachtete an der Wand die gerahmten Glückwunschbriefe von Oberbootsführern und Schützen und Flaggenmaaten – mehr als zweihundert Schiffbrüchige hat der *captain-ghost* gerettet, so etwas kann man nie vergessen, dachte Móska. In ihrem Magen wühlte ein Messer, im Mund sammelte sich bitterer Saft, und Spíros, ein schöner und weit entfernter Mann, er hatte etwas Lümmelhaftes und auch etwas Apollinisches an sich, saß friedlich allein in seinem Rahmen, ja, der Mann strahlte absolute Selbstgenügsamkeit aus.

Dem alten Resvánis starben die Kranken unter den Händen weg, und er hatte die vierzig Trauertage lang Zeit, die richtige Diagnose zu stellen. In seiner Jugend hatte er erst die noch sehr junge Mutter von Vatokoúsis beerdigt und fand danach heraus, daß die Frau an einem hypoglykämischen Schock gestorben war, weil er ihr keine Traubenzuckerlösung intravenös verabreicht hatte; bei einer Diabetikerin mittleren Alters in Kouréli wiederum war er zu Gast und brachte ihr Kuchen mit, auch sie ging dahin; wegen einer Verwundung des Knies hatte er jenen Bootsmann aus Niborió verloren, einen Vater vieler Kinder. Die Saltaférena verzweifelte, trotz der Vitaminpräparate und dieses abscheulichen norwegischen Lebertrans wollte bei Órsa keine Besserung eintreten, sie stürmte auf jeden Arzt ein, der auf die Insel kam, um seine Dienste für eine Woche anzubieten, mochte er Geburtshelfer, Hals-Nasen-Ohren- oder Hautarzt sein. Schließlich und endlich hatte sie ein eigenes Netz geknüpft aus Heiligen, griechischen und römisch-katholischen, den kleinasiatischen Selbstlosen Ärzten Kosmas und Damian, Namenstag 1. November, den gleichnamigen römisch-katholischen Selbstlosen Ärzten, 1. Juli, der Heiligen Barbara, die das Kraut hat, welches die Fieber senkt und die eitrigen Ausschläge vertreibt, dem Heiligen Spirídon für die Ohren, der Heiligen Paraskeví für die Augen, dem Heiligen Antípas für die Zähne, dem Heiligen Panteleímon generell für ärztliche Belange.

Órsa schaukelte in dem Wiener Sessel, den ihr Naná geschenkt hatte. Sie war auf drei weiche Kissen gebettet. Durch das Fenster betrachtete sie ein blaues Parallelogramm, Himmel und Ägäis, und erzählte Árta, die nie ganz nah zu ihrer Mutter rückte, von Zeit zu Zeit eine Geschichte. Zwei Löffel Kartoffelpüree, zwei kleine Schlucke Stärkungstrank aus Zichorien oder ein Becherchen fettlose Brühe nahm sie zu sich, das war alles.

Einst hatte man Órsa mit der Aphrodite von Mílos verglichen, nun erinnerte sie an eine Vogelscheuche. Das Radiogerät in ihrem Schlafzimmer lief immer leise, sie hörte, was gerade kam, Lieder, Nachrichten und die Regionalbulletins, die Annesió herausgab in ihrem fanatischen Bemühen, ihrer Hausherrin wieder Leben einzuhauchen, damit sie dem wartenden Vatokoúsis ein Zeichen sandte.

Die zweite Glocke der Kirche von Mariä Himmelfahrt ist wieder da, erzählte Annesió, die Glocke ist nach Athen gebracht worden, man hat dort ihre Schäden von den Bomben repariert. Die Hühner krepieren, aber der Markt ist voll von billigen Hummern zu achtzehn- bis zwanzigtausend Drachmen das Kilo; im Kaffeehaus führt eine Athener Wandertruppe »Die Schöne von Konstantinopel« auf; die Pfadfinder organisieren einen Tanzabend für die Kämpfer; die Reeder bauen mit den billigen amerikanischen »Liberty«-Schiffen eine neue Flotte auf, dreißig Engländerinnen machten die Seefahrtsprüfung und dienen nun auf zwei Schiffen mit schwierigen Namen.

Annesió sprach zu Órsa und rieb ihr die dünnen Waden und den Nacken mit Kölnisch Wasser ein, um sie zu erfrischen, Órsa überließ sich ihrer Liebe und vergalt sie ihr mit flüchtigen Küssen auf die alten Hände.

In einem solchen Augenblick traf Móska die beiden an, als sie an einem Nachmittag ins Zimmer kam mit einem Teller Crème in der Hand. Annesió füllte frisches Wasser ins Glas und zog sich zurück.

Ohne zu zögern und wortlos beugte sich Móska hinunter und umarmte ihre Schwester, sie hatte ein übermächtiges Bedürfnis, den anderen Körper zu spüren, die Haut, die wie Pergament war, zu berühren, das Haar zu riechen, einen unentwirrbaren Knäuel, und zu hören, wie beide Herzen im selben Takt schlugen.

Sie fanden einen Anfang und redeten die ganze Nacht, Geständnisse aus der Tiefe und Allgemeinheiten, die sie verschwiegen und genau so entbehrt hatten; die zwei Schwestern hatten viel Zeit verloren und einander ungewollt verletzt.

– Mama wollte uns das Leben nicht vermiesen, sagte Móska.

– Papa hat vor der Heirat eine andere geliebt.

– Er hatte Verpflichtungen und die Mitgift vor sich, das Schiff; dieses weiße schwimmende Ding mit den roten und den blauen Streifen, das die Mutter Glücksschiff nannte und das sich im Handel mit Zitronen, Honig- und Wassermelonen an den kleinasiatischen Küsten, auf den Inseln des ägäischen Archipels und in Konstantinopel bewährt hatte.

– Der arme Onkel Panajótis, Roastbeef, Schmorfleisch mit Teigwaren, er soll ein Koch erster Güte gewesen sein.

– Die Krankheit, bei der man ins Meer fällt, sagte Órsa

und fragte sich ironisch, ob es jemals eine solche Krankheit gegeben habe. Ein-, zweimal hatte sie hinter ihrem Rücken etwas in dieser Richtung gehört und sich darüber mit melodiöser, engelhafter Stimme lustig gemacht: Aber ich, ich bin kein Seemann. Diese verstellte Stimme ließ nichts Gutes ahnen, und einige sahen bereits ein böses Ende voraus, während das Mädchen sich in der Kammer einschloß und vor Lachen verging.

– Papa und Mama haben sich nicht einen Monat lang geliebt, sagte Móska und zündete sich eine Zigarette an.

– Gestern jedenfalls hat sie ihm Tomatenreis gekocht, obwohl sie den nicht ausstehen kann, weil er den Magen stopft, Papa aber schmeckt der immer.

– Tomatenreis ...

– Wäre sie geliebt worden, so wäre sie nicht solch eine Schlange.

– Oder wenn sie geliebt hätte, fügte Móska hinzu, und es fiel ihr ein, daß sie nie etwas von der Jugend ihrer Mutter erfahren hatte, sie war nicht einmal neugierig darauf gewesen.

– Sie hat, auch sie hat geliebt.

Die Großmutter in Apatoúria hatte Órsa die vollständige erotische Karte der Insel anvertraut, wie sie ein satanischer und übermütiger Künstler des letzten Jahrhunderts gezeichnet hätte; die Alte hatte keine Lust, die Ereignisse des zwanzigsten Jahrhunderts komplett und bis ins letzte Detail aufzuschreiben, ihr genügten die familiären Verrücktheiten, die waren unerhört genug.

– Ach, liebe Großmama, arme Großmama, sagte Órsa. Die Anrufung der seligen Verstorbenen und die Frage-und-Antwort-Spiele des Abends paßten zwar nicht zu vierzigjährigen Frauen, doch wie sollten die beiden all das ausdrücken, was nicht zur rechten Zeit gesagt worden war. Vielleicht lassen sich gewisse Dinge nur in Allgemeinplätzen sagen. Zum Glück war an diesem Abend Naná

nicht anwesend, die ihnen oft, weil sie gerade Lust dazu hatte, gekünstelte philosophische und philologische Ausdrücke an den Kopf warf.
– Als Bálas in seinem schönsten Sonntagsanzug kam, um für Spíros um dich anzuhalten, hat mich Mama weggeschickt, damit ich nichts mitbekam. Ich habe sie nachher gefragt. Er wollte mir das Taubenhaus verkaufen, hat sie gesagt, aber ich habe kein Interesse an jungen Tauben, ich investiere anderswo.
– Wärst du nicht immer so eifersüchtig gewesen auf die Seide und die Spitzen, die Papa mir geschickt hat, hätten wir eine bessere Beziehung zueinander gehabt, ich hätte mich dir anvertraut, und wir stünden nicht da, wo wir jetzt stehen.
In dem weißen zweistöckigen Haus herrschte offenbar ein gewaltiges Mißverständnis, jeder glaubte aufgrund des Schweigens und der halb fertigen Gespräche etwas anderes, und jeder dachte sich, was er wollte. Die Saltaférena zum Beispiel hatte die beiden von klein auf in eine Form gepreßt und weigerte sich, die Wahrheit zu sehen. Die Erstgeborene war in sich gekehrt, einsiedlerisch, spöttisch, zuverlässig und ernst, die Jüngere voller Kraft, fleißig und gesellig, und die Mutter nörgelte, Órsa kam ihr hochnäsig vor, aristokratisch und störrisch, und Móska war ihr zu burschikos.
– Spíros hatte dich vergessen; wir lebten gut die ersten Jahre.
Órsa hatte den Kopf ins Kissen gedrückt und die Augen geschlossen, es hatte keinen Zweck, Lügen zu erzählen.
– Mich hat die Zimmerdecke gehindert, ihn zu vergessen. Es war für mich eine krankhafte Gewohnheit geworden, daß ich mich jedesmal, wenn er vom Schiff kam, nicht aus dem Haus bewegte. Ich spitzte die Ohren – jetzt nimmt er das Kleingeld aus der Tasche, jetzt sucht er an den Bügeln, was er anziehen soll, jetzt schließt er die Fensterläden we-

gen der Sonne, gackerndes Lachen, Stichworte, Flüche und heiseres Schnaufen.

Órsa zählte es langsam auf, ihr Blick schweifte über die Decke, als liefe eins ums andere nochmals ab, sie hatte sich nicht mitreißen lassen, war im vollen Bewußtsein dessen, was sie sagte und zu wem; sie wollte nicht aufhören, beschrieb die Nächte der Schlaflosigkeit, Töne von neuen Metallplättchen an den Schuhsohlen, welche auf die Zypressenbretter traten, unbeholfene väterliche Schlafliedchen mit dem nachgeahmten Blasen der Wale, das die Kleinen endgültig wieder wach machte, uralte Zwiegespräche mit der frisch verheirateten Móska, die sich zierte, und wie sie ihn aufzog, daß er in der Vogelkunde Bálas nicht das Wasser reichen könne – dummer Vogel, nannte sie ihn und bat ihn um ein Huhn aus Padua, eines mit goldenen Flaumfedern, wie es im Buch der zweiten Gymnasiumsklasse stand. Sie beschrieb noch weitere Geräusche, Teller und Löffel, die um zwei in der Nacht klirrten, Maltabés mochte nach der Liebe einen großen Löffel Sirup-Früchte; sie sprach von Gewohnheiten, Augenblicken und Bildern, die sie heimlich geliebt hatte: sein gurgelndes, kaum wahrnehmbares Schnarchen, wie er den Schaum seines Biers schlürfte, die unerklärliche weiße Haarlocke auf der Brust, seine männliche Starrköpfigkeit, die längst überholt und nur noch schockierend war, die hilfreichen und mutwilligen Gesten und die Versprechen, mit denen er in unversiegbarer Generosität alle bedachte. Und über allem die übermächtige Liebe zum Meer – dieser Liebe war er kein einziges Mal untreu geworden, ihr hatte er sich ohne Vorbehalte hingegeben.

Bei allem, was sie hörte, machte Móska ihre eigenen Ausflüge in die Vergangenheit, das vergebliche Hin und Her der Zimmerleute wegen der Decke und die rasende Wut ihrer Mutter, die in der unteren Wohnung hauste, Probleme mit dem Schlafen hatte und deshalb die Kinder wie auch Annesió in zwei Schlafkammern am anderen Ende verbannte; sie erinnerte sich an die fruchtlosen Appelle von Níkos, endlich in sein Vaterhaus zu ziehen. Jetzt hatten sich ihre Kinder oben versammelt und die Schuhe ausgezogen, sie hörte sie wie Kreisel durch die Zimmer schwirren, ihre Bleistifte herumwerfen, mit erstickter Stimme um ein paar frische Mandeln oder einen Haarkamm zanken. Für den Rest des Gesprächs hielt sie den Kopf in die Höhe gereckt, zur Zimmerdecke hin, vierundzwanzig Zypressenbretter, kein Zwischenboden, mit dem Brandzeichen des Geizes ihrer Mutter, mit Ölfarbe crèmeweiß gestrichen, eine elegante Decke, die ihnen schwersten Schaden zugefügt hatte.

– Hie und da habe ich gedacht, du kannst nicht schlafen. Jetzt, wo wir über all das reden, glaube ich, bin ich nur in Piräus, an ein paar Wochenenden im Hotel, drei, soviel ich weiß, mit meinem Mann frei und glücklich gewesen.

Órsa fuhr zusammen, aber sie gab keinen Laut von sich.

– Und Níkos? fragte Móska.

– Es ist mir nicht gelungen, ihn stark genug zu lieben. Er war immer geduldig und nachgiebig, er war zu tolerant und gut... na ja, es war eine Ehestiftung, und ich, als ich das Gewühl all der enttäuschten Frauen bei der Moúrena und bei Nikifóros' Witwe sah, habe mir geschworen, entweder aus Liebe zu heiraten oder gar nicht.

Als die Saltaférena mit ihren Taschenspielertricks das Leben ihrer Tochter durcheinander brachte, sagte Órsa keine Silbe. Sie stellte fest, daß es ihre Kräfte überstieg, sich zur Wehr zu setzen. Maltabés beharrte in seinen Briefen darauf: Du mußt kämpfen, schrieb er, doch nicht einmal er kämpfte, der tollkühne Held, der Freigeist, der Furchtlose, der in aller Welt bekannte Löwenherz.

Warum nur liebte sie seit zwanzig Jahren Maltabés und um einen solchen Preis? Órsa wußte darauf keine Antwort, sie brauchte auch keine: Spíros hatte tausend gute

Seiten, aber auch tausend Fehler, und sie wurde offensichtlich fast verrückt – sie liebte ihn einfach, sie hatte als kleines Mädchen gelernt, an ihn zu denken und ihn zu lieben, hatte gelernt, sich an ihn zu erinnern, und ihre unterdrückten Gefühle weigerten sich zu verschwinden, sie wucherten und verbrannten alles andere, was erlaubt war im Licht der Sonne und in der Gemeinschaft der kleinen Insel.

Als Kind suchte sie in Mínas Augen nach guten Gefühlen für Sávvas, der Mangel an Liebe zwischen ihren Eltern tat ihr weh, schon damals war dieses Ach! und dieses O weh! auf ihren Gesichtern. Und als sie sich mit zwölf in Spíros verliebte, schwor sie sich, ihm niemals einen säuerlichen Blick zuzuwerfen, diese Art Blick wies sie für immer von sich.

Und Móska?

Die Heftigkeit von Órsas Liebe schmerzte sie, ihre Schwester schien geschaffen zu sein für leidenschaftliche Liebe, wie sie in den Romanen vorkommt, um die sie Naná und alle anderen beneideten. Sie musterte den winzigen Körper, der wie ein leeres Kissen im Sessel hing, sie ertrug es nicht, zu vergleichen, wie sehr sie geliebt hatten. Órsa hatte das Rennen gewonnen, das schließlich ihre Seele zerstörte.

– Wenn wir gearbeitet hätten... Wenn wir weg von zu Hause gewesen wären, hätten wir nicht die Zeit gehabt, ein anderes Leben zu leben, das nur in unseren Köpfen existierte, flüsterte die Große.

– Seit Jahren sehe ich jeden Tag den Orangenbaum am Zaun, jeden Tag, am Ende, glaube ich, wird er mir bezeugen, daß eines Abends unter seinen Ästen verbotene Küsse ausgetauscht worden sind.

Móska hatte nichts in dieser Richtung vernommen, denn es war nichts geschehen, doch Órsa widersprach auch nicht – ein Dementi hätte hier nicht gepaßt. Die Vertrautheit und die gegenseitige Abhängigkeit in bezug auf die zehn, fünfzehn bekannten und unveränderlichen Gesetze des Alltags in der kleinen Stadt konnten zu derartigen Ideen führen, die völlig närrisch waren. So geht es, wenn alle alles voneinander wissen, das Gute und das Schlechte.

– Wenn wir gearbeitet hätten ..., sagte Órsa wieder.

– Oder wenn wir studiert hätten ... Warum haben wir nicht studiert, Órsa?

– Ich bin immer nur Durchschnitt gewesen in der Schule, aber du hättest Lehrerin oder diplomierte Dolmetscherin werden können.

– Krankenschwester hätte mir auch gefallen. Im Krieg habe ich dort auf dem grünen Kanapee gesessen, wo ich heute die Näharbeit erledige. Ich hatte Christína auf den Knien und löste die Knoten in ihren Haaren und fühlte mich schuldig. Klissoúra an der albanischen Front wurde mitten in einem Schneesturm eingenommen, erinnerst du dich an den Satz?

– Klissoúra an der albanischen Front wurde mitten in einem Schneesturm eingenommen, wiederholte die Große; sie war in allem mit ihrer Schwester einverstanden, nur daß das, was sie einander im nachhinein beichteten, nicht mehr viel half. An jenem Abend waren sie wieder auf dieses Thema zu sprechen gekommen. Kikí Boússoulas hatte sie besucht und in diesem Zimmer den gefährlichen Satz von sich gegeben: Spíros hat unsere Männer gerettet, er ist unser Held, so ist es nun mal.

Es war Zeit. Móska ging zum Fenster, die Dunkelheit zog sie an. Wann immer sie versuchte, sich an das allererste Bild ihrer Kinderjahre zu erinnern, so war es weder das Moskitonetz noch Márkos, der damalige Hauskater, der auf ihren Pantoffeln oder auf ihrem Pult schlief, auch nicht jener alte Lehrer Stratákis, der ständig leer schluckte und an seinen Hals langte, um sich zu vergewissern, daß der

Adamsapfel noch vorhanden war – das erste Bild war der Blick durchs Fenster an einem goldenen und blauen Mittag, Ägäis, Heiliger Ermólaos, Parapórti, Sandstrand, drei nasse Sechs-, Siebenjährige, die herumrannten, als hätten sie Ameisen im Hintern, wie toll kreischten und einander Sand ins Gesicht warfen.

Órsa hatte ein Löffelchen Crème gegessen. Sie verweigerte die Medikamente, quält mich nicht, hatte sie gebeten und war eingeschlafen, die Überanstrengung der schwesterlichen Zusammenkunft mit all dem, was gesagt worden, und all dem, was gemeint war, hätte sogar den Kräftigsten erschöpft. Und selbst Móska konnte sich kaum noch in die obere Wohnung schleppen.

Sie deckte Órsa mit der Decke zu. Den vollen Aschenbecher nahm sie mit, um ihn draußen zu leeren; in letzter Zeit brach sie am Abend ein zweites Päckchen Zigaretten an.

Als die zwei Schwestern von nun an die Nachmittagsstunden gemeinsam verbrachten, waren die Nachbarn, vor allem die Nachbarinnen, zunächst erleichtert, nachdem sie aber darüber nachgedacht hatten, fanden sie es ziemlich seltsam. Sogar die Eltern, die nichts Genaueres wußten, wunderten sich, daß im Krankenzimmer nicht Mord und Totschlag herrschten, sondern Jasmin und Nachtblumen hineingetragen wurden. Was das Essen anbelangte, änderte sich nichts. Móska drängte die Große nicht mehr, die schweigend und ohne zu stöhnen unter Mattigkeit und Durchfall litt und Fieber hatte, das nicht sinken wollte.

Árta hegte eine Abneigung gegen ihre Mutter, sie lastete ihr Papas, Sávvas' und Mersínas Weggang an. Grüße an Artoúla und noch viele, viele Küßchen – das war's, sie hatten noch keinen einzigen Brief nur für sie allein geschickt,

nur Schachteln mit Spielzeug, das sie nach kurzer Zeit haßte.
Das Schlimmste, was sie ihrer Mutter vorwarf, war der erbärmliche Anblick, den sie bot, eine Mama wie ein Knochengerüst.
Órsa bestrafte sich nicht, indem sie die Nahrung verweigerte; sie wollte auch nicht die anderen bestrafen, weil sie sich in ihr Leben gedrängt hatten, oder gar die Ihren mit Schuldgefühlen beladen. Sie fühlte sich auch nicht schuldig, selbst wenn sie mit ansehen mußte, wie ihr kleines Mädchen ohne seine Geschwister aufwuchs, selbst wenn sie keinen Einspruch erhoben hatte, um Sávvas und Mersína bei sich zu behalten. Viele Personen waren in diese Geschichte verwickelt, die Dinge hatten sich zu Knoten verschlungen und lösten sich nun langsam wieder, sie verteilten die Menschen wieder in die Städte, änderten Freundschaften und Lieben, steckten Fahrten oder Seereisen ab, richteten das Gelände von neuem für die nächste Partie her. Die sechs Kinder von Maltabés und von Vatokoúsis hatten eine Atempause nötig.
Annesió freute sich, auch das war schließlich etwas; sie richtete voller Hingabe das blaue Haus her: Diesmal wurde nicht Níkos erwartet, sondern ihr Andonákis, der amerikanische Staatsbürger mit seiner amerikanischen Frau, einer Maniküre. Die Herrschaft hatte ihr erlaubt, für die beiden das große Schlafzimmer herzurichten und die Betten mit den Seidentüchern aus Konstantinopel zu beziehen, die den Krieg überlebt hatten, bevor die Motten sie auch noch auffraßen.
Was die kleine Stadt beeindruckte, waren die langen orangeroten Fingernägel der Fremden und das starke Makeup. Andonákis, der Kommunist, hatte vor dem Luxus eine Verbeugung gemacht. Seiner Mutter tat es weh im Herzen. Da, sagte sie zu ihm und las ihm aus der *Stimme der Ägäis* vor, über seinen Mitschüler Mános, der die Reueerklärung

unterschrieben hatte: »Der im 3. Pionierbataillon, 5. Kompanie, S.T.G. 902 b, dienende Emmanouíl Tsoumésis verurteilt den Kommunismus der griechischen Befreiungsarmee und bekennt, daß er bereit ist, in den Dienst fürs Vaterland zurückzukehren«.Und falls das Vaterland den Stotterer nicht will, so will ihn seine Mutter zurück. Der leistete Annesió in diesen Tagen hie und da Gesellschaft, um nicht zu Hause bleiben und zusehen zu müssen, wie sich ihre Schwiegertochter vor dem Spiegel räkelte und die Madame hervorkehrte, die aus ihr wieder eine Sklavin gemacht hatte.

Alle waren mit Andónis beschäftigt und mit den abscheulichen Ereignissen oben in den Bergen im Norden des Landes, in Ágrafa, Grámmos, Vítsi, dem gegenseitigen Abschlachten. Mína blickte aufs Auge Gottes und murmelte, *errette uns aus dem Bruderkrieg, o Allheiligster.* Sie war am Rand ihrer Kräfte, schien jenen hoch oben im Himmel zu schelten – was machst du eigentlich, beweg dich! Nebst dem besprach man jene außergewöhnliche Errungenschaft der Schiffsbaukunst, die KRIOS, die Türkei–Griechenland–New York fuhr und in Chóra angelegt hatte, um einen blinden Passagier abzusetzen und die Seefahrerinsel mit dem Kreiselkompaß, dem Funkpeilgerät, dem Echolot und dem Instrument für die automatische Abstimmung auf Greenwich-Zeit in Erstaunen zu versetzen. Das waren Themen für lange Gespräche, und so faßten Órsa und Móska im Schlafzimmer der unteren Wohnung wieder Vertrauen und fanden nochmals zueinander.

– Ich möchte in die Kirche vom Heiligen Nikólaos, sagte Órsa.

Nach dem alten Resvánis hatten auch die Ärzte aus Athen resigniert, und selbst Pápa-Fílippas, der zusammen mit dem jüngeren Popen, seinem Nachfolger, zu ihr gekommen war, um ihr die Beichte abzunehmen, hatte sich vergeblich bemüht und war von der entkräfteten Frau besiegt worden. – Ich bewundere euren Mut, sagte sie zu ihnen; man stelle sich das vor.

Ach, Órsa, warum nur hast du seine Liebe wieder zugelassen? redete Móska mit sich, sie wollte Órsa nicht weiter verhören, doch von Zeit zu Zeit nagte es an ihr. Wie herrlich wäre es, wenn sie ein gewöhnliches Leben führen könnten, wenn sie verschont geblieben wären von Orden, spärlichen Liebesnächten und antiken Tragödien.

Sogar Marí, diese mißgelaunte und unbefriedigte Freundin, die alle Männer für fade Bürschchen, Schlafmützen und taube Nüsse hielt und mit bissigen Reimen verhöhnte, die treffsicherste Verseschmiedin des Viererklubs, verblüffte die Frauen, als sie ihnen aus Amerika schrieb, endlich sei sie so richtig verrückt nach ihrem Mann, und das im elften Jahr ihrer Ehe. Eben habe sie erfahren, daß Tákis nach einem Schiffbruch im Pazifik gerettet worden sei. Alle seien ins wütende Meer gestürzt, und er, der sich vor den Wellen fürchtete, habe sich ans bereits zur Hälfte versunkene Heck gekrallt. Alle seien ertrunken, neunzehn Männer auf der ESTORIL, und Tákis sei zwei Tage später von einem russischen Schiff aufgefischt worden, er habe wie eine Möwe auf der Spitze des Schiffs gesessen, in die Hose habe er gemacht vor Angst. Und genau das stimmte Marí weich: daß er den Mut gehabt hatte, sich wie ein Kind zu ängstigen.

Órsa wußte nicht, wie und wann Maltabés' Liebe zu ihr wieder aufgeflammt war. Sie hatten einander ein paar wenige Male in aller Eile gesehen, voller Angst, das Warum kümmerte sie nicht, es blieb das Ereignis.

Kurz vor Kriegsausbruch hatte nichts mehr einen langsamen Gang nehmen können, alles war ihnen eilig und unwiederholbar vorgekommen.

Als der alte Saltaféros ins Zimmer kam, wollte er Móska zuerst bitten, für einige Minuten hinauszugehen, doch dann ließ er es bleiben, vermied die Peinlichkeit. Er machte die Tür hinter sich zu, obwohl die Saltaférena in Apatoúria auf dem Grundstück beschäftigt war, und setzte sich schwerfällig auf den Bettrand. Er legte einige Fotografien und einen gelben Umschlag auf die Decke und nahm eine Zigarette von seiner Tochter. Dann erzählte er von der Existenz und gleichzeitig vom Verlust der Argentinierin und des Sohnes. Den Beruf der Frau erwähnte er nicht, er hatte ihn bereits vergessen. Über die ganze Angelegenheit hatte er so lange geschwiegen, wie ein Dorn stach sie ihm ins Gewissen, seine Töchter mußten davon erfahren.

Diese hatten schon so vieles durchgemacht, einander gebeichtet und verziehen, daß ihnen der Fehltritt des Vaters als nichts Besonderes vorkam. So ist das Leben eines Seemanns. Vor einem Jahr war Christákis Tésas, ehemaliger Koch auf der THEOMITOR und der MAROUSSIO BEBIS, in Rente gegangen; und statt nach Vourkotí zurückzukehren, hatte er in Chile Anker geworfen mit Frósso, Tassoúla, Vangelió, seiner chilenischen Frau und den Töchtern. Diese Familie war einschließlich der Namen das Ebenbild seiner ersten Familie im Dorf auf Andros. Von Eléni, einem Dienstmädchen aus der Zeit vor dem Krieg, hatten sie das erfahren, sie war die Nichte des Kochs, der sich auf dem Schiff zum Chefkoch hochgedient hatte.

Da hat also der Vater eine andere geliebt vor der Heirat, wieder eine andere während der Ehe, und nun hatte er Anjelita-Ita verloren, Asimína-Mína blieb ihm. Móska kochte ihm einen leichten Kaffee, und sie sahen miteinander die Fotos an: die heißblütige Anjelita-Ita und vor allem der adoptierte Bruder, der so schön war, der so großes Unglück hatte, in der Tat *vanidad de vanidades todo vanidad* und so weiter.

– Sagt Mína kein Wort.

– Keine Angst, *Babáka,* sagte Móska und schmiegte sich in seine Arme. Wie viele müssen sterben, damit ein paar Beziehungen wieder aufblühen, dachte sie wütend und

verbittert; sie verfolgte den unregelmäßigen Herzschlag des Vaters und spürte die Wärme seines Leibs, er hatte ihr so gefehlt, doch sie wollte ihn nicht für sich allein. Hätte doch jener Bursche in Argentinien noch gelebt... Vielleicht würde sie den Vater später einmal fragen.
Órsa war weder auf den Sohn noch auf die zärtliche Umarmung vor ihren Augen eifersüchtig, die Zeit war gekommen, daß die beiden sich wieder fanden. Aber sie schämte sich für den Anblick, den ihr Haar bot. Der alte Saltaféros tat zwar so, als sähe er den erbärmlichen Zustand seiner Tochter nicht, doch er sagte immer wieder: Schade um die Haare, *cabello largo y rizado,* schade um die Haare.

Mit jedem Tag gewöhnte sich Andonákis wieder mehr an die Insel, begann sie wieder zu lieben. Er ließ seine Frau mit ihrem Krimskrams in Plakoúra zurück und traf seine alten Freunde und Freundinnen, die Jugendliebe aus Aladinó mit ihrem festfreudigen Mann, den Krämer, der Träume deutete, und Kosmás aus Aivalí in Kleinasien, der ihm beigebracht hatte, mit dem Wurfnetz kleine Meeräschen zu fangen. Er fragte nach dem Schicksal jener, die nicht da waren, und fand sich unversehens inmitten von Taufen, Verlobungen, Begräbnissen und Seelenmessen. Nach zwei Wochen beherrschte er Sprache und Betonung wieder und kannte die geschmacklichen Gewohnheiten. Er hatte getarnte linke Freundschaften aufgefrischt und den Rhythmus des Insellebens angenommen. Annesió lebte in ständiger Angst, es war Bürgerkrieg, und sie konnte die Verantwortung nicht übernehmen, ihren Sohn auf der Insel zu behalten, und zwar ohne Frau – denn seine Barbara fühlte sich gar nicht wohl, und sie gehörte nicht zu denen, die sich stumm ergeben. Dennoch hatte Annesió ihn um einen Gefallen gebeten – er möge Órsa nie wieder sagen, sie solle ihr Haar schneiden, aber bevor er nach Chicago zurückfahre, möge er sich die Zeit nehmen und den Kopf der Frau pflegen. Amerika war auch in der Haarschneidekunst weit fortgeschritten, Órsa wiederum wollte Annesió nicht verstimmen, und so machte der erfahrene Andónis eine Massage mit Olivenöl und fremden aromatischen Tinkturen und löste geduldig die Knoten und kämmte die Haare.

Am Tag des Heiligen Nikólaos sah die Stadt die honigfarbenen Haare wieder.

Nach einem dreitägigen Regen herrschte winterlicher Sonnenschein. Die Straßen waren sauber gewaschen. Glocken, Fahnen, Pauken, unzählige Gestalten in Schwarz, eine Welt, der das Meer Wunden schlug, aber auch Gutes tat.

Órsa schaffte es zu Fuß nicht bis zur Kirche, Sávvas Saltaféros, Jalarós und Tákis, Schulfreunde ihres Sohns, und Evtíchis, der Elektriker, trugen je zu zweit abwechselnd den Lehnstuhl.

Sie stiegen die vielen Stufen hinauf, Móska wies sie an, damit sie nicht strauchelten. Die Leute eilten an die Fenster oder traten in den engen Gassen zur Seite; sie sahen Órsa bange an, die Moúrena auf ihrem Balkon schlug das Kreuz, die Schülerinnen murmelten Fürbitten. Dieses Geschöpf unter der Decke mit dem Schottenmuster war mit seiner großen Liebe zur Heiligen geworden.

Órsa wollte sehen, wie die Menschen der Stadt in die Kirche gingen und sich der Obhut des Schutzpatrons überließen, der das Geschick der Schiffsbesatzungen regelte, *mach nun still die Winde, besänftige die Wellen, gebiete dem Sturm, erwecke die günstigen Lüfte, schaffe die trefflichen Wetter, Steuermann und Hirte deiner Diener allerorten, führe sie in den rettenden Hafen,* sie hatte es im Gymnasium für einen Sketch mit Feuerwerk auswendig gelernt, all die Männer in ihrem Leben, Vater, Onkel, Gatte, Sohn und Geliebter, waren sein.

Sie nahm am Abendmahl teil, sah, wie der junge Pope ihr ehrfürchtig begegnete, sie bewegte leicht den Kopf, begrüßte mit einem Zwinkern alte Schulfreundinnen, Ladenbesitzer und Nachbarn, die sie lange nicht gesehen hatte. Sie suchte nach Pápa-Fílippas, dem einstmals unzertrennlichen Freund ihres Vaters, aber der war nicht da. Nach dem plötzlichen und ungerechten Tod der Papadiá, sie hatte gerade ihre Milch geschlürft, war das Távli ohne ihr Gezeter nicht mehr interessant, das Haus ohne ihre Unordnung kalt und die Kirche ohne ihren Aberglauben monoton.
Ein-, zweimal während der Liturgie war Órsas Blick starr geworden, sie war wie in einen leeren Raum gestürzt, erschöpft, gerührt und unfähig, sich zu konzentrieren.
Die Rückkehr nach Hause war noch überwältigender. Wer schon Bescheid wußte, informierte die anderen, und alle beeilten sich, die einst schönste Frau der Stadt zu sehen, eine dünne Kerze nun, mit ungeschnittenem Haar. An einigen Stellen des Wegs war Órsas Prozession ebenso bewegend wie die Prozession der Ikone, doch niemand sah darin eine Gotteslästerung, Naná erklärte sogar zwei jüngeren Schülerinnen, dies sei der Triumphzug der Liebe, welche die Einschüchterungen und den starren Dogmatismus des christlichen Glaubens mildere. So oder anders, es war ein Vormittag, der allen, die ihn erlebten, unvergeßlich bleiben würde.

Marína, die Tochter der Schneiderin, verlobte sich mit dem Lehrer, der in Steniés diente. Er war vierundzwanzig, stammte aus der Peloponnes und hatte Augen, die funkelten wie glühende Kohlen, und ein Mundwerk, das noch mehr sprühte. Er ließ ihr keine Ruhe, und der rege Briefwechsel mit Amerika brach ab, Sávvas beantwortete einen

von fünf Briefen, und dem stolzen Mädchen wäre es nicht eingefallen, in Tränen auszubrechen und ihn lange zu bitten; es gab andere, die sie baten.
Auch Mersína und Christína schrieben sich nicht mehr oft, andere Kontinente, ein anderes Leben und ein Alter, in dem die jungen Menschen manchmal nichts mehr von früher wissen wollen. Vielleicht aber würden die beiden Mädchen einander nach zwei Jahrzehnten wieder entdekken und ihre Beziehung fortsetzen; was sie in ihren Kinderjahren vereint hatte, das konnte die Zeit nicht auslöschen, darauf schloß Naná eine Wette ab.
– Die Frauen haben einen biegsameren Hals, weil sie dazu geschaffen sind, auch rückwärts zu schauen, die Freundschaften der Frauen gründen auf Treue, Selbstaufopferung und Selbstverneinung, und eines schönen Morgens werden Mersína und Christína Arm in Arm weitergehen.
Christína Maltabés würde vielleicht sogar jenen feinen Ring der Großmutter gleichen Namens tragen, den mit dem grünen Stein; Móska hatte ihn aufgrund der Hinweise der Schwester inmitten unzähliger Schächtelchen in einer Schublade aufgestöbert.
– Warum habe ich ihn damals nicht gefunden, als ich das ganze Haus durchwühlt habe?
– Er war in meiner Jackentasche, hatte Órsa geantwortet.
In den vergangenen zwei Wochen hatte sich Órsas Zustand erneut verschlechtert. Sie verlor immer wieder den Kontakt zu ihrer Umgebung, und Naná, die Exadáktilos und Katerína – Archondía, die Cousine zweiten Grades, hatte sich etwas zurückgezogen – besuchten sie für eine halbe Stunde, vielleicht wollten sie auch Móska entlasten, die sich um Vermögensangelegenheiten kümmern mußte. Die Kinder waren zu beaufsichtigen, sie hatte ihnen Englischunterricht zu erteilen, am intensivsten ihrer Nichte,

dann noch zwei, drei anderen; ihr Selbstvertrauen in bezug auf ihr Talent für fremde Sprachen war das einzige, das nicht gelitten hatte.

Annesió war verzagt; die Saltaférena tat dasselbe wie ihr Mann, als der sich im Haus fehl am Platz fühlte, sie haute ab, ihr ungebrauchtes Seemannsbüchlein in der Tasche, das sie hin und wieder betastete und verfluchte. Im Frühling streifte sie durch die Felder und jagte die Mittelmeerfliege, welche die Obstbäume besudelte, im Winter beehrte sie die Büros des Parlamentsabgeordneten und schimpfte auf den Landwirtschaftsminister, der nicht zuließ, daß die achtzehn Kühe, die zwölf Einhufer und die zwei Stiere aus Amerika nach Andros kamen, und wie immer half sie mit, Kólliva, die Totenspeise, zu kochen und die Häuser Verstorbener zu räumen; viele Frauen hielten diese Arbeiten nicht aus, und Mína rechtfertigte durch die Tat ihren Ruf. An einer Versöhnung lag ihr nichts mehr, sie war hochmütig, sie hatte der Isolierung und dem Abgleiten ihres ganzen Lebens widerstanden.

Es war tiefer Winter, sehr kalt, wie 1941, Schnee bedeckte die ganze Insel bis zum Meeresufer; die Gegend war voller Wildgänse, die wegen der Kälte und des *bamm, bumm* des Bürgerkriegs, das überall ertönte, aus Zentralgriechenland in die Ägäis geflohen waren.

Die kleinen Kykladeninseln erlebten alles en miniature. Die wenigen Linken auf Andros waren darauf bedacht, keinen Verdacht zu erregen, nicht einmal eine gewöhnliche Geldsammlung konnten sie durchführen, und so hatten sie heimlich der zentralen Staffel der Kommunistischen Partei auf Síra zwei Fäßchen Olivenöl geschickt. Es konnte unmöglich zu Kämpfen kommen, nur das Echo drang bis hier hin, in der *Stimme der Ägäis* war hie und da eine Reueerklärung zu lesen, und nun waren diese Wildgänse da, sechs Kilo eine jede, doch Schießpulver gab es kaum mehr.

An jenem Donnerstag also saß Naná bei der bettlägerigen Órsa, sie hatte ihre Patentochter Árta auf den Knien und war in ständiger Unruhe, das Kind könnte ihre Rockfalten durcheinander bringen – im Krieg hatte sie sich für ein wenig Mehl von den meisten guten Röcken trennen müssen. Sie schwatzte über die neu gedruckten Ansichtskarten der Akropolis mit den leuchtenden Farben und hielt ihnen zum Vergleich die älteren entgegen, die graustichigen, denen eine Ruhe innewohnte, die zum Altertum paßte. Die Sammlung war für die Kleine bestimmt, die an einem Abend in der Zukunft, wenn die Neugierde sie kitzelte, erfahren konnte, wohin die Hälfte der Andrioten ihre Hochzeitsreise gemacht hatten, und auf der Rückseite fast indiskrete Einzelheiten lesen konnte, die irgend jemand in romantischer Stimmung notiert hatte.
Die Brücke Brooklyn-Battery, die längste der Welt, benötigte noch zwei Jahre, bis sie in Betrieb genommen werden konnte, bis sie auf einer Ansichtskarte erschien, welche als Nummer 100 die Sammlung im kirschroten Album abschließen würde, das Naná all die Jahre unermüdlich durchgeblättert hatte.
– Mein Alter schreitet schneller voran als die Technik, ich werde sterben und die Brücke von Kavodóros nicht mehr sehen, von der ich mein Leben lang geträumt habe, damit auch ich aufs Festland und von dort nach Paris und London kommen könnte, ich würde auch Prámanda im Bezirk Árta noch einmal besuchen.
Die Exadáktilos beanspruchte die kleine Árta für sich selber. Ihre bläulichen Wangen zeigten zwei unbarmherzige Furchen, Male der Zeit, auf ihrem Gesicht lagen übereinander die verlorenen Lebensalter, die Kindheit und die Jugend, die andauerten bis zur letzten Version der Pianistin mit dem träumerischen kindlichen Blick und der Erwartung eines Kusses auf ihrer leicht vorstehenden Unterlippe, nicht eines Liebeskusses, eines Kusses von einem

Kind. Das Klavier war immer noch da, und um die Kleine zu ködern, wandte die Exadáktilos allerlei Tricks an: Sie ahmte mit den Tasten das Miauen des Katers, die Regentropfen und die Fürze von Saltaféros nach. Fürs Mandolinenorchester probten bereits fünfzig Schülerinnen und Schüler, und bei der Abendveranstaltung des Musikvereins zum neuen Jahr waren all die weiß gekleideten Mädchen eine wahre Augenweide. Mit dem Musikleben auf Andros, natürlich war es immer noch provinziell, ging es aufwärts, und bald würden alle von den Italienern gestohlenen Instrumente des philharmonischen Orchesters ersetzt sein: drei Kornette, drei Klarinetten, zwei Querpfeifen, eine Trommel, das Zubehör der Kesselpauke und die Notenständer.

Die neunjährige Árta zählte seit langem immer wieder die Finger der Exadáktilos. Obwohl deren Name von sechs Fingern sprach, fand sie nur fünf, wie bei sich und allen anderen, die keine Pianisten waren, und so hörte sie auf, sie heimlich zu mustern und sich mit ihr zu beschäftigen. Sie mochte diese Frauen voller Ideen und Interessen nicht besonders, denn die Jahre, die Einsamkeit und der Krieg hatten auf ihnen auch einen Schimmer von Selbstsucht und fremdartigem Gebaren zurückgelassen. Sie folgte mit den Blicken der stets wortkargen Katerína, die ihre Mama vorsichtig umdrehte, als wäre sie aus Glas, und ihr den Rücken und die dünnen kleinen Füße sanft mit Alkohol einrieb. Ihre Mama war kleiner geworden, dachte sie, sie könnte ihre Röcke anziehen.

Wenn du aufhörst, ein Kind zu sein, geschieht irgend etwas mit dir, überlegte sie. All die Großen ringsum waren der Beweis.

Sie lief aber nicht vor ihnen davon wie ihre jüngere Kusine Mína, die ein närrisches Ding war; die blieb manchmal über Stunden wie vom Erdboden verschluckt.

Sobald es im oberen Stockwerk einigermaßen ruhig wurde

und das Getrampel und das Türenschlagen aufhörten, bat Órsa Katerína, ihr ein Lied zu singen. Sie war erleichtert und froh, man hatte sie zweimal im Bett aufgerichtet, damit sie durchs Fenster den Schnee sehen konnte, den sie so liebte, und als sie nach Ártas Hand gesucht hatte, da hatte die Kleine sie ihr nicht entzogen.
Auch der Kinderarzt Saravános hatte versucht, etwas zu tun. Alle zwei Monate, wenn er für eine Woche auf die Insel kam, schloß er die Praxis und besuchte Órsa als letzte. Er sah sich pedantisch und schweigend die Medikamentenfläschchen an, und später am Abend stieg er zu Móska hinauf, um deren Kinder zu sehen. Er sah der sieben-, achtjährigen Mína zu, die sich im Spiegel betrachtete und geheimnisvoll und unverständlich flüsterte.
– Möchten Sie nicht zum Abendessen bleiben? lud Móska ihn ein und half ihm aus der Jacke; bald waren sie allein, sie hatten die Teller beiseite geschoben, der Arzt schälte gemächlich zwei Äpfel und bot ihr Stück um Stück auf der Messerspitze an, ohne daß sie sich mehr erhofften.
Auch heute abend waren die Schritte oben zu hören, bekannte Schritte, Absätze und knarrende Schuhe, dann ging er durch die Diele, und der Wind schlug die Haustür hinter ihm zu. Er stieg die marmorne Eingangstreppe hinunter, Móska die steinerne zur Küche, sie hatte ein wenig Puder aufgelegt und eine Spur Lippenstift. – Ach, ich bin todmüde, seufzte sie, machte es sich am Rand des Bettes bei Órsa bequem und begann sofort zu schnarchen.
Katerína war bereit, sie liebte alle Arten von Musik, dank den Schallplatten, die ihr Vangélis damals geschickt hatte, der zwar nichts davon verstand, aber dem es die Hüllen angetan hatten; er kaufte alles, Volkslieder, Nationalhymnen, symphonische Werke und Opern. Die Frau hat Mut bewiesen beim Auswählen, dachte die Exadáktilos, die das besondere Gewicht gewisser Dinge nicht kannte. Leise begann Katerína nun die Arie des Filippo aus *Don Carlos*

von Verdi zu singen, eine Männer-Arie – wenn etwas von Tenören oder Bässen gesungen wurde, konnte sie die Worte besser verstehen und wiedergeben.

1948 gab es keinen dieser kalten, lichtdurchfluteten Tage, an denen die Eisvögel ihre Nester bauen. Anfang März kam die Sonne, es war Frühling. Die Leute hatten das Bedürfnis, sich von der Einsamkeit des schweren Winters zu erholen, und junge wie alte, ob sie zu tun hatten oder nicht, schlenderten durch die Straßen, gingen in die Frisiersalons, zum Plaudern in den Klub und in die Kaffeehäuser und zum Turteln auf die Mole.
Es war Samstagmorgen: Die Kinder waren noch in der Schule, Archondía nähte bei der Loúkissa, Naná hatte Béis aus Livádia bei sich, der ihr den berühmten weißen Rosenstrauch schnitt, die Exadáktilos war unterwegs nach Athen, um sich den Blutkreislauf überprüfen zu lassen und das Rezital eines Bekannten im Kulturklub »Parnassós« zu besuchen, Annesió und Katerína waren zum Friedhof gegangen, um die Kerzen anzuzünden und Weihrauch abzubrennen, und das Ehepaar Saltaféros hatte mit den Chadoúlis und anderen Herrschaften das Spital der Hauptstadt besucht, um an der Übergabe des elektrischen Kühlschranks teilzunehmen, den der Junior aus New York für die Aufbewahrung des Penizillins gesandt hatte.
Der junge Mönch aus dem Kloster Panachrándou stieg vom Maultier, die Öllampe in der Hand, hakte einen Sack aus Segeltuch los und betrat den Hof der Familie Saltaféros, wo Móska ihn erwartete. An seinem Mantel war ein Knopf, der nicht zu den anderen paßte, und seine Kutte war alt und abgenützt. Er war hungrig und setzte sich bereitwillig mit Móska an den Tisch. Stockfisch, rote Bete mit Knoblauchpüree und ein wenig Wein brachten ihn

wieder zu Kräften. Die Witwe von Spíros Maltabés war eine besondere Frau, sie war über die ganze Welt im Bild, denn tagtäglich hörte sie die Sendungen der BBC und war gesegnet mit den Tugenden der Versöhnlichkeit und der Geduld.
Sie unterhielten sich hauptsächlich über die Präfektur Thesprotía auf dem Festland; Móska war es noch nicht vergönnt gewesen, sie zu besuchen, aber der Mönch Simeón, der stets den Problemen anderer zuhörte, hatte von Zeit zu Zeit auch das Bedürfnis, ganz Privates von sich zu erzählen, von seinem Jugendfreund, seinem Großvater und seinem Hund.
Nach dem Kaffee nahm er seinen Sack, und sie stiegen über die Küchentreppe hinab zur unteren Wohnung. Móska warf zwei Holzscheite in den Herd, und sie gingen in Órsas Schlafzimmer. Sie war ruhig, duftete nach Kölnisch Wasser, doch nichts an ihr erinnerte mehr an die engelhafte Schönheit, von der Simeón gehört hatte. Er suchte nach dieser Schönheit und fand sie in den Fotografien an der Wand.
Er setzte sich neben sie, nestelte die Kordel seines Sackes auf und holte eine mit Perlmutt besetzte Truhe heraus, in welcher der Schädel des Heiligen Pandeleímon ruhte. Den ganzen Winter über schickte man ihn zu den Sterbenden und den Kranken, die weit entfernt vom Kloster wohnten, denn er verstand mit dem Maultier umzugehen und bekam nie die Grippe. Mína Saltaféros hatte dem Abt eine sehr großzügige Spende zukommen lassen.
Simeón bereute es, daß er das Knoblauchpüree gegessen hatte, und wurde rot. Mit Leidensmiene öffnete er den Mund, um das Gebet bei jeglicher Krankheit zu sprechen, *Herrscher, Herr über das Universum, Arzt der Seelen und der Körper*, Órsa flüsterte gemeinsam mit ihm. Auf seinen fragenden Blick gab es für sie tatsächlich nichts zu erwidern, sie konnte nichts dafür, daß man sie für dumm hielt,

so jung dahinzuwelken, oder auch für verrückt wie ihr Onkel Panajótis, der an der Krankheit, bei der man ins Meer fällt, zugrunde gegangen war.
– *Nimm hinweg von ihr alle Plage, alle Schmerzensqual, alles Leid, alles Fieber und alles Schaudern, und ist an ihr ein Fehler oder eine Sünde, laß ihn ihr nach und laß sie frei, verzeihe ihr in deiner Menschenliebe. Ja, Herr, verschone dein Geschöpf.*
Órsa richtete sich mit Móskas Hilfe auf und küßte mit geschlossenen Augen die heilige Reliquie. Die ganze Idee stieß sie ab, sie war nicht mit all diesen althergebrachten Zeremonien einverstanden gewesen, doch hatte sie keine Lust, sich ihnen nun zu verweigern, das waren Kleinigkeiten.
Simeón schloß das Buch der Gebete, schloß auch die Truhe. Vor sich hatte er eine Frau, die an profaner Liebe starb, an Leidenschaft; er war ein junger Mann und hielt ihre Nähe nicht länger aus. Er schnürte den Sack zu, nahm die Öllampe und verließ eilig das Zimmer. Bevor die Fastenzeit begann, mußte er noch bei Arístos vorbei wegen der Salami und des reifen Käses für den Abt.
Als Annesió von dem Besuch erfuhr, machte sie sich Vorwürfe. Wenn sie davon gewußt hätte, so hätte sie kein Knoblauchpüree geschickt, sondern Suppe.
Am Nachmittag des folgenden Tages – es war ein Sonntag mit sanftem Licht, das die Wolken im Auge Gottes in zarten Tüll verwandelte – standen die Leute auf der Mole oder lehnten aus den Fenstern der Hauptstadt, um mit ihren Ferngläsern den andriotischen Frachter KATINA MARI mit seinem Kapitän Geórgios Falangás aus dem Ort Steniés zu betrachten, wie er im offenen Meer vorbeifuhr und ununterbrochen mit der Sirene die Familien der Besatzungsmitglieder begrüßte. Móska kramte etwas aus der Schublade und ging zur Schwester hinunter, um bei ihr zu wachen. Saltaféros hatte soeben mit seinen Enkeln das Haus verlassen, da er ihnen ein Stück Torte spendieren

wollte, ihre Mutter war da, zusammen mit dem Kater, die Tür war geschlossen.

Sie trat ins Schlafzimmer, Órsas Wimpern zitterten vor Schlafsucht und Erschöpfung; Móska faltete das Leintuch, das sie mitgebracht hatte, auseinander und deckte ihre Schwester zu. Auf dem Leintuch war eine graublaue Stickerei von Katerína: der Schiffbruch der MIKRA ANGLIA – am Himmel ein flatterndes Band mit dem Datum, 11. März 1943, das graue Meer, das brennende und halb versunkene Schiff und auf der Brücke der Kapitän Spíros D. Maltabés. Katerína hatte ihr diese Stickerei vor eineinhalb Jahren gegeben. Für deine Kinder, hatte sie gesagt, und Móska hatte sie an jenem Nachmittag gehaßt, weil sie so getreu ihrer Pflicht nachgekommen war. Sie wußte nicht, ob sie dieses schreckliche Stück Stoff wollte, sie wußte nicht, wo sie es verstecken sollte, um es zu vergessen. Nach ein paar Tagen holte sie es wieder aus der Truhe mit den Handarbeiten und den Nachthemden, die in der Kommodenschublade lag, und legte es zwischen die Hemden ihres verstorbenen Gatten auf dem Dach des Schranks, und schließlich landete es in einer irgendwo abgestellten Seemannstruhe mit Souvenirs und Geschäftsbüchern der Seeleute ihrer Familie, von Mäusen angenagten Logbüchern von Schiffen, die es nicht mehr gab, zerbrochenen Nippsachen, einer Afrikanerin ohne Kopf, einem Elefanten ohne Rüssel, ein paar Känguruhs ohne Junge, mit leeren Beuteln.

– Für meine Christína, wenn es soweit ist, sagte sie. Órsa, deren Blick sich belebte, war noch nie etwas Ähnliches vor die Augen gekommen, denn all die Jahre hatte Katerína einen Schleier des Schweigens über ihre Stickereien gebreitet. Aber Órsa war gerührt von der Verzweiflung und dem Glauben, die aus der Handarbeit sprachen, ebenso von der Stümperhaftigkeit der Stickerin, besonders bei der Figur von Spíros mit dem unverhältnismäßig großen

Kopf, sein Kopf mit den lockigen Haaren, den dunklen Augen, mal in ständiger Bewegung und hochmütig, mal starr auf den Horizont gerichtet mit dem gläsernen Ausdruck des Dünkels und der Nummer Eins, der nach und nach Sprünge bekam und Spíros' Kummer und Einsamkeit verriet.

Ein Seemann kämpft und bereut nichts. Sie erinnerte sich an den Satz, den er so gern zu sagen pflegte, vor dem ersten Schluck Rakí oder um einen Punkt hinter ein Gespräch über Schiffbrüche zu setzen. Und wieder war ihr Herzschlag unregelmäßig und heftig. Sie hatte so darum gekämpft, die Bilder von Spíros' Gesicht der Nacht des 11. März 1943 aus ihrer Phantasie zu vertreiben; sein Tod, das war für sie die Kapitänsmütze, wegen des Kriegs ohne Rangabzeichen, die im irischen Gewässer schwamm.

– Dieses Schiff haben wir nie aus der Nähe gesehen, sagte Móska. Katerína hat es sich als sehr lang vorgestellt, in einem schwachen Gelb, mit drei schwarzen Schornsteinen, es war nicht so, aber das ist nicht mehr von Bedeutung. Die Jahre machten die einen bedrückter und mürrischer, die anderen sanfter; Katerína gehörte zu letzteren, in ihren Handarbeiten hatte sie ein Ziel und eine rettende Routine gefunden.

Móska kochte ein wenig Kaffee. Sie würde den ganzen Nachmittag mit Órsa verbringen.

– Gib mir ein Löffelchen Kaffee, ich mag den Geschmack.

– Im Oktober, wenn ich nach Athen gehe, will ich den Führerschein machen.

– Vergiß Naná nicht, mach mal einen Ausflug mit ihr.

Von der Straße waren Lärm und Freude über die KATINA MARI zu hören, Gespräche von Fenster zu Fenster, schnelle Schritte in den Gassen und schließlich das dreimalige Tuten bei der Weiterfahrt und die gemächliche Rückkehr der Leute nach Hause.

Keine von ihnen war noch die Frau eines Kapetánios. Chadoúlis junior, Mitglied der Vereinigung Griechischer Reeder in New York, hatte sich unter den bekannten günstigen Bedingungen drei »Liberty«-Schiffe zugelegt, und sein mit dreißig Prozent beteiligter Partner Níkos schlief im Büro, schickte Frachten von Amerika nach Haifa, in den neu gegründeten Staat der Juden. Nun profitierte er von der Mathematik, die er als Zwanzigjähriger studiert, wenn auch nicht abgeschlossen hatte. Móska informierte ihn oft über die Situation und die Angelegenheiten zu Hause, schrieb im Auftrag von Órsa und Annesió Briefe und als Postskriptum eine Zusammenfassung über ihr eigenes Ergehen. Sie wollte nicht, daß ihre Neuigkeiten weit weg von der Insel durch die Welt getragen wurden, auch hatte sie keine überflüssige Zeit. Die Opferentschädigung hatte sie zur Besitzerin von Grundstücken in Athen, Ambelókipi und Kallithéa gemacht, und die Aktenmappe mit den Immobilienverträgen, den Ausgaben für Umzäunungen, den Steuerbescheiden und den Karten von Grundstücksvermittlern war von Mínas Schublade auf ihr eichenes Stehpult in die obere Wohnung gebracht worden, denn ihre unordentlichen Kinder machten ihre Schulaufgaben auf dem Bauch liegend, mal auf dem Küchenboden, mal im Eingangsraum. Die Vatokoúsis würden mit dem Ende des Schuljahrs auf die Insel kommen, sie hofften wenigstens, es rechtzeitig zu schaffen. Aber wiederum würden sie nichts zu sagen wissen, plötzlich würden sie vor etwas stehen, das unlogisch schien, das aber Móska und ein paar andere geduldige Menschen mit der Zeit respektiert und akzeptiert hatten.

Órsa jedenfalls wollte vorher sterben.

Die wiederholten Fragen und verzweifelten Blicke, Níkos mit seinen bereits weißblonden Haaren und dem feinen metallenen Brillengestell, wie er stundenlang ihr gegenüber saß, ängstlich und hilflos, die Ärmel hochgekrem-

pelt, über der Brust die fremdartigen Arme mit den Hunderten von Adern und Äderchen gekreuzt, in denen das Blut so pulsierte – das alles würde nichts ändern, sondern die Kinder nur noch mehr belasten.
– Sie werden mir niemals verzeihen.
– Aber wir beide trinken doch gemeinsam Kaffee, da wird es für die anderen nicht so schwierig sein, wir lassen ihnen keine andere Wahl, als über kurz oder lang zu folgen.
– Und dein Sohn?
– Mit Mímis ist es am schwierigsten.
– Er redet kein Wort mit mir.
– Mit mir auch nicht.
Tatsächlich verbrachte Maltabés' einziger Sohn seine Tage und Nächte zusammen mit zwei Schmuddelfreunden in fremden Häusern, auf den Felsen und in Bálas' Taubenhaus, das sein Hauptquartier geworden war. Und seit vor einem Jahr das Kino in die Hauptstadt gekommen war, hatte er kein Buch mehr aufgeschlagen, und Naná bearbeitete den Lehrer, darüber hinwegzusehen.
– Und dieses Jahr kommt er ins Gymnasium.
– Ins Marinegymnasium, erklärte Móska. Das war eigentlich selbstverständlich, doch sie wiederholte es, ins Marinegymnasium, und seinem Wunsch entsprechend hatte sie ihn in Piräus als Internatsschüler angemeldet.
Es wurde langsam dunkel, und während Órsa durchs Fenster die Lichter in den Nachbarhäusern und die Straßenlaternen, die eine nach der anderen aufleuchteten, betrachtete, fuhr sie mit der Hand über das lange Band mit der MIKRA ANGLIA am Saum des Leintuchs. Mit kraftloser, stockender Stimme erzählte sie ihrer Schwester vom letzten Treffen mit Spíros.
– Am Tag, als er abfahren sollte und uns zum Abschiedsessen eingeladen hat, sind wir heimlich in Apatoúria gewesen, in der Schlucht. Ich war dort, um Großmama abzuholen.

Móska unterbrach sie nicht. Sie hörte zu, benetzte von Zeit zu Zeit Órsas Lippen mit Wasser.
– Er hat mich gestreichelt wie bei unserem ersten Rendezvous und jede Bewegung leise aufgesagt. Mit der Hand zeichnete er das Oval des Gesichts, das Ypsilon des Kinns, die Flügel der Nase, den Punkt des kleinen Muttermals an der rechten Schläfe, die Gedankenstriche an den Wimpern, die Halbmonde der Brauen, die Halbmonde der Ohren, so redete er, der mit Poesie nichts am Hut hatte; früher habe ich so mit ihm gesprochen, und er erinnerte sich, mit tiefen Atemzügen roch er an meinen Haaren, und dort in den Myrthen habe ich mich ihm auf seiner Jacke hingegeben. Ich kannte seine Bewegungen und sein Stöhnen, viele Male habe ich sie durch die Zimmerdecke gehört, es war eine elf Jahre dauernde Qual, eine Lust, die Geräusche zu belauschen und meinen Körper dem Schmerz zu überlassen.
Eines schönen Tages brenne ich dieses Haus nieder, dachte Móska und preßte die Hand ihrer Schwester; eigentlich war sie noch verrückter als Órsa, daß sie da saß und einer solchen Beichte zuhörte.
– Ich habe dir nichts verschwiegen.
Die Erleichterung war zu sehen, welche der ganzen und nicht der halben Wahrheit entspringt, und Móska selber hatte das gleiche Gefühl wie damals, wenn sie einen langen Roman gelesen und zugeklappt hatte. Die Geschichte blieb nicht halb fertig – sie hatten Liebe gemacht, und sei's nur ein einziges Mal gewesen, ihr Mann Spíros, bevor er im Krieg starb, und ihre Schwester Órsa, bevor sie an Liebesauszehrung zugrunde ging. Sie liebte beide, und wenn sie nun allein die anderen zum Schweigen bringen müßte, so könnte sie aus dieser verrückten Leidenschaft Kraft schöpfen, Níkos und sie schienen im Leben immer zurücktreten zu müssen.
– Móska, weinst du?

– Nein, schau dir meine Augen an, sie glänzen nicht. Doch Móska dachte daran, daß Órsa allein bleiben würde im Dunkel, eineinhalb Meter unter der Erde. Sie hatte Emílios gehört, wie er, in den letzten Zügen, zu seinen Tauben gesagt hatte: Der Gedanke macht mich wahnsinnig, daß ich dort unten mutterseelenallein sein werde.
In den nächsten Tagen gingen die Ärzte ein und aus; es war hoffnungslos. Sávvas und Mína saßen trübsinnig und schweigend am Küchentisch.
– Ich möchte auch einmal Smyrna sehen, bat er plötzlich und berührte sie zögernd am Ellbogen. Durch Metropoliten und Popen war sie zu einigen Fotografien gekommen, vor allem von dem Haus, in dem sie unbekümmerte Jahre der Kindheit verbracht hatte, die schließlich die einzigen glücklichen ihres ganzen Lebens bleiben sollten. Sie erkannte nichts wieder: Die Glyzinie beim Eingang fehlte, nicht einmal bei der Lampe an der Salondecke war sie sicher; auf einer Aufnahme aber hielt ein kleiner türkischer Schelm einen Kater im Arm, er war aschfarben, nur der halbe Schwanz war weiß, genau wie bei ihren eigenen Katzen damals, der Tourkán Chatoún und der Panajóta, vor einem halben Jahrhundert, er stammte bestimmt aus derselben Sippe.
– Ja, stell dir vor, sagte Sávvas.
Mína erinnerte sich an die vergangenen Jahre, in denen es für ihren Mann die höchste aller Befriedigungen gewesen war, den Kopf eines Seebarschs abzunagen und auszusaugen und die Regierung zu schmähen – sie hatte ihn deswegen verachtet. Käme doch so etwas jetzt wieder vor – sie würde es voller Sympathie ansehen, um die Wahrheit zu sagen, es wäre besser, wenn so was passierte und alles andere nicht ...
Sie hob den Kopf und suchte durchs halb offene Fenster hoch oben das Auge Gottes, damit sie einander in die Augen schauen könnten, doch es kam ihr vor, als habe es

sich abgewendet wie ein Verschwörer, der seine Schuld und seinen Mißerfolg bekennt. Mein kleines Mädchen, du gehst nun hin, um ihn zu finden. Sie akzeptierte es, ohne zu weinen, und dann pickte sie vom Wachstischtuch mit dem Ästchenmuster die Brosamen auf.

Der Drucker hatte die Todesanzeige bereit, die Stadt sah immer wieder nach, ob sie an der Tür des weißen Hauses hing, und war beunruhigt, weil Órsas Seele nicht ausfahren wollte. Einigen tat dieser Aufschub leid, vielleicht weil niemand auf eine Todkranke eifersüchtig war, viele aber stellten Vergleiche an, wie viel Liebe ihnen in ihrem eigenen Leben vergönnt gewesen war.

Órsa starb in den Armen ihrer Schwester, am Freitag, den 16. April 1948, am Nachmittag, in ihrem neununddreißigsten Lebensjahr, während die Müßiggänger und die Kinder, ein ganzer Bienenschwarm, zum Platz im Zentrum der Stadt eilten, auf dem die Restaurantbesitzer und die Zukkerbäcker ringsum in bestem Einvernehmen dabei waren, die alten Stühle durch zweihundertfünfzig moderne olivgrüne kleine Sessel zu ersetzen.